Seit Langem beschäftigt True-Crime-Podcasterin Elle Castillo ein alter Fall, der sich zwanzig Jahre zuvor in ihrer Heimatstadt Minneapolis zugetragen hat. Der Countdown-Killer entführte immer drei junge Frauen im Abstand von drei Tagen, jede ein Jahr jünger als die andere. Und jede innerhalb von sieben Tagen tot. Nur sein letztes Opfer konnte entkommen, die Morde aber nie aufgeklärt werden.
Als Elle den Fall nun in ihrem Podcast neu aufrollt, kann sie ihr Glück nicht fassen, als sich ein Zeuge bei ihr meldet und ihr eine wichtige Information zukommen lassen will. Doch noch bevor Elle ihn persönlich treffen kann, ist er tot. Und erneut verschwindet eine junge Frau. Für Elle ist klar: Der Countdown-Killer ist zurück, und er ist ihr schon gefährlich nahe ...

Amy Suiter Clarke verschlingt True-Crime-Podcasts und liebt es, immer wieder neue zu entdecken. Was lag da näher, als eine Podcasterin zur Hauptfigur ihres Thrillers zu machen, die eine spektakuläre Mordserie aufklären will. Wenn Amy Suiter Clarke nicht gerade wahren Verbrechen auf der Spur ist, reist sie gerne. Sie wuchs in einer Kleinstadt in Minnesota auf, studierte später in Minneapolis und London und lebt heute in Melbourne. »Der Countdown-Killer – Nur du kannst ihn finden« ist ihr erster Roman.

Birgit Schmitz hat Theater- und Literaturwissenschaft studiert und arbeitete einige Jahre als Dramaturgin. Heute lebt sie als Literaturübersetzerin, Texterin und Lektorin in Frankfurt am Main.

Weitere Informationen finden Sie auf www.fischerverlage.de

Amy Suiter Clarke

DER COUNTDOWN-KILLER

NUR DU KANNST IHN FINDEN

THRILLER

Aus dem amerikanischen Englisch
von Birgit Schmitz

FISCHER Taschenbuch

Aus Verantwortung für die Umwelt hat sich der S. Fischer Verlag zu einer nachhaltigen Buchproduktion verpflichtet. Der bewusste Umgang mit unseren Ressourcen, der Schutz unseres Klimas und der Natur gehören zu unseren obersten Unternehmenszielen.

Gemeinsam mit unseren Partnern und Lieferanten setzen wir uns für eine klimaneutrale Buchproduktion ein, die den Erwerb von Klimazertifikaten zur Kompensation des CO_2-Ausstoßes einschließt.

Weitere Informationen finden Sie unter: www.klimaneutralerverlag.de

MIX
Papier aus verantwortungsvollen Quellen
FSC® C014496
FSC
www.fsc.org

Erschienen bei FISCHER Taschenbuch
Frankfurt am Main, September 2022

Die Originalausgabe erschien 2021 unter dem Titel »Girl, 11«
bei Houghton Mifflin Harcourt, New York

Hedderichstraße 114, D-60596 Frankfurt am Main

Redaktion: Carlos Westerkamp
Satz: Dörlemann Satz, Lemförde
Druck und Bindung: GGP Media GmbH, Pößneck
Printed in Germany
ISBN 978-3-596-70068-4

Für Mom,
die Tausende Worte von mir gelesen hat,
bevor ein Satz veröffentlicht wurde.

Und für Dad,
der mich ermuntert hat, die Wahrheit zu sagen,
auch im Roman.

Unsere eigentliche, nie endende Aufgabe ist es,
aufmerksam zu sein.
MARY OLIVER

Er verliert seine Macht,
wenn wir sein Gesicht kennen.
MICHELLE MCNAMARA

TEIL I
DER COUNTDOWN

1

JUSTICE DELAYED-PODCAST · 5. DEZEMBER 2019

Transkript: Staffel 5, Folge 1

ELLE VOICE-OVER: Minnesota ist bekannt für seine Kälte. Eisige Winter und stoische nordische Gemüter. Ich fahre an diesem strahlenden Novembermorgen in südwestlicher Richtung durch das Land der zehntausend Seen, Schnee wird über den Highway geweht, und die Flocken wirbeln herum wie Gespenster. Eben noch schlängelte ich mich durch die flachen Weiten von Prärie und Ackerland, und im nächsten Moment bin ich schon in der Stadt mit all ihrem Beton, den Lichtern und den gepflegten kleinen Grünflächen. Wie in vielen amerikanischen Staaten des Mittleren Westens verläuft auch hier eine Trennlinie entlang der unsichtbaren, aber undurchdringlichen Grenze zwischen ländlichen und städtischen Gebieten. Man braucht nur wenige Meilen zurückzulegen, und schon ändern sich Bevölkerungsstruktur, Ideologie, Kultur und Gebräuche. Aber hin und wieder passiert etwas, was den gesamten Bundesstaat erschüttert: Jeder spürt die Auswirkungen, und die Menschen sind geeint in Trauer und einem gemeinsamen Ziel. Vor knapp vierundzwanzig Jahren verschwand in Dinkytown, dem lebendigen Studentenviertel von Minneapolis, eine junge Frau namens Beverly Anderson.

[TITELMUSIK]

ELLE INTRO: Die Fälle wurden nie aufgeklärt. Die Täter wähnen sich in Sicherheit. Aber mit eurer Hilfe sorge ich dafür, dass den Opfern endlich die Gerechtigkeit widerfährt, die ihnen lange verwehrt blieb. Ich bin Elle Castillo, und ihr hört *Justice Delayed*.

[**GERÄUSCH-EINSPIELER**: *Knirschende Schritte im Schnee; in der Ferne spielt leise* I'll Make Love to You *von Boyz II Men; das Lachen junger Erwachsener.*]

ELLE VOICE-OVER: Im Februar 1996 verließ die zwanzigjährige Beverly spätabends zusammen mit ihrem Freund und einigen Kommilitonen von der University of Minnesota eine Party. Auf dem Weg nach draußen versuchte Beverlys Freund, sie zu überreden, noch mit den anderen auf Burger und Milchshakes in *Annie's Parlour* zu gehen. Aber Beverly wollte unbedingt nach Hause, denn sie musste am nächsten Tag früh raus. Sie wollte drei Monate später ihr Psychologie-Studium abschließen und hatte bereits ein Praktikum in einer örtlichen Klinik angefangen. Zwischen ihr und ihrem Freund kam es zum Streit über das Thema – nichts Ernstes, nur ein kurzer Krach, wie er bei jungen Paaren manchmal vorkommt. Irgendwann gab er es auf und ging mit den Freunden allein ins Restaurant. Beverlys Apartment lag nur fünf Häuserblocks entfernt – ein kurzer Spaziergang, den sie schon hundert Mal allein zurückgelegt hatte. Sie zog den Reißverschluss ihres schwarzen Wollmantels zu, kuschelte sich in ihren Schal und winkte ihren Freunden zum Abschied.
Es war das letzte Mal, dass sie sie lebend sahen.
Als Beverly am nächsten Tag nicht zu ihrem Praktikum erschien, rief ihr Betreuer bei ihr zu Hause an. Ihre Mitbewohnerin, Samantha Williams, ging ans Telefon.

SAMANTHA: Ich weiß auch nicht wieso, aber als der Anruf kam, hatte ich sofort das Gefühl, dass irgendwas nicht stimmte. Ich hab dann oben in ihrem Zimmer nachgesehen, nur zur Sicherheit, und tatsächlich: Ihr Bett war unbenutzt, und auch ihre Sachen waren nicht da. Also ihre Handtasche, ihr Schlüssel und so. Sie war offensichtlich nicht nach Hause gekommen.

ELLE VOICE-OVER: Ich sitze mit Samantha Williams, heute Carlsson, in ihrer Küche. Sie wohnt ungefähr eine Stunde außerhalb von Minneapolis, zusammen mit ihrem Mann und zwei Beagles, die schon angeschlagen haben, bevor ich überhaupt an der Haustür war.

SAMANTHA: [*Über das Bellen zweier Hunde hinweg.*] Aus! Ab ins Körbchen! *Körbchen*, hab ich gesagt! So ist es brav. Sehen Sie, die beiden sind gut erzogen – wenn sie wollen.

ELLE: Was passierte, nachdem Sie gesehen hatten, dass Beverly nicht nach Hause gekommen war?

SAMANTHA: Ich hab's ihrem Betreuer gesagt, und der meinte, dass ich bei der Polizei anrufen soll, und das hab ich dann auch gemacht. Die wollten zuerst gar nichts unternehmen – Beverly war wohl noch nicht lang genug weg oder so. Aber als ihr Freund und ich denen erzählt haben, dass sie vor Zeugen alleine nach Hause aufgebrochen war und dass sie eine zuverlässige Studentin war, die gerade ein Praktikum machte, waren sie schon ein bisschen besorgter. Ich weiß, dass sie [*Piepton*] verhört haben, aber seine Freunde haben ihm ein wasserdichtes Alibi gegeben. Außer den zwei, drei Minuten, in denen er und Beverly sich darüber gestritten hatten, ob sie noch mit ins Restaurant kommt oder nicht, war er die ganze Nacht mit ihnen zusammen. Die Polizei kam am selben Tag auch zu mir und hat mit mir geredet; am Nachmittag, glaub ich. Das müsste aber in der Akte stehen, wenn Sie die haben.

ELLE VOICE-OVER: Die liegt mir vor. Laut Detective Harold Sykes wurde Samantha am 5. Februar 1996 vernommen, um 15 Uhr 42 – ungefähr siebzehn Stunden, nachdem Beverly zuletzt gesehen worden war.

ELLE: Und was passierte Ihrer Erinnerung nach dann als Nächstes?

SAMANTHA: Na ja, eigentlich nichts. Ihre engsten Freunde waren an dem Abend alle mit ihr auf der Party gewesen und hatten, nachdem Beverly gegangen war, noch mindestens zwei Stunden in *Annie's Parlour* zusammengesessen. Ihre Familie wohnte mehrere Stunden entfernt, in Pelican Rapids. Sie gingen davon aus, dass ihr Freund auf keinen Fall dahinterstecken konnte, weil er nur wenige Minuten außer Sichtweite seiner Freunde gewesen war. Beverly war einfach … verschwunden. Alle dachten, sie hätte sich vielleicht verlaufen oder die Orientierung verloren oder vielleicht doch tiefer ins Glas geguckt, als ihre Freunde dachten, und wäre in den Mississippi gefallen und ertrunken. Das hat es alles schon gegeben. Aber das Ufer und die Schneeverwehungen wurden tagelang abgesucht, ohne dass sich eine Spur von ihr fand. Das änderte sich erst eine Woche später.

ELLE VOICE-OVER: Sieben Tage nach Beverlys Verschwinden fiel dem Betreiber von *Annie's Parlour,* als er nachts schließen wollte, auf, dass draußen jemand an der Mauer kauerte. Er dachte, es wäre ein Obdachloser, und beugte sich über ihn, weil er ihm anbieten wollte, ihn zu einer Unterkunft zu bringen. Als er nicht reagierte, zog der Restaurantbetreiber ihm den Schal vom Kopf und blickte in das leblose Gesicht von Beverly Anderson.

SAMANTHA: [*Unter Tränen.*] Danach kreisten unsere Gedanken nur noch um Beverly. Alle waren schockiert. Dieses nette, unschuldige, kluge Mädchen sollte ermordet worden sein? Ich konnte es einfach nicht glauben. Ich bekam solche Angst, dass ich unser Apartment danach wochenlang kaum noch verlassen hab. Und zu Recht, wie sich dann ja rausstellte.

ELLE: Wissen Sie noch, wann Sie von den anderen Opfern erfahren haben?

SAMANTHA: In den Nachrichten haben sie erst nichts darüber gebracht. Bis sie dann rausfanden, dass das zweite Mädchen, Jillian Thompson, auf dieselbe Art gestorben war wie Beverly. Sie war auch genauso lange verschwunden gewesen, nämlich sieben Tage. Und sie haben, glaube ich, irgendwas an Jillians Leiche gefunden, wodurch sie eine Verbindung zu Beverly herstellen konnten, eine DNA-Spur oder so.

ELLE VOICE-OVER: Es waren Hautschuppen an ihrer Jacke. Die Polizei vermutete, dass Jillian sie Beverly geliehen haben musste, weil ihr, wo auch immer sie zusammen festgehalten wurden, kalt geworden war. Jillian Thompson war drei Tage nach Beverly von einem Parkplatz an der Bethel University verschwunden. Ihre Eltern dachten zuerst, sie wäre mit einem Freund durchgebrannt, den sie ablehnten. Er war der Hauptverdächtige, bis die Fälle schließlich miteinander in Verbindung gebracht wurden.

[**GERÄUSCH-EINSPIELER**: *Das Quietschen eines Stuhls; ein Mann räuspert sich.*]

ELLE: Darf ich dich bitten, dich den neuen Hörerinnen und Hörern kurz vorzustellen?

MARTÍN: Ähm, ja, ich bin Dr. Martín Castillo und arbeite als Rechtsmediziner in Hennepin County.

ELLE: Und?

MARTÍN: Und, um mit offenen Karten zu spielen: Ich bin Elles Ehemann.

ELLE: Wer hier regelmäßig zuhört, erinnert sich vermutlich aus den Staffeln eins und drei an Martín, weil er uns damals fachkundige Informationen über die Autopsien von Grace Cunningham und Jair Brown geliefert hat. Durch seine Entdeckung eines seltsam geformten Leichenflecks an Jairs Rücken konnten wir eine Verbindung zu einem Sofa im Haus von Jairs Onkel herstellen. Und das trug maßgeblich dazu bei, dass die Abteilung für Straftaten gegen Kinder der Polizei von Minneapolis diesen Fall aufklären konnte. Ich habe Martín heute erneut ins Studio eingeladen, weil ich mit ihm darüber sprechen möchte, welche weiteren Parallelen es zwischen den Morden an Beverly und Jillian gab, und zwar noch bevor der DNA-Test von Jillians Leiche überhaupt vorlag.

MARTÍN: Die einfachste Antwort ist, dass beide Frauen auf dieselbe Weise getötet wurden. Auf dieselbe ungewöhnliche Weise.

ELLE: Das musst du erläutern.

MARTÍN: Beverly Andersons rechte Schädelseite wies Spuren von Gewalteinwirkung auf, und ihre Autopsie ergab, dass sie einige Tage vor ihrem Tod geschlagen worden war – wahrscheinlich am Tag ihrer Entführung. Sie starb jedoch an Dehydrierung und Multiorganversagen, nachdem sie unter schweren Magen-Darm-Beschwerden gelitten hatte. Diese Symptome können bei sehr vielen Vergiftungen auftreten, und der Pathologe hätte die Ursache vielleicht nie näher eingrenzen können, wenn ihr Mageninhalt nicht gewesen wäre. Es hat ein paar Wochen gedauert, aber irgendwann ergaben die Tests, dass sie Rizinussamen gegessen hatte – wahrscheinlich mehrere. Rizin wirkt erst nach einer tagelangen Latenzzeit, und häufig überleben Menschen die Aufnahme dieses Giftes auch, aber ihr Mörder hatte es ihr offenbar mehrfach verabreicht. Außerdem hatte sie kurz vor ihrem Tod Peitschenhiebe auf den Rücken bekommen; einundzwanzig an der Zahl.

ELLE: Woran war zu erkennen, dass die Striemen erst kurz vor ihrem Tod entstanden waren?

MARTÍN: Die Art der Krustenbildung ließ darauf schließen, dass die Blutzirkulation in ihrem Körper kurz nach der Zufügung dieser Wunden zum Erliegen gekommen war. Ihr Herzschlag war zum Zeitpunkt des Auspeitschens offenbar bereits verlangsamt – sprich, sie lag bereits im Sterben. Daraus folgerte der Rechtsmediziner, dass die Schläge Teil eines Rituals waren und nicht mit dem Ziel ausgeführt wurden, ihren Tod zu beschleunigen. Das bestätigte sich, als Jillians Leiche gefunden wurde, die auf genau dieselbe Weise getötet worden war. Organversagen infolge einer Vergiftung mit Rizinussamen und exakt einundzwanzig Peitschenhiebe auf den Rücken, ausgeführt mit einer Gerte.

ELLE: Was genau meinst du mit »Gerte«?

MARTÍN: Mit einem Stock oder Zweig – dünn, aber stabil. Es fanden sich Hinweise darauf, dass beide Leichen irgendwo auf dem Land oder im Wald gelegen hatten: Laub auf ihrer Kleidung und Erde unter ihren Fingernägeln. Deshalb vermutete man, dass der Täter da, wo er die Frauen hingebracht hatte, einen Zweig fand, mit dem er das Ritual ausführte.

ELLE VOICE-OVER: Jillians Leiche wurde ebenfalls sieben Tage nach ihrer Entführung gefunden, aber nicht am selben Ort, an dem sie auch verschwunden war, wie in Beverlys Fall. Das wäre auch zu einfach gewesen. Stattdessen wurde sie auf dem Rasen des Northwestern College abgelegt – der heutigen University of Northwestern – St. Paul –, die mit ihrer eigenen Uni, der Bethel Christian University, konkurrierte. Doch obwohl beide Frauen Studentinnen waren, gleich lange gefangen gehalten, auf dieselbe Art ermordet und ihre Leichen jeweils an öffentlichen Plätzen abgelegt worden waren, wurden ihre Tode nicht sofort miteinander in Verbindung gebracht. Anfangs arbeiteten sogar zwei verschiedene Mordkommissionen an den Fällen, denn es gab zwar zentrale Polizeidatenbanken für solche Sachen wie DNA und Fingerabdrücke, aber so etwas wie eine Datenbank für die Vorgehensweisen von Tätern gab es nicht; es existierte keine Stelle, die Todesarten sammelte und analysierte, ob Fälle aufgrund der Tötungsmethoden zusammenhängen könnten.
Die Polizei ermittelte monatelang und verhaftete sogar Jillians Freund, aber die Anklage wurde irgendwann fallengelassen und die Fälle blieben ungelöst. Es gab keine ähnlichen Morde, keine neuen Spuren. Jedenfalls nicht bis zum Jahr darauf.

[**GERÄUSCH-EINSPIELER:** *Ein rauschender Wasserfall.*]

ELLE VOICE-OVER: Dies sind die Minnehaha Falls, sechzehn Meter hoher Kalkstein und in Kaskaden herabfallendes Wasser, das vom Lake Minnetonka zum Mississippi fließt. Das berühmte Gedicht *Das Lied von Hiawatha* von Henry Wadsworth Longfellow trug zur Verfestigung des Namens Minnehaha bei, den Longfellow als »lachendes Wasser« interpretierte. Der Originalname, der von den Dakota geprägt wurde, ließe sich allerdings korrekter mit »sich kräuselndes Wasser« oder schlicht »Wasserfall« übersetzen, was auch passender wirkt, denn der heftige, fast brutale Lärm des herabstürzenden Wassers erinnert nicht im Geringsten an Gelächter. Hier, unterhalb der umstrittenen Bronzestatue von *Hiawatha und Minnehaha*, wurde die Leiche der achtzehnjährigen Isabelle Kemp gefunden.

Die Tonaufnahme, die ihr eben gehört habt, stammt aus dem letzten Frühjahr, als der Wasserspiegel wegen der Schneeschmelze stark gestiegen war. Als Isabelle entdeckt wurde, war das Wasser jedoch zu einer dicken, spröden Eismasse erstarrt – im Moment des Fallens gefroren, wie verzaubert. Die Tote wäre um ein Haar übersehen worden; eine frische Schneedecke hatte sie schon halb verhüllt, als einem Touristenpaar, das den Wasserfall besichtigen wollte, die rote Jacke auffiel, die durch das pulvrige Weiß schimmerte.

[**GERÄUSCH-EINSPIELER:** *Hintergrundgeräusche aus einem Diner.*]

ELLE: Als Isabelle Kemps Leiche im Januar 1997 gefunden wurde, stellte die Polizei schnell eine Verbindung zu den Fällen von 1996 her. Denn auch diese junge Frau war sieben Tage lang verschwunden gewesen und kurz vor ihrem Tod gepeitscht worden. Das war auch die Zeit, als Sie den Spitznamen des Killers geprägt haben, oder?

DETECTIVE HAROLD SYKES: Ja, allerdings indirekt. Das war ganz bestimmt nicht meine Absicht.

ELLE VOICE-OVER: Das ist der leitende Ermittler in dem Fall, Detective Harold Sykes. Ich habe ihn in seinem Lieblings-Diner in Minneapolis getroffen.

ELLE: Aber Ihnen war damals etwas aufgefallen, was bis dahin niemand bemerkt hatte. Erzählen Sie mir davon.

SYKES: Ja, also, wir hatten schon mitgekriegt, dass der Killer von bestimmten Zahlen besessen zu sein schien. Er hatte die ersten beiden Frauen im Abstand von drei Tagen entführt, sie sieben Tage lang gefangen gehalten und dann einundzwanzig Mal gepeitscht. Also glaubten wir, dass diese Zahlen eine besondere Bedeutung für ihn haben mussten. Er ging immer nach dem gleichen Muster vor. Was dazu führte, dass mein Team sofort die Vermisstenakten nach einer Frau durchforstete, die drei Tage nach Isabelle entführt worden war. Aber als ich die Fälle noch einmal durchging, fiel mir noch ein weiteres Muster auf. Beverly Anderson war zwanzig Jahre alt gewesen. Jillian Thompson neunzehn. Und Isabelle Kemp achtzehn.

ELLE: Jedes weitere Opfer war ein Jahr jünger als das vorherige.

SYKES: Genau. Es war erst mal nur so ein Gefühl, aber ich hielt es für möglich, dass sein nächstes Opfer siebzehn Jahre alt sein würde. Das passte zu seiner Obsession für Zahlen. Und wenn das Alter der Opfer kein Zufall war, bedeutete das nichts Gutes, das war klar. Denn das hieß, dass er wahrscheinlich einem Plan folgte. Und das hab ich auch den Reportern erzählt, die mich interviewt haben. Damals hab ich es bereut, aber inzwischen ist es wohl egal. Irgendwann wäre auch ein anderer darauf gekommen. Ich hab ihnen nur gesagt: Ich glaube, der Typ hat eine Art perversen Countdown gestartet.

ELLE VOICE-OVER: Das war eine simple Beobachtung, aber sie blieb bei den Leuten in ganz Minnesota hängen und vermittelte allen ein Gefühl der Bedrohung. Der Killer war noch lange nicht fertig. Allen jungen Frauen war bewusst, dass sie noch wachsamer sein mussten, als sie das ohnehin schon immer waren. Ein griffiger Name kann einen lokal begrenzten Fall zur landesweiten Sensation machen. Innerhalb von Stunden hieß er auf allen Kanälen nur noch: der Countdown-Killer.

2

ELLE · 9. JANUAR 2020

Elle hielt vor Ms. Turners Haus und stellte den Podcast ab, den sie über die Anlage in ihrem Auto gehört hatte. Es war einer ihrer Lieblings-True-Crime-Podcasts, der sich mehr um verurteilte Straftäter und deren Psyche drehte als um ungelöste Fälle wie ihre eigene Show. Gerade wurde über ein spannendes Thema gesprochen, nämlich die Verhaltensanalyse eines legendären Serienvergewaltigers im Pazifischen Nordwesten. Aber das war nichts für Kinder, und die Tochter von Elles bester Freundin rannte bereits von Ms. Turners Haustür auf ihren gut aufgeheizten Wagen zu.

Die Beifahrertür wurde aufgerissen, und ein Schwall eisiger, nach Schnee riechender Luft drang herein. Natalie sprang ins Auto und zog die Tür mit einem dramatischen »Brrr!« hinter sich zu.

»Na, wie war der Klavierunterricht, Süße?«, fragte Elle und drehte die Heizung noch ein bisschen höher.

»Gut.« Natalie schnallte sich an und lockerte den Schal, den sie um den Hals gewickelt hatte. Selbst im schwachen Licht des Spätnachmittags war ihr sonst blasses Gesicht von dem kurzen Weg durch die Winterkälte gerötet. »Aber ich muss immer noch dauernd Tonleitern spielen. Langsam glaube ich, Ms. Turner kann gar nichts anderes.«

Elle fuhr los. »Du nimmst ja auch erst seit vier Monaten Unterricht«, erwiderte sie schmunzelnd.

»Ja, ich weiß, aber Tonleitern sind so langweilig! Die kann ich doch inzwischen im Schlaf.«

»Du musst Geduld haben. Tonleitern sind das Fundament.

Es ist wichtig, erst einmal eine gute Grundlage zu schaffen, bevor man es mit einer ganzen Komposition aufnehmen kann.« Elle grinste darüber, wie schnell sie in den Muttermodus verfiel; sie gab Lebensweisheiten von sich und holte Natalie vom Klavierunterricht ab, als wäre sie ihr eigenes Kind.

»Heute hat sie mir allerdings auch *Happy Birthday* beigebracht.«

»Echt? Wieso das denn?«

Natalie lachte. »Du weißt genau warum, Tante Elle!«

An der Ampel wandte Elle ihr den Kopf zu und zuckte übertrieben mit den Schultern. »Was meinst du?«

Das Mädchen verdrehte kichernd die Augen. »Weil ich heute Geburtstag hab, du Nerd.«

»Nerd?« Elle legte eine Hand auf ihre Brust, als wäre sie tödlich beleidigt. »So nennst du sonst nur Martín.«

»Ja, weil er auch meistens der Nerd ist.«

»Schon gut, schon gut, Schluss mit den Spielchen. Herzlichen Glückwunsch zum Geburtstag, Süße!« Sie konnte gar nicht glauben, dass Natalie jetzt schon zehn war. Damit war sie kaum jünger als das jüngste Opfer des Countdown-Killers. Seit sie vor sechs Monaten begonnen hatte, Interviews für die neueste Staffel von *Justice Delayed* zu führen, nahm dieser Fall sie voll und ganz in Anspruch. Sie konnte kaum die Augen schließen, ohne die Gesichter der Mädchen vor sich zu sehen, deren Fotos an der Wand ihres Tonstudios hingen. Natalie war für Elle inzwischen fast so etwas wie eine Tochter – und wenn sie sich Natalie an der Stelle des jüngsten Opfers des Countdown-Killers vorstellte, wurde ihr geradezu schwindlig vor Wut. Wenn Natalie nicht gewesen wäre, hätte Elle den Podcast wahrscheinlich gar nicht ins Leben gerufen. Ohne die Erfahrung, ein Kind so sehr zu lieben, dass man dafür sogar töten würde, hätte sie vielleicht nie angefangen, die Monster zu jagen, die sich an Kindern vergingen.

Elle beugte sich zu Natalie hinüber und drückte ihr einen

lauten Schmatzer auf die Stirn, dann sprang die Ampel auf Grün um. »Hast du denn auch was Schönes erlebt an deinem Geburtstag?«

»Die Klasse hat mir ein Ständchen gesungen, und ich durfte Kekse für alle mitbringen«, sagte Natalie, an einem ihrer dunkelblonden Zöpfe spielend. »Und ich bin Dritte im Freistil geworden.«

»Bei dem Wetter würde ich ja nicht mal für Geld in einen Badeanzug steigen.«

»Wenn wir aufhören würden, nur weil's draußen kalt ist, würden uns gerade mal drei Monate im Jahr zum Schwimmen bleiben«, erwiderte Natalie, als sie vor Elles Haus hielten. »Außerdem sind es da drinnen fast dreißig Grad.«

»Ich bade trotzdem lieber in Seen und im Sommer, aber ich bin stolz darauf, dass du so gut bist«, sagte Elle. Der eisige Wind schnitt ihr in die Haut, als sie ausstieg und aufpasste, dass Natalie vorsichtig die spiegelglatte Auffahrt hochging. Sie nahm sich vor, Martín zu bitten, später mehr Salz auszustreuen.

»Oh, lecker!«, rief Natalie, kaum dass sie zur Tür hereinkamen. Auch Elle lief bei dem angenehmen, würzigen Duft, der durchs Haus wehte, das Wasser im Mund zusammen. Sie folgten ihm bis in die Küche, wo Martín gerade Salz aus einer Mühle in den dampfenden Topf auf dem Herd gab. Er trug seine Lieblingsschürze mit dem Blumenaufdruck und kochte seine spezielle Version von Spaghetti mit Fleischbällchen; dabei wurde das Rindfleisch mit kleingehackter Chorizo vermischt und die Sauce mit einer Prise Chili gewürzt. Es war Natalies Lieblingsgericht.

»Hallo, Geburtstagskind!« Martín ließ den Kochlöffel in den Topf fallen und fing Natalie auf, die zu ihm hinrannte und quietschte, als er sie hochhob und fest in die Arme schloss. Nachdem er sich einmal mit ihr um die eigene Achse gedreht hatte, setzte er sie auf die Arbeitsfläche, nahm den Löffel aus dem Topf und blies darauf, bevor er ihn ihr zum Probieren hinhielt. »Ich bitte um Ihr Urteil, Señorita.«

Natalie kostete und riss die Augen weit auf. »Ich finde, das ist Ihr absolutes Meisterwerk, Señor.«

Martín ließ sie wieder herunter und zeigte auf die Besteckschublade. »Ich weiß, du hast Geburtstag, aber könntest du bitte trotzdem den Tisch decken? Deine Mom müsste jeden Moment hier sein.«

Sobald das Mädchen das Besteck herausgenommen und den Raum verlassen hatte, wandte Martín sich lächelnd Elle zu. Seine lockigen schwarzen Haare standen ihm wild vom Kopf ab, weil er sich ständig mit den Händen hindurchfuhr, wenn er nicht gerade bei der Arbeit war und eine OP-Haube trug. Ohne mit dem Rühren aufzuhören, beugte er sich zu Elle und gab ihr liebevoll einen Kuss.

»Riecht toll!« Elle schenkte sich ein Glas Rotwein ein.

»Danke. Wie geht's dir, *mi vida*?«, fragte Martín.

Elle musste an den Tag im letzten Jahr denken, an dem er sie zum ersten Mal in Natalies Beisein so genannt hatte, nachdem ihr Spanischunterricht in der Schule begonnen hatte. Elle hatte erst in der Highschool Spanisch gelernt, und Martín konnte schon fließend Englisch, als sie sich kennenlernten, trotzdem hatte sie gleich ihr altes Spanischbuch wieder hervorgekramt, als sie ein Paar wurden. Sie wollte auf keinen Fall etwas von den Gesprächen verpassen, wenn sie seine Familie in Monterrey besuchten, und wegen der vielen Einwanderer aus Mexiko und Mittelamerika, die in Minnesota lebten, kamen ihr die Spanischkenntnisse auch in ihrem Job zugute. Aber in der schicken Privatschule, die Natalie besuchte, fingen die Kinder schon im dritten Schuljahr mit Spanisch an, deshalb hatte Natalie an jenem Abend bereits gewusst, was es bedeutete, als Martín Elle als *mi vida* bezeichnete.

»Warum nennst du sie ›dein Leben‹?«, hatte sie gefragt. »Weil du ohne sie nicht leben kannst?«

Elle hatte erwartet, dass er ihr einfach erzählen würde, in seiner mexikanischen Heimat sei das ein gängiger Kosename zwischen Männern und Frauen. Aber stattdessen hatte er Elle angeschaut und gesagt: »Nein, ich nenne Elle so, weil mir durch sie klargeworden ist, dass ich viel zu viel Zeit mit dem Tod verbringe. Sie hilft mir, daran zu denken, das Leben zu genießen.«

An dem Abend war er besonders romantisch gewesen, aber wenn es um Romantik ging, stellte Martín ohnehin die meisten anderen Männer in den Schatten.

»Elle?« Seine Stimme holte sie zurück in die Gegenwart.

»Mir geht's gut«, sagte sie, doch sie wusste, dass sie ihm mit ihrem aufgesetzten Lächeln nichts vormachen konnte. »Ich kann einfach nicht glauben, dass Natalie schon zehn ist. Es kommt mir so vor, als wäre sie gestern noch diese spindeldürre Vierjährige gewesen, die eines Tages aus heiterem Himmel hier vor der Tür stand.« Elle blinzelte ihre Tränen weg und nahm einen Schluck Wein.

Martín legte den Löffel beiseite und zog sie in seine Arme. »Dein Fall geht dir ganz schön an die Nieren, was?«, fragte er und rieb ihr mit kreisförmigen Bewegungen über den Rücken.

Elle verspannte sich. »Es geht mir gut«, beteuerte sie.

Er löste sich ein Stück von ihr und schaute sie an. »Ja, ich weiß.« Er sah aus, als wollte er noch etwas hinzufügen, nickte dann aber nur und wandte sich wieder dem Herd zu.

Als Natalie zurückkam, um Teller zu holen, klingelte es an der Haustür. »Ich geh schon«, sagte Elle.

Sash bibberte, als Elle sie hereinließ. »Mein Gott, ist das kalt!«, rief sie, und Elle schloss die Tür hinter ihr schnell wieder. Sash klopfte ihre Stiefel auf der Matte am Eingang ab, zog sie aus und achtete sorgsam darauf, nicht versehentlich mit ihren Strümpfen in den schmelzenden Schneematsch zu treten.

»Mein Vater hat so ein Wetter früher immer das Zungenfestklebe-Wetter genannt«, sagte Elle, selbst überrascht, dass sie plötzlich wieder daran denken musste. »Wegen all der dummen Kinder, die sich früher im Winter gegenseitig angestachelt haben, an Metall zu lecken, und dann mit ihren Zungen daran kleben geblieben sind.«

Sashs große Kreolen glitzerten im Licht, als sie den Kopf in den Nacken legte und loslachte. Nachdem sie ihren Schal abgenommen hatte, zog sie sich die lila Strickmütze vom Kopf und legte beides auf die Bank neben der Tür. Sie hatte ihre Haare frisch abrasiert und nur einen kurzen Flaum stehen gelassen, der ihr elfenhaftes Aussehen betonte. Für eine Unternehmensjuristin war das ein ungewöhnlicher Look; er verführte die Leute oft dazu, sie zu unterschätzen, was es dann nur umso großartiger machte, wenn sie sie vor Gericht vernichtend schlug.

»Das ist super, das muss ich mir merken.«

Elle ging voraus zum Esszimmer. Der Spiegel im Flur erinnerte sie daran, dass sie heute weder geduscht noch einen Gedanken an ihre eigene Frisur verschwendet hatte. Sie hatte sich den ganzen Tag in ihrem Studio eingeschlossen, bis sie irgendwann losfahren musste, um Natalie abzuholen.

»Gibt's neue Hinweise wegen CK?«, fragte Sash im Flüsterton.

Elle stockte kurz. Außer für ihre Recherchen kam sie nicht viel aus dem Haus, und die meisten Familienmitglieder und Zeugen, die sie für ihren Podcast über den Countdown-Killer interviewte, benutzten nie diesen Begriff.

»Nein, nichts Neues«, sagte sie, den Blick ihrer Freundin erwidernd. »Dazu ist es noch zu früh.«

Sash lächelte. »Ein paar Kollegen haben heute in meinem Meeting über den Fall gesprochen. Das wird bestimmt deine erfolgreichste Staffel von allen.«

Elle nickte und versuchte, sich nichts anmerken zu lassen.

Auch bei den ungelösten Fällen, um die es in den früheren Podcast-Staffeln gegangen war, hatte sie den Druck verspürt, sie aufzuklären, aber verglichen mit dem jetzigen war das gar nichts gewesen. Die Veröffentlichung der ersten Folge lag erst wenige Wochen zurück, doch schon jetzt war klar, dass dieser Fall anders werden würde. Ihr Posteingang quoll über von Kommentaren, Theorien und Kritik – nicht nur von Hörern aus dem Mittleren Westen, sondern auch aus Australien, Indonesien, England und den Niederlanden. Es war, als ruhten die Augen der ganzen Welt auf ihr.

Aber sie schaffte das. All die Fälle, mit denen sie vorher zu tun gehabt hatte, die der Kinder aus Problemfamilien, die sie in ihrer Zeit beim Jugendamt bearbeitet hatte, und die aus den vorangegangenen vier Staffeln des Podcasts, bildeten das Fundament – die Tonleitern, die sie geübt hatte, während sie sich auf etwas Komplexeres vorbereitete. Der Countdown-Killer war ihr Meisterwerk.

»Du siehst blass aus.« Sash hielt sie sanft am Arm fest, bevor sie das Esszimmer betreten konnten. »Verdammt, tut mir leid, Elle. Du bist bestimmt eh schon nervös genug, auch ohne dass ich dir noch sage, welche Tragweite dieser Fall hat.«

»Nein, ist schon okay. Mir war von vorneherein klar, dass der Podcast dadurch mehr Beachtung finden würde. Ich hab bloß das Ausmaß unterschätzt.« Elle schaute ihre beste Freundin an und presste die Fingernägel in ihre Handfläche. »Meine Producerin und ich bekommen jede Menge Kommentare im Netz, und auf unseren Social-Media-Kanälen gehen viele Ideen ein, aber bislang gibt es nichts Konkretes. Ich weiß, ich hab erst vor ein paar Wochen angefangen, aber ich hab schon jetzt das Gefühl, sie zu enttäuschen.«

»Die Mädchen an der Wand«, sagte Sash. Neben Martín war Sash die Einzige, der Elle je erlaubt hatte, ihr Studio im oberen Stockwerk zu betreten. »Du enttäuschst sie nicht, Elle. Du erweist ihnen eine *Ehre*. Du erzählst ihre Geschichten und versuchst, ihnen Gerechtigkeit zu verschaffen. Du bist zu hart gegen dich selbst.«

Bevor Elle etwas erwidern konnte, schwang die Tür zum Esszimmer auf, und Natalie streckte den Kopf heraus. »Kommt ihr jetzt, oder was? Ich bin am Verhungern.«

Sash lächelte Elle an, drückte noch einmal ihren Arm und folgte Natalie dann in den Raum, in dem Martín das Essen auftrug.

»Wie war dein Geburtstag, mein Schatz?«, fragte Sash und umarmte ihre Tochter.

»Prima. Danke, dass du heute früher von der Arbeit gekommen bist«, sagte Natalie.

»Na klar! Denkst du, ich lasse mir das hier entgehen?« Wenn Elle Sash nicht besser gekannt hätte, wäre ihr der Schatten vielleicht entgangen, der über das Gesicht ihrer besten Freundin huschte. Dass Sash an manchen Abenden lange im Büro blieb, war ein heikles Thema zwischen ihr und Natalie. Aber zu den wichtigen Ereignissen schaffte sie es immer pünktlich, und jetzt, wo Elle ganztägig von zu Hause aus arbeitete, sprang sie gern ein. Bei Schwimmwettbewerben zum Beispiel und wenn Natalie vom Musikunterricht abgeholt werden musste. Hin und wieder begleitete sie sie sogar auf Exkursionen mit der Schule. Im Moment war sie irgendwas zwischen einer sehr engagierten Tante und einer besseren Babysitterin, auch wenn Sash darauf bestand, dass sie eher wie eine zweite Mutter war, die Natalie selbst adoptiert hatte. Aber ganz gleich, wie man ihre Rolle definierte, sie spielte sie wahnsinnig gern.

Sash zog den Stuhl neben Natalie unter dem Tisch hervor und hob die Hände wie ein Conférencier, der die nächste Nummer ansagt. »Liebe Damen, liebe Herren, liebe Gender-Ambivalente: Vor zehn Jahren geschah etwas Außergewöhnliches.« Die weiten Ärmel ihrer Bluse steiften die Tischplatte und verfehlten nur knapp die Spaghettisauce. »Meine Tochter, die einzigartige Natalie Hunter, kam auf diese Welt. Sie war so groß wie ein Chipotle-Burrito und krächzte wie eine Krähe.«

Natalie kicherte und schlug die Hände vors Gesicht.

»Ich weiß, dass du es in den ersten Jahren deines Lebens nicht immer leicht hattest, weil wir so oft umgezogen sind. Aber ich bin froh, dass wir jetzt hier sind, und ich freue mich, dass du deinen zehnten Geburtstag heute im Kreis deiner Familie feiern kannst.« Sash schaute in ihre Richtung, aber Elle konnte ihren Gesichtsausdruck durch den Tränenschleier, der ihr plötzlich die Sicht vernebelte, nicht erkennen. Es rührte sie immer noch jedes Mal, wenn Sash ihr zu verstehen gab, dass sie sie als Familienangehörige betrachtete. Von Martín und ihren Schwiegereltern abgesehen, waren Sash und Natalie die einzige Familie, die Elle besaß.

Natalie beugte sich vor und schaute auf das kalt werdende Essen, das vor ihr stand. »Komm schon, Mama, ich hab Hunger.«

Sie lachten alle, und schließlich hob Sash ihr Glas. »Okay, okay. Es kommt noch so weit, dass man als Mutter verklagt wird, weil man am zehnten Geburtstag seiner Tochter eine Rede hält. Auf Natalie!«

»Auf Natalie!«, wiederholten Martín und Elle und erhoben ebenfalls die Weingläser. Sie stießen mit Natalies Cola an und wandten sich dann dem Essen zu.

»Wie war dein Tag, Sash?«, fragte Elle, während sie Pasta auf ihre Gabel drehte.

Sash nippte an ihrem Wein. »Nicht schlecht. Allerdings ist die Firmenfusion, an der ich gerade arbeite, ziemlich nervtötend. Die beiden CEOs tun bei ihren Vorstandssitzungen so, als wäre alles in Butter, dabei kriege ich sie momentan nicht mal mehr an den Verhandlungstisch. Der eine äußert sich irgendwie über den Golfschwung des anderen, und zack, steht ein Multimillionen-Dollar-Deal auf dem Spiel. Da sage noch mal einer, Frauen wären emotional.«

Martín lachte grunzend, weil er den Mund voll Pasta hatte.

»Und wie läuft's bei dir, Martín?«, fragte Sash. »Was machen die Toten?« Sie betonte seinen Namen richtig, Mar-tien, auf der zweiten Silbe; ihre bequemeren Bekannten machten es sich einfach, indem sie die englische Aussprache wählten.

Er hielt seine Gabel hoch, auf die er eine Cherrytomate gespießt hatte. »Im Moment ganz schön viel Stress. Um die Jahreszeit muss ich mich immer ranhalten, sonst stapeln sich bei mir die Leichen.«

»Martín!«, sagte Elle.

Er hielt die Hände in der klassischen Unschuldspose hoch. »Sorry, aber es ist ja nicht so, als ob die beiden nicht wüssten, was ich tue.«

»Genau, Elle, es ist ja nicht so, als ob ich das nicht wüsste.« Natalie trank von ihrer Cola und grinste. »Ich will auch Leichenbeschauerin werden, wenn ich groß bin.«

Elle schüttelte den Kopf und schielte zu ihrer Freundin hin. Sash hatte ihr vor zwei Wochen anvertraut, Natalie hätte sich auf eine unschuldige Art in Martín verliebt, aber das war zu dem Zeitpunkt ohnehin nicht mehr zu übersehen gewesen. Vor ungefähr einem Monat hatte Natalie von einem Tag auf den anderen aufgehört, Martín *»tío«* zu nennen; seither bestand sie darauf, seinen Vornamen zu benutzen, und hing ihm buchstäblich an den Lippen. Sash schob es auf die Pubertät. Elles Master in Kinderpsychologie lag zwar schon ein paar Jahre zurück, aber dass eine Zehnjährige sich in den einzigen erwachsenen Mann verliebte, der ihr nahestand, erschien auch ihr nicht weiter ungewöhnlich.

Obwohl Martín wissen musste, dass Sash und Elle ihn amüsiert beobachteten, ignorierte er die beiden und unterhielt sich angeregt mit Natalie über die Voraussetzungen, die man für seinen Beruf mitbringen musste.

»Ich glaube, du wärst eine tolle Rechtsmedizinerin«, sagte er. »Aber dein Umgang mit Messern ist auf jeden Fall verbesserungsfähig. Hier, ich hab immer noch Narben vom letzten Mal, als du mir geholfen hast, Paprika für die Fajitas zu schneiden.« Er hielt den Daumen hoch und zeigte ihr die kleine sichelförmige rosa Stelle auf seiner mittelbraunen Haut.

Natalie schob seinen Arm weg und wurde rot. »Das ist schon zwei Jahre her, außerdem hab ich mich tausendmal dafür entschuldigt. Du bist vielleicht eine Memme.«

Martín drückte eine Hand an seine Brust und zog in gespielter Empörung einen Schmollmund. »*Cómo te atreves*. Aber wahrscheinlich hast du recht. In meinem Metier verblutet niemand, wenn das Skalpell mal an der falschen Stelle angesetzt wird. Ich bin sicher, du kriegst das hin.«

Elle lachte, aber wenn sie ihren Mann so mit Natalie zusammen sah, wurde sie immer auch ein wenig melancholisch. Denn wenn die beiden miteinander flachsten, fiel es schwer, nicht daran zu denken, was für ein toller Vater Martín geworden wäre. Elle hatte Sash in der Phase kennengelernt, als sie und Martín alles versuchten, um ein Baby zu bekommen. Damals waren sie gerade frisch in das neue Haus auf der anderen Straßenseite gezogen, um Platz für die mindestens zwei Kinder zu schaffen, die sie eines Tages zusammen haben wollten. All die blutjungen, fruchtbaren Frauen, mit denen Elle zur Schule gegangen war, schienen – im Gegensatz zu ihr – schon beim bloßen Gedanken an Sex schwanger zu werden. Deshalb hatte sie es als Erleichterung empfunden, dass Sash so offen mit ihren eigenen IVF-Erfahrungen umgegangen war. Sash war nie an Sex oder einer Beziehung interessiert gewesen, hatte aber immer schon Mutter werden wollen und sich deshalb entschieden, den Weg über Reagenzgläser und Injektionen zu gehen. Als Elle ihr von ihren eigenen Fruchtbarkeitsbehandlungen berichtete, hatten sie sich gegenseitig für die albtraumhafte Erfahrung bedauert, mit Hilfe der Wissenschaft schwanger werden zu wollen (auch wenn Sash gern im Scherz sagte, dass sie die direkte Methode noch weitaus beängstigender fand).

Nachdem sie und Martín es jahrelang vergeblich versucht hatten, konnte Elle ihrem Körper den Stress und die Hormone nicht länger zumuten, und sie waren schließlich übereingekommen, dass sie nicht dazu bestimmt waren, Eltern zu werden. Dass sie Natalie damals schon so nahestanden, hatte diese schmerzhafte Entscheidung zumindest ein bisschen erträglicher gemacht.

»Als angehende Medizinerin musst du aber sehr viel Physik und Chemie lernen. Ist dir das klar, Süße?«, fragte Sash. »Und deine Angst vor Spritzen musst du dann bestimmt auch ablegen.«

Natalie reckte ihr Kinn hoch. »Das kriege ich hin.«

Elle führte ihre Gabel zum Mund, um ihr Lächeln zu verbergen. Natalie gehörte zu den Kindern, die sich ständig für etwas Neues begeisterten. Vor einem halben Jahr hatte sie den Tierschutz für sich entdeckt, nachdem sie auf YouTube über ein entsprechendes Video gestolpert war, und geschworen, nie wieder Fleisch zu essen. Danach verging kein Tag, ohne dass sie über Käfighaltung und Viehtreiberstäbe wetterte. Bis sie dann auf einmal, während Elle nebenan zu Besuch war, mit großem Appetit einen Hamburger verdrückt und sich statt über Tierquälerei über den Klimawandel ereifert hatte. In der Regel ging ihr Interesse alle paar Monate auf ein anderes Thema über, aber eines der Dinge, denen sie dauerhaft treu blieb, war die Religion. Vor ein paar Jahren hatte Natalie von ihrer Schulfreundin eine Bibel geschenkt bekommen, und seitdem gingen die beiden Mädchen fast jeden Sonntag zusammen in die Kirche. Man musste Sash zugutehalten, dass sie, obwohl sie nicht gläubig war, nie versucht hatte, Natalie die Gottesdienste auszureden.

Elle liebte die Leidenschaft, mit der sich das Mädchen in

alles reinhängte. Denn niemand wusste besser als sie selbst: Wenn dich irgendwas im Leben so richtig aufregt, kann es am Ende das sein, was dich beruflich erfolgreich macht. Natalie war noch zu jung, um sich für eine Sache zu entscheiden, aber irgendwann würde sie es tun. Elle war nur ein Jahr älter als Natalie gewesen, als ihr Leben aus den Angeln gehoben worden war, und danach hatte es für sie nur einen einzigen gangbaren Weg gegeben.

Dieser Gedanke erinnerte Elle an die Gesichter oben an der Wand ihres Studios, an all die jungen Leben, die ausgelöscht worden waren, und sie lehnte sich unvermittelt zurück. Sie blinzelte, um die Bilder zu vertreiben, die sich in ihre Netzhaut eingebrannt hatten. Dann trank sie einen Schluck Wein und ließ ihren Blick schweifen. Sash und Natalie schienen nichts bemerkt zu haben, aber Martín beobachtete sie und zog fragend eine Augenbraue hoch. Sie nickte kurz und nahm ihre Gabel wieder in die Hand.

Als sie mit dem Essen fertig waren, stand Sash auf, um die leeren Teller abzuräumen.

»Lass mal, Sash, das brauchst du nicht.« Martín stand ebenfalls auf und wollte ihr das Geschirr abnehmen.

»Entspann dich, Martín, ich hab nicht vor, zu spülen oder so. Das kann Natalie machen. Betrachtet es als Ausgleich für das Spritgeld, das ihr ausgebt, um sie überall hinzukarren, während ich bei der Arbeit bin.«

»Hey, meine Gesellschaft ist doch wohl Entschädigung genug«, rief Natalie und warf ihre Zöpfe nach hinten.

Martín brach in lautes Gelächter aus, und Sash sagte in der Küche mahnend den Namen ihrer Tochter. Elle schob die Bilder, die sie im Kopf hatte, beiseite und grinste ebenfalls.

Als sie vom Tisch aufstand, um Sash in der Küche zu helfen, vibrierte das Handy in ihrer Tasche. Elle ging in den Flur und schaute auf das Display. Es gab Dutzende von Nachrichten auf dem Mail-Account ihrer Show. Die Benachrichtigungen auf ihren Social-Media-Accounts ignorierte sie; darum würde sie sich später kümmern. In den meisten E-Mail-Betreffzeilen stand das Übliche, aber eine sprang ihr ins Auge wie ein Tippfehler auf einer Reklametafel:

Ich weiß, wer er ist.

3

JUSTICE DELAYED-PODCAST · 5. DEZEMBER 2019

Transkript: Staffel 5, Folge 1

ELLE: Was passierte, nachdem die Medien sich auf den Spitznamen Countdown-Killer gestürzt hatten?

SYKES: Wir hatten fast nichts, worauf wir uns stützen konnten, keinen konkreten Beweis. Damals gab's noch keine Serien wie *CSI* oder *Law & Order: Special Victims Unit*, weshalb die meisten Leute auch nicht viel über DNA wussten. Trotzdem war es diesem Kerl gelungen, keine einzige Spur von sich zu hinterlassen. Darum vermuteten wir, dass er eine wissenschaftliche oder medizinische Ausbildung haben könnte.

ELLE: Oder bei der Polizei arbeitete.

SYKES: Ja, das war auch eine Option. Jedenfalls konnten wir nichts finden, was uns geholfen hätte, das Unvermeidliche zu verhindern. Nur Stunden nachdem wir den Mord an Isabelle Kemp mit den Fällen von 1996 in Verbindung gebracht hatten, kamen wir dahinter, wer wohl sein nächstes Opfer war: Eine Siebzehnjährige namens Vanessa Childs, die in einem Schnellimbiss arbeitete und drei Tage zuvor dort beim Müll-Rausbringen verschwunden war. Als wir ihren Eltern von unserem Verdacht erzählten, gerieten sie verständlicherweise vollkommen außer sich.

ELLE VOICE-OVER: Man empfindet eine besondere Art von

Hilflosigkeit, wenn man darauf wartet, dass jemand tot aufgefunden wird. Vanessas Familie hoffte natürlich, dass die Polizei sich irrte und ihr Verschwinden nicht mit dem der beiden anderen Frauen zusammenhing, aber das Timing war beängstigend präzise. Und dann kam am Spätnachmittag desselben Tages, an dem Isabelles Leiche aufgetaucht war, auch noch eine andere junge Frau abhanden: die sechzehnjährige Tamera Smith, eine vielversprechende Basketballspielerin und Einser-Schülerin. Ihre Spur verlor sich auf dem kurzen Fußweg zwischen Schule und Sporthalle.

Die Ermittler suchten weiter nach Verdächtigen. Die kriminaltechnischen Untersuchungen wurden im Eiltempo durchgeführt, aber da an Isabelle Kemps Leiche keine männliche DNA entdeckt wurde, gab es weiterhin keine Anhaltspunkte. Die Geschichte war inzwischen überall in den Nachrichten, und die Verkaufszahlen von Pfefferspray und Handfeuerwaffen schnellten nach oben. Alle warteten förmlich darauf, dass das nächste Mädchen verschwand, und waren fest entschlossen, es nicht zu sein. Der Bürgermeister von Minneapolis dachte Berichten zufolge darüber nach, eine Ausgangssperre zu verhängen, wurde aber darauf hingewiesen, dass diese Maßnahme das falsche Signal aussenden würde, nämlich, dass die jungen Frauen selbst die Schuld trügen.

Vanessa Childs Familie startete Suchaktionen in den Parks und Waldgebieten rund um den Vorort Roseville, in dem sie zuletzt gesehen worden war, aber ohne Erfolg. Drei Tage später, eine Woche nach ihrem Verschwinden, wurde Vanessas Leiche in einem Gebüsch am Ufer des Sees Bde Maka Ska gefunden. Die Stadt hatte kaum genug Zeit, Luft zu holen, da wandten sich Tamera Smiths Eltern bereits an die Medien, weil sie davon überzeugt waren, dass die Polizei nicht genug tat, um ihre Tochter zu retten.

[**GERÄUSCH-EINSPIELER:** Ein Telefon klingelt dreimal.]

ANONYMUS: Hallo?

ELLE: Hallo, spreche ich mit [*Piepton*]?

ANONYMUS: Wer ist da?

ELLE: Guten Tag, mein Name ist Elle Castillo, und ich untersuche den Fall des Countdown-Killers. Ich hatte gehofft, mit Ihnen über –

ANONYMUS: Sind Sie von der Polizei?

ELLE: Nein.

ANONYMUS: Ich spreche nicht mit Journalisten.

ELLE: Ich bin auch keine Journalistin.

ANONYMUS: Was sind Sie denn dann, zum Teufel?

ELLE: Ich bin eine unabhängige Ermittlerin, die sich auf ungeklärte Fälle von Straftaten gegen Minderjährige spezialisiert hat. Ich berichte in einem Podcast über meine Arbeit.

ANONYMUS: Einem was?

ELLE VOICE-OVER: Es dauerte eine Weile, ihr das Konzept von Podcasts zu erklären, zumal von investigativen Podcasts, aber irgendwann hatte ich sie so weit, dass sie bereit war, sich mit mir zu unterhalten. Sie möchte jedoch namentlich nicht mit dem Fall in Verbindung gebracht werden, und ich respektiere diesen Wunsch, indem ich ihre Anonymität wahre. Ich habe sie gefragt, ob ich sie der Anschaulichkeit halber Susan nennen darf, und sie war einverstanden.

ELLE: Könnten Sie bitte erzählen, wie Sie mit dem Fall des Countdown-Killers in Berührung kamen?

SUSAN: Ich kam damit in Berührung, weil ich meine Nase in Dinge gesteckt hab, die mich nichts angingen, und die Entscheidung bereue ich jetzt schon ungefähr zwanzig Jahre.

ELLE: Könnten Sie erklären, wie Sie das meinen?

SUSAN: Das war 1997, nachdem sie die zweite Mädchenleiche gefunden hatten. Mir war aufgefallen, dass mein Mann sich tagelang komisch benahm; er war fahrig und zerzaust und kam immer erst Stunden, nachdem ich ihn eigentlich erwartet hatte, nach Hause. Zuerst dachte ich, er hätte eine Affäre, aber das erklärte den Dreck nicht.

ELLE: Den Dreck?

SUSAN: Ja, seine Hose war verdreckt, als wäre er in einem Garten rumgerobbt oder so was, dabei war ja tiefster Winter. Die Jeans musste ich zweimal waschen, bis sie wieder sauber war. Und dann kam eines Abends, als wir vorm Fernseher saßen, was über diesen Serienmörder in den Nachrichten; sie sagten, er hätte im Jahr davor zwei Mädchen umgebracht, und es sähe so aus, als wäre er wieder aktiv. Jimmy war schon halb eingeschlafen gewesen, aber als das kam, saß er plötzlich kerzengerade da, als hätte er sich einen Stromschlag an einer kaputten Steckdose geholt. Er hat kein Wort gesagt, nur auf den Fernseher gestarrt, bis die nächste Meldung kam. Da hab ich Gänsehaut gekriegt.
Also hab ich angefangen zu überlegen, und als ich in meinen alten Kalender geguckt hab, hab ich gesehen, dass Jimmy mir im Jahr davor erzählt hatte, er würde auf Dienstreise gehen. Genau in der Zeit, als die armen Mädchen umgebracht wur-

den. Danach wurde ich das Gefühl einfach nicht mehr los, dass er das sein könnte.

ELLE: Und was haben Sie gemacht?

SUSAN: Ich weiß nicht, ob Sie das glauben können, aber zuerst hab ich darüber nachgedacht, gar nichts zu machen. Ich meine, ich war erst dreiundzwanzig. Mein Mann war siebenundzwanzig. Wir waren jung, und ich liebte ihn. Ich hab nicht wirklich geglaubt, dass er zu so was imstande wäre, aber das Timing war einfach ... unheimlich. Also hab ich irgendwann alle meine Notizen genommen und bin zu dem Detective gefahren, der an dem Fall saß.

ELLE VOICE-OVER: Detective Sykes befand sich gerade in der schwierigen Lage, zu viele Fährten, aber nicht genügend Zeit zu haben, um sie alle zu verfolgen. Darum hat er Susan zunächst abgewimmelt, als sie kam und ihm all die Gründe aufzählte, warum ihr Mann der Killer sein müsse. Sie war schon auf halbem Weg zurück zu ihrem Auto, als er ihre Notizen durchgesehen hatte und ihr hinterherrannte. Susans Ehemann, Jimmy Cooper, wurde zu Detective Sykes' erstem Hauptverdächtigen – nach der ganzen Zeit war er die erste vielversprechende Spur.

SYKES: Kennen Sie die Geschichte über die Sirenen aus der griechischen Mythologie? Die mit den schönen Frauen, die Seeleute zu den Felsen hinlocken und töten? Also, [*Piepton*] war bestimmt ein nettes Mädchen, aber tief im Innersten hatte sie, glaube ich, was von einer Sirene an sich. Natürlich war das alles vor allem mein Fehler. Als Tamera Smith verschwand, war ich verzweifelt, weil ich nichts hatte, was ich ihren Eltern sagen konnte. Darum wollte ich unbedingt hören, was Susan zu erzählen hatte. Und sie hatte ja nicht Unrecht – die Zeiten, in denen die Morde geschehen waren, stimmten mit denen übereinein, in denen ihr Ehemann ohne Begründung weg gewesen war. Aber das war's auch schon. Also habe ich eine Truppe zusammengestellt, die Jimmy Cooper in den nächsten zwei Tagen rund um die Uhr beschatten sollte. Wir wollten sehen, ob er uns zu der Stelle führen würde, wo er das Mädchen festhielt. Wir gingen davon aus, dass CK seine Opfer während der sieben Tage, in denen er sie gefangen hielt, besuchte. Es war sogar denkbar, dass er sie bei sich zu Hause festhielt – an den Leichen von Isabelle Kemp und Vanessa Childs fanden sich Hinweise darauf, dass sie während ihrer Gefangenschaft zu Hausarbeit gezwungen worden waren.

ELLE VOICE-OVER: Das war eine Steigerung. Die Leichen von Beverly Anderson und Jillian Thompson hatten, abgesehen von den Folgen ihrer Vergiftung und den Striemen auf ihren Rücken, keinerlei Spuren körperlichen Missbrauchs aufgewiesen. Bei den drei Opfern des Countdown-Killers aus dem Jahr 1997 war es jedoch anders. Sie hatten alle drei trockene, spröde Haut an den Händen, in der Rückstände starker Reinigungsmittel nachgewiesen werden konnten. Außerdem hatten sie blaue Flecken an den Knien und Blasen an den Handflächen. Zusätzlich zu den Peitschenhieben hatte der Täter sie zum Putzen gezwungen, wahrscheinlich stundenlang ohne Pause, aber man konnte unmöglich sagen, was oder wo sie geputzt hatten. Oder – noch wichtiger – warum.
Außerdem kann Detective Sykes Susan zwar als Sirene bezeichnen, wenn er will, ich hatte während meines Interviews mit ihr allerdings in keiner Weise Anlass zu glauben, sie hätte sich absichtlich manipulativ verhalten oder eine falsche Spur auslegen wollen, als sie ihren Mann beschuldigte. Sie hat sich zwar später von ihm scheiden lassen, aber damals hat sie ihn noch geliebt und sich lange mit der Entscheidung gequält, ob sie sich an die Polizei wenden sollte. Und sie lag ja auch nicht

völlig daneben. Die von Detective Sykes veranlasste Beschattung von Jimmy Cooper lieferte zwar eine einleuchtende Erklärung für sein seltsames Verhalten – aber sie brachte auch ans Licht, dass er nicht gänzlich unschuldig war.

ELLE: Erzählen Sie mir, was Sie bei der Überwachung von Jimmy Cooper herausfanden.

SYKES: In einem Punkt hatte Susan recht: Er betätigte sich kriminell. Jimmy Cooper arbeitete bei der Gemeinde und hatte Bestechungsgelder für die Vergabe von Aufträgen an bestimmte Unternehmen angenommen. Das Geld vergrub er auf einem Grundstück auf dem Land, das er bar bezahlt hatte, ohne seiner Frau etwas davon zu erzählen. Er glaubte offenbar, sobald er genügend zusammengespart hätte, könnte er sie mit ihrem Traumhaus überraschen, ohne dass sie fragt, woher das Geld dafür stammt.

ELLE: Gab es denn auch eine Erklärung für seine auffällige Reaktion auf den Bericht über die ermordeten Frauen in den Nachrichten? [*Piepton*] sagte doch, er hätte wie elektrisiert dagesessen und auf den Bildschirm gestarrt.

SYKES Ja, richtig, danach haben wir ihn auch gefragt. Wie es aussieht, hat er auf den durchlaufenden News-Ticker unten am Bildschirmrand geguckt, der die aktuellen Börsenkurse anzeigte. Der Aktienkurs einer der Firmen, in die er sein illegal erworbenes Geld gesteckt hatte, war stark gefallen; er hatte einen Großteil seiner Investition verloren. Er erzählte uns, er hätte darauf gewartet, dass die Zahlen noch mal durchlaufen, weil er hoffte, sich verlesen zu haben. Dass seine Frau auf seine Reaktion aufmerksam geworden war, hatte er gar nicht mitbekommen.

ELLE: Sie haben also nie irgendeinen Hinweis darauf gefunden, dass Jimmy Cooper etwas mit den Morden zu tun haben könnte?

SYKES: Nein, nicht den geringsten, das möchte ich noch mal ganz deutlich sagen. Bestechung fällt nicht in mein Ressort, aber Jimmy Cooper hat für das, was er getan hat, bezahlt. Er hat seinen Job verloren, seine Frau hat ihn nach seiner Verurteilung verlassen, und er hat acht Jahre im Gefängnis gesessen. Er kann also auf gar keinen Fall der Countdown-Killer sein.

ELLE VOICE-OVER: Es mag übertrieben erscheinen, das noch einmal zu betonen, aber in Internetforen und popkulturellen Anspielungen auf diesen Fall wird seit zwei Jahrzehnten immer wieder ein Verdacht gegen Jimmy geschürt. Im Internet sind einige Amateurdetektive unterwegs, die glauben, er wäre der ursprüngliche Countdown-Killer gewesen und dann wäre ein Nachahmer in seine Fußstapfen getreten. Oder sie behaupten, er hätte von Anfang an einen Komplizen gehabt, der seine Arbeit fortgesetzt hat, als er hinter Gittern saß. Sie sagen das, weil die ersten zwei Frauen vom Täter anders behandelt wurden als die anderen drei. Aber auch ich möchte betonen: Ich habe das Leben von Jimmy Cooper in all den Jahren, die ich mich schon mit diesem Fall befasse, sehr gründlich durchleuchtet, und ich kann mit absoluter Sicherheit sagen: Er ist es nicht. Ihr braucht mir natürlich nicht zu glauben, aber wenn ihr euch stundenlange Bemühungen ersparen wollt, einem unschuldigen Mann diese grausamen Morde nachzuweisen, lasst euch von mir versichern: Ich hab's erfolglos versucht.
Die Wahrheit ist: Obwohl Detective Sykes und sein Team gute Gründe dafür hatten, Susans Verdacht gegen ihren Ehemann nachzugehen, haben ihre Ermittlungen sie letztlich nur vom Kurs abgebracht. Und während die Officer Jimmy Cooper von

der Arbeit bis zu seinem Grundstück folgten und ihn dabei beobachteten, wie er Bestechungsgelder vergrub, wurde Tamera Smiths Leiche unter der Stone Arch Bridge im Zentrum von Minneapolis gefunden. Und wie Isabelle Kemps und Vanessa Childs Leichname wies auch ihrer Spuren von langer Arbeit mit Putzmitteln auf.

ELLE: Ich frage mich, ob Sie mir etwas erklären können, was mir bezüglich der Zeitachse aufgefallen ist. Eine Menge Leute, die sich für den Fall interessieren, finden diesen Punkt irritierend. Wenn der Countdown-Killer die jungen Frauen im Abstand von drei Tagen entführt hat, müssten sie dann nicht mindestens einen Tag lang alle zusammen in seiner Gewalt gewesen sein? Eine Frau an Tag eins, zwei an Tag drei und drei an Tag sechs?

SYKES: Ja, das wurde damals häufig falsch berichtet, und hin und wieder kommt das Thema noch mal auf. Speziell in Internetforen, in denen die Leute über die Muster und die Zahlen diskutieren. Es wird immer Menschen geben, die die Existenz eines aktiven Serienmörders nicht wahrhaben wollen. Der Abstand zwischen den Entführungen war nie kleiner als zweiundsiebzig Stunden – also drei volle Tage. Manche rechnen allerdings lieber in Nächten. CK hatte jede der Frauen drei Nächte in seiner Gewalt, bevor er die nächste entführt hat.

ELLE: Sie waren also sechs Nächte bei ihm, bevor er sie umgebracht hat, nicht sieben?

SYKES: Das ist richtig. Sie waren für gewöhnlich vor dem Mittag des siebten Tages tot.

ELLE: Gut, das hilft mir weiter, danke. Ich finde es wichtig, sich über das Muster im Klaren zu sein, und bei einem Fall von solcher Tragweite sollten die Informationen, die darüber kursieren, auch korrekt sein.

SYKES: Ich lege großen Wert auf Sorgfalt und Genauigkeit. Von den Medien kann man das ja heute nicht mehr behaupten.

ELLE: Ich bin immer bestrebt, in meiner Show die Wahrheit zu sagen, Detective. Haben Sie denn, nachdem sich Jimmy Coopers Spur als Pleite erwiesen hatte, irgendetwas an Tamera Smiths Leiche finden können – irgendeinen Hinweis darauf, dass dem Countdown-Killer trotz seines obsessiven Bemühens, keine Spur zu hinterlassen, ein Fehler unterlaufen war?

SYKES: Ja, auf Tameras Hose war ein Fleck, von dem sich später im Labor rausstellte, dass er von Tee stammte.

ELLE: Erzählen Sie mir mehr darüber. Ihre Dienststelle sagte, es handele sich um eine spezielle Darjeeling-Art, aber einige Leute bezweifeln, dass man von einem Fleck auf eine konkrete Teesorte schließen kann. Was sagen Sie denen?

SYKES: Na ja, zunächst mal ist es nicht meine Dienststelle, die das sagt; wir geben nur weiter, was das forensische Labor uns mitgeteilt hat. Und weil die Labortechnik weiterentwickelt wurde, hat sich auch unser Wissen über den Teefleck mit Laufe der Zeit verfeinert. 1997 konnte das Labor uns nur mitteilen, dass es ein Oolong-Tee sein musste; das war an der Oxidationsstufe der Blätter erkennbar. Nach der Untersuchung der Teepartikel in dem Fleck waren die Experten sich ziemlich sicher, dass es sich um losen Tee handelte, dass er also nicht in einem Beutel gesteckt hatte, als er aufgegossen wurde. Im letzten Jahr führten sie dann weitere Tests an der Probe durch und wendeten dabei eine neuere Technik an, die man Direct

Analysis in Real Time oder kurz DART nennt und die man nutzen kann, ohne die Probe extra aufbereiten und dadurch weiter vermindern zu müssen. Das ist gut, weil die Probe ja ohnehin nur sehr mager war und jetzt fast nichts mehr davon übrig ist. Mehrere örtliche Teehäuser spendeten kleine Dosen sämtlicher Tees aus ihrem Sortiment, und einige erstellten auch Listen mit typischen Ingredienzien, nach denen die Labortechniker suchen konnten. Das half, spezielle Marker zu identifizieren, mit denen sie den Fleck vergleichen konnten.

ELLE: Sie wollte nicht, dass ich unser Gespräch aufnehme, aber ich habe mich mit der Kriminalbiologin Dr. Forage unterhalten, die mir erklärte, sie hätten das DART-Verfahren im Labor mit einem anderen kombiniert, das man Hochauflösende Massenspektrometrie nennt. Auf diese Weise konnte die genaue Teesorte identifiziert werden, von der der Fleck höchstwahrscheinlich stammt, nämlich von einem teuren losen Darjeeling, der aus Indien importiert wird und bei dessen Herstellung ein patentierter Fermentationsprozess zur Anwendung kommt. Eine Sorte namens Majestic Sterling.

ELLE VOICE-OVER: Kurzer Hinweis an meine Hörer: Ein örtlicher Tee-Experte, den ich interviewt habe, hat mir mehr als eine halbe Stunde lang über den Majestic Sterling referiert, und ich bin sicher, er ist enttäuscht, dass ich hier nichts von der Aufnahme verwende. Tut mir leid, aber das konnte ich euch nicht antun, auch wenn ich höchst dankbar bin, dass er mir seine Zeit geschenkt hat. Die wichtigste Information, die er mir gegeben hat, lässt sich so zusammenfassen: Das ist kein mittelmäßiger Darjeeling, den man im Supermarkt um die Ecke kauft. Majestic Sterling kostet fast einen Dollar das Gramm.

SYKES: Ich bin Kaffeetrinker und habe auch keine Ahnung von Chemie oder Biologie, aber wenn Sie mit Dr. Forage gesprochen haben, haben Sie die besten Informationen, die Sie kriegen können. Sie ist in Hennepin die führende Expertin auf diesem Gebiet und hat die letzten Tests persönlich durchgeführt. Sie lehnt es kategorisch ab, in den Medien aufzutreten, aber sie kennt sich echt aus.

ELLE: Wie ich gehört habe, führte die Identifikation der Substanz als Oolong-Tee im Ermittlerteam zu einer ersten größeren Debatte darüber, welche Informationen an die Öffentlichkeit weitergegeben und welche geheim gehalten werden sollten. Letztlich haben Sie entschieden, die Öffentlichkeit zu informieren, in der Hoffnung, damit jemanden, der ohnehin schon einen Nachbarn oder ein Familienmitglied in Verdacht hatte, dazu zu bringen, sich bei der Polizei zu melden. Ist das richtig?

SYKES: Ja, das ist richtig. Das war der erste Punkt in diesem Fall, von dem ich sicher sagen kann: Das war ein Fehler. Wir hätten das nicht tun sollen.

ELLE VOICE-OVER: Mehr dazu nächstes Mal in *Justice Delayed ...*

4

ELLE · 9. JANUAR 2020

Elle rief Martín und Sash von der Küchentür aus zu, dass sie gleich zurück sei, und rannte hoch ins Studio.

Sie öffnete die E-Mail auf ihrem Rechner. Außer dem Betreff enthielt sie nur eine Textzeile – eine Telefonnummer. Elle gab sie in ihr Handy ein und hielt den Atem an, während sich die Verbindung aufbaute. Beim vierten Klingeln sagte ein Mann mit mexikanischem Akzent: »Hallo?«

»Ja, hallo, hier ist Elle Castillo vom Podcast *Justice Delayed.*« Sie schaute auf den Absender der E-Mail: »Spreche ich mit Leo Toca?«

Einen Moment lang herrschte Stille. Sie schaute auf ihr Telefon, um zu überprüfen, ob das Gespräch unterbrochen worden war, aber nein, die Leitung stand noch. »Haben Sie mir vor ein paar Minuten eine E-Mail geschickt?«

»Ich weiß, wer er ist.«

Elle rang nach Luft. *Ist.* Sowohl in der E-Mail als auch jetzt am Telefon benutzte der Mann die Gegenwartsform. Sie versuchte, ruhig zu sprechen: »Und woher wissen Sie das?«

Er sprach so hastig, dass er sich zu verhaspeln drohte: »Ich wusste schon lange, dass mit dem was nicht stimmt. Und als ich vor ein paar Tagen in Ihre neuste Staffel reingehört hab, hab ich gemerkt, dass es Parallelen zu Ihrem Fall gibt. Er war in den Gegenden, wo die Frauen umgebracht wurden. Und er hat den teuren Tee bei sich stehen, den sie auf der Hose von der einen Frau gefunden haben. Ich bin ganz sicher. Ich hab auch den Beweis, aber weil mir eh keiner glaubt, hab ich Ihnen geschrieben. Sie müssen mir helfen, bevor es zu spät für sie ist.«

»Langsam, Leo. Zu spät für wen?«

Es folgten wieder zwei Sekunden Stille, dann sagte er: »Wann können wir uns treffen?«

»Jetzt, jetzt sofort«, antwortete Elle mit heiserer Stimme. »Wohnen Sie hier in den Cities? Wie wär's, wenn wir uns irgendwo in einem Diner treffen?«

»Nein, ich ... bitte, Sie müssen zu mir kommen. Ich wohne in St. Paul. Ich kann das Haus nicht verlassen. Das ist zu gefährlich.«

Elles Gedanken rasten; sie musste blitzschnell entscheiden, ob ein möglicherweise entscheidender Tipp das Risiko wert war, einen Fremden in seiner Wohnung aufzusuchen.

»Warum haben Sie Angst um Ihre Sicherheit? Sagen Sie mir, was los ist. Das hier ist kein Spiel. Ich warne Sie, verarschen Sie mich nicht.« Sie biss sich auf die Unterlippe und bedauerte den aggressiven Ton, den sie angeschlagen hatte. Es gehörte zu ihrem Job, mit falschen Hinweisen umzugehen – und mit ängstlichen Informanten.

»In einer Stunde. Kommen Sie in einer Stunde her, und ich gebe Ihnen alles, was Sie wissen müssen, um ihn zu schnappen.« Er nannte eine Adresse an der Hamline Avenue und legte auf.

Elle blieb, das Handy ans Ohr gepresst, einen Augenblick lang am Schreibtisch sitzen. Dann legte sie das Telefon weg und öffnete ihren Internetbrowser.

In den Twin Cities und darum herum gab es mehrere Social-Media-Accounts von Männern namens Leo Toca, aber nur zwei, deren Sicherheitseinstellungen es ihr erlaubten, einen Blick auf die Profile zu werfen. Der erste Leo Toca war ein *abuelo*, der sich im Kreis seiner Enkelschar hatte fotografieren lassen – definitiv nicht der Typ vom Telefon. Der andere war fünfunddreißig Jahre alt und hatte zwei verschiedene Teilzeitjobs, einen als Hausmeister an einer Universität und einen als Mechaniker in einer Autowerkstatt an der Snelling Avenue. Elle wechselte zu Google und stieß kurz darauf auf eine Pressemeldung aus dem letzten Jahr, die sie aufmerken ließ: Darin wurde Leo Tocas Name neben dem seines Geschäftspartners, Duane Grove, genannt. Die beiden hatten wegen der Anschuldigung, in ihrer Werkstatt gestohlene Fahrzeuge auszuschlachten, vor Gericht gestanden, waren aber freigesprochen worden. Die Zeitung hatte nur deswegen darüber berichtet, weil eines der Autos, die sie angeblich zerlegt hatten, einem Lokalpolitiker gehörte. Seit diesem Prozess hatte Leo sich offenbar nichts mehr zuschulden kommen lassen.

Als jemand an die Studiotür klopfte, stand Elle auf und knipste das Licht aus, damit man die vielen Tatortfotos an den Wänden nicht sah. Erst dann öffnete sie.

Natalie stand im Flur und spielte mit einem ihrer Zöpfe. »Mom schickt mich. Ich soll dir sagen, dass wir jetzt den Kuchen essen.« Sie spähte an Elle vorbei in den dunklen Raum. »Arbeitest du an deinem Podcast?«

»Ja, irgendwie schon. Tut mir leid, ich weiß, dass ich das an deinem Geburtstag nicht tun sollte.« Elle strich ihr über den perfekt gezogenen Scheitel, und sie gingen zusammen durch den Flur zurück nach unten.

»Macht es dich nicht traurig, an Fällen über Leute zu arbeiten, die Kindern weh tun?«

Elle zuckte innerlich zusammen. Natalie wusste im selben Maße über das Bescheid, was Elle machte, wie sie auch die faszinierend makabren Rahmenbedingungen von Martíns Arbeit kannte. Aber ebenso wenig, wie sie jemals mit ins Leichenschauhaus gedurft hätte, ließ Elle sie in das Podcast-Studio, in dem lauter Tatortfotos und Notizen zu den Fällen herumhingen. Allerdings konnte Sash natürlich wenig tun, um zu verhindern, dass Natalie sich *Justice Delayed* anhörte; ihre Generation umging mühelos alle elterliche Kontrollen und wusste auch, wie man einen Browser-Verlauf löschte. Deshalb war Elle ziemlich sicher, dass das Mädchen zumindest ein paar Folgen ihres Podcasts kannte.

»Doch, schon. Aber ich weiß, dass diese Kinder von ihren Familien genauso geliebt wurden, wie ich dich lieb habe, und ich kann das, was passiert ist, nicht einfach so hinnehmen. Ich versuche, dabei zu helfen, die bösen Menschen zu finden, die das getan haben. Denn ich möchte, dass sie dafür büßen.«

Als sie unten an der Treppe ankamen, drehte Natalie sich zu Elle um. In ihrem Blick lag ein trauriger Ernst, der für eine Zehnjährige nicht angemessen war. »Und? Bist du gut darin?«, fragte sie.

Elle nickte. »Ja, ich denke schon.«

»Gut. Dann solltest du weitermachen, auch wenn's schwer ist. Das sagt Mom auch immer, wenn ich mich über das Schwimmtraining beklage.«

Elle legte einen Arm um die schmalen Schultern des Mädchens und zog es an sich.

Gemeinsam betraten sie das Esszimmer, wo bereits die Geburtstagskerzen auf dem Kuchen brannten. Sash stimmte mit einem strahlenden Lächeln »Happy Birthday« an, allerdings in einer viel zu hohen Tonlage, und sie gaben ihr Bestes, um bis zum Ende durchzuhalten. Als Nächstes blies Natalie alle zehn Kerzen auf einmal aus, und sie klatschten Beifall.

Danach schielte Elle möglichst unauffällig immer wieder auf die Uhr, bis Sash schließlich zum Aufbruch drängte. Natalie würde am nächsten Tag lange aufbleiben. Sie hatten ihre freitägliche Klavierstunde extra um einen Tag vorverlegt, weil sie morgen Abend essen gehen und sich ein Musical anschauen wollten.

Als die beiden aus der Tür waren, blieb gerade noch genug Zeit, um es rechtzeitig zu Leo Toca zu schaffen.

Elle rannte hoch ins Studio, öffnete den kleinen Safe unter dem Schreibtisch und nahm ihre Pistole heraus. Sie durfte offiziell eine mit sich führen, seit sie während der zweiten Staffel ihres Podcasts mit einem wütenden Vater aneinandergeraten war. Sie hatte dem Sohn dieses Mannes nachweisen können, dass er über acht Jahre hinweg kinderpornographisches Material gesammelt und verbreitet hatte, doch anstatt seine Wut gegen den zu richten, der sie verdiente, hatte der Vater lieber Elle bedroht. Dieser Fall war als einziger von denen, über die sie berichtet hatte, noch immer ungelöst. Sie war sich sicher gewesen, ergänzend zu den Beweisen der Polizei von Alexandria genügend weitere gesammelt zu haben, um eine Verhaftung des Sohnes zu erreichen, doch bis jetzt war nichts passiert. Allerdings hatte es einen derartigen öffentlichen Aufschrei wegen dieser Sache gegeben, dass sie hoffen durfte, dem Typen das Leben in einer so kleinen Stadt unerträglich gemacht zu haben. Jetzt, nach einigen Jahren, waren die Drohungen gegen sie weniger geworden, aber sicherheitshalber trug sie die Waffe trotzdem bei sich, wenn sie für Recherchen unterwegs war.

»Ich muss noch schnell was erledigen«, sagte sie, sobald sie wieder unten war.

Martín schaute von der Kochsendung auf, die er sich im Fernsehen anschaute. »Wo willst du denn hin?«

Elle legte von hinten die Arme um ihn und küsste ihn in den Nacken. »Nur mal schnell was für meinen Podcast checken. In ungefähr einer Stunde bin ich zurück.«

»Soll ich mitkommen?«

»Ach was, du hast den ganzen Tag gearbeitet. Aber danke für das Angebot.«

»Na gut«, sagte er und blinzelte sie müde an. Er sah schon halb weggetreten aus. Wenn sie zurückkam, saß er garantiert noch immer da und war fest eingeschlafen.

Sie lächelte und küsste ihn erneut. Nachdem sie sich warm eingepackt hatte, trat sie in die eiskalte Nachtluft hinaus.

Sie brauchte eine knappe Viertelstunde bis zu Leo Tocas Apartment in Falcon Heights. Er wohnte ganz oben in einem alten dreistöckigen Haus ohne Aufzug. Als Elle dort ankam, war sie außer Atem und hatte den Reißverschluss ihrer Jacke geöffnet; seit sie von zu Hause aus arbeitete, vernachlässigte sie ihr Fitnesstraining. Sobald sie wieder zu Atem gekommen war, klopfte sie an Tocas Tür, die quietschend ein paar Zentimeter nachgab. Sie stand offen.

»Hallo?«, rief Elle und klopfte erneut. »Leo Toca?«

»Ist da die Polizei? Nicht schießen!«, rief jemand von drinnen.

Elle griff nach der Waffe an ihrer Hüfte, ließ sie aber stecken. »Ich bin nicht von der Polizei!«, rief sie zurück und begriff erst im nächsten Moment, dass es vielleicht nicht schlau war, ihm das zu sagen. Aber jetzt war es zu spät. Sie holte tief Luft und drückte die Tür ganz auf.

Auf dem Fußboden kniete ein Mann mit blutigen Händen über einem anderen Mann.

Elle erstarrte. Der kniende Mann schaute schreckensbleich zu ihr hoch. Sie erkannte ihn von dem Bild in dem Zeitungsartikel: Duane Grove, Tocas Kollege aus der Autowerkstatt.

Elle fand ihre Stimme wieder. »Haben Sie ihn umgebracht?«

»Nein!«, schrie der Mann auf und fügte dann etwas leiser hinzu: »Nein … ich, ich bin nur vorbeigekommen, um mir was auszuleihen, und hab ihn so gefunden.«

»Ich komme jetzt rein.« Elles Finger schlossen sich fest um ihre Ruger; sie schaute Duane Grove mit weit aufgerissenen Augen an und achtete auf abrupte Bewegungen von ihm. »Atmet er?«

Als Duane Grove ihre Pistole sah, holte er zitternd Luft und hob die Arme über den Kopf. »Nein, ich glaube nicht. Aber ich schwöre, er lag schon da, als ich kam!«

Das Opfer lag flach auf dem Rücken, seine braunen Augen blickten starr zur Decke. Elle brauchte ihm eigentlich gar nicht erst den Puls zu fühlen und fluchte leise, als sie es dennoch tat und keinen ertasten konnte.

Die Schüsse waren aus nächster Nähe abgegeben worden und hatten eine Schmauchspur rund um das Loch in seiner Stirn hinterlassen. Elle hatte noch nie ein Mordopfer leibhaftig vor sich gehabt – nur auf Tatortfotos –, daher wusste sie nicht, ob sie alle so guckten. Aber der Ausdruck auf seinem Gesicht ließ keinen Zweifel zu.

Leo Toca sah aus, als hätte er seinen Mörder kommen sehen und nicht glauben können, wer es war.

»Er ist tot.«

Elle hatte es kaum ausgesprochen, da stürmte Duane Grove aus der Wohnung, ohne dass sie eine Chance hatte, ihn aufzuhalten. Sie setzte sich hin und schaute den Toten noch eine Weile an, bevor sie die Kraft aufbrachte, sich zu rühren.

Als das Zittern ihrer Finger nachließ, wählte sie den Notruf. Und sobald sie die Adresse durchgegeben hatte und ein Officer zu ihr unterwegs war, schrieb sie eine Nachricht an ihre Freundin Ayaan Bishar. Da Ayaan in der Abteilung für Straftaten gegen Minderjährige arbeitete, war es unwahrscheinlich, dass der Mord an Leo Toca auf ihrem Schreibtisch landen würde. Trotzdem wollte Elle sie darüber informieren, dass sie ungewollt in einen Fall des Minneapolis Police Department verstrickt worden war.

Danach hielt sie ihr Handy umklammert und schaffte es nicht, den Blick von Leos langsam grau werdendem Gesicht abzuwenden.

Es klingt, als wären bis jetzt alle Entscheidungen in Ihrem Leben von anderen für Sie getroffen worden.

Dieser Satz, den Dr. Swedberg vor einem knappen Jahr zu ihr gesagt hatte, hallte durch Elles Kopf, während sie die Leiche anstarrte. Sie hatte in ihrem Leben schon fünf verschiedene Therapeuten gehabt, aber erst Dr. Swedberg war es irgendwie gelungen, ihr Misstrauen zu durchbrechen und Licht in einen verborgenen Winkel ihrer Seele zu bringen, der lange im Dunkeln gelegen hatte. Das war der Tag gewesen, an dem sie ihre bislang unbestimmte Zukunft plötzlich klar und deutlich vor sich gesehen hatte. Der Tag, an dem sie beschlossen hatte, nicht länger darauf zu hoffen, dass andere die Puzzleteile in ihrer Seele wieder zusammenfügten.

Der Tag, an dem sie entschieden hatte, den Countdown-Killer zu ihrem nächsten Fall zu machen.

Doch nun lag eine weitere zerstörte Chance vor ihr auf dem Boden; wieder hatten die schlechten Entscheidungen eines anderen ihre Pläne durchkreuzt – und Leo Toca das Leben gekostet.

Elle sprang auf, als ihr bewusst wurde, dass die Polizei jeden Augenblick eintreffen würde. Leos Wohnung war nur spärlich möbliert: ein Klappsofa, das als Bett diente, ein wackeliger Esstisch mit zwei ungleichen Stühlen, eine karge Küche mit Papptellern und Plastikbesteck und ein leerer Mülleimer. Sie zog die Schubladen auf, ließ ihre Hände unter das Kissen auf dem Bett gleiten und durchsuchte den Schrank – nichts. Weit und breit war kein Computer oder Drucker zu sehen, auch kein Rucksack. Also gab es nur eine Stelle, wo sie suchen konnte, auch wenn man sie dafür verhaften konnte. Aber wenn Leo tatsächlich eine Ahnung hatte, wer CK sein konnte, und sogar einen Beweis dafür besaß, musste sie es wissen.

Nach einem schnellen Blick zur immer noch teilweise offen stehenden Wohnungstür zog Elle einen Stift aus ihrer Laptoptasche und hockte sich neben Leo. Behutsam schob sie den Stift in seine linke Hosentasche und hob den Stoff an, um hineinspähen zu können. Nichts. Eine Sirene in der Ferne trieb Elles Puls hoch; sie wechselte schnell auf die andere Seite und untersuchte auch die rechte Tasche. Ein dunkles Stück Plastik zeichnete sich vor dem weißen Innenfutter ab. Sie hielt den Stift mit ungeschickten, tauben Fingerspitzen fest und stupste den Gegenstand vorsichtig heraus, bis er auf den Boden fiel.

Elle blickte sich um, die Sirene kam näher. Sie konnte den USB-Stick nicht einfach stehlen. Das wäre zu viel des Guten, selbst für sie. Sie hatte zwei Jahre gebraucht, um sich das Vertrauen der Polizei von Minneapolis zu erarbeiten; das durfte sie jetzt nicht aufs Spiel setzen.

»Mist!«, fauchte sie. Auf der Treppe im Hausflur waren stampfende Schritte zu hören. Mit einem sauberen Papiertuch aus der Box auf der Arbeitsfläche hob sie den USB-Stick vom Boden auf und schob ihn mit bebenden Händen zurück in die Hosentasche.

Sie stand mit geröteten Wangen und erhobenen Händen da, als ein Detective mit dunklem, krausem Haar durch die Tür hereinplatzte. Er hatte seine Waffe gezogen, zielte aber nicht auf sie.

»Ich bin Elle Castillo«, sagte sie. »Ich habe angerufen.«

»Detective Sam Hyde. Sind Sie allein hier?«, fragte er, als ein weiterer Officer, eine Weiße mit blondem Pferdeschwanz, ins Zimmer kam. Sie ging direkt zu Tocas Leiche, um sie zu untersuchen.

»Ja, jetzt schon. Aber als ich hier ankam, war ein anderer Mann direkt bei dem Toten. Ich glaube, es war Duane Grove, der Geschäftspartner des Opfers.« Elle gab schnell ihr kurzes Gespräch mit ihm wieder, erzählte von seiner Beteuerung, Toca so aufgefunden zu haben, und von seiner bestürzten Reaktion, als sie ihm bestätigt hatte, dass er tot sei. Den USB-Stick erwähnte sie nicht. Ayaan würde sie vielleicht nicht anzeigen, weil sie einen Tatort angetastet hatte, aber bei Detective Hyde war sie sich da nicht so sicher.

»Sind Sie bewaffnet?«, fragte er, als sie fertig war.

Elle wies mit dem Kinn auf ihre rechte Hüfte. »Ja, ich habe eine Genehmigung, meine Ruger LCP II bei mir zu führen. Aber Sie können sie mir abnehmen, wenn Sie sich dann besser fühlen.«

Er nickte, und in seine Wangen kam ein bisschen Farbe, als

er ihre Jacke zurückschob und die Waffe aus dem Holster zog. Anschließend entfernte er das Magazin und steckte es zusammen mit der Pistole in seine Jackentasche. »Tut mir leid, das ist so Vorschrift. Sie kriegen sie später zurück. Commander Bishar hat sich für Sie verbürgt; sie hat mich unterwegs angerufen.«

»Ja, wir kennen uns aus meiner Zeit beim Jugendamt. Und ich hab mit ihr schon mal zusammen an einem Fall gearbeitet, als externe Ermittlerin.«

Hyde verzog spöttisch den Mund, und Elle musste sich zusammennehmen, um nicht die Augen zu verdrehen. Sie war schließlich kein Teenie, der sich als Hobbyermittler erprobte – und selbst wenn: Sie hatte schon erlebt, dass Amateure Fälle lösten, die die Strafverfolgungsbehörden jahrzehntelang überfordert hatten. In gewisser Weise war das überhaupt erst der Grund, warum sie die Produktion von Podcasts zu ihrem Beruf hatte machen können. Aber sie merkte immer sofort, wenn ein Polizist ihre Arbeit geringschätzte, weil sie kein *echter* Bulle war.

»Ich soll Sie mit aufs Revier nehmen. Commander Bishar und ich wollen Ihnen noch ein paar Fragen stellen. Okay?«

Elle erkannte schon an der Art der Fragestellung, dass ihr ohnehin keine andere Wahl blieb. Also nickte sie und nahm ihre Tasche.

Sam Hyde schaute an ihr vorbei zu seiner Kollegin. »Ms. Castillo fährt mit mir aufs Revier. Die Spurensicherung ist in fünf Minuten hier. Alles in Ordnung?«

Die Polizistin nickte, und Detective Hyde verließ, gefolgt von Elle, das Apartment.

Auf der I-35W herrschte ein wildes Durcheinander von roten Bremslichtern und Schneegestöber. Es waren fast zehn Zentimeter Neuschnee gefallen, und die Leute fuhren wie die Geisteskranken. Elle trommelte mit den Fingern aufs Lenkrad, während sie auf den Verkehr starrte; ständig wechselten andere Wagen abrupt die Spur oder hupten. Je länger sie hinter dem Steuer saß, desto mehr war ihr zum Schreien zumute. Eigentlich hätte sie jetzt mit Leo Toca über den Countdown-Killer sprechen sollen. Sie hätte in ihrem Studio sein und die Folge der nächsten Woche vorbereiten sollen. Sie hätte einen Namen haben sollen, eine Richtung, in der sie weitersuchen konnte, eine Spur. Stattdessen hing sie auf der Stadtautobahn fest – und trat auf der Stelle, was den Fall anging.

Dreißig Minuten später erreichten sie endlich das Polizeirevier. Elle stellte ihren Wagen neben Hydes ab. Der Detective war mindestens einen Kopf größer als sie, und sie musste sich beeilen, um mit ihm Schritt halten zu können. Er führte sie durch die vertrauten Doppelglastüren und brachte sie zu dem Vernehmungsraum am Ende des Flurs.

»Setzen Sie sich. Möchten Sie was trinken?«

Elle schüttelte den Kopf, überlegte es sich dann aber anders und sagte: »Ja, Wasser.«

Hyde verließ den Raum und zog die Tür hinter sich zu. Einen Moment lang fragte Elle sich, ob er sie eingeschlossen hatte. Sie stand zwar nicht unter Arrest, aber sie war es auch nicht gewohnt, allein in diesem Zimmer zu sein. Wenn sie in der Vergangenheit hier drinnen gewesen war, hatte sie zusammen mit einem Officer gegenüber von einem Verdächtigen oder einem Elternteil gesessen, das seine Kinder vernachlässigte.

Einen Augenblick später kam Commander Ayaan Bishar herein und setzte sich Elle gegenüber, mit Blickrichtung zur versteckten Kamera. Sie auf dem Platz zu sehen, der sonst mit dem Verdächtigen assoziiert war, fühlte sich seltsam an für Elle; ein bisschen so, wie ihren Zahnarzt in der Bar zu treffen.

Ayaan leitete die Abteilung für Straftaten gegen Minderjährige, aber bevor sie Detective geworden war, hatte sie Elle häufig begleitet, wenn sie fürs Jugendamt jemanden in Schutzhaft nehmen musste. Vor ein paar Jahren hatten sie auch im Fall

Jair Brown kooperiert – dem Fünfjährigen, der verschwunden und zwei Tage später in einem flachen Grab weniger als eine Meile von seinem Zuhause entfernt gefunden worden war. Ayaan hatte schließlich den Onkel verhaftet, nachdem Elle ihn mit der Hilfe von Martín und ihren Podcast-Hörern als Täter ermittelt hatte.

»Hallo Ayaan«, sagte Elle.

Sie sah aus wie immer – rundes Gesicht, das von einem weichen violetten Hidschab eingerahmt wurde, tiefbraune Augen unter perfekt nachgezogenen Brauen und ein scharfer, forschender Blick. »Hallo Elle«, sagte sie. »Schön, dich zu sehen. Allerdings wünschte ich, die Umstände wären bessere. Ich hatte schon vor, dich anzurufen und dir zu sagen, wie gut mir deine neue Staffel gefällt.«

»Danke.«

Sam Hyde kam mit einer Flasche Wasser zurück und setzte sich neben Ayaan. Elle fragte sich, ob die beiden sie absichtlich auf dieser Seite sitzen ließen, die normalerweise ihnen vorbehalten war, damit sie sich wohler fühlte. Sie war nervös und kam sich albern dabei vor. Schließlich war sie keine Verdächtige.

»Du hast es mir am Telefon schon kurz gesagt, aber könntest du noch mal erzählen, warum du in Leo Tocas Apartment warst?«, bat Ayaan.

»Er hat mir an meine Podcast-Adresse gemailt und geschrieben, er hätte einen Tipp für mich. Darum bin ich zu ihm gefahren.«

»Warum habt ihr euch nicht an einem öffentlichen Ort getroffen?«

»Das wollte ich zuerst, aber er hat mich gebeten, zu ihm nach Hause zu kommen.«

»Fahren Sie häufig nachts allein zu Fremden nach Hause, weil sie Sie darum bitten?«, fragte Hyde.

Elle musste sich zusammenreißen, um nicht die Augen zu

verdrehen. »Nein, aber es kommt auch nicht oft vor, dass mir jemand schreibt, er wüsste, wer der bekannteste Serienmörder von Minnesota ist.«

Sam Hydes Augen weiteten sich etwas. »Sie haben sich den Countdown-Killer-Fall vorgenommen?«

Elle reckte das Kinn hoch. »Ja, die ersten Folgen habe ich im Dezember veröffentlicht. Seitdem sind viele Hinweise bei mir eingegangen, aber Leo Toca wirkte besonders glaubwürdig auf mich.«

»Warum?«

»Weil er erwähnt hat, er hätte diesen speziellen Tee von einem der Tatorte im Haus des Mannes gesehen, den er verdächtigte. Und er wirkte verängstigt, so als würde er glauben, dass jemand hinter ihm her ist.« Elle lehnte sich zurück, als sie das sagte. In all dem Chaos hatte sie das fast vergessen. Toca hatte ängstlich geklungen.

Ayaan beugte sich vor und legte die Fingerspitzen aneinander. »Tut mir leid. Das muss sehr frustrierend für dich sein.«

»Er … er klang ehrlich verängstigt am Telefon. Das war der Grund, warum er mich nicht in einem Restaurant treffen wollte. Ich dachte, er ist vielleicht ein bisschen paranoid, aber offenbar hatte er allen Grund, sich zu fürchten.« Wenn er tatsächlich wusste, wer CK war, war das natürlich eine brisante Information. »Könnte es sein, dass jemand sein Telefon angezapft hat? Woher sollte sonst jemand wissen, dass er mit mir in Kontakt getreten war?«

Detective Hyde notierte sich etwas auf dem Block, der vor ihm lag, und schaute dann wieder zu ihr hoch. »Ich bezweifle sehr, dass Leo Toca umgebracht wurde, weil er Ihnen einen Tipp für Ihre Podcast-Recherche geben wollte. Sie haben Duane Grove nur wenige Augenblicke nach Tocas Ermordung direkt neben der Leiche gesehen. Ich habe eben mit dem Vermieter gesprochen, und der erzählte mir, er hätte Toca und Grove gestern Abend über ihre Geschäfte in der Werkstatt streiten hören. Im Augenblick ist Leo Tocas Partner für uns von hohem Interesse. Erinnern Sie sich noch, was er gesagt hat, als Sie dort eintrafen?«

»Nur, dass er Leo Toca so aufgefunden hätte. Ich glaube, er erwähnte noch, er habe sich etwas ausleihen wollen, aber Toca sei schon tot gewesen.« Elle ballte die Fäuste. Wenn Leo Toca wirklich wegen eines Streits unter Geschäftspartnern getötet worden war, und das nur wenige Minuten, bevor sie bei ihm ankam, musste sie der größte Pechvogel der Welt sein. »Ich glaub das einfach nicht.«

»Was haben Sie gemacht, als Sie dort hinkamen und Toca leblos dalag?«

»Ich hab ihm den Puls gefühlt, um sicher zu sein, und Duane Grove dann gesagt, dass er tot ist. Darauf rannte er weg, und ich hab den Notruf gewählt. Anschließend hab ich eine Nachricht an Ayaan geschickt, um sie zu informieren.«

»Und Sie haben am Tatort nichts gefunden oder angefasst? Das, was Toca Ihnen zeigen wollte, haben Sie nicht zu Gesicht bekommen?«

Elle wurde sehr still und schaute ihn konzentriert an. »Nein. Deshalb bin ich ja so wütend.«

Ayaan nickte und stand auf. »Gut. Ich glaube, das genügt für heute. Detective Hyde oder ich melden uns bei dir, wenn wir weitere Fragen haben. Hast du das Gefühl, unter Schock zu stehen? Wir haben einen Fachmann, der dir eine Liste mit Therapeuten geben könnte. Einen Toten zu finden, kann traumatisch sein.«

»Ich habe Schlimmeres gesehen«, erwiderte Elle und zuckte zusammen, als ihr bewusst wurde, wie flapsig das klang. Aber es stimmte. Der Tod war keineswegs das Schlimmste, was einem Menschen passieren konnte; doch das wussten Hyde und Ayaan mit Sicherheit. Sie stand auf und folgte Ayaan nach draußen.

Nachdem sie sich verabschiedet hatten und Elle ihre Waffe

zurückbekommen hatte, ging sie wie auf Autopilot zu ihrem Wagen. Vielleicht hatte Detective Hyde recht. Duane Grove war offensichtlich verdächtig, und wenn er und Leo Toca sich am Vorabend gestritten hatten, sah es nicht gut für ihn aus. Aber die Erinnerung an die Angst in Leo Tocas Stimme ließ sie nicht los. Er hatte gewusst, dass jemand hinter ihm her war, doch es ergab keinen Sinn, dass er sich vor jemandem gefürchtet hatte, mit dem er zusammenarbeitete. Wenn Toca wusste, dass er ein wichtiges Beweismittel gegen einen Serienmörder in der Hand hielt, hatte er allen Grund gehabt, Angst um sein Leben zu haben.

Sie wünschte, sie könnte irgendwie herausfinden, was auf diesem USB-Stick war. Aber wenn Toca seine Daten geschützt hatte, würde die Polizei Wochen brauchen, bis sie darauf zugreifen konnte, und das auch nur dann, wenn sie es für wichtig genug hielt. Doch selbst wenn dem so war, würden die Ermittler Elle diese Informationen wohl kaum überlassen. Sie hatte nur eine einzige Möglichkeit, herauszufinden, was er wusste: Sie musste weitere Nachforschungen über ihn anstellen.

Als Elle wieder im Auto saß, drehte sie die Heizung hoch und fuhr eilig durch die Nacht nach Hause.

5

JUSTICE DELAYED-PODCAST · 12. DEZEMBER 2019

Transkript: Staffel 5, Folge 2

ELLE VOICE-OVER: Die Geschichte des Tees wurzelt tief in der Kolonialisierung und gestohlenem Land. Weiße Siedler sind für das Experimentieren mit dem Teeanbau und dessen Ausbeutung auf dem gesamten asiatischen Kontinent verantwortlich, und Darjeeling ist dafür ein klassisches Beispiel. Einem britischen Arzt namens Archibald Campbell wird zugeschrieben, unter Verwendung chinesischer Teesamen den ersten Tee in der indischen Region Darjeeling angepflanzt zu haben. Ähnlich wie der Champagner, der aus einer bestimmten Region Frankreichs stammt, ist auch der Darjeeling anfällig für Verfälschung durch Firmen, die zwar den Namen verwenden, dabei aber ein minderwertiges Produkt verkaufen. Eigentlich dürfen nur Tees, die aus der Region Darjeeling kommen, auch so heißen, aber es ist fast unmöglich, Fälschungen zu identifizieren und vom Verkauf auszuschließen. Wie bei so vielen Dingen im Leben sind die Menschen bereit, einen Betrug zu akzeptieren, wenn sie dadurch Geld sparen.

Bei dem Tee, der auf Tamera Smiths Kleidung gefunden wurde, war das jedoch nicht der Fall. Damals verfügte man noch nicht über die passende Technologie, um das zu zeigen, aber später sollte sich herausstellen, dass es sich bei dem Tee auf Tameras Hose um einen der teuersten seiner Art handelt, der direkt aus der Region Darjeeling importiert wurde. 1997 wusste man nur, dass es ein Tee der Sorte Oolong war, und diese Information gab die Polizei an die Medien weiter.

[TITELMUSIK + INTRO]

ELLE: Können Sie erklären, warum Sie heute der Meinung sind, dass die Informationen über den Tee besser doch nicht an die Öffentlichkeit hätten gehen sollen?

SYKES: Sagen wir einfach, sie führten dazu, dass die Leute ... plötzlich einer bestimmten Gruppe von Menschen mit Argwohn begegneten.

ELLE: Speziell asiatischen Menschen, richtig?

SYKES: Ja, das stimmt. Kaum hatten wir die Medien über den Teefleck informiert, wurde unsere Dienststelle mit Hinweisen überschwemmt. Oolong-Tee ist eigentlich nicht allzu exotisch, aber zu jener Zeit war er in dieser Gegend, wo die Leute hauptsächlich von skandinavischen und deutschen Einwanderern abstammen, für die Mehrheit der Bevölkerung kein übliches Getränk. Das bedeutete, dass sich der Argwohn besonders auf Randgruppen konzentrierte, auch wenn das völlig unlogisch war. Aber Rassismus ist eben nicht logisch, wie Sie wissen. Unter dem Deckmantel, ein guter Bürger zu sein, fand offenbar so ziemlich jeder in unserem Bundesstaat, der eine Abneigung gegen Menschen mit brauner Hautfarbe hatte, einen Grund, bei uns anzurufen. Wir gingen eigentlich davon aus, dass der Mörder irgendein versnobter Weißer sein musste, der gerne importierten Tee trank, aber weil das damals der größte Fall in der Stadt war, mussten wir jedem Hinweis nachgehen, egal wie lächerlich er war.

ELLE: Und viele davon waren lächerlich, oder? Meines Wissens haben Sie Hinweise auf Pakistanis, Koreaner, Chinesen und sogar einen Saudi bekommen. Führte denn irgendeiner davon zu einer Verhaftung?

SYKES: Nein.

ELLE: Haben Sie jemanden zur Vernehmung vorgeladen?

SYKES: Nein, das war nicht nötig.

ELLE: Ich will Sie deswegen nicht kritisieren, weil ich weiß, dass Sie die Entscheidung damals nach bestem Wissen und Gewissen getroffen haben, aber das daraus resultierende Chaos führte zu einem Anstieg der Hassverbrechen in der Stadt. Indische und chinesische Restaurants wurden Ziel von Vandalismus und Bombendrohungen. Die Polizei von Minneapolis verschwendete in den folgenden Wochen etwa fünfhundert Stunden an Polizeiressourcen in dem Bemühen, die etwa tausend Hinweise zu überprüfen, die eingingen.

SYKES: Das ist richtig. Natürlich entschuldige ich das nicht. Als Schwarzer, der bei der Polizei arbeitet, habe ich in den achtziger und neunziger Jahren selbst genug Diskriminierung erlebt – sowohl innerhalb als auch außerhalb der Dienststelle. Heute weiß ich, dass es zu voreilig war, diese Infos rauszugeben, ohne die möglichen Konsequenzen zu bedenken, aber ich finde immer noch, dass die Information selbst wichtig ist. Der Tee, meine ich. Ich glaube nach wie vor, dass er von Bedeutung sein wird, besonders jetzt, wo wir die spezielle Sorte bis hin zur genauen Marke kennen.

ELLE: Ich hoffe, Sie haben recht.

ELLE VOICE-OVER: Der Tee ist ein Anhaltspunkt, aber er könnte auch eine Nadel im Heuhaufen sein. Anhand der Daten, auf die ich zugreifen konnte, schätze ich, dass in den drei Jahren vor den Countdown-Morden etwa fünftausend Dosen Majestic-Sterling-Tee von Einzelpersonen in den USA bestellt wurden. Weitere fünfundsiebzigtausend wurden von Tee-Läden im gesamten Mittleren Westen geordert. Der Versuch, eine Liste von Verdächtigen einzugrenzen, wäre, selbst wenn die Polizei per Gerichtsbeschluss die Geschäftsunterlagen all dieser Läden einsehen dürfte, so gut wie unmöglich. Und dann besteht ja auch immer noch die Möglichkeit, dass der Countdown-Killer einfach in eines dieser Geschäfte spaziert ist und den Tee bar bezahlt hat. Diese Spur war wichtig, aber sie hat den Fall nicht gelöst.

ELLE: Können wir jetzt darüber sprechen, wie sich der Fall nach dem Auffinden von Tamera Smith veränderte? Ein Jahr lang wurden keine weiteren Leichen mehr gefunden, aber natürlich wusste damals niemand, wie lange die Atempause anhalten würde. Erzählen Sie mir von dieser Zwischenzeit.

SYKES: Die Öffentlichkeit beruhigte sich nach einer Weile und wandte sich anderen Dingen zu, aber ich habe in meinen Bemühungen nie nachgelassen. Ich wusste, dass der Täter, solange er nicht geschnappt war, einfach abwartete, dass er den rechten Augenblick abpasste, um wieder zuzuschlagen und seine Mordserie fortzusetzen. Monatelang habe ich, wann immer eine Fünfzehnjährige irgendwo in Minnesota oder Wisconsin als vermisst gemeldet wurde, die jeweilige örtliche Dienststelle gebeten, mir Einblick in die Fallakten zu geben. Der Polizei wird ja gern vorgeworfen, schlecht abteilungsübergreifend zu kommunizieren, und das ist bestimmt auch oft gerechtfertigt, aber ich hatte nie größere Probleme. Einige der vermissten Mädchen habe ich selbst aufgespürt, aber keine passte ins Profil, und glücklicherweise sind die meisten irgendwann wieder aufgetaucht.

ELLE: Und wie war diese Zeit für Sie?

SYKES: Ich ... Hm. Das hat mich noch nie jemand gefragt. Sie war ziemlich hart. Einmal bin ich drei Tage am Stück wachgeblieben, weil ich unbedingt rausfinden wollte, was es mit den Zahlen drei, sieben und einundzwanzig auf sich hat. Bis ich am Ende nach Hause geschickt wurde, weil ich in den Mülleimer neben meinem Schreibtisch gekotzt hatte.
Wenn man so lange Detective war wie ich, fängt man irgendwann an, die Fälle, an denen man gearbeitet hat, in verschiedene Schubladen einzusortieren. Es gibt die, die zwar mit der Zeit verblassen, von denen du aber einzelne Details im Gedächtnis behältst. Es gibt die, die du komplett vergisst, weil sie entweder in keiner Weise besonders waren oder weil du die Erinnerung daran verdrängt hast. Und es gibt die Fälle, die dir immer präsent bleiben, egal, was passiert – und die dich auch noch nach Jahrzehnten mitten in der Nacht hochschrecken lassen wie eine Spinne, die dir übers Gesicht krabbelt. Aber das muss ich Ihnen ja bestimmt nicht erklären. Ich war erst acht Jahre bei der Polizei, als ich die Morde des Countdown-Killers auf den Tisch bekam, aber ich wusste sofort, dass mich dieser Fall nie loslassen wird. Dass ich erst ruhen werde, wenn ich den Kerl gefunden habe.

ELLE VOICE-OVER: Aber er hat ihn nicht gefunden. Ein ganzes Jahr bearbeitete Detective Sykes diesen Fall neben einer Menge anderen, aber es ging nichts vorwärts. Und dann wurde er, nachdem er ein Jahr lang erfolglos Spuren ausgewertet und vollkommen aus der Luft gegriffenen Hinweisen nachgegangen war, zum Tatort des nächsten Frauenmordes gerufen.

[**GERÄUSCH-EINSPIELER**: *Orchesterinstrumente, die gestimmt werden, dazwischen ein extrem schräger Ton einer Violine.*]

ELLE: Würden Sie bitte Ihren Namen und Ihren Beruf nennen?

TERRI: Ich bin Terri Rather, und ich arbeite als Musiklehrerin an der Hillview Academy.

ELLE VOICE-OVER: Hillview ist eine der teuersten Privatschulen in und um Minneapolis, in der Schüler von der ersten bis zur zwölften Klasse unterrichtet werden. Obwohl es sich eigentlich um eine christliche Schule handelt, sind etwa zwanzig Prozent der Schülerschaft nicht christlich. 1998 war diese Zahl wahrscheinlich etwas niedriger, aber die fünfzehnjährige Lilian Davies gehörte zu den nicht religiösen Besucherinnen; die Eltern hatten sie wegen des ausgezeichneten Musikunterrichts dort angemeldet. Lilian spielte Klarinette – und sie war sogar eine Art Wunderkind. Ihr großes Ziel war es, sich am New England Conservatory of Music zu bewerben. Am 2. Februar 1998 lief sie nach der Probe vom Musiksaal der Schule zur Hauptstraße und verschwand.

TERRI: Damals führte keine Straße bis zum Eingang des Musiksaals – das Gebäude war ein paar hundert Meter zurückgesetzt, und es war lästig für die Eltern, um den ganzen Campus herum bis zum hinteren Parkplatz zu fahren. Darum liefen viele Schüler, die abgeholt werden mussten, über die große Rasenfläche und zwischen einigen Bäumen hindurch zum Gehsteig an der Hamline Avenue. Über den Rasen führte ein Weg, den die Schule den ganzen Winter über geräumt hielt. Normalerweise gingen die Kinder alle zusammen, so dass wir uns keine Sorgen um ihre Sicherheit machten. Aber Lilian musste an dem Tag etwas früher weg, weil sie einen Arzttermin hatte, darum war sie allein.

ELLE: Wann wurde Ihnen klar, dass etwas nicht stimmte?

TERRI: Ich war gerade dabei, nach den Proben meine Sachen zusammenzupacken, als ihr Vater hereinstürmte; ich glaube, um ihr eine Standpauke zu halten, weil sie den Termin jetzt nicht mehr wahrnehmen konnten. Er dachte wohl, Lilian hätte ihn einfach vergessen. Als wir beide merkten, dass der jeweils andere nicht wusste, wo Lilian steckte, gerieten wir in Panik und riefen sofort die Polizei. Ein Zeuge meinte, ein Mädchen gesehen zu haben, das wie Lilian aussah und in einen Pick-up ohne Aufschrift eingestiegen war, aber sie trug eine graue Wollmütze und einen schwarzen Mantel, also sehr gewöhnliche Kleidung. Es gab keine Garantie dafür, dass die Person, die er gesehen hatte, tatsächlich Lilian war. Von diesem einen möglichen Zeugen abgesehen schien es, als hätte sie sich einfach in Luft aufgelöst. Aber dann ... ein paar Tage später ...

[*Naseschnäuzen.*] Ich war ... Ich stand Lilian und ihrem Vater Darren nahe. Wir waren ein Paar. Darum war ich bei ihm, als der Detective bei ihm zu Hause aufkreuzte und erzählte, es sei noch ein anderes Mädchen verschwunden. Er sagte uns, sie wüssten es nicht genau, aber er sei sich ziemlich sicher, dass Lilian und dieses andere Mädchen, Carissa, vom Countdown-Killer entführt worden seien.

ELLE: Das muss furchtbar gewesen sein.

TERRI: Es war, als hätte einem jemand eine Bombe um die Brust gebunden und den Zeitschalter in die Hand gedrückt: Man weiß genau, wie lange es dauert, bis alles hochgeht. Darren und ich traten in den Nachrichten auf und versuchten, an den Täter direkt zu appellieren. Wir sagten ihm, wir wüssten, dass er Lilian hat. Wir ... wir flehten ihn an, von seinem Vorhaben abzulassen und ihr nichts zu tun, auch wenn einige Leute meinten, dass es für ihn vielleicht Teil des Kicks war, unseren Schmerz zu sehen. Aber was hatten wir für eine Wahl? Es war klar, dass sie sterben würde. Wir mussten es versuchen. Als dann Tag sieben kam, drehte Darren fast durch vor Angst. Er wusste, dass die Polizei jeden Moment anrufen und ihm sagen würde, dass sie Lilian tot aufgefunden hätten. Am Ende mussten sie ihm ein Beruhigungsmittel geben. Ich war diejenige, die ans Telefon ging, als der Anruf schließlich kam.

ELLE VOICE-OVER: Ein Tätowierer in St. Paul entdeckte sieben Tage nach der Entführung die Leiche von Lilian Davies; sie lag auf einem schmutzigen Stück Pappe vor der Tür seines Studios. Detective Sykes war der zweite Beamte, der am Tatort eintraf, aber wie üblich war nichts zu finden. Keine Beweisstücke, keine unbekannte DNA. Lilians junges Leben war auf die gleiche Weise wie das aller anderen jungen Frauen ausgelöscht worden – mit Gift und einundzwanzig Peitschenhieben.

ELLE: Ich kann mir vorstellen, dass das kein einfaches Gespräch für Sie war.

SYKES: In all den Jahrzehnten in diesem Job habe ich nie wieder einen Menschen so zerbrechen sehen wie Darren Davies, als er erfuhr, dass seine Tochter nicht mehr auf dieser Welt war. Als ich dieses Leid mit angesehen hatte, war ich entschlossener denn je, ihr Gerechtigkeit zu verschaffen – all diesen jungen Frauen. Ich verließ sein Haus in dem Glauben, das nächste Mädchen retten zu können. Ich musste es einfach schaffen. Sie hatte nur noch drei Tage zu leben, und sie war noch ein Kind.

ELLE VOICE-OVER: Carissa Jacobs war vierzehn Jahre alt. Eine talentierte junge Turnerin, die gerne ritt und die Winterferien auf dem kalifornischen Weingut ihrer Großeltern verbrachte. Tatsächlich war sie erst zwei Wochen vor dem Tag ihres Verschwindens nach Minnesota zurückgekehrt. Carissa ging unter der Woche nachmittags immer zu ihrer Tante, bis die Eltern von der Arbeit nach Hause kamen. Es war mehr als eine halbe Stunde her, dass sie von der Schule zum nur sechs

Blocks entfernten Haus der Tante aufgebrochen war, als ihre Cousine fragte, warum Carissa noch nicht da sei. Sie machten sich auf die Suche nach ihr, und nachdem sie Carissas Freunde und Eltern angerufen hatten, meldeten sie sie schließlich als vermisst. Als die Polizei eingeschaltet wurde, war das Mädchen wahrscheinlich schon seit mehr als zwei Stunden verschwunden.
Ich konnte weder Familienmitglieder noch Freunde von Carissa dazu bringen, mit mir für den Podcast über ihre Ermordung zu sprechen, und ich respektiere ihren Wunsch nach Privatsphäre. Wie ihr wisst, versuche ich immer, den Schwerpunkt auf die Opfer zu legen. Wie in jedem Fall ist die Zahl der Opfer weitaus größer als die der Getöteten. Auch die Familien, Freunde und das Umfeld der Ermordeten werden irreparabel geschädigt. Ich weiß, wie es ist, eine traumatische Erfahrung zu machen und jeden Tag, bei jedem Atemzug damit zu leben. Ich weiß, wie es ist, wenn sich Trauer unter deiner Haut einnistet, wenn sie durch deinen Blutkreislauf rauscht und du sie mit dem Schweiß ausdünstest. Und ich weiß, wie es ist, von anderen gebeten zu werden, sie noch einmal zu durchleben, sie wieder aufzuwärmen, bis es sich anfühlt, als ob sich jede einzelne Sekunde davon noch einmal wiederholt.
Nichts wird jemals das Leid rückgängig machen, das der Countdown-Killer anderen Menschen zugefügt hat. Ich will ihn vor Gericht bringen, damit er für die Leben, die er ruiniert hat, bezahlen muss. Aber ich werde auf dem Weg dorthin keinem seiner Opfer wissentlich noch mehr Schaden zufügen. Wenn einige von euch Carissa Jacobs kannten und hier zuhören, würde ich mich freuen, wenn ihr euch melden würdet – offiziell oder inoffiziell. Denn ich möchte gern ausführlicher an sie erinnern.

ELLE: Stimmt es, dass Sie erst dann die Bestätigung bekamen, dass es ein achtes Opfer gab, als das Mädchen bereits seit fast vier Tagen vermisst wurde? Das muss für Verwirrung gesorgt haben. Aus den mir vorliegenden Unterlagen geht hervor, dass das Verschwinden von Katrina Connelly erst wenige Stunden, bevor Carissa Jacobs' Leiche auftauchte, aktenkundig wurde. Was glaubten Sie, was passiert war – dass der Countdown-Killer sein Muster durchbrach?

SYKES: Um ehrlich zu sein, herrschte Chaos. Die Medien waren in heller Aufregung, da Lilian Davies' Leiche entdeckt worden war, und wir wussten, dass Carissa nur noch wenige Stunden zu leben hatte, aber es war immer noch unklar, ob der Killer auch ein drittes Opfer in seine Gewalt gebracht hatte. Wenn ja, musste es an dem Tag verschwunden sein, an dem Lilian getötet wurde, doch wir hatten keine neuen Vermisstenmeldungen bekommen. Ich erinnere mich an den Funken Hoffnung, den ich verspürte, dass er vielleicht gestorben oder verhaftet worden war und es keine weiteren verschwundenen Mädchen mehr geben würde. Aber dann ging der Anruf ein. Katrina Connelly war schon ganze drei Tage lang weg, bevor ihre Eltern überhaupt merkten, was Sache war. Sie waren erst seit kurzem geschieden, und Katrina hatte beiden Elternteilen weisgemacht, dass sie zum jeweils anderen ginge. In Wirklichkeit wollte sie das Wochenende bei ihrer Freundin verbringen. Klassischer Kinderkram. Sie war dreizehn und wütend über die Trennung der Eltern und all das. Sie wollte nur ein bisschen Dampf ablassen.

ELLE: Die meisten Mädchen wurden entführt, während sie einer bestimmten Routine folgten, oder? Oder zumindest während sie etwas taten, wovon der Killer durch das Mithören von Telefongesprächen oder durch sonstige Ausspähaktionen wissen konnte. Aber in diesem Fall war es anders, weil Katrina etwas gemacht hatte, wovon nicht einmal ihre Eltern etwas wussten.

SYKES: Richtig. Er hatte ihr wahrscheinlich nachgestellt, war ihr gefolgt und hatte auf eine Gelegenheit gewartet.

ELLE: Er kidnappte Katrina also, als sie den Bus zu ihrer Freundin nehmen wollte, und ihre Eltern merkten es erst drei Tage später?

SYKES: Ja, Mutter und Vater sprachen zu der Zeit nicht miteinander und gingen davon aus, dass der jeweils andere die Tochter bei sich hatte. Unterdessen begrub ich meine Hoffnung, dass der Täter aufgehört hatte, und versuchte alles in meiner Macht Stehende, damit Katrina nicht auch noch sterben musste – aber wir wussten zu diesem Zeitpunkt wohl alle, dass es zu spät war.
Ich hatte ständig das Gefühl, dass mir einerseits die Zeit davonlief und sich die Tage bis zum unvermeidlichen Ende andererseits quälend in die Länge zogen. In der Schulung zum Krisenmanagement bei Kindesentführungen lernen wir, dass von den Kindern, die gekidnappt und getötet werden, vierundvierzig Prozent innerhalb der ersten Stunde tot sind. Fast drei Viertel der Kinder werden innerhalb der ersten drei Stunden getötet, und neunundneunzig Prozent überleben den ersten Tag nicht. Alle vom Countdown-Killer Ermordeten gehörten zu dem einen Prozent, den Fällen, die jeder Wahrscheinlichkeit widersprachen – aber der Zeitrahmen wurde immer noch genau eingehalten. Davon wich er nicht ab. Und obwohl es schien, als würde er die Rizin-Vergiftungen mit wissenschaftlicher Genauigkeit durchführen, patzte er in Katrinas Fall.

[**GERÄUSCH-EINSPIELER:** *Das Rascheln von Papier, trommelnde Finger auf einem Tisch.*]

ELLE: Martín, was kannst du mir über Katrinas Autopsie sagen?

MARTÍN: Sie litt zwar ebenfalls unter den Folgen einer Rizinusvergiftung und bekam einundzwanzig Peitschenhiebe auf den Rücken, aber verglichen mit den anderen Opfern gab es bei ihrem Tod einige wesentliche Unterschiede. Erstens starb sie nicht, während sie ausgepeitscht wurde; sie blutete viel länger als die anderen Mädchen. Zweitens war ihre Todesursache nicht Organversagen infolge einer Vergiftung. Sie starb durch stumpfe Gewalteinwirkung auf ihren Kopf, welche eine Gehirnblutung verursachte.

ELLE: Und was, glaubst du, bedeutet das?

MARTÍN: Nun, der Rechtsmediziner war der Meinung, dass ein Wutanfall des Täters dahinterstand. Also im Grunde, dass er wütend auf Katrina wurde, weil sie sich wehrte – sie hatte Abwehrverletzungen an den Armen –, und er sie tötete, weil sie ihm Schwierigkeiten machte.

ELLE: Folgst du dieser Einschätzung?

MARTÍN: Ich halte es für möglich.

ELLE: Gibt es noch andere mögliche Erklärungen?

MARTÍN: Ja. Ich denke, es ist klar, dass er wütend auf sie war. Das Töten durch stumpfe Gewalteinwirkung ist normalerweise eine spontane Reaktion, die in der Regel durch das plötzliche Aufflammen von leidenschaftlichen Gefühlen oder Wut ausgelöst wird. Aber ich bin nicht davon überzeugt, dass Katrinas Widerstand der Grund dafür war. Die Autopsie ergab, dass ihre Organe zum Zeitpunkt ihres Todes kurz vor dem Versagen standen. Man kann das unmöglich mit Gewissheit sagen, aber wenn ich spekulieren müsste, würde ich vermuten, dass sie nur noch Stunden zu leben hatte. Das Gift hatte bei ihr allerdings nicht so schnell gewirkt wie bei den anderen Opfern. Wie ich bereits erwähnt habe, ist Rizin nicht wie Zyanid; wenn es in Form von Rizinussamen eingenommen wird, braucht es normalerweise Tage, um seine tödliche Wirkung zu entfalten. Bei den anderen Mädchen hat es wahrscheinlich innerhalb des gewünschten Zeitraums gewirkt, aber aufgrund der Autopsieergebnisse vertrete ich die These, dass Katrinas Körper das Gift langsamer resorbiert hat als die anderen. Ich glaube, der Mörder war wütend auf sie, weil sie nicht zu dem Zeitpunkt starb, an dem er es wollte. Ihm war wichtiger, dass sie starb, *wann* er es wollte, auch wenn sie dann nicht *auf die Art* starb, die er eigentlich vorgesehen hatte.

ELLE: Erkläre uns, was du meinst, wenn du sagst, dass das Gift »*wahrscheinlich* innerhalb des gewünschten Zeitraums gewirkt« habe. Alle seine Opfer wurden am siebten Tag tot aufgefunden, also bedeutet das doch, dass sein Plan, außer im Fall von Katrina, aufgegangen ist.

MARTÍN: So haben es Polizei und Medien stets berichtet. Aber ich habe mich immer gefragt, warum er zwischen den Morden ein Jahr hat verstreichen lassen und warum er immer im Winter getötet hat. Das könnte einfach Teil seines Musters sein. Aber es könnte auch sein, dass ihm die Jahreszeit aus einem anderen Grund zupasskam. Im Winter ist Minnesota eine einzige große Gefriertruhe. Falls eines seiner Opfer vor dem siebten Tag den Rizinussamen erlag, konnte er die Leiche leicht im Freien oder in einem ungeheizten Gebäude aufbewahren. Für einen Rechtsmediziner wäre es sehr schwierig, den genauen Todeszeitpunkt zu bestimmen, zumal die Opfer fast immer erst Stunden, nachdem sie an einem öffentlichen Ort abgelegt worden waren, entdeckt wurden, so dass sie in der Regel ohnehin gefroren waren.

ELLE: Das ist eine interessante Theorie. Und sie beantwortet eine meiner anderen Fragen, nämlich wie es sein kann, dass Katrina das einzige Opfer war, das offenbar nicht zur vorgesehenen Zeit starb. Soweit ich es verstanden habe, ist eine Rizin-Vergiftung zwar einigermaßen berechenbar, aber der Prozess, der zum Tod führt, enthält trotzdem eine Menge Unwägbarkeiten.

MARTÍN: Das ist wahr. Mir fiel es immer schwer zu glauben, dass alle anderen Mädchen einfach genau zur richtigen Zeit gestorben sind. Sagen wir mal so: Dann hätte der Täter erstaunlich viel Glück gehabt. Ich halte es für wahrscheinlicher, dass einige früher starben, er aber einfach bis zum siebten Tag gewartet hat, um sie dann der Öffentlichkeit zu »präsentieren«, denn das war für ihn der wichtigste Teil.

ELLE VOICE-OVER: Über die Jahrzehnte hinweg haben Kriminologen, Ermittler, Internetdetektive und Journalisten gleichermaßen herauszufinden versucht, was die Zahlen bedeuten. Warum CK so von ihnen besessen war und warum der Todeszeitpunkt seiner Opfer – wenn Martín recht hat – für ihn noch wichtiger war als die Todesart. Soweit ich das beurteilen kann, ist das eine Anomalie bei Serienmördern. Denn zumeist ist es der physische Akt der Folter und der Tötung, den sie genießen. Psychopathen und zwanghafte Mörder können buchstäblich Monate damit verbringen, es im Voraus genau zu planen und es danach immer wieder neu zu durchleben.
Laut John Douglas, einem ehemaligen Special Agent des FBI, der durch Vernehmungen und Analysen von Serienmördern bekannt geworden ist, gibt es einen Unterschied zwischen dem Modus Operandi – der Art und Weise, wie ein Verbrechen begangen wird – und der speziellen Handschrift des Täters. Die Handschrift ist das, was Täter tun, um Erfüllung zu finden. Ihre Art zu töten kann sich im Laufe der Zeit ändern, ohne dass

sich das zwangsläufig auf ihre Befriedigung auswirkt. Aber jeder Mörder hat eine spezielle Eigenheit, etwas, was unbedingt gegeben sein muss, damit ihm die Tötung die Befriedigung bringt, auf die er aus ist. Nach allem, was wir über den Countdown-Killer wissen, sind seine Eigenheit die Zahlen. Die drei Mädchen im Abstand von drei Tagen; die sieben Tage der Gefangenschaft; die einundzwanzig Peitschenhiebe.
Die Zahlen waren ihm wichtiger als alles andere. Und das sagt uns etwas.
Es sagt uns, dass das Festhalten an ihnen nicht verhandelbar war, dass der Tod durch Gift zwar vorzuziehen, aber nicht maßgeblich war. Wenn Martín richtigliegt, sagt uns das, dass es für CK, selbst wenn die Opfer zu früh starben, von entscheidender Bedeutung war, mit der Präsentation der Leichen bis zum siebten Tag zu warten. Ich glaube, die Indizien zeigen, dass der Countdown-Killer seine Befriedigung wahrscheinlich nicht aus dem Akt des Tötens zog, sondern daraus, es innerhalb des speziellen, von ihm entwickelten Musters zu tun. Das ist wichtig, um ihn in eine Kategorie von Serienmördern einordnen zu können.
Der gewaltsame Tod von Katrina beweist, dass der Zeitplan keine Spielräume ließ. Das Opfer musste am siebten Tag sterben. Und trotzdem kamen die Ermittler auch diesmal wieder zu spät.
Mehr dazu nächstes Mal, in *Justice Delayed* …

6

ELLE · 9. JANUAR 2020

Genau wie Elle vermutet hatte, war Martín fest auf dem Sofa eingeschlafen, als sie kurz nach Mitternacht nach Hause kam. Sie schlich an ihm vorbei und zog den Fleece-Überwurf von dem Sessel daneben. Als sie die Decke aufschlug und über ihn breitete, hüpften kleine Funken statischer Elektrizität knisternd durch die Dunkelheit und kribbelten an ihren Fingern. Zufrieden, dass sie ihn nicht aufgeweckt hatte, goss Elle sich in der Küche ein Glas Wein ein und ging nach oben.

Vor ihr lag eine Nacht der Recherche. Obwohl Leo Tocas Gesicht durch die Schussverletzung entstellt gewesen war, war klar, dass sie in den sozialen Medien den richtigen Mann gefunden hatte. Sie ging sein Profil noch einmal durch, diesmal allerdings aufmerksamer. Er hatte seinen Status im letzten Jahr von »verheiratet« auf »Single« geändert, doch der Name seiner Exfrau war nicht getaggt. Die Leute, mit denen er auf Facebook befreundet war und die als Familienmitglieder markiert waren, hatten alle verschiedene Städte in Mexiko als ihren Wohnort angegeben. Es wäre nicht das erste Mal, dass sie für einen Fall reisen musste, aber sie wusste nicht, ob sie rechtfertigen konnte, wegen eines Tipps, von dem sie nicht mal sicher sein konnte, dass er seriös war, einen Auslandsflug zu buchen. Wenn sie alle in Mexiko lebten, war zudem die Wahrscheinlichkeit gering, dass einer von ihnen der Mann war, den Toca verdächtigte, der Countdown-Killer zu sein.

Sicherheitshalber schickte sie an einige Leute, mit denen Toca laut der Timeline noch vor kurzem kommuniziert hatte –

Fotos kommentiert, Statusmeldungen gelikt etc. – eine Nachricht: *Ihr Sohn/Bruder/Cousin hat mir gesagt, er hätte Informationen über einen ungelösten Kriminalfall. Wissen Sie etwas darüber?*

Es war zwar geschmacklos, noch am Tag seines vorzeitigen Todes solche Nachrichten zu versenden, aber es entsprach nun mal der Aufgabe, die sie sich selbst gestellt hatte. Es ging nicht darum, neue Freundschaften zu schließen, sondern die Wahrheit herauszufinden. Für den Fall, dass die Adressaten noch nichts von Tocas Tod wussten, verzichtete sie auf Beileidsfloskeln.

Sie schaute auf die Uhr an ihrem Computerbildschirm. Vor fünf Stunden hatte sie noch mit ihrer Familie gesungen und Kuchen gegessen. Vor vier Stunden war sie aufgebrochen, um sich das zu holen, was der wichtigste Hinweis zum Fall des Countdown-Killers seit zwanzig Jahren hätte werden können. Aber vielleicht steckte ja auch nichts dahinter; vielleicht war der Tee eine falsche Fährte, oder Toca hatte sich die Geschichte nur ausgedacht, um sie zu sich zu locken. Vielleicht hatte er vorgehabt, ihr etwas anzutun, und wer auch immer ihn vorher umgebracht hatte, hatte ihr einen Gefallen getan.

Der Start ihrer Staffel über den Countdown-Killer lag erst einen Monat zurück, aber das Ausmaß der Hassnachrichten im Internet, mit denen sie sich auseinandersetzen musste, hatte schon jetzt einen neuen Höchststand erreicht. Statt mit hirnlosen Trollen, die blöde Kommentare zu jedem Bild abgaben, das sie von ihrem Sound-Setup oder den unzähligen bunten Haftnotizen um ihren Schreibtisch herum hochlud, war sie jetzt mit offener Aggressivität konfrontiert. Mit bösartigen E-Mails, in denen sie dafür verhöhnt wurde, dass sie sich einbildete, einen Fall lösen zu können, an dem bislang alle, auch die besten Ermittler der Welt, gescheitert waren. Mit Warnungen, den jahrzehntelangen Schmerz, den die Morde des Countdown-Killers verursachten hatten, nicht zurückzubringen. Mit Direktnachrichten auf Twitter, in denen ihr mit brutaler sexueller Gewalt gedroht wurde und die ihr eisige Schauer über den Rücken jagten. Solche Botschaften brachte sie umgehend zur Anzeige.

Wenn Leo Toca zu diesen Leuten gehörte, hatte er vielleicht einen ganz anderen Plan gehabt. Womöglich wollte er ihr einen falschen Tipp geben, um ihre Glaubwürdigkeit zu beschädigen. Schnell durchsuchte sie die Drohmails, die sie für alle Fälle aufbewahrte, doch keine davon enthielt irgendeine Variation von Tocas Namen. Das erleichterte sie kurz, aber es hatte ja eigentlich nicht viel zu sagen.

Elle nahm einen Schluck Wein. Keiner der Familienangehörigen hatte geantwortet. Es war nach Mitternacht, und ihr taten vor Müdigkeit schon die Augen weh, doch ihr Hirn ratterte noch auf Hochtouren – an Schlaf war nicht zu denken. Sie scrollte durch Tocas Freundesliste und fand den Namen, nach dem sie suchte.

Duane Groves Profil selbst war zwar nicht öffentlich, allerdings hatte er ein paar seiner Beiträge und Statusmeldungen öffentlich gestellt. Das letzte Foto war ein zwei Wochen alter Crosspost von Instagram, der ihn mit falsch herum aufgesetzter Baseballkappe und Sonnenbrille zeigte, wie er die zum Victory-Zeichen gespreizten Finger in die Kamera reckte. Er sah aus wie ein Depp. Elle überlegte, ihm eine Nachricht zu schicken, aber das war bestimmt Zeitverschwendung. Wenn er auf der Flucht vor der Polizei war, würde er ganz sicher nicht seine Social-Media-Konten checken; und wenn er es nicht war, saß er inzwischen wahrscheinlich bereits im Gefängnis.

Auf ihrem Bildschirm poppte ein Fenster auf – ein eingehender Videoanruf von Tina.

Tina Nguyen lebte in Chicago und war ursprünglich nur ein Fan von *Justice Delayed* gewesen, bevor sie vor einiger Zeit als Producerin des Podcasts angeheuert hatte. Außerdem war sie unglaublich findig, was Recherchen im Netz anging, und hatte Elle schon einige Male geholfen, Dokumente aufzuspüren, von denen ihr andere Organisationen versichert hatten, dass sie nicht mehr vorhanden seien.

Als Elle den Anruf annahm, saß Tina an ihrem üblichen Platz: Sie war von mehreren Monitoren umgeben und ihr Gesicht in deren bläulichweißes Licht getaucht. »Wie geht's dir, Elle?«, fragte sie und tippte beim Reden etwas in ihre Tastatur. »Hast du schon die ganzen Reaktionen auf die heutige Folge gesehen? Molly schreibt mir jedes Mal eine Nachricht, wenn wieder zehntausend Downloads erreicht sind, und hört gar nicht mehr damit auf.«

»Ich bin noch nicht dazu gekommen.«

Tina schaute direkt in die Kamera, in ihren dunklen Augen spiegelte sich der Bildschirm. Irgendwas in Elles Miene sorgte dafür, dass sie sich zurücklehnte und die Hände von der Tastatur nahm. »Was ist passiert?«

Elle verbarg ihr Gesicht, indem sie an ihrem Wein nippte. »Wieso glaubst du, dass was passiert ist?«

»Lass den Blödsinn, du kannst mir nichts vormachen.«

»Na gut.«

Tina hörte, die Arme über ihrem Paramore-T-Shirt verschränkt, zu, während Elle ihr von Tocas E-Mail und ihrem Telefonat berichtete und davon, wie sie seine Leiche entdeckt hatte. Sie schloss mit einer kurzen Zusammenfassung dessen, was sie bislang bei ihrer Recherche über Tocas Background herausgefunden hatte. »Und jetzt frage ich mich, ob es Zeitverschwendung ist, wenn ich rauszufinden versuche, welchen Tipp er mir geben wollte und ob der Beweis, von dem er geredet hat, überhaupt existiert. Immerhin könnte ihn ja auch der Typ, den ich am Tatort getroffen habe, erschossen haben. Angeblich hatten sie zusammen eine Autowerkstatt, in der gestohlene Wagen ausgeschlachtet wurden, und nach dem, was ich in seinem Profil so sehe, ist Grove ein ziemlicher Idiot. Womöglich hatte Leo Toca gar keine Ahnung, wovon er sprach, und ich sollte einfach mit den nächsten Folgen weitermachen wie geplant.«

Als Elle fertig geredet hatte, starrte Tina einen Moment lang einfach nur in die Kamera und tippte mit einem Finger gegen ihre Lippe. »Und was, wenn du dich irrst?«

»Dann hatte Toca tatsächlich was, und das ist dann wahrscheinlich auf dem USB-Stick in seiner Hosentasche.«

»Den du der Polizei gegenüber nicht erwähnen kannst, ohne Ärger zu bekommen. Und wahrscheinlich erfährst du auch nie, was sie darauf finden, weil es keinen Grund gibt, warum die Polizei es dir sagen sollte.«

»Genau.«

»Hmm.« Nach einem Moment schaute Tina direkt in die Linse. »Aber was, wenn du falschliegst, was diesen Geschäftspartner angeht?«

»Wie meinst du das?«

»Was, wenn Duane Grove wirklich nur zur falschen Zeit am falschen Ort war und der Mörder schon abgehauen ist, bevor ihr beide da ankamt? Was, wenn Toca umgebracht wurde, weil jemand wusste, dass er dir wichtige Informationen über CK geben wollte?«

Dieser Gedanke war auch in Elles Hirn in den letzten Stunden ungefähr hundert Mal aufgepoppt, doch sie hatte ihn jedes Mal zurückgedrängt. Wenn Toca tatsächlich wegen der Informationen über CK umgebracht worden war, war das das sowohl Beängstigendste als auch Aufregendste, was seit dem Start von *Justice Delayed* je passiert war. Es bedeutete, dass Tocas Verdacht begründet war, und es bedeutete, dass sie es ihm schuldig war, seinen Mörder zu finden.

»Hör sofort auf damit, Elle. Ich sehe dir durch den Bildschirm an, dass du dir Vorwürfe machst.«

»Tu ich nicht!«

»Doch, tust du, aber es ist nicht deine Schuld. Egal, wer Leo Toca umgebracht hat, es war seine Entscheidung und nicht deine.«

Elle nickte und schaute auf das Tattoo an ihrem rechten Handgelenk – ein Semikolon. Elle hatte es sich vor zwei Jahren stechen lassen, um die Zeit, als sie es aufgegeben hatte, schwanger werden zu wollen, und in Depressionen versunken war. Dieses Semikolon war eine Mahnung; es erinnerte sie an ihr Versprechen, dass selbst die schlimmsten Augenblicke ihres Lebens nicht das Ende der Geschichte sein mussten. Sosehr sie sich auch wünschte, jetzt sofort ins Bett zu kriechen und aufzugeben, sie durfte es nicht tun. Nicht, wenn sie der Wahrheit vielleicht näher war als je zuvor.

»Ich … ich muss einfach wissen, was er mir sagen wollte«, sagte Elle. »Ich muss rausfinden, ob er wirklich etwas wusste.«

Tina schwieg einen Moment. Dann schaute sie wieder in die Kamera. »Ich weiß, dass dieser Fall dir mehr bedeutet als die anderen, Elle.«

Sie sah Tina an und schluckte heftig. »Wie meinst du das?«

»Ich weiß von dem ›Vorfall‹ in deiner Kindheit.« Tina hob die Hand, als Elle den Mund aufmachte, um zu protestieren. »Und bevor du sauer wirst, weil ich in deiner Vergangenheit rumgewühlt habe, solltest du wissen, dass das schon Ewigkeiten her ist; ich hab das gemacht, als ich einfach nur ein Fan von deinem Podcast war. Und ich muss sagen, es war wirklich schwer zu finden. Du hast es sehr gut versteckt.«

Als Elle nichts erwiderte, fuhr Tina fort: »Es ist okay, Elle. Was dir passiert ist, war furchtbar. Ich hab die Zeitungsartikel und die Polizeiberichte gelesen. Die findet man nicht bei Google, aber hey – du bist hier nicht die Einzige, die gegen Vorschriften verstößt. Ich wollte nicht rumschnüffeln, ehrlich. Und ich möchte dir helfen. Ich tue, was ich kann, du brauchst nur zu fragen.«

Elle tippte mit einem Finger auf ihren Schreibtisch und

kämpfte gegen den Drang an, den Laptop einfach zuzuschlagen und den Videoanruf zu beenden. Was auch immer das bringen würde. Tina hätte genauso gut eine Racheporno-Seite mit lauter intimen Fotos von Elle finden können – das wäre nicht weniger verletzend gewesen. Elle brannten wütende Fragen auf den Lippen; sie wollte wissen, wo Tina gesucht und was sie gesehen hatte. Doch es spielte keine Rolle. Wenn Tina von dem Martyrium wusste, das Elle als Kind durchgemacht hatte und das der Grund dafür war, dass sie sich mit den Opfern von CK solidarisch fühlte, war es jetzt zu spät, irgendetwas dagegen zu unternehmen. Elle schluckte ihren Zorn herunter und schaute wieder in die Kamera.

»Wie kannst du mir denn helfen?« Sie klang harsch, aber Tina wirkte nicht irritiert.

»Ich fange damit an, dass ich mir alle Kollegen von Leo Toca vorknöpfe und herauszufinden versuche, ob einer von ihnen irgendwas weiß. Und ich kümmere mich um die Mails zu den Sendungen, so dass du dich ganz auf diese Sache konzentrieren kannst. Aber ich möchte, dass du mir versprichst, mir nichts zu verschweigen, wenn du neue Hinweise bekommst. Ich will keine Anerkennung, ich möchte dir nur helfen, dieses Arschloch dranzukriegen.« Tina lächelte, und ihre Augen funkelten selbst im trüben Licht des Computerbildschirms.

Sosehr Elle sich auch durch ihre Schnüffelei hintergangen fühlte, sie brauchte ihre Unterstützung. Wenn jemand Tocas Familie und Freunde dazu bringen konnte zu reden, dann war es Tina.

»In Ordnung. Und ich suche währenddessen in der Frauen-Ecke und versuche rauszufinden, ob er seit seiner Trennung im letzten Jahr mit irgendwem zusammen war. Aber lass uns das im Stillen tun, ja? Ich möchte nichts darüber senden, bis ich weiß, ob Toca überhaupt echte Informationen für mich hatte.«

Tina presste ihre Finger zusammen und tat so, als würde sie

einen Reißverschluss über ihren geschminkten Lippen zuziehen. »Ich schweige wie ein Grab.«

Elle zwang sich zu einem Lächeln und schob ihr Unbehagen beiseite. »Prima«, sagte sie schließlich. »Gib mir bitte Bescheid, sobald du was gefunden hast.«

7

ELLE · 10. JANUAR 2020

Sobald das Auto an einer Ampel hält, versucht sie, vor ihm zu fliehen – sie öffnet die Tür und stolpert in den frostigen Nachmittag hinaus. Wie dumm von ihr, dass sie überhaupt bei ihm eingestiegen ist. Unfassbar dumm, dumm, dumm. Aber er hat behauptet, ein Freund ihrer Eltern zu sein. Die Angst macht ihre Beine schwer und taub, und sie bewegt sich mit unsicheren Schritten über die vereiste Straße. Sie läuft und läuft, kommt aber nicht vom Fleck.

Ein dicker Handschuh, der nach Benzin schmeckt, legt sich über ihren Mund. Sie beißt zu, aber er hebt sie hoch und wirft sie auf die Rückbank. Dann steigt er ein und verriegelt die Türen.

»Ei, ei, ei, kommst du dir nicht selbst albern vor?«, fragt er.

Nein, tut sie nicht. Sie ist traurig, zornig und ängstlich. Aber albern findet sie sich nicht.

Er fährt weiter, und sie schaut wütend aus dem Fenster, vor dem die schwarzen, toten Bäume vorbeifliegen. Als sie an ihrem Zuhause vorbeikommen, hat sie das Gefühl, dass eine Hand ihr Herz zerquetscht.

»Sie sind an unserm Haus vorbeigefahren, Mister.«

Keine Antwort.

»Hey! Sie sind an unserm Haus vorbeigefahren!« Sie stemmt ihre Füße gegen die Rückwand seines Sitzes. »Sie – sind – an – unserm – Haus – vorbeigefahren.« Bei jedem Wort tritt sie einmal fest zu.

Er wendet sich um. Die Sorge und Freundlichkeit, die in

seiner Miene standen, als er sie abgeholt hat, sind wie weggewischt. »Halt gefälligst dein Maul!«

Als Elle aufwachte, tat ihr alles weh – ihre Muskeln schmerzten von der durch den Albtraum verursachten Anspannung. Sie rollte auf die Seite und tastete nach Martíns warmem, nach Moschus duftendem Körper, doch er musste auf dem Sofa geblieben sein. Sie legte ihre Hand auf die kühle Stelle des Lakens, an der er hätte schlafen sollen, und hasste es, dass er nicht da war. Sie gingen häufig zu verschiedenen Zeiten ins Bett, wachten aber normalerweise zusammen auf und verbrachten die kostbaren ersten Momente des Morgens eng umschlungen.

Sie fragte sich, wer Leo Toca heute vermissen würde, ob es eine Frau gab, die sich nach dem wohligen Gefühl sehnte, in seinen Armen zu liegen, was sie nie wieder können würde. Als sie an seine Leiche auf dem Fußboden zurückdachte, befiel sie Traurigkeit. Seit sie mit dem Podcast angefangen hatte, hatten Hunderte Menschen Kontakt zu ihr aufgenommen, um ihr Tipps zu den Fällen zu geben und ihr ihre Theorien mitzuteilen. Aber soweit sie wusste, hatte noch nie jemand dafür mit dem Leben bezahlt. Sie hatte nicht auf ihn geschossen, aber wenn er wegen der Informationen, die er ihr geben wollte, umgebracht worden war, fühlte sie sich zwangsläufig auch irgendwie verantwortlich.

Doch sie konnte es nicht ändern. Bestenfalls konnte sie darauf hoffen, jemanden zu finden, der Toca gut genug gekannt hatte, um eine Ahnung zu haben, wen er in Verdacht gehabt haben könnte.

Elle warf die Bettdecke zurück und schlüpfte in eine Jogginghose und einen von Martíns Hoodies. Nachdem sie sich einen Pferdeschwanz gemacht und das Gesicht kalt abgewaschen hatte, ging sie nach unten und freute sich auf den Kaffee, dessen Duft bereits durchs Haus zog. Martín saß auf seinem Stammplatz in der Küche – einem Hocker in ihrer Frühstücksecke –, hielt einen Kaffee in der einen Hand und sein Telefon in der anderen und las die Nachrichten.

»*Buenos días*«, sagte Elle und schenkte sich eine Tasse ein.

»Morgen.«

»Hast du heute Spätschicht?«

Er nickte, ohne von dem Handy aufzusehen. »Ich hab mit Dr. Phillips getauscht, damit sie früh ins Wochenende starten kann. Es ist ein Blizzard angekündigt.«

Elle drückte ihre Lippen auf seine Schläfe. »Okay, kein Problem. Dann mache ich mir heute Abend selbst was zu essen – ist schon eine Weile her, seit es bei mir Apfel, Käse und Wein gab wie zu College-Zeiten.« Als er nicht lachte, zog sie ihre Hand zurück. »Ich hoffe, du hast keine Verspannungen von den Sofakissen. Du warst so fest eingeschlafen, als ich zurückkam, dass ich dich nicht wecken wollte.«

»Kein Problem.«

Sie trat einen Schritt zurück. »Ist alles in Ordnung?«

Martín legte das Handy weg und schaute zu ihr hoch. »Wo warst du letzte Nacht? Ich hab mir Sorgen gemacht.«

Sie zog den Hocker neben seinem heraus und setzte sich. »Ich hatte eine E-Mail bekommen. Dieser Typ, Leo Toca, sagte, er wüsste, wer CK ist. Ich hab mit ihm telefoniert, und er wollte, dass ich zu ihm komme, damit er mir Informationen über ihn geben kann.«

Martíns Augen weiteten sich. »Du bist spätabends zu einem wildfremden Typen gefahren, weil er behauptet hat, er kann dir was über einen Serienkiller sagen?«

»Ich hatte meine Waffe dabei.«

»*Dios mío*, Elle. Das war saugefährlich.«

Sie nippte an ihrem schwarzen Kaffee. »Na ja, wie du siehst, geht's mir gut.«

»Dass dir nichts passiert ist, heißt nicht, dass es in Ordnung war, da allein hinzufahren.«

Ihre Hände legten sich fester um ihre Tasse. »Das ist mein Job, Martín, und ich brauche keinen Babysitter, um ihn zu machen. Mir ist nichts passiert. Du musst dir nicht immer gleich das Schlimmste vorstellen.«

»*Mein* Job ist es aber, mit Menschen umzugehen, denen das Schlimmste zugestoßen ist«, gab er gereizt zurück.

Das wusste sie natürlich. Martín hatte sich, was die schaurigen Aspekte seiner Arbeit betraf, immer einen guten Humor bewahrt, so wie viele Polizisten und Sozialarbeiter, die Elle kannte. Nur so konnten sie verhindern, dass ihnen angesichts all des Leids, das sie in der Welt sahen, der Kopf explodierte.

Aber wenn es um Elles Arbeit ging, verlor Martín schnell jeden Humor, und seit sie mit dem Countdown-Killer-Fall angefangen hatte, war er nervöser als sonst. Das verstand sie zwar, aber sie würde trotzdem nicht aufhören, sich in gefährliche Situationen zu begeben – das gehörte einfach dazu, wenn man versuchte, einen Kindermörder zu schnappen.

Nachdem eine Weile Stille zwischen ihnen geherrscht hatte, legte er eine Hand auf ihren Arm und sagte leise: »Elle, verstehst du nicht, wie sehr mir der Gedanke Angst macht, dass dir etwas zustoßen könnte?«

»Es ging um CK. Ich musste da hinfahren.«

Er drückte ihren Arm. »Na ja, du bist ja offensichtlich noch heil. Was hat der Mann denn gesagt?«

»Ähm.« Elle nahm einen großen Schluck Kaffee.

»Elle. Was hat er gesagt?«

»Gar nichts.«

»Und warum nicht?«

Sie schaute in die dunkle Flüssigkeit in ihrer Tasse. »Weil er tot war, als ich ankam.«

»Was?« Martín raufte sich die Haare und stöhnte frustriert auf. »*Pues, claro que sí estaba muerto en la casa*. Wie kann das sein? Was ist passiert? Wer hat ihn umgebracht?«

»Keine Ahnung. Wahrscheinlich der Typ, der abgehauen ist, als ich eintraf.«

An Martíns rechtem Auge trat eine Ader hervor. Elle schluckte schwer. Als er wieder etwas sagte, klang seine Stimme rau: »Du bist mitten in der Nacht in die Wohnung eines Fremden gefahren, hast dort jemanden angetroffen, der über einem gerade ermordeten Mann stand, und hast mich nicht angerufen? Und mir auch nichts gesagt, als du nach Hause kamst?«

»Ich wollte dich nicht wecken«, sagte sie.

Er lachte bitter auf und rieb sich mit den Händen durchs Gesicht. »Du wolltest mich nicht wecken. *No manches!*«

Sie zog seine Hände weg, um ihm in die Augen schauen zu können. »Hör zu, ich verstehe, dass du wütend bist, *cariño*, wirklich. Aber wir haben das doch schon besprochen. Du weißt, dass ich keine halben Sachen mache. Wenn ich diesen Typen schnappen will, muss ich Risiken eingehen.«

»Aber nicht so dumme wie diese.« Als Elle gereizt reagierte, wurde seine Miene weicher. »Tut mir leid. Das war falsch ausgedrückt.«

»Ich weiß, dass du sauer bist, aber ich bin nicht dumm.«

»Das weiß ich. Und ich bin nicht sauer, ich mache mir nur Sorgen.« Er legte seine Hände auf ihre Schultern, hielt Elle auf Armeslänge von sich weg und suchte sie mit den Augen nach Wunden ab. »Bist du sicher, dass du unverletzt bist? *Carajo, mi amor*, ich fass es einfach nicht. Du bist also da rein, und der eine Typ war tot und der andere ist abgehauen. Und was ist dann passiert? Du hast doch nicht versucht, ihn aufzuhalten, oder?«

»Nein, hab ich nicht. Ich hab die Polizei gerufen.« Elle erzählte ihm den Rest, inklusive der nachfolgenden Befragung durch Sam Hyde und Ayaan; dass sie Tocas Leiche durchsucht hatte, sparte sie aber lieber aus. Für heute hatte sie Martíns Nerven schon genug strapaziert. Als sie zu Ende erzählt hatte, saß er ihr gegenüber, ihre Knie berührten sich, und sie hielten sich an den Händen, während der Kaffee auf der Arbeitsfläche kalt wurde.

»Und was hast du jetzt vor?«, fragte er schließlich.

»Ich muss zusehen, ob ich jemanden finde, mit dem Leo Toca so eng war, dass er ihm vielleicht die Informationen anvertraut hat, die er mir geben wollte. Wenn ich großes Glück habe, finde ich so vielleicht raus, wen er in Verdacht hatte, aber darauf kann ich natürlich nicht bauen. Über die Jahre haben schon Hunderte andere gedacht, ihr merkwürdiger Onkel oder ihr gewalttätiger Vater wäre der Countdown-Killer; möglich, dass Toca auch nur so einer war, aber ich muss weitere Nachforschungen anstellen.«

Er nickte und schaute Elle in die Augen. Dann legte er seine Hände an ihr Gesicht, beugte sich vor und drückte seine Lippen auf ihre. Der Kuss war intensiv, länger und leidenschaftlicher, als Elle erwartet hatte, und sie gestattete sich einen Moment der Selbstvergessenheit.

Als sie sich voneinander lösten, blickte Martín sie lange an. »Du bist gut in deinem Job, Elle. Ich weiß, wie wichtig dieser Fall für dich ist. Aber versprich mir bitte, dass du ab jetzt vorsichtiger bist, ja?«

Elle küsste ihn noch einmal, bevor sie ihm in die Augen sah. »Versprochen.«

8

JUSTICE DELAYED-PODCAST · 19. DEZEMBER 2019

Transkript: Staffel 5, Folge 3

ELLE VOICE-OVER: Es gibt ein Phänomen, das in der medizinischen Fachwelt als agonale Atmung bezeichnet wird. Zur agonalen Atmung kommt es häufig, wenn ein Mensch stirbt. Die Sterbenden öffnen dann den Mund und machen laute, schnappende Atemzüge. Man hört förmlich, dass die Luft in ihrer Kehle stecken bleibt und nicht mehr durchkommt. So sind auch Ermittlungen im Fall des Countdown-Killers: wie ein letzter Atemzug von etwas, das dem Tod nahe ist, ein allerletzter Versuch, genug Sauerstoff zum Überleben zu bekommen.

[**GERÄUSCH-EINSPIELER**: *Autos, die auf einem Highway vorbeirauschen; das Hupen eines Sattelschleppers.*]

ELLE VOICE-OVER: Die zwölfjährige Jessica Elerson war, soweit wir wissen, das letzte Mädchen, das vom Countdown-Killer ermordet wurde. Sie verschwand nur wenige Meter entfernt von dem Super Target an der I-694, wo ich jetzt stehe.

[TITELMUSIK + INTRO]

[**GERÄUSCH-EINSPIELER:** *Ein Clip mit der Titelmusik von* SpongeBob Schwammkopf.]

ELLE VOICE-OVER: Jessica liebte SpongeBob. Sie war ein

echter Nerd und verbrachte ihre Freizeit damit, sich lustige Zeichentrickfilme anzuschauen und jedes Videospiel zu spielen, das sie sich von ihrem Taschengeld kaufen oder leihen konnte. Jessica liebte Brettspiele und Experimentierkästen, *My Little Pony* und Mikroskope. Sie hielt ihre Eltern durch ihre Mitgliedschaft in zahlreichen Schul-AGs auf Trab, fand aber immer auch noch Zeit, sich um ihren kleinen Bruder zu kümmern. Denn eine große Schwester zu sein, war für sie das Allerschönste auf der Welt.

BONNIE: Wenn Jessica nicht in der Schule oder mit einer ihrer außerschulischen Aktivitäten beschäftigt war, hat sie immer mit Simon gespielt. Sie war sieben, als sich herausstellte, dass wir noch ein Baby bekommen würden, und sie hat sich riesig darüber gefreut. Sie war mit Leib und Seele große Schwester.

[**GERÄUSCH-EINSPIELER:** *Das Zischen einer Dampfdüse beim Milchaufschäumen und das laute Mahlen von Kaffeebohnen.*]

ELLE VOICE-OVER: Das ist Bonnie Elerson, Jessicas Mutter. Wir haben uns in einem Café in ihrer Stadt getroffen, deren Namen ich nicht nenne, um ihre Privatsphäre zu schützen. Bonnie sieht aus wie die meisten anderen weißen Mütter aus dem Mittleren Westen: langsam grau werdende kurze Locken; weiche Hände mit pragmatisch kurzen Nägeln; gerade Zähne mit kleineren Amalgamfüllungen, die sichtbar werden, wenn sie lacht – was sie häufiger tut, als ich erwartet hatte. Ich mag Bonnie. Wenn man nicht weiß, was sie durchgemacht hat, würde man niemals darauf kommen. Es ist erstaunlich, wie viel Schmerz eine Frau mit einem Lächeln im Gesicht ertragen kann.

ELLE: Erinnert Simon sich noch an sie?

BONNIE: Ja. Na ja, es ist schwer zu sagen, wie viele von seinen Erinnerungen noch authentisch sind und wie viele erst durch unsere Erzählungen entstanden sind. Er war fünf, als sie ... von uns ging. Aber wir haben immer von ihr gesprochen. Einige unserer Freunde fanden zwar, dass es doch vielleicht besser wäre, wenn wir uns Simon gegenüber so verhalten würden, als hätte es Jessica nie gegeben, aber das konnten wir ihm nicht antun. Er hat noch wochenlang nach seiner Schwester gefragt. Im ersten Monat habe ich mir wahnsinnige Sorgen gemacht, weil er so aufgelöst war; er war am Boden zerstört, weil sie nicht nach Hause kam. Und als er es dann endlich akzeptiert hatte, hatte ich plötzlich eine Riesenangst, dass er sie komplett vergessen würde. Die Vorstellung brach mir genauso das Herz. Ich musste dafür sorgen, dass er sich an seine Schwester erinnert und auch daran, wie sehr sie ihn geliebt hat. Darum haben wir über sie gesprochen. Wir wollten, dass er weiß, dass sie ihn nicht absichtlich im Stich gelassen hat.

ELLE: Sie kümmerten sich auch in der Zeit liebevoll um Ihren Sohn, in der Ihnen niemand einen Vorwurf hätte machen können, wenn Sie wegen dem, was Ihrer Tochter zugestoßen war, zusammengebrochen wären.

BONNIE: Natürlich. Wir konnten ja nicht einfach aufhören, Eltern zu sein.

ELLE: Ich kann mir vorstellen, dass Ihnen die Entscheidung, sich mit mir zu unterhalten, nicht leichtgefallen ist, und Sie sollen wissen, dass ich Ihnen sehr dankbar bin. Sie sind die erste betroffene Mutter, die mit mir spricht, und auch wenn ich vollkommen verstehe, warum das sonst niemand konnte, ist dieses Gespräch von unschätzbarem Wert für mich. Sie kannten Jessica besser als jeder andere. Würde es Ihnen etwas ausmachen, zu erzählen, was am Tag ihrer Entführung passierte?

BONNIE: Das war ein Montag, und wir waren einkaufen, nachdem ich sie vom Schwimmunterricht abgeholt hatte. Wir haben immer erst montags unseren Wocheneinkauf gemacht, damit wir ein entspanntes Wochenende mit der Familie hatten. Wie immer wurde ihr zwischendrin langweilig, und sie bat mich um Geld für eins der Kinderspielgeräte am Eingang. Sie mochte vor allem das, bei dem man mit einem Greifarm versucht, ein Stofftier zu erwischen. Sie war nicht wirklich gut darin, aber ich glaub sowieso, dass die Dinger manipuliert sind. Da das Geld aber einem guten Zweck zukommt, hatte ich nichts dagegen.
Ich hab also fertig eingekauft, und als ich raus bin und sie abholen wollte, war sie nicht da. Als Erstes hab ich sie in der Süßigkeitenabteilung gesucht und beim Bäcker und sie laut gerufen. Ich weiß noch, wie unangenehm mir das war. Ich kam mir vor wie eine dieser unfähigen Mütter, die ihre Kinder verlieren, und Jessica war ja schon zwölf. Es war nicht so, dass sie noch ein Kleinkind gewesen wäre. Aber irgendwann musste ich aufgeben und mich an den Sicherheitsdienst wenden. Die haben dann eine Durchsage gemacht und gesagt, dass sie zum Informationsschalter kommen soll, und ich erinnere mich noch, wie ich mir vorgenommen hab, ihr den Kopf zu waschen, wenn sie von ihrer kleinen Einkaufstour zurückkommt. Nur, dass sie nie zurückkam.

ELLE: Wissen Sie noch, was dann als Nächstes passierte?

BONNIE: Es dauerte eine Weile, bis ich richtig kapiert hab, dass was nicht stimmt. Sie blieb viel zu lange weg, als dass man noch hätte denken können, dass sie Angst hatte, Ärger zu bekommen. Das war noch vor der Zeit, als jeder ein Handy hatte, darum hab ich meinen Mann Chris von dem Telefon im Büro des Sicherheitsdienstes angerufen. Danach verschwimmt alles in meiner Erinnerung. Ich weiß nicht mehr, wer die Polizei verständigt hat, aber sie kam und hat Fragen gestellt. Aber ich hab immer weiter dieses blöde Spielgerät mit dem Greifarm angestarrt und darauf gewartet, dass sie dahinter vorgesprungen kommt und sagt, dass das alles nur ein Missverständnis ist. Ich hab sogar einen Moment überlegt, ob sie vielleicht irgendwie da reingekrochen sein könnte, um an den Vogel ranzukommen, den sie schon seit Wochen unbedingt ergattern wollte. Das war ein Papagei, was damals Simons Lieblingstier war. Sie wollte ihn für ihren kleinen Bruder gewinnen.

ELLE: Ist in Ordnung. Lassen Sie sich Zeit.

BONNIE: [*Schluchzend.*] Sie hatte so ein gutes Herz. Vor allem daran muss ich immer wieder denken. Das denkt bestimmt jede Mutter, aber sie hätte noch so viele tolle Sachen gemacht. Es tut mir für mich und meine Familie leid, aber auch für die Welt, der sie entrissen wurde.

ELLE VOICE-OVER: Nach Jessicas Verschwinden kam in der Gegend um Minneapolis erneut Panik auf. Wieder war fast genau ein Jahr nach der letzten Mordserie vergangen, und dem Countdown entsprechend wurden die Opfer immer jünger und verletzlicher. Wenn jemand getötet wird, ist eine der ersten Fragen, die sich Polizei und Öffentlichkeit stellen, die nach dem Warum. Warum gerade er oder sie? Warum tut jemand so etwas?
Die Öffentlichkeit stellt diese Frage, auf dem Weg über die Medien, sowohl aus Sensationslust als auch aus Gründen des Selbstschutzes. Ein Mord liefert Stoff für eine gute Geschichte – die landesweite Begeisterung für True-Crime-Podcasts wie diesen ist dafür Beweis genug. Aber es geht um mehr als Unterhaltung. Wenn wir wissen, was das Opfer gemacht hat, bevor es getötet wurde, wissen wir, was wir vermeiden sollten, und überzeugen uns auf diese Weise davon, dass wir uns

sicherer fühlen können – egal, ob das, was das Opfer tat, für seinen Tod überhaupt eine Rolle spielte oder nicht.
Die Polizei stellt die Frage nach dem Warum aus anderen Gründen. Die Viktimologie, ein Teilgebiet der Kriminologie, das die Beziehungen zwischen Täter und Opfer untersucht, spielt bei der Aufklärung von Morden eine Schlüsselrolle. Je mehr die Ermittler über das Opfer wissen, desto besser stehen die Chancen, den Mörder zu finden. Was brachte den Täter dazu, dieses Opfer zu dieser Zeit an diesem Ort und auf diese Weise auszuwählen? Das klingt zunächst fast so, als sollte dem Opfer die Schuld gegeben werden. Die dahinterstehende Intention ist es jedoch, den Täter ins Scheinwerferlicht zu rücken – nicht denjenigen, dem er etwas angetan hat. Menschen, die durch eine Untersuchung von Viktimologen als Hochrisikokandidaten eingestuft werden, können trotzdem den lieben langen Tag herumlaufen, ohne zu Opfern zu werden. Und jemand, dem ein niedriges Risiko bescheinigt wird, kann seiner normalen, sicheren Routine nachgehen und trotzdem zum Opfer eines Gelegenheitstäters werden. Um einen potenziellen Verdächtigen einkreisen zu können, ist es wichtig, in Erfahrung zu bringen, wer die Opfer waren und mit wem sie ihre Zeit verbrachten. Viktimologische Standardfragen zu beantworten, kann entscheidend sein, wenn es darum geht, ob ein Killer geschnappt wird oder weiter auf freiem Fuß ist.

ELLE: Als Jessica Elerson entführt wurde, hatten Sie für die Untersuchung der vorhergehenden Morde bereits Hilfestellung vom FBI bekommen, richtig?

SYKES: Ja, die Experten vom FBI haben sich hingesetzt und genaue Profile von jedem einzelnen Opfer erstellt in der Hoffnung, irgendwas zu finden, was sie alle miteinander verband und was uns helfen könnte, den Killer zu identifizieren. Leider haben sie aber nichts Konkretes gefunden. Sie kamen zu dem

Schluss, dass keines der Opfer ein besonders hohes Risiko hatte, zum Opfer eines Verbrechens zu werden. Auch wenn einige von ihnen gewisse Risiken eingingen, wie in der Dämmerung oder im Dunkeln allein draußen unterwegs zu sein, taten sie das nur in Wohngebieten, und einige waren am helllichten Tag entführt worden. Deswegen vermutete das FBI, dass der Täter sie beobachtet haben musste, wahrscheinlich wochenlang, und genau wusste, wann sie allein sein würden; oder aber er schlug in einem Moment zu, in dem sie zufällig gerade schutzlos waren. Wir wissen zumindest, dass es sich bei Beverly Anderson und Lilian Davies um Gelegenheitstaten gehandelt haben muss. Sie verstießen im Moment ihrer Entführung gegen ihre übliche Routine, und der Täter schlug genau in diesem Augenblick zu, so als hätte er nur auf diese Gelegenheit gelauert. Andere dagegen wurden von ihm gekidnappt, während sie ihrem üblichen Tagesablauf folgten; in diesen Fällen sieht es so aus, als hätte er genau gewusst, wo sie sich wann aufhalten würden. Weil die Einhaltung des Musters und des Zeitrahmens für jede seiner Taten so entscheidend waren, konnte er sich Fehler nicht leisten.

ELLE: Apropos, lassen Sie uns über sein Muster sprechen. Wir wissen, dass ihm die Zahlen drei, sieben und einundzwanzig wichtig sind. Er hat die Mädchen im Abstand von drei Tagen entführt und meistens auch drei hintereinander in seine Gewalt gebracht. Isabelle, Vanessa und Tamera wurden in kurzen Zeitabständen gekidnappt. Dann Lilian, Carissa und Katrina. Aber bei den ersten Morden, von denen wir wissen, im Jahr 1996, gab es nur zwei Opfer: Beverly und Jillian. Das hat über die Jahre zu Spekulationen und Verschwörungstheorien geführt. Auch in anderer Hinsicht unterschieden sich diese ersten Mordfälle von den anderen; die Leichen von Beverly Anderson und Jillian Thompson wiesen zum Beispiel keine Anzeichen dafür auf, dass sie zum Putzen gezwungen worden waren wie die anderen nach ihnen. Dieser Umstand veranlasste einige Leute, wie bereits besprochen, zu der Theorie, dass Jimmy Cooper die ersten beiden Frauen ermordet hat und anschließend ein Nachahmer in seine Fußstapfen getreten ist. Detective Sykes, wie denken *Sie* denn über diese Unterschiede, nachdem Sie mehr als zwanzig Jahre an dem Fall gearbeitet haben?

SYKES: Zunächst mal muss ich sagen, dass ich es nicht sicher weiß. Das ist nur meine Meinung. Aber wie Sie gesagt haben, fußt diese Meinung auf dreiundzwanzig Jahren hautnahem Kontakt mit dem Fall. Ich glaube, dass Beverly Anderson gar nicht das erste Opfer des Countdown-Killers war.

ELLE: Sie sehen zögerlich aus, aber ich werde Sie trotzdem bitten, sich eingehender dazu zu äußern.

SYKES: Ich bin inzwischen pensioniert, also was soll's! Sobald ich ein bisschen Luft hatte, habe ich mir monatelang ungeklärte Mordfälle im ganzen Land angesehen, die von der Vorgehensweise des Täters her auf den Countdown-Killer passten. Ich finde es unwahrscheinlich, dass er seinen Countdown mit einer Zwanzigjährigen begonnen hat, wenn wir doch wissen, dass die Einundzwanzig eine wichtige Zahl für ihn ist. Und wenn die Morde aus dem Jahr 1996 wirklich seine ersten waren, kann man vermuten, dass er damals vielleicht noch nicht ganz so gut organisiert war wie später. Vielleicht hat er sein erstes Opfer ein paar Wochen oder Monate vor den anderen getötet. Und vielleicht war die siebentägige Gefangenschaft der Opfer eine Steigerungsstufe, und er hat die erste Frau auf Anhieb getötet. Aber sosehr ich auch suchte, ich konnte keinen Fall finden, der auch nur annähernd gepasst hätte. Ich habe auch nach einundzwanzigjährigen weiblichen Opfern gesucht, die auf andere Weise getötet worden waren:

erdrosselt, erschossen oder mit anderen Substanzen als Rizinussamen vergiftet. Aber nichts. Die Antwort liegt wahrscheinlich zwischen den Aktendeckeln eines ungelösten Falls irgendwo in einem Polizeiarchiv, aber obwohl ich immer noch hin und wieder suche, wenn ich mal Langeweile habe, habe ich sie bislang nicht finden können.

ELLE: Das klingt, als könnte das Auffinden dieses ersten Opfers auf eine heiße Spur führen.

SYKES: Das glaube ich auch. Serienmördern unterlaufen bei ihren ersten Taten häufig Fehler. Selbst bei jemandem, der so akribisch vorgeht wie CK, könnte es sein, dass er sich in einem Wutanfall zu seiner ersten Tat hinreißen ließ und die Leiche dann hastig irgendwo entsorgte. Vielleicht hat er sogar DNA-Spuren hinterlassen. Tausende haben es bereits erfolglos versucht, und wenn es Ihnen gelingt, diese Person zu finden, könnte das, glaube ich, der Wendepunkt in diesem Fall sein.

ELLE: Ich werde tun, was ich kann, Sir, darauf können Sie sich verlassen. Aber kommen wir noch mal auf das Muster zurück. Bei allen Morden, die er begangen hat, seit Sie mit dem Fall betraut waren, hat er drei Frauen im Abstand von drei Tagen entführt und sie sieben Tage lang gefangen gehalten, bevor er sie getötet hat. Das muss einen immensen Aufwand an Vorbereitung und Planung für ihn bedeutet haben und war wahrscheinlich der Grund, warum er nach jedem dieser Trios ein Jahr gebraucht hat, um sich auf die nächste Gruppe vorzubereiten. Was sagt das über das Profil des Mörders aus?

SYKES: Wir waren uns alle einig, dass er absolut penibel sein musste. Das war offenkundig, wenn man gesehen hat, in welchem Zustand er die Leichen zurückließ: Wir konnten nicht eine einzige Hautzelle oder Wimper darauf finden. Und wir gingen

davon aus, dass er Dossiers über die Frauen angelegt haben musste, um an jedem Tag seiner Countdown-Sequenz ein Mädchen zur Verfügung zu haben, das er kidnappen konnte. Und dass er immer noch jemanden in der Hinterhand hatte für den Fall, dass es mal bei einer nicht klappte. Wahrscheinlich gab es also Dutzende potenzielle Opfer in jedem Alter, die er in die engere Wahl gezogen hat, für die er sich dann aber aus den unterschiedlichsten Gründen doch nicht entschieden hat. Er muss jeweils mehrere Mädchen im passenden Alter im Blick gehabt haben, die an den jeweiligen Wochentagen schutzlos und somit als Entführungsopfer geeignet waren. Suzie geht jeden Dienstagnachmittag allein nach Hause, Bess geht sonntags allein zur Kirche und so weiter. Es muss so gewesen sein, da alle Teile seines Plans exakt ineinandergreifen mussten, denn jede Verzögerung hätte die Umsetzung gefährdet. Die Entführungen mussten im Abstand von drei Tagen erfolgen. Jessicas Entführung war eine Mischung aus günstiger Gelegenheit und genauester Planung. Ihre Mutter hat sie wahrscheinlich nur zehn Minuten aus den Augen gelassen, vielleicht auch fünfzehn, und schon war sie weg. Er muss gewusst haben, dass sie jeden Montag dort ihren Wocheneinkauf machten, denn er war genau darüber im Bilde, wo es Überwachungskameras gab und wie er ihnen aus dem Weg gehen konnte. Trotzdem ging er ein unglaublich hohes Risiko ein. Er musste Jessica innerhalb eines kurzen Zeitfensters ohne jede Spur aus einem vollen Laden herausbugsieren. Sie auf diese Weise zu kidnappen, war geradezu verwegen. Er wusste, dass es eine Herausforderung war und dass er ihr gewachsen war.
Das einzige Mal, dass er sein Schicksal herausforderte, war beim letzten Opfer. Normalerweise wäre sie an dem Tag angreifbar gewesen, aber sie wich von ihrer Routine ab, und so musste er sein Glück erzwingen.

ELLE: Wie hat er das geschafft?

SYKES: Eleanor Watson, die jeder Nora nannte, war nachmittags manchmal in der Zeit zwischen Schulschluss und der Heimkehr ihrer Eltern von der Arbeit für eine Stunde allein. Sie war ein klassisches Schlüsselkind. An den meisten Tagen ging Nora nach der Schule mit zu Freunden und wurde von ihrer Mutter vor dem Abendbrot dort abgeholt. Um ihre Unabhängigkeit unter Beweis zu stellen, hatte sie jedoch damit begonnen, immer häufiger direkt von der Schule nach Hause zu gehen. Der Täter muss fest davon ausgegangen sein, dass Nora an dem Tag, an dem er sie entführen wollte, allein zu Hause war, aber anders als geplant ging sie spontan mit zu ihrer Freundin. Das war der Moment, in dem er sein bislang größtes Wagnis eingegangen ist. Er hat dort geklingelt.

ELLE: Und wer hat aufgemacht?

SYKES: Noras Freundin. Ihre Mutter arbeitete von zu Hause aus, hielt sich jedoch in einem Arbeitszimmer auf, das auf der Rückseite des Hauses lag, außerdem durften die Kinder sie während der Geschäftszeiten nicht stören. Das war der Grund, warum die Tochter die Tür aufmachte. Der Täter trug offenbar einen Strickschal und eine rote Mütze. Das ist ein Trick. Wenn man befürchtet, gesehen zu werden, zieht man absichtlich etwas Auffälliges an, das man dann schnell ablegen und wegwerfen kann, um sich unerkannt unter die Leute zu mischen. Er erzählte Noras Freundin, er wäre geschickt worden, um Nora abzuholen, weil ihre Mutter im Krankenhaus läge. Nora dachte nicht lange nach. Sie machte sich sofort solche Sorgen um ihre Mutter, dass sie zu ihm ins Auto stieg. Erst über eine Stunde später kam die Mutter ihrer Freundin aus dem Arbeitszimmer und erfuhr, dass Nora nicht mehr da war.

ELLE VOICE-OVER: Das hätte das Ende sein können. Wenn für den Countdown-Killer alles nach Plan gelaufen wäre, hätte

es nach Jessicas Ermordung noch zwei weitere gegeben, und dann drei im nächsten Jahr und dann die nächsten. Die Polizei wusste nur, dass er alle drei Tage ein neues Mädchen entführte und sie eine Woche später umbrachte, wie ein Uhrwerk. Sie hatte keinen Grund zu glauben, dass er jemals aufhören würde – und keine Ahnung, wie sie ihn aufhalten konnte.
Es hätte ewig so weitergehen können. Der Täter hätte nach der Vollendung seines Countdowns irgendwann das Auswahlprinzip seiner Opfer ändern und ein komplett neues Ritual beginnen können. Ein Mann wie er hört nicht einfach auf zu morden, wenn er einmal auf den Geschmack gekommen ist.
Aber das ist nicht das Ende der Geschichte. Weil Nora Watson nicht vom Countdown-Killer getötet wurde. Sie ist ihm entkommen.

9

ELLE · 13. JANUAR 2020

Durch die Twin Cities fegte ein Blizzard, der die Straßen das ganze Wochenende hindurch unpassierbar machte. Am Samstagmorgen rief Martíns Schwester Angelica an. Da die meisten anderen aus Martíns Familie weiterhin in Monterrey und Umgebung wohnten, war Angelica die einzige Verwandte, die er im Mittleren Westen hatte. Ihre Kinder nahmen ihr das Telefon aus der Hand und liefen damit nach draußen, um Martín und Elle den Schneemann zu zeigen, den sie in ihrem Garten in Eau Claire gebaut hatten. Die Neffen liebten den Schnee und die Kälte ganz offensichtlich, doch als sie ihrer Mutter das Handy zurückgaben, brachten Angelica und Martín es fertig, sich eine geschlagene Stunde lang über das Wetter zu beklagen und Witze darüber zu reißen, bis Elle Tränen lachte.

Nach dem Telefonat luden Elle und Martín Sash und Natalie zu sich ein, und die vier verbrachten das restliche Wochenende damit, sich Filme anzuschauen und Unmengen heiße Schokolade zu trinken. Bis auf ein, zwei Stunden, in denen Elle sich wegschlich, um die Folge der kommenden Woche wenigstens schon mal grob zu entwerfen, versuchte sie sich zu entspannen, so gut es ging, und nicht an den Fall zu denken. Dafür würde noch reichlich Zeit sein, wenn die Straßen wieder befahrbar waren.

Als der Schneefall am Sonntagnachmittag endlich nachließ, gingen Sash und Natalie wieder rüber in ihr Haus, und Elle verbrachte den Abend damit, die restliche Folge der kommenden Woche aufzunehmen. Tina würde das Material in den nächsten Tagen zusammenschneiden und dafür sorgen, dass alles perfekt klang. In Folge sechs würden sie das spannende Gespräch mit einer Frau bringen, die Elle erst kürzlich aufgetan hatte. Sie konnte es kaum erwarten, der Welt ihre Entdeckung mitzuteilen.

Nachdem sie die Audiodateien an Tina geschickt hatte, fiel sie mitten in der Nacht ins Bett und schlief innerhalb weniger Minuten ein.

Das erste Licht des Montagmorgens fiel scharf und weiß durch den Spalt in ihren Schlafzimmervorhängen. Martín zog sie zu sich, ließ eine warme Hand unter ihr Shirt gleiten und streichelte ihren Rücken. Elle blinzelte lächelnd zu ihm hoch.

»Guten Morgen«, murmelte sie mit von der nächtlichen Aufnahme noch etwas heiserer Stimme.

»Hallo du«, flüsterte er und drückte seine Lippen auf ihre. Dann rückte er noch näher an sie heran und legte sich auf ihren Oberkörper. »Du warst lange auf.«

»Folge sechs.« Sie küsste seinen Nacken und sog den schwachen Duft seines Rasierwassers vom Vortag ein. »Alles fertig und schon bei Tina.«

»Ist das die Besondere?« Seine Hand glitt zwischen ihre Beine, und ihre Lider schlossen sich flackernd.

»Mm, ja. Wahrscheinlich kommt sie nicht an die von letzter Woche heran, aber die zu toppen wird eh hart.« Ihr stockte der Atem, während er sie liebkoste. Sie tastete unter dem Laken nach ihm und lächelte, als sie entdeckte, dass er schon nackt war.

Er kicherte. »Wenn ich dich nicht besser kennen würde, würde ich schwören, du hättest das absichtlich gesagt.«

Sie schlug die Augen auf, um sein Gesicht zu sehen. »Was absichtlich gesagt?«

Er schob mit der anderen Hand ihre Pyjamahose nach unten, und dann waren sie zusammen, Haut an Haut. Er führte seinen Mund direkt an ihr Ohr und flüsterte: »Es *wird eh hart*«, während er sich in ihr bewegte.

Ihr lautes Lachen verstummte abrupt, als er sich stärker gegen sie presste. Sein ganzer Körper bebte, als er erneut lachen musste, und er küsste ihren Nacken. Dann stellten sie das Reden ganz ein.

Eine Stunde später machte Martín sich auf den Weg zur Arbeit, und Elle fuhr den Computer hoch, um ihre Nachrichten zu checken. Der Executive Producer beim Podcast-Netzwerk hatte mehrere E-Mails geschickt, in denen er beklagte, dass die Zuhörerzahlen am Donnerstag zurückgegangen seien. Die Marketingreferentin plante deshalb, mehr Radiowerbung zu machen. Sie wollte gezielt Slots während der Hauptverkehrszeit buchen, um mehr Hörer aus der Generation X zu gewinnen, die zu den aktiven Zeiten des Countdown-Killers Teenager oder junge Erwachsene gewesen waren. Es gab Hunderte ungelesene E-Mails, aber Elle sah, dass Tina Tausende weitere bereits durchgesehen und nach einer gemeinsam festgelegten Kategorisierung vorsortiert hatte. Die Anzahl der rot markierten Mails war besorgniserregend.

Rot stand für Nachrichten, die so bedrohlich klangen, dass man überlegen sollte, sie zur Anzeige zu bringen.

Elle war gerade nicht in der Stimmung, sich damit zu befassen, und wechselte stattdessen noch mal auf Leo Tocas Facebook-Profil. Keiner seiner Verwandten hatte auf ihre Anfragen reagiert, obwohl mehrere davon inzwischen als *gesehen* markiert waren. Was enttäuschend war, aber nicht überraschend. Sie ging die Fotos in seinem Profil durch und suchte in dem Jahr seit der Trennung von seiner Ehefrau nach Gesichtern von anderen Frauen. Auch wenn er auf Facebook offiziell den Beziehungsstatus Single angegeben hatte, konnte er ja eine Freundin haben.

Aber Fehlanzeige. Über einen Zeitraum von fast drei Jahren gab es nur Fotos von ihm allein, bis Elle schließlich auf eines stieß, auf dem er Wange an Wange mit einer lateinamerikanisch aussehenden Frau zu sehen war, die ihre schwarzen

Haare zum Pferdeschwanz gebunden hatte. Elle klickte auf das Bild und führte einen kleinen Siegestanz auf ihrem Stuhl auf, als sie sah, dass die Frau getaggt war: Luisa Toca. Das musste seine Exfrau sein. Elle wechselte auf ihr Profil.

Als Profilbild hatte Luisa die guatemaltekische Flagge gewählt: ein zu beiden Seiten von mittelblauen Streifen eingerahmtes weißes Feld mit einem Wappen in der Mitte. Ihre Statusmeldungen wechselten zwischen Englisch und Spanisch hin und her. Eine drei Monate alte stach Elle ins Auge: Darin hatte Luisa geschrieben, dass ihre Mutter bei ihr einziehen würde. Bei der Durchsicht von Luisas Fotos fand Elle Dutzende Rücken- und Seitenansichten von Frauenfrisuren in verschiedenen Stilen und Farben, die alle mit einem Friseursalon in der Innenstadt getaggt waren. Doch als Elle dort anrief, teilte die Ladeninhaberin ihr mit, Luisa sei seit Tagen nicht zur Arbeit erschienen und gehe auch nicht ans Telefon.

Elle klickte auf Luisas Familie und dankte im Stillen dem Herrgott: Der Account ihrer Mutter war praktisch leer, aber sie besaß einen. Und Elle hatte jetzt einen neuen Namen.

Nachdem sie Luisa eine private Nachricht gesendet hatte, machte Elle sich daran, ihre Adresse zu recherchieren. Seit sie einen investigativen Podcast machte, wusste sie, dass die meisten Leute gar nicht ahnten, wie viele persönliche Informationen man über sie im Internet finden konnte – zumindest, wenn man wusste, wo man suchen musste. Aktuelle und ehemalige Adressen, Telefonnummern, Arbeitgeber, sogar Sozialversicherungsnummern waren öffentlich zugänglich, wenn man auf die richtige Website ging. Solche Angaben löschen zu lassen, war möglich, aber teuer. Vor einigen Jahren hatte Elle eine Menge Geld bezahlt, um Informationen über sich zu tilgen, aber das war es wert gewesen. Ein neuer Nachname mit der Ehe, eine neue Zukunft – und nie wieder Anfragen, ob sie nicht noch mal von der schlimmsten Zeit ihres Leben erzählen wolle. Das Geld war definitiv gut investiert gewesen.

Etwas über Luisa zu finden, erwies sich als schwierig, aber der Name der Mutter war Gold wert. Nachdem sie eine Stunde lang gesucht hatte, stieß Elle auf die Adresse von Maria Alvarez und setzte sich ins Auto, um nach Fridley zu fahren.

Alle Straßen waren inzwischen geräumt, doch eine hauchdünne Schicht Neuschnee ließ den Asphalt funkeln. Sosehr sie den Winter auch hasste – zu sehen, wie die Stadt durch einen Blizzard komplett verwandelt wurde, hatte etwas Magisches. Der Tag erschien ihr makellos, unberührt – fast zu rein, um im selben Universum zu existieren, in dem sie Leo Tocas Leiche in seiner Wohnung gefunden hatte. Was auch immer vorher passiert war, dies war ein neuer Anfang.

Unterwegs setzte sie ihr Headset mit Mikrophon über ihrer Strickmütze auf. Sie hatte die Erfahrung gemacht, dass es besser war, einen Gedanken gleich aufzunehmen – selbst, wenn sie den Take am Ende vielleicht doch nie verwendete –, als in die missliche Lage zu kommen, in einer Folge des Podcasts eine Lücke zu haben, aber kein Material, um sie zu füllen.

»Vor drei Tagen bekam ich eine E-Mail von jemandem, der behauptete, mir einen Tipp in Bezug auf den Countdown-Killer geben zu können. Ich fuhr zu ihm, um zu sehen, was er für mich hatte, aber als ich bei ihm ankam, war er ermordet worden.« Elle hielt kurz inne und versuchte das Bild von Leo Tocas blutiger Leiche zu vertreiben, das vor ihrem inneren Auge erschien. »Ich weiß nicht, welche Informationen er hatte, wenn er denn überhaupt welche hatte. Es besteht die Möglichkeit, dass nichts von all dem hier wirklich relevant ist für den Fall und ich diese Aufnahme archivieren werde wie Tausende andere vorher. Aber für den Moment versuche ich herauszufinden, was er gewusst haben könnte. Ich bin unterwegs zum Haus seiner Exfrau, um rauszukriegen, ob er in letzter Zeit Kontakt zu ihr hatte. Das ist natürlich alles ziemlich vage, aber ich muss es versuchen. Ich ... ich kann einfach nicht glauben, dass der Zeitpunkt seiner Ermordung ein Zufall war, auch wenn es augenscheinlich so ist. Ich betreibe diesen Podcast jetzt seit vier Jahren, und noch nie ist einer meiner Hörer wegen eines Tipps, den er mir gegeben hat, in Gefahr geraten. Jedenfalls nicht dass ich wüsste. Ich möchte euch alle dazu anhalten, auf eure Sicherheit zu achten. Wenn ihr das Gefühl habt, in Gefahr zu sein, ruft sofort die Polizei. Ich melde mich wieder, wenn ich mehr weiß.« Sie stoppte die Aufnahme und zog das Headset vom Kopf.

Plötzlich machten sich die ersten Anzeichen einer Panikattacke bemerkbar. Nachdem sie den Wagen auf dem Parkplatz vor einer Wohnanlage aus braunem Backstein abgestellt hatte, atmete Elle tief durch die Nase ein, hielt die Luft zehn Sekunden an und blies sie dann durch den Mund wieder aus. Das Ganze wiederholte sie zweimal, dann wurde sie allmählich ruhiger, und ihre Atmung normalisierte sich. Sie stellte den Motor ab, nahm ihre Tasche mit dem Aufnahmegerät – für den Fall, dass Luisa bereit war, ihr ein Interview zu geben – und trat in den knackig kalten Winternachmittag hinaus.

Nach dem, was Elle im Internet herausgefunden hatte, waren Luisa und Leo Toca fünf Jahre lang verheiratet gewesen, bevor sie sich im letzten Jahr getrennt hatten. Jetzt wohnte sie anscheinend mit ihrer Mutter in einem alten Apartmenthaus neben dem Highway. Elle schleppte ihre Tasche durch das nach Schimmel riechende Treppenhaus bis in den zweiten Stock und klopfte an die Tür zu Apartment Nummer 207. Innen waren erst langsame Schritte auf quietschenden Bohlen zu hören, die sich der Tür näherten, dann, wie die Abdeckung des Spions weggeschoben wurde.

»*Quién es?*«, fragte eine heisere Stimme.

»Señora, me llamo Elle Castillo. Estoy buscanda a Luisa Toca –«

»Sabe dónde está mi Luisa?« Die Stimme der Frau ging freudig ein Stück hoch.

Elle ließ die Schultern sinken. Die Frau suchte Luisa ebenfalls. *»No, estoy buscándola.«*

Drinnen rasselte eine Kette, dann schwang die Tür auf, und eine gebeugte ältere Frau kam zum Vorschein, die sich schwer auf ein mobiles Sauerstoffgerät stützte. In ihren schmalen Nasenlöchern steckten Kanülen, ihre tiefbraune Haut war von Alters- und Sorgenfalten zerfurcht. Als sie Elle sah, spannte die Frau sich an und reckte ihr Kinn hoch. »Ich kann auch Englisch sprechen.«

»Oh, tut mir leid. Ich hätte nicht davon ausgehen sollen, dass es nicht so ist. Wir können uns in der Sprache unterhalten, die Ihnen am liebsten ist.«

Nach einem Augenblick nickte Maria Alvarez. »Schon okay. Sie sprechen gut Spanisch, aber wir können gern Englisch reden. Sind Sie von der Polizei?«

»Nein, ich bin eine unabhängige Ermittlerin.« Elle hielt ihr Mikrophon hoch. »Ich nehme das hier nicht auf, keine Sorge. Aber ich untersuche ungelöste Fälle für meinen Podcast – das ist so was Ähnliches wie eine Radiosendung. Ich hatte gehofft, Luisa könnte mir helfen, jemanden zu finden.«

»Ich habe keine Ahnung, wie sie Ihnen helfen könnte, aber bitte, kommen Sie doch rein.« Maria Alvarez drehte sich mit schleppenden Schritten um und führte Elle durch den schmalen Flur in eine Küche, in der es nach Koriander und Zwiebeln roch. Elle setzte sich auf einen Holzstuhl und atmete die würzige Luft ein.

Maria Alvarez füllte mit langsamen, bedächtigen Bewegungen Wasser in einen Kessel und stellte ihn auf den Herd. Sie drehte an einem Regler, und die Platte wurde orange vor Hitze.

»Mijita«, flüsterte Maria Alvarez, fast zu leise, als dass Elle es verstanden hätte. Dann wandte sie sich vom Herd ab und

schaute Elle an. »Ich habe seit Tagen nichts von ihr gehört. Fast eine ganze Woche schon. Sie hätte eigentlich letztes Wochenende anrufen sollen, hat es aber nicht getan. Ich habe es x-mal bei ihr versucht. Wer hat Sie hierhergeschickt?«

Elle beugte sich vor und hätte der Frau zu gern zu einem Stuhl geholfen, aber sie wollte sie nicht bevormunden. »Ich habe Luisa in den sozialen Medien gefunden und gesehen, dass Sie ihre Mutter sind. Dann habe ich Ihre Adresse recherchiert. Bei Luisas Arbeit haben sie auch seit Tagen nichts von ihr gehört, deshalb hatte ich gehofft, sie hier zu finden.«

»Sie wissen also auch nicht, wo sie ist.« Maria Alvarez nahm zwei braune Tassen aus einem holzverkleideten Schrank und stellte sie auf die Arbeitsfläche. Dann öffnete sie eine hellgelbe Packung Therbal-Tee und hängte in jede Tasse einen Beutel.

»Nein, tut mir leid«, sagte Elle. »Wohnt sie denn nicht mehr hier?«

»Sie bekommt immer noch ihre Post hierher, aber die Nächte verbringt sie bei einem Mann.«

»Ihrem Freund?« Elle hatte gar nicht in Erwägung gezogen, dass Luisa etwas mit Leo Tocas Tod zu tun haben könnte, aber wenn ein neuer Mann auf der Bildfläche erschienen war, wurde die Sache gleich interessanter. Neue Liebhaber verkomplizierten alte Beziehungen immer.

Maria Alvarez verzog angewidert ihr runzliges Gesicht. »Der ist viel zu alt für sie. Dieser Mann ist zwanzig, fünfundzwanzig Jahre älter als Luisa. Sie ist noch jung; sie könnte immer noch einen guten Mann finden und wieder heiraten. Aber sie versucht es nicht mal. Sie will diesen alten Kerl.«

»Wie heißt er?«

»Keine Ahnung«, sagte die Frau kopfschüttelnd. »Sie weiß, dass ich ihn hasse, darum nimmt sie ihn nicht mit hierher. Er ist ein Weißer, mit blauen Augen und … *Cómo se dice … está perdiendo su pelo?*«

»Er verliert seine Haare? Bekommt eine Glatze?«

Der Wasserkessel pfiff, und Maria Alvarez drehte sich um, um Wasser in die Tassen zu füllen. »Genau. Luisa ist schön! Sie könnte jeden Mann haben, den sie will, und dann sucht sie sich diesen ... *viejo feo* aus!«

Elle biss sich auf die Lippe. Luisa hatte Glück, eine Mutter wie Maria Alvarez zu haben, die sie liebte und ihr Komplimente machte und davon überzeugt war, dass niemand gut genug für ihre Tochter war. Das musste schön sein.

Maria Alvarez versuchte, beide Teetassen mit einer Hand hochzuheben, um mit der anderen ihr Sauerstoffgerät neben sich herzuschieben.

Elle stand auf. »Bitte, Señora, darf ich Ihnen helfen?«

Die ältere Frau schaute Elle an und nickte dann. »Danke.«

Sobald sie zusammen am Tisch saßen, hob Elle ihre Tasse hoch und lächelte. »Danke für den Tee. Das ist die Lieblingsmarke von meinem Mann.«

»Ihr Mann ist Mexikaner?« Maria Alvarez' Augen leuchteten. »Kein Wunder, dass Sie gut Spanisch können. Das ist die Sprache der Liebe, müssen Sie wissen.«

»Bei mir hat sie auf jeden Fall ihre Wirkung getan.« Elle lachte. Maria Alvarez schien allmählich Vertrauen zu ihr zu fassen. Das war nie leicht, wenn man es mit Fremden zu tun hatte, aber ihrer Erfahrung nach war es zwischen Latinos und Weißen noch schwieriger als ohnehin schon. Als Mexikanerin in den Vereinigten Staaten hatte Señora Alvarez tausend Gründe, jemandem wie Elle nicht über den Weg zu trauen. Aber sie würde versuchen, ihr keinen weiteren Grund zu liefern.

Einige Augenblicke verstrichen, ohne dass eine von ihnen etwas sagte. Maria Alvarez trank und starrte in ihre Tasse. Schließlich hob sie den Blick. »Sie haben mir gar nicht gesagt, warum Sie Luisa eigentlich suchen. Ist sie in Schwierigkeiten?«

»Nein, sie nicht, aber ihr Exmann ist es … oder war es vielmehr.«

»Leo? Oh, ich liebe Leo. Sie hätte ihn niemals verlassen sollen.« Señora Alvarez' Augen leuchteten wieder, und Elle bekam ein schlechtes Gewissen. Vielleicht sollte sie einfach gehen, ohne ihr zu erzählen, was passiert war. Sie würde es von der Polizei oder von ihrer Tochter erfahren, wenn die Zeit reif dafür war. Doch sie konnte sie nicht in dem Glauben lassen, dass Leo Toca noch lebte, wenn es gar nicht so war. Das erschien ihr unfair.

»Señora Alvarez, es tut mir leid, aber ich habe schlimme Nachrichten. Leo wurde vor ein paar Tagen umgebracht. Er wurde in seiner Wohnung erschossen.«

Die alte Frau erstarrte, und die Wärme in ihren Augen wich einer Tränenflut. »*Qué?*«

»Tut mir leid. Er ist tot.«

Señora Alvarez presste die Kiefer aufeinander, und all ihre Falten wurden zu geraden Linien, die zu ihren geschürzten Lippen hinabführten. »Das war dieser *hijo de puta*. Dieser *pelado*, mit dem Luisa zusammen ist. Ich bin ganz sicher. Er hat sie Leo weggenommen, aber das reichte ihm noch nicht. Er war immer eifersüchtig darauf, dass sie mit ihm verheiratet war, mit einem richtigen Mann, der sie geliebt hat.« Die Frau sank auf ihrem Stuhl zusammen, stützte die Ellenbogen auf dem Tisch auf und schlug die Hände vors Gesicht.

Elle blickte in ihren Schoß, um sie in diesem Moment der Trauer nicht zu stören. Auch das war natürlich möglich. Wenn Leo Toca wirklich am selben Tag von dem Freund seiner Ex umgebracht worden war, an dem er ihr einen Tipp geben wollte, dann hatte sich dieser Mord zum denkbar schlechtesten Zeitpunkt ereignet.

Nach einer Weile versuchte sie Maria Alvarez anzusprechen. »Señora, kann ich jemanden anrufen, der zu Ihnen kommt, um Ihnen beizustehen? Es tut mir so leid, aber ich muss wirklich weiter nach Ihrer Tochter suchen. Wenn Sie recht haben mit dem, was Sie über ihren neuen Freund sagen, könnte Luisa ebenfalls in Gefahr sein.«

Maria Alvarez wischte sich die Tränen ab und stand auf. Dann schlurfte sie zu einer Küchenschublade, zog sie auf und holte einen Haftnotizblock heraus. Sie schrieb zwei Zeilen darauf und reichte Elle den Zettel. »Das ist die Adresse, wo sie mit diesem Mann wohnt. Ich bin nie da gewesen. Sie weiß, dass ich gegen die Beziehung bin.«

Elle nahm die Notiz und wollte ihre Hand zurückziehen, doch Señora Alvarez hielt sie fest und schaute ihr in die Augen. »Finden Sie ihn. Finden Sie ihn und halten Sie ihn von meiner Tochter fern. Bitte.«

Elle nickte und drückte mit ihrer anderen Hand Maria Alvarez' Arm. »Ich werde tun, was ich kann.«

Draußen vor dem Haus stellte Elle den Motor an, um den Wagen aufzuwärmen. Während sie wartete, holte sie ihr Handy heraus, rief noch einmal Luisas Social-Media-Profile auf und scrollte durch ihre Aktivitäten der letzten Zeit. Auf den Fotos, die sie gepostet hatte, war kein älterer Mann zu sehen, auf den die Beschreibung ihrer Mutter passte; sie hatte nur Selfies und Aufnahmen ihrer fertig frisierten Kunden im Friseursalon eingestellt. Seit mehr als einer Woche gab es keine neuen Meldungen und keine Kommentare mehr von ihr. Ihr letztes Status-Update war *Egal, was passiert* und ein Emoji mit zum Gebet zusammengelegten Händen. Das wirkte zwar etwas kryptisch, aber auch nicht gleich verdächtig.

Hoffentlich war Luisa wirklich bei dem Mann in Falcon Heights, an den Maria Alvarez sie verwiesen hatte, so dass Elle sie wenigstens dazu befragen konnte, was sie über Leo Tocas Verdacht wusste. Wenn sie allerdings in einer Beziehung mit einem anderen Mann lebte, hatte sie wahrscheinlich nicht viel Hilfreiches über ihren Ex zu sagen. Ganz zu schweigen davon, dass einer von ihnen etwas mit seinem Tod zu tun haben konnte.

Die Luft, die durch das Gebläse ins Wageninnere gepustet wurde, wurde endlich warm, und Elle fuhr los.

Nachdem sie sich in einem Dunn-Brothers-Drive-Through einen Mokka geholt hatte, machte Elle sich auf den Weg nach Falcon Heights und nippte an jeder Ampel an ihrem starken, süßen Kaffee. Das Licht nahm langsam ab, der Nachmittag ging in den Abend über, und sie bekam Sehnsucht nach den Tagen, an denen die Sonne nicht schon um halb vier langsam aufgab. Obwohl Elle schon ihr Leben lang in Minnesota lebte, hatte sie sich nie an die kalten, dunklen Winter gewöhnen können.

Kurz vor der Ausfahrt fiel Elle neben der I-694 ein vertrautes Logo ins Auge. Ihr Podcast-Netzwerk hatte schon vor über einem Jahr angefangen, auf großen Reklametafeln für *Justice Delayed* zu werben, trotzdem war es noch immer ungewohnt für Elle, das schwarzsilberne Cover ihres Podcasts in derart vergrößerter Form am Straßenrand zu sehen. Glücklicherweise hatte das Marketingteam sich von seinem ursprünglichen Wunsch, ein Foto von ihr zu verwenden, abbringen lassen. Die Leute kannten ihr Gesicht ohnehin schon von ihren Auftritten in den Lokalnachrichten, weil sie gelegentlich um einen Kommentar zu einem Fall gebeten wurde, aber dass ihr Konterfei auch noch überall groß plakatiert wurde, das brauchte sie nun wirklich nicht. Dass ihr Name so groß dort stand, war schon riskant genug. Sie blies die Luft aus und nahm die Ausfahrt.

Die Adresse, die Señora Alvarez ihr gegeben hatte, führte sie zu einem bescheidenen zweigeschossigen Backsteinhaus mit angeschlossener Doppelgarage und einer frisch geräumten Auffahrt. Bei näherem Hinsehen musste die Auffahrt sogar beheizt sein. Selbst wenn man noch so gründlich schippte, konnte man Schnee und Eis niemals so vollständig entfernen;

hier war jedoch alles feucht und komplett sauber. Elle ließ den halb ausgetrunkenen Kaffee im Auto und wappnete sich gegen den kalten Wind, bevor sie ausstieg.

Während sie die Auffahrt hochschritt, musterte sie das Haus: Es hatte eine schiefergraue Steinfassade und weiß gerahmte, makellos saubere Fenster, hinter denen schwere dunkle Vorhänge hingen. Der Vorgarten war, bis auf die kahlen Zweige eines großen Strauchs, komplett mit Schnee bedeckt.

Da Maria Alvarez der festen Überzeugung gewesen war, dass der Bewohner dieses Hauses Leo Toca auf dem Gewissen hatte, legte Elle eine Hand auf die Ruger unter ihrer Jacke. Mit der anderen Hand drückte sie auf die Türglocke, bis sie es drinnen klingeln hörte.

Doch es kam niemand. Sie trat einen Schritt zurück und schaute auf das geschlossene Garagentor. Hinter den Milchglasscheiben in der Haustür war kein Licht zu sehen, trotzdem klingelte sie noch einmal.

Einen Augenblick später hörte Elle drinnen Schritte. Es klang so, als würde jemand eine Treppe herunterkommen. Sie trat von einem Fuß auf den anderen und blies in ihre Hände. Schließlich öffnete sich die Tür so weit, wie die vorgelegte Kette es erlaubte. Über der Kette erschien das Gesicht eines Mannes in den Fünfzigern. Er trug eine Brille mit blau getönten Gläsern, wie Bono, und seine graumelierten Bartstoppeln reichten bis zu dem schütteren Haar, das unter seiner ausgebleichten Minnesota-Twins-Kappe hervorschaute. Die faltige Haut um seinen Mund hatte die Textur von trockenem Leder. Seine Miene wechselte von verdutzt zu angespannt, aber dann setzte er ein gezwungenes höfliches Lächeln auf. Wahrscheinlich hatte er jemanden erwartet, den er kannte.

»Ja?«, sagte er.

»Hallo, Mr. …« Elle wartete darauf, dass er ihren Satz beendete, aber er stand einfach nur da und betrachtete sie prüfend. Sie räusperte sich, und als die Stille sich zu lange hinzog, gab sie schließlich nach und sprach weiter: »Ich suche nach einer jungen Frau namens Luisa. Mir wurde gesagt, sie würde hier wohnen.«

Er verlagerte sein Gewicht. »Sie müssen sich in der Hausnummer geirrt haben«, sagte er und wollte die Tür schließen.

»Nein, warten Sie.« Elle legte instinktiv ihre Hand auf das Türblatt. Er hielt inne. »Bitte, ich muss diese Frau wirklich dringend finden. Sind Sie sicher, dass Sie niemanden kennen, der so heißt? Luisas Mutter, Maria Alvarez, hat mir diese Adresse gegeben. Sie scheint zu glauben, dass Luisa bei Ihnen wohnt oder zumindest meistens hier übernachtet.«

Der Mann zog die Augenbrauen zusammen. »Maria Alvarez? Die alte Schachtel?« Er schüttelte lachend den Kopf. »Ach, *die* Luisa meinen Sie. Ich fasse es nicht. Señora Alvarez wohnte früher auf der anderen Straßenseite, und ihre Tochter hat mich ein paarmal hier besucht. Ich habe mit ihr geflirtet, schon wahr, aber wir sind nie zusammen ausgegangen. Sie sagte, sie hätte einen Freund.«

Endlich nahm er die Kette ab und öffnete die Tür so weit, dass er über Elles Schulter hinweg auf ein kleines weißes Haus schräg gegenüber zeigen konnte. Im Gegensatz zu seinem eigenen brauchte dieses Haus dringend einen neuen Anstrich und ein komplett neues Dach. Die Auffahrt war ebenso tief verschneit wie der Garten, wo ein trauriges braunes Schild mit der Aufschrift ZU VERKAUFEN gerade noch aus dem Schnee herausragte.

»Das klingt jetzt vielleicht ein bisschen hart, aber Maria Alvarez ist nicht ganz richtig im Kopf, verstehen Sie? Es würde mich nicht überraschen, wenn sie Ihnen erzählt hätte, ich hätte ihr ihre Tochter gestohlen oder so einen Käse. Sie glaubt auch, ich hätte ihr das Haus weggenommen.«

»Das Haus weggenommen?« Als Elle sich wieder zu ihm umwandte, verschränkte er die Arme vor der Brust. Sein grauer Kapuzenpulli ließ ihn weich und freundlich wirken; er hätte ihr Dad sein können – ein Mann, den sie beim Vorprogramm zum allmontäglich im Fernsehen übertragenen Footballspiel störte.

»Sehen Sie, in welchem Zustand es ist? Ich hab mich letztes Jahr bei der Stadtverwaltung darüber beschwert, dass sie sich nicht um ihr Haus kümmert. Das Gras stand hüfthoch, und in ihrem Garten gab es mehr Unkraut als Blumen, abgesehen davon, dass die Fassade aussah, als würde sie jeden Moment abfallen. Ist ja auch immer noch so, finden Sie nicht?« Seine Wangen bekamen Farbe. Jetzt, wo er das Gesicht wütend verzog, kam er ihr mit einem Mal irgendwoher bekannt vor, aber wenn sie der Zorn packte, ähnelten sich alle Menschen: Sie hatten rote, verzerrte Mienen und sprachen in einem beleidigten, empörten Ton.

Er fuhr fort: »Jedenfalls habe ich mich, wie gesagt, ein paarmal bei der Verwaltung beschwert. Und irgendwann kam jemand, um nach ihr zu sehen, und bemerkte, dass es ihr nicht gutging. Sie war krank, und im Haus sah es offenbar noch viel schlimmer aus als draußen. Ich nehme an, dass sie ihre Tochter angerufen haben und sie die alte Schachtel zu sich geholt hat.«

»Sie haben dafür gesorgt, dass eine alte Dame aus ihrem Haus geworfen wurde?«, fragte sie und versuchte, dabei möglichst wenig vorwurfsvoll zu klingen.

»Ich habe dafür gesorgt, dass eine alte Dame die Hilfe bekommen hat, die sie brauchte, aber, verdammt nochmal, zu stolz war, sich zu holen.« Er blickte sie durch die getönte Brille an. »Warum suchen Sie Luisa denn überhaupt? Sind Sie eine Freundin von ihr?«

»Ja, so könnte man es nennen.« Elle tippte mit den Fingern auf ihren Oberschenkel. Der Mann war ja ganz nett, aber er konnte ihr nicht weiterhelfen, und sie vergeudete hier nur ihre Zeit. »Als Sie mit Luisa geflirtet haben, da hat sie Sie also zurückgewiesen, weil sie einen Freund hatte?«

Das Lächeln des Mannes wurde breiter. »Zurückweisen würde ich das nicht nennen.«

»Aber Sie sagten doch …«

»Sie war schon interessiert. Ich hab vor dem Haus ihrer Mutter mit ihr geplaudert und ihr ein paar Komplimente gemacht. Aber wie sich rausstellte, war sie dann doch nicht die Richtige für mich.« Der Mann schaute an Elle vorbei zu dem Haus auf der anderen Seite der Straße, als dächte er an dieses Gespräch zurück. Er nickte selbstgefällig. »Gut, dann danke, dass Sie vorbeigeschaut haben. Das Spiel fängt gleich an.«

Er schloss die Tür, und Elle betrachtete, während sie zurück zu ihrem Auto ging, das heruntergekommene Haus auf der anderen Straßenseite, das offenbar noch immer auf dem Markt war. Der Plan des Mannes, Señora Alvarez loszuwerden, damit der nächste Besitzer es instand setzte, schien nicht aufgegangen zu sein.

10

JUSTICE DELAYED-PODCAST · 19. DEZEMBER 2019

Transkript: Staffel 5, Folge 3

[**GERÄUSCH-EINSPIELER:** *Ein Türglöckchen bimmelt; man hört undeutlich ein laufendes Radio.*]

ELLE: Guten Tag, sind Sie Simeon Schmidt?

SIMEON: Ja, das bin ich.

ELLE: Hallo, ich bin Elle Castillo. Wir haben telefoniert.

SIMEON: Ach ja, richtig. Hey, Lily! Lil, kannst du mal ein paar Minuten für mich übernehmen?

ELLE VOICE-OVER: Ich bin an der Tankstelle an der I-94 außerhalb von Lakeland, Minnesota. Von da, wo ich stehe, kurz vor der Autobahnbrücke, über die man nach Wisconsin rüberfährt, kann ich den St. Croix River sehen. Nachdem er sich ein Weilchen mit seiner Frau gestritten hat, führt der Tankstellenbetreiber mich in sein beengtes Büro im hinteren Teil des Gebäudes. Und als wir uns niedergelassen haben, erinnere ich ihn an den Grund, warum ich hier bin.

ELLE: Ich untersuche, wie gesagt, die Morde des Countdown-Killers in den späten Neunzigern und bin darauf gestoßen, dass Sie eine Verbindung zu dem Fall haben. Sie haben seinem letzten Opfer bei der Flucht geholfen, stimmt das?

SIMEON: Kann man so nicht sagen. Als das Mädchen zu mir kam, war es schon eine halbe Meile barfuß durch den Schnee gerannt. Ich würde sagen, die Flucht ist ihm ganz allein geglückt. Ich hab dem Kind nur ein warmes Plätzchen gegeben, wo es auf die Polizei warten konnte.

ELLE: Das ist ein berechtigter Einwand, aber ich bin sicher, sie ist Ihnen immer noch dankbar dafür, dass Sie ihr Zuflucht geboten haben, einen Ort, wo sie sich aufwärmen und die Polizei verständigen konnte.

SIMEON: Hätte jeder andere auch getan.

ELLE: Ja, vielleicht. Könnten Sie uns bitte erzählen, was in dieser Nacht passiert ist?

SIMEON: Klar, na ja, ich hab die Tankstelle schon seit über fünfundzwanzig Jahren und arbeite sieben Tage die Woche von morgens bis abends. Meine Frau und ich wohnen in einem Apartment hier oben drüber. Wenn ich abends zumache, hab ich also einen kurzen Heimweg, ich geh nur die Treppe hoch. An diesem Tag habe ich allerdings die Nachtschicht gemacht, weil unser Angestellter krank war. Die Nacht war eigentlich wie jede andere. Ich glaub, ich wollte gerade den Müll rausbringen, da seh ich plötzlich das kleine Mädchen, das auf die Tankstelle zugerannt kommt. Als die hier reingestürmt ist, wusste ich gleich, dass da irgendwas nicht stimmen konnte. Die Haare waren total verfilzt, und sie sah aus, als hätte sie tagelang nichts gegessen. Und sie hatte nur ein Nachthemd an.
Es dauerte eine Weile, bis ich sie zum Reden gekriegt hab. Sie war total verängstigt und guckte sich ständig mit großen Augen um, als wär sie auf der Flucht vor einem Ungeheuer. Nachdem ich meine Frau ein paarmal gerufen hatte, wachte

sie endlich auf, und sobald das Kind sah, dass eine Frau im Raum war, hat es sich entspannt und angefangen zu reden. Während meine Frau die Polizei rief, erzählte das Mädchen mir, es wäre aus einer Blockhütte geflohen, wo es von einem Mann festgehalten und gezwungen worden wäre, ohne Ende zu putzen. Sie meinte, sie wäre aus dem Fenster gestiegen und an einem Regenrohr runtergeklettert und dann durch den Schnee zur Tankstelle gerannt. Ich hätte ihr das nie im Leben geglaubt, wenn sie nicht auch so ausgesehen hätte, als hätte sie die Hölle durchgemacht, wissen Sie? Außerdem war in den Nachrichten ja was über diesen Psychokiller gekommen, der Mädchen entführte. Irgendwann hatte sie sich so weit beruhigt, dass sie ein bisschen warmes Wasser trinken und eine Jogginghose und ein Sweatshirt von meiner Frau anziehen konnte, und dann waren Polizei und Krankenwagen auch schon da. Danach hab ich sie nie wieder gesehen, außer noch ein paarmal in den Nachrichten.

ELLE: Die Polizei hatte bestimmt Fragen an Sie.

SIMEON: Ja, klar, sie waren danach noch ein, zwei Stunden hier, und ich glaube, ich musste später auch noch mal aufs Revier. Auch so ein Detective aus den Cities war hier; der, der für den Countdown-Killer-Fall zuständig war, wenn ich das richtig im Kopf hab. Er hat mir noch ein paar Fragen gestellt, aber was genau, weiß ich, ehrlich gesagt, nicht mehr.

ELLE: Danach gab's auch einen ziemlichen Medienrummel, oder?

SIMEON: Keine Ahnung, na ja, irgendwie schon. Ein paar Tage lungerten hier so Nachrichtenleute mit Kameras rum. Für die war das ein gefundenes Fressen. Wir haben eine Zeitlang gute Geschäfte gemacht, das weiß ich noch. Danach konnten meine Frau und ich uns 'ne Woche Urlaub in Wisconsin Dells leisten.

ELLE VOICE-OVER: In den Tagen, die auf Noras Flucht folgten, lagen die Nerven der Öffentlichkeit und der Polizei blank. Einerseits waren alle erleichtert, dass sie überlebt hatte und zu ihren Eltern zurückgebracht werden konnte, nachdem sie sich im Krankenhaus erholt hatte. Andererseits waren alle gespannt, was der Countdown-Killer jetzt tun würde. Sein zweites Opfer von geplanten dreien war ihm entwischt. Würde er es durch ein neues ersetzen? Würde er einfach zum dritten, einer Zehnjährigen, übergehen, als wäre nichts passiert? Oder würde er das Undenkbare wagen und versuchen, Nora wieder in seine Gewalt zu bringen? Um Letzteres zu verhindern, hat die Polizei alles in ihrer Macht Stehende getan. Nora und ihre Familie wurden einen Monat lang rund um die Uhr bewacht. Und als die Polizei wieder abzog, hat Noras Vater, ein einigermaßen wohlhabender Bankmanager, noch monatelang einen privaten Sicherheitsdienst engagiert. Im Juli desselben Jahres waren keine weiteren Opfer, die in CKs Muster gepasst hätten, entführt worden, und Nora wurde zwölf Jahre alt.
Aber zu diesem Zeitpunkt glaubten die meisten Leute, all diese Sicherheitsvorkehrungen wären ohnehin unnötig gewesen.

[**GERÄUSCH-EINSPIELER:** Knirschende Schritte im Schnee, das Gekrächze einer Krähe.]

ELLE VOICE-OVER: Ich stehe jetzt an der Stelle, die die Polizei als den Standort der zweistöckigen Blockhütte angibt, in der Nora Watson gefangen gehalten wurde. Um eine Retraumatisierung zu vermeiden, hat die Polizei sie nicht noch einmal hierhergebracht. Aber wenn man von Bildern aus dieser Gegend und dem Abstand zur Tankstelle ausgeht, ist das hier der wahrscheinlichste Standort. Und es gibt noch einen weiteren

Grund zu glauben, dass Nora hier gefangen gehalten wurde. Als die Polizei die Hütte fand, war sie nur noch ein Haufen Asche und verkohltes Holz, das in der kalten Winterluft vor sich hin schwelte.
Heute ist von der Blockhütte nichts mehr übrig, hier ist nur eine kleine Lichtung mitten im Wald. Die Wälder sind in dieser Gegend nicht allzu dicht, aber die Blockhütte war trotzdem zwischen den Bäumen versteckt. Sie war eine Meile von jedem größeren Highway entfernt und nur über einen schmalen Schotterweg zugänglich, der an der noch schmaleren Zufahrt vorbeiführt. Das Grundstück gehört heute noch denselben Leuten wie damals, einem reichen Ehepaar, das seine Sommer in der Fünf-Raum-Blockhütte in der Nähe des Flusses verbrachte und die Winter in Florida am Strand. In der Zeit von Noras Flucht hatten die beiden dem Norden längst wieder den Rücken gekehrt und hielten sich in ihrem Haus in Florida auf. Dieser Ort wirkt immer noch einsam und verlassen. Der Blizzard hat den Schnee gegen die Bäume getrieben, wo riesige Verwehungen entstanden sind. Feuchtes, totes Laub bildet da, wo der Boden noch durchscheint, braune Flecken. Eigentlich sollte es hier friedlich sein, aber mir ist unbehaglich zumute. Dieser Ort hat ein schlechtes Karma. Der Polizei ist es nie gelungen, herauszufinden, wie viele von CKs Opfern hierhergebracht wurden, aber mindestens zwei Mädchen wurden hier gefangen gehalten und mindestens eines getötet. Jessica Elersons Leiche wurde, mit denen zweier Erwachsener, in der Asche gefunden.

ELLE: Was können Sie mir über die Toten sagen, die in der Blockhütte gefunden wurden?

SYKES: Wenn wir die Zeit, die Eleanor Watson für ihre Flucht gebraucht hat, richtig kalkuliert haben, schätzen wir, dass die Toten ungefähr sechs Stunden danach entdeckt wurden. Wie

Sie wissen, war die Leiche von Jessica Elerson die einzige, die identifiziert werden konnte. Laut dem Bericht des Rechtsmediziners starb sie, bevor das Feuer gelegt wurde. Gott sei Dank. Es war mitten in der Nacht am siebten Tag ihres Verschwindens, so dass es nicht überraschend ist, dass sie an dem Gift verstarb. Die anderen beiden Leichen waren ein Mann und eine Frau, beide waren weiß, zwischen fünfundzwanzig und fünfundvierzig Jahre alt und nicht miteinander verwandt. Bis zum heutigen Tag, dem 3. November 2019, wurde keiner von beiden identifiziert. Während die Autopsie ergab, dass Jessica der Wirkung des Rizins erlag, starben die beiden Erwachsenen jeweils durch einen Schuss in die Schläfe, und die Tatwaffe wurde mit ihnen verbrannt.

ELLE: Und das Feuer, das die Blockhütte zerstörte, wurde definitiv gelegt?

SYKES: Ja, die Feuerwehr fand vor Ort einen Brandbeschleuniger und ein Feuerzeug.

ELLE: Ist es korrekt zu sagen, dass die beiden erwachsenen Leichen für eine beträchtliche Menge Diskussionsstoff in dem Fall gesorgt haben?

SYKES: Das ist noch harmlos ausgedrückt.

ELLE: Könnten Sie erklären warum?

SYKES: Wie Sie wissen, haben wir, seit Nora Watson ihm entkommen ist, nie wieder einen Mord mit dem Countdown-Killer in Verbindung bringen können. Wie ich schon sagte, schaue ich, obwohl ich pensioniert bin, gelegentlich in ungelöste Fälle rein, aber ich habe in all den Jahren keinen einzigen finden können, der seinem Muster entsprach. Die meisten Leute glau-

ben, das läge daran, dass CK tot sei, dass er der Mann in der Blockhütte gewesen sei und dass es sich um einen erweiterten Suizid gehandelt habe. Sie sagen, bei der getöteten Frau habe es sich entweder um eine Komplizin oder um seine nichtsahnende Ehefrau gehandelt, die er umgebracht habe, damit sie sich nicht gegen ihn wendet.
Es gibt jedoch auch andere Menschen, wie mich, die sich sicher sind, dass er das nur alle glauben machen wollte. Angenommen, er hat überlebt. Dann musste er sich verstecken und neu organisieren, seine Mission überdenken. Dann musste er entscheiden, ob er seinen Countdown fortsetzt oder ob er abhaut und versucht, irgendwo anders ein normales Leben zu führen. Wenn er überlebt hat, wenn die beiden Menschen, die er getötet und in der Blockhütte verbrannt hat, nur ein Täuschungsmanöver waren, dann wissen wir nicht, wie er sich entschieden hat, welche Art von Leben er gewählt hat. Er könnte ein Rentner mit einer Villa in Arizona sein. Er könnte aber auch für ein später begangenes Verbrechen im Gefängnis gelandet sein und deshalb nie wieder einen Mord verübt haben.
Aber ganz egal, wo er ist und was er gerade macht: Durch das Abfackeln der Blockhütte hat er genau das bekommen, was er wollte. Sobald klar war, dass CK nicht mehr aktiv war, sobald ein Jahr vergangen war, ohne dass weitere Mädchen nach seinem Muster umgebracht worden waren, wurde ich angewiesen, die Akte zu schließen und mich auf andere Fälle zu konzentrieren. Es gibt mehr als zweihunderttausend ungeklärte Morde in den USA. Wenn wir uns alle so lange mit einem Fall beschäftigen würden wie ich mich mit diesem, würden wir nie irgendwas geschafft kriegen.
Alle paar Jahre habe ich mir die Akte zu dem Fall wieder vorgenommen, alle möglichen Spuren verfolgt und versucht, die Aufmerksamkeit der Medien auf den Geburtstag einer der Toten oder den Tag von Noras Flucht zu lenken, aber nie hat das irgendwas gebracht. Deshalb hab ich eingewilligt, Ihnen

bei diesem Podcast zu helfen, denn ich bin der Meinung, dass die Leute mit der Zeit in Selbstzufriedenheit verfallen sind. Sie glauben, dass die Gefahr vorbei ist und dass er schon lange nicht mehr lebt. Aber ich bin mir nicht sicher, ob das stimmt. Ich finde, es ist höchste Zeit, dass die Polizei sich wieder aktiv mit dem Fall beschäftigt und versucht, den Opfern wenigstens Gerechtigkeit zu verschaffen. Bestimmt freuen die Behörden sich nicht, wenn ich das hier so sage, aber zum Teufel, ich bin jetzt pensioniert. Ich hab getan, was ich konnte. Sollen sie sich halt aufregen.

ELLE: Wenn es eins gibt, was die Leute Ihrer Meinung nach über diesen Fall wissen sollten, was wäre das? Was könnte helfen, den Fall zu lösen?

SYKES: Egal, was irgendwer im Internet behauptet; egal, was die Reporter und die anderen Ermittler sagen: Es gibt keinen Beweis dafür, dass der Countdown-Killer tot ist – nicht den geringsten. Und wenn er nicht tot ist, dann ist er auch noch nicht fertig.

ELLE VOICE-OVER: Ich weiß, dass ich große Empörung ernten werde, wenn ich auch nur suggeriere, dass der Countdown-Killer noch leben könnte. Den meisten Leuten behagt der Gedanke, dass er schon lange tot ist. Aber aus Gründen, die ich noch erläutern werde, stimme ich Detective Sykes zu. Ich stimme ihm zu, dass es höchste Zeit wird, diesem Fall wieder mehr Aufmerksamkeit zu widmen und zu verlangen, dass er gelöst wird. Und wie Detective Sykes an einer früheren Stelle dieser Folge gesagt hat, glauben wir, dass es dafür von entscheidender Bedeutung sein wird, herauszufinden, wer sein erstes Opfer war, wenn es nicht Beverly Anderson war. Also: Wenn ihr Kenntnis von irgendwelchen ungeklärten Morden in der Gegend habt, die zeitlich vor dem Mord an Beverly Anderson

lagen, dann meldet euch bitte bei mir. Links zu meiner Website und die E-Mail-Adresse findet ihr in den Shownotes zu diesem Podcast. Wie ihr inzwischen alle wisst, werde ich euch zuhören und zumindest einen Blick auf eure Ideen werfen.
Jetzt sind wir gefragt – die Öffentlichkeit. Es wird Zeit, dass wir uns anschauen, was wir über den Countdown-Killer wissen. Wer er war, was er getan hat und warum er es getan hat. Wenn die Polizei sich nicht mehr für den Fall interessiert, dann betrachte ich das als meine Aufgabe.
Bis zum nächsten Mal in *Justice Delayed* …

11

ELLE · 14. JANUAR 2020

Elle saß am Schreibtisch, fuhr sich mit den Fingern durch die Haare und betrachtete ihre Trauerwand – so nannte Martín die riesige Korkpinnwand, an der die Fotos zu dem Fall hingen. Es gab zwei Bilder von jedem Opfer aus der Mordserie des Countdown-Killers: lebendig und tot, ein Porträt und ein Tatortfoto. Sie waren nach Jahren geordnet: 1996, 1997, 1998, 1999. Es war nicht der älteste ungeklärte Fall, den sie sich vornahm, seit sie den Job beim Jugendamt aufgegeben hatte, um sich ganz dem Podcast zu widmen, aber fast.

Der älteste war der Fall des Phantoms von Duluth, das die Stadt 1991 in Angst und Schrecken versetzt hatte: Im Laufe eines Jahres hatte das Phantom vier Babys aus ihren Schlafzimmern geraubt. Elle war es gelungen, alle vier Kinder wiederzufinden. Neben den Diensten eines ihrer Hörer, eines Stammbaumforschers, war das wichtigste Hilfsmittel dabei eine Online-Datenbank gewesen, die freiwillig dort eingestellte DNA-Testergebnisse enthielt. Den Entführungsopfern des Phantoms war erzählt worden, ihre biologischen Eltern hätten sie zur Adoption freigegeben; sie hatten keinerlei Informationen darüber, wer ihre echten Eltern waren. Die Adoptiveltern gestanden in den Polizeivernehmungen jedoch, die Dienste einer Adoptionsagentur in Anspruch genommen und dieser Geld gezahlt zu haben. Sie hatte sich als Eliteagentur bezeichnet, obwohl sie verdächtigerweise im Verborgenen operierte. Die Beschreibungen und Berichte der Adoptiveltern führten schließlich zum Kidnapper. Es stellte sich heraus, dass die Polizei ihn nach der Entführung des letzten Babys im Jahr

1991 beinahe gefasst hätte. Deshalb hatte er das eingenommene Geld lieber genutzt, um unterzutauchen, statt das Risiko einzugehen und seinen Schwarzmarkthandel weiter auszubauen.

Der Fall des Phantoms hatte Elles Podcast, der immer eine treue, aber überschaubare Fangemeinde gehabt hatte, vor mehr als einem Jahr bereits zu Kultstatus verholfen, aber die Geschichte des Countdown-Killers toppte alles. Dieser Fall brannte ihr auch mehr unter den Nägeln als jeder andere, und sie hatte eine neue Spur. Jetzt musste sie ihn nur noch knacken.

Die Suche nach Luisa Toca hatte sie in den letzten beiden Tagen durch ganz Minneapolis geführt, ohne jeden Erfolg. Luisas Chefin hatte auch immer noch nichts von ihr gehört. Die Frau war wie vom Erdboden verschluckt. Die Stadtverwaltung bestätigte, dass mehrfach Beschwerden über den Zustand des Hauses von Maria Alvarez eingegangen seien; die Geschichte des Mannes aus Falcon Heights schien also zu stimmen. Der Mord an Leo Toca war jetzt fünf Tage her, und Elle wusste immer noch nicht mehr darüber, was er ihr hatte sagen wollen oder welche Informationen sich auf seinem USB-Stick befanden.

Die Hörer ihres Podcasts erwiesen sich oft als eifrige Mit-Ermittler, sobald Elle die ersten Episoden online gestellt und die Fakten dargelegt hatte. Dennoch hatte ihre Bereitschaft, Informationen an die Öffentlichkeit weiterzugeben, Grenzen – insbesondere, wenn es um Personen ging, die irgendwie mit einem Fall in Verbindung standen. Wenn sie Luisas Namen in das Online-Diskussionsforum von *Justice Delayed* einstellte, konnte sie sie vielleicht schneller finden, aber dann würden die Hörer auch davon ausgehen, dass sie in den Fall verwickelt war, während es dafür in Wahrheit keinerlei Beweis gab. Außerdem wäre das gegen die Regeln, die sie gleich in der allerersten Folge für sich und ihre Hörer aufgestellt hatte: Gebt keine echten Namen preis, weder eure eigenen noch die von anderen. Auch nicht die von Verdächtigen. Verhaltet euch respektvoll. Diese Regeln waren ziemlich einfach, und für gewöhnlich hielten sich alle daran.

Na ja, zumindest ihre normale Hörerschaft. Seit Beginn der fünften Staffel hatten einige besonders meinungsfreudige neue Hörer angefangen, ihren Feed zuzumüllen. Und dann waren da auch noch die zahlreichen rot markierten E-Mails im Posteingang, um die sie sich kümmern musste.

Elle klappte ihren Laptop auf und holte tief Luft. Es war klar gewesen, dass eine Staffel über den Countdown-Killer auf breites Interesse stoßen würde, aber sie konnte selbst nicht fassen, für welche Furore ihr Podcast seit der Veröffentlichung der ersten Folge im Dezember sorgte. Aus alles in allem ungefähr einer Million Downloads waren inzwischen fast zwei Millionen geworden. Zahlreiche Hobbydetektive und True-Crime-Fans, die den Countdown-Killer-Fall seit Jahren verfolgten, hörten *Justice Delayed* nun zum ersten Mal, und wie es aussah, wollten so gut wie alle einen Kommentar dazu abgeben, wie Elle ihren investigativen Podcast aufzog. Ihre Social-Media-Kanäle und Podcast-Foren – normalerweise Zufluchtsorte, an denen sie mit Hörern brainstormte und Theorien diskutierte – waren neuerdings wesentlich schwerer zu handeln. Zwar wurden dort noch immer tolle Ideen formuliert und Fragen eingestellt, aber sie brauchte jetzt viel länger, um die Spreu vom Weizen zu trennen.

Bevor sie ihre E-Mails in Angriff nahm, rief sie bei Tina an, und das Gesicht ihrer Producerin erschien auf dem Bildschirm.

»Elle, die nächste Folge ist echt der Hammer. Dem Forum wird kollektiv einer abgehen.«

Elle verzog den Mund, musste aber trotzdem lachen. »Au weia, ich hoffe nicht.«

Tina beugte sich vor und brachte ihre Augen dicht an den

Bildschirm heran, so als könnte sie Elle dann tiefer in die Seele schauen. »Ganz im Ernst. Wenn du richtigliegst, ist das eine Riesensensation. Du hast CKs wirklich erstes Opfer gefunden.«

Elle schlug die Hände vors Gesicht, die Haut unter ihren Fingerspitzen war brennend heiß. Sie war in den letzten Tagen so auf die Suche nach Leo Toca konzentriert gewesen, dass sie fast vergessen hatte, dass die nächste Folge eine noch größere Enthüllung bringen würde als die letzte. Sie schaute zwischen ihren Fingern hindurch wieder auf den Bildschirm. »Nicht ich. Wir. Du hast die ganze Vorarbeit geleistet und mir die Informationen geliefert, die ich brauchte.«

»Kein Ding. Wir sind beide unschlagbar, darin sind wir uns ja wohl einig.« Tina grinste und strich sich ihre glatten schwarzen Haare hinters Ohr. »Und jetzt mal zu was Ernsterem. Ich bin froh, dass du anrufst. Ich wollte nämlich mit dir über die Mails reden, die auf deinem Show-Account so eingehen.«

Elle öffnete neben dem Fenster des Videocalls ihr E-Mail-Programm. »Oh, Mann, ja, da brennt mal wieder die Hütte.«

»Das meiste ist eher harmlos, würde ich sagen«, erwiderte Tina. »Allerdings deuten ein paar Leute an, sie wüssten, wo du wohnst, zumindest in welchem Viertel. Ich hab sie der Polizei gemeldet, aber die Jungs hier auf dem Revier sind für den Internet-Kram nicht wirklich gerüstet. Ich hab versucht, ihnen unter die Arme zu greifen und die IP-Adressen einiger Absender rauszufinden, aber ein paar ganz Schlaue haben ihre Adresse verschleiert.«

Elle erschauderte und trank einen Schluck Wein. Dann öffnete sie eine der Mails, die Tina rot markiert hatte.

Wegen dir werden noch unschuldige Menschen dran glauben müssen, du blöde Fotze. Wenn irgendwem was passiert, den ich kenne, komm ich rüber und zeig's dir. Dann wird dir deine Tussen-Knarre auch nichts nützen.

Sie wussten also, dass sie eine Waffe trug. Das konnte einfach nur geraten sein oder gut beobachtet. Die E-Mail ging noch mehrere Absätze weiter, enthielt aber keine weiteren persönlichen Informationen. Elle schob sie ins Archiv.

Nachdem sie einige weitere gelesen hatte, fühlte sie sich, als hätte jemand einen Eimer Feuerameisen über ihrem Kopf ausgeleert.

Tina schaute ihr schweigend zu. »Alles in Ordnung?«, fragte sie, als Elle sich nachschenkte.

»Ja, alles gut. Danke, dass du sie schon mal vorsortiert hast. Kommst du klar?«

Ihre Freundin nickte. »Ja, sicher.« Dann zuckte sie die Achseln. »Ich meine, nein, eigentlich nicht. Ich bin Wirtschaftsanalystin, Elle. Ich bin nicht darin geschult, mich mit solchen Widerlingen rumzuschlagen. Weißt du, wenn ich mal sauer auf Kollegen bin, schreibe ich denen so was wie: ›Wie in meiner letzten Mail bereits ausführlich dargelegt …‹ Und selbst das lösche ich meistens gleich wieder, damit die mich nicht für eine Zicke halten. Um ehrlich zu sein, musste ich erst mal einen Joint rauchen, nachdem ich die Mails am Wochenende gelesen hatte.«

Elle fuhr sich mit der Zunge über die Lippen und schmeckte der Herbheit des Rotweins nach. Ihre Zunge sah lila aus in der Webcam. »Tut mir leid. Du brauchst nicht weiterzulesen, wenn dir das zu hart ist. Ich hab dafür volles Verständnis.«

Tina winkte ab. »Mach dir um mich keine Sorgen. Ich hab ja meine Freundin hier, und der gefällt's, wenn ich Zuwendung brauche.« Sie zwinkerte, aber ihre Augen lächelten nicht mit.

»Danke, Tina. Aber mach mal Pause, wenn du eine brauchst.«

»Alles klar. Und du … pass einfach auf dich auf, ja? Vielleicht rufst du mal Ayaan an und erzählst ihr von den Drohmails.«

Elle nickte, obwohl klar war, dass sie es nicht tun würde. Soweit sie wusste, war Ayaans Dienststelle noch damit beschäftigt, nachzuprüfen, ob Elle wirklich nichts mit Leo Tocas Ermordung zu tun hatte. Wenn sie sie jetzt um einen Gefallen bat, kam das sicherlich nicht gut an.

Nachdem sie das Gespräch mit Tina beendet hatte, schloss Elle auch ihr E-Mail-Programm. Es gab noch immer Hunderte ungelesene Nachrichten, aber für heute Abend war die Grenze dessen, was sie an Einschüchterungsversuchen ertragen konnte, erreicht. Wenn es nach ihr gegangen wäre, hätte sie jetzt den Computer ausgemacht und sich unten mit Martín einen Film angesehen. Aber sie schob diese Aufgabe schon seit Tagen vor sich her und musste jetzt am Ball bleiben. Ihre Hörer gaben ihr Bestes, um sie mit Informationen zu versorgen; da war es das mindeste, dass sie ihre Nachrichten auch zur Kenntnis nahm.

Sie öffnete Twitter. Ihr Tweet mit dem Link zu Folge fünf vom vergangenen Donnerstag war mehr als zehntausend Mal kommentiert worden. Elle nahm einen extragroßen Schluck Wein und machte sich daran, die Kommentare durchzugehen.

@truecrimeliebe → @castillomn
deine letzte Folge ist mega – Wahnsinn! *Mikro fallen lass*

@CKlebt → @truecrimeliebe und @castillomn
Allerdings! Unfassbar, dass sie dieses Interview hingekriegt hat. Aber das ist Elle Castillo, wie sie leibt und lebt. Wenn es irgendwer schafft, dass dieser Fall wieder aufgemacht wird, dann sie.

@iowafairy → @castillomn
OMG, DAS HÄTTE ICH NICHT IM TRAUM ERWARTET. Wie hast du sie gefunden???

Elle scrollte die Meldungen weiter durch, likte die Tweets, die aufbauend und begeistert klangen, und beantwortete Fragen, wo sie konnte. Aber als sie zu ihren Direktnachrichten wechselte, sah sie lauter Mitteilungen von Leuten, denen sie nicht folgte. Sie nahm noch einen Schluck Wein und klickte darauf, um sie zu öffnen.

Sie hätte es wissen müssen. Was öffentliche Kommentare anging, waren die Leute über die Jahre schon immer schamloser geworden, aber die nicht öffentlichen Nachrichten waren noch schlimmer, und diese hier bildeten keine Ausnahme. Bei der letztjährigen CrimeCon hatte Elle zusammen mit vier anderen Frauen, die reichweitenstarke investigative Podcasts betrieben, an einer Podiumsdiskussion über Belästigung und Hassbotschaften im Internet teilgenommen. Der Moderator hatte einzelne Twitter-Kommentare zusammengestellt und die Benutzernamen in seiner Präsentation unkenntlich gemacht. Und interessanterweise waren die Podiumsteilnehmerinnen kaum dazu in der Lage gewesen, zu erraten, welche Kommentare auf sie selbst gemünzt waren und welche auf eine der anderen Frauen – sie alle waren in ihren Social-Media-Kanälen täglich mit sehr ähnlichen Anwürfen konfrontiert. Die einzige Ausnahme bildete die schwarze Teilnehmerin, die auf ihren Accounts neben Sexismus auch noch mit Rassismus zu kämpfen hatte.

Eine Frau, die im Internet ihre Stimme erhob, sah sich konstanten Beschimpfungen ausgesetzt für das, was sie äußerte und tat, so nichtssagend und unschuldig es auch sein mochte.

Elle machte sich daran, die Direktnachrichten zu überfliegen. Im Gegensatz zum E-Mail-Eingang ihrer Show las sie die Nachrichten, die in ihren Social-Media-Kanälen eingingen, ausschließlich selbst; Tina hatte keinen Zugang dazu und konnte die Eingänge daher auch nicht vorsortieren.

Die meisten Nachrichten kamen von Trollen – Leuten, die den Fall besser zu kennen glaubten als sie und grundsätzlich alles in Abrede stellten, was sie sagte. Und die meisten Vorwürfe glichen sich: Sie lüge, was ihre Quellen angehe; sie führe ihre Hörer in die Irre, was die polizeilichen Ermittlungen zu dem Fall betreffe; sie betreibe Panikmache, indem sie andeute, dass CK noch lebe, während die meisten Experten sich doch einig seien, dass es sich bei der männlichen Leiche in der niedergebrannten Blockhütte um ihn selbst gehandelt habe. Niemand sprach eine offene Drohung aus, aber die Botschaften hatten einen beunruhigenden Unterton. Einer hatte einfach nur geschrieben: *Pass auf, was du dir wünschst ...*, und aus irgendeinem Grund jagte ihr dieser Satz mehr Angst ein als alle anderen. Ihre Ermittlung stand unter genauer Beobachtung, und manche Hörer waren nicht gerade angetan von ihrer Arbeit.

Sie zuckte vor Schreck zusammen, als plötzlich ihr Handy klingelte, und griff mit zitternden Händen danach. Das Display zeigte die Nummer des Polizeireviers.

»Hallo?«, sagte sie und klang dabei betrunkener, als sie sich fühlte.

»Arbeiten Sie an meinem Fall, Castillo?«

Wohl wissend, dass ihn das nerven würde, lehnte Elle sich zurück und fragte: »Wer ist denn da?«

»Hier ist Detective Sam Hyde. Ich weiß, dass Sie in meinem Fall rumschnüffeln, und will, dass Sie herkommen und sich erklären. Das ist vollkommen unprofessionell, und ich könnte Sie wegen Behinderung der Polizeiarbeit drankriegen.«

Sofort war sie wieder hellwach: »Detective Hyde, wie Sie sicher wissen, habe ich in letzter Zeit bei vielen Fällen eng mit der Polizei von Minneapolis zusammengearbeitet.« In Wirklichkeit war es nur einer, aber der Rotwein löste ihr die Zunge. »Und Sie wollen doch bestimmt nicht andeuten, dass ich als Privatperson nicht das Recht habe, mit anderen Menschen über jedes Thema zu sprechen, das ich mir aussuche.«

»Sie haben einer Frau gesagt, dass ihr Sohn ermordet wurde.«

»Ich habe einer Frau erzählt, dass ihr Ex-Schwiegersohn ermordet wurde. Mehrere Tage nach der Tat, möchte ich hinzufügen.«

Einen Moment lang herrschte Stille am anderen Ende der Leitung. Dann sagte Hyde: »Ich will, dass Sie aufs Revier kommen und mir berichten, was Sie wissen. Vielleicht besser morgen. Heute sollten Sie aus offensichtlichen Gründen nicht mehr fahren. Und dann will ich, dass Sie sich verdammt nochmal aus meinem Fall raushalten.«

TEIL II

DER NEUSTART

12

ELLE · 15. JANUAR 2020

Als Elle aufs Revier kam, war klar, dass etwas in der Luft lag. Das Morddezernat und die Abteilung für Straftaten gegen Minderjährige befanden sich auf demselben Flur, da sie, bedauerlicherweise, nicht selten gemeinsam ermitteln mussten. Elle ging durch die Doppeltüren hinein, meldete sich am Schalter an und gab ihre Waffe ab, bevor sie aus alter Gewohnheit direkt auf das Büro ihrer Freundin zuhielt. Commander Ayaan Bishar saß an ihrem Schreibtisch und schaute konzentriert auf den Computerbildschirm. Diesen Blick, der »Sprich mich nicht an, ich bin gerade etwas auf der Spur« besagte, kannte sie aus der Zeit, in der sie gemeinsam am Fall Jair Brown gearbeitet hatten. Mist. Elle hatte gehofft, Ayaan auf ihre Seite ziehen zu können, bevor sie mit Sam Hyde sprach.

Sie machte auf dem Absatz kehrt, wappnete sich innerlich und ging allein zu seinem Büro.

Detective Hyde lehnte mit finsterer Miene an der Tür und wartete bereits auf sie. Er bedeutete ihr, einzutreten und Platz zu nehmen, dann schloss er die Tür und setzte sich auf seine Seite des akribisch aufgeräumten Schreibtischs.

»Sechzehn Wochen«, sagte er dann.

»Bitte?«

»Sechzehn Wochen. So lange dauert es, um die Polizeiakademie zu durchlaufen. Danach noch ungefähr ein halbes Jahr praktische Ausbildung und bumm, schon sind Sie Officer. Wenn das Ihr Berufswunsch ist.«

»Danke für die Information«, sagte sie. Sie hätte jetzt für ihr Leben gern eine Tasse Kaffee getrunken. Die Nachrichten, die sie am Vorabend durchgegangen war, hatten ihr den Schlaf geraubt. Martín hatte sie nichts erzählt, um ihn nicht zu beunruhigen. Stattdessen hatte sie lange wach gelegen und im Dunkeln an die Decke gestarrt und war bei jedem Rascheln und Knarren im Haus zusammengezuckt.

Sam Hyde sah genervt aus. »Wollen Sie mir vielleicht mal erklären, was Sie sich dabei gedacht haben, loszuziehen und meine Zeuginnen zu befragen, bevor ich da hinfahren konnte?«

Elle zuckte die Achseln. »Ich wusste nicht, dass Sie noch nicht da gewesen waren. Ich meine, es ist doch naheliegend, als Erstes die Exfrau zu besuchen. Ich hätte gedacht, dass Sie sofort mit ihr reden.«

Die blasse Haut an Detective Hydes Hals wurde knallrot. »Nur weil Sie irgendeine Radiosendung machen, in der Sie Ermittlerin spielen, und dabei schon ein paarmal Glück hatten, heißt das nicht, dass Sie sich in eine laufende Mordermittlung einschalten und tun können, was zur Hölle Ihnen –«

»Okay, Sie haben recht. Es tut mir leid.« Elle blies laut die Luft aus. »Ich schwöre Ihnen, dass ich nicht versucht habe, mich in Ihre Mordermittlung einzumischen. Wirklich nicht. Ich ... ich wollte rausfinden, ob irgendjemand Leo Toca gut genug gekannt hat, um eine Ahnung zu haben, was er mir über den Fall erzählen wollte, an dem *ich* arbeite. Den Fall, über den ich mit ihm reden wollte, als ich ihn tot aufgefunden habe.«

»CK.«

»Richtig.«

»Verstehe ich nicht. Womit hätte seine Ex Ihnen denn behilflich sein können?«

»Ich dachte, dass er es vielleicht irgendwem erzählt hat, wenn er wirklich wusste, wer CK ist. Ich würde ja auch Tocas Geschäftspartner fragen, aber ich nehme mal an, der ist noch flüchtig, oder?«

Detective Hyde schüttelte den Kopf. »Nein, die Kollegen haben ihn noch in der Mordnacht auf dem Weg zu seiner Wohnung aufgegriffen. Er und Leo Toca haben definitiv eine Werkstatt betrieben, in der sie Autos ausgeschlachtet haben; die Jungs von der Abteilung Raub waren schon dabei, Beweise gegen ihn zu sammeln. Aber zwischen dem Zeitpunkt Ihres Telefonats mit Toca und Ihrer Ankunft in seiner Wohnung bleibt nur ein ziemlich kleines Fenster für seine Ermordung, und Duane Grove wurde, nur fünf Minuten bevor Sie bei Toca eingetroffen sind, von den Überwachungskameras einer Tankstelle auf derselben Straße gefilmt. Wir haben keine Tatwaffe am Tatort gefunden und auch in seiner Wohnung und an seinem Arbeitsplatz nicht, und wir gehen davon aus, dass die Kollegen ihn gestellt haben, noch bevor er zu Hause ankam. Also hat er die Waffe entweder auf dem Weg weggeworfen, oder er ist nicht unser Mann.«

Die Haare auf Elles Armen stellten sich auf. »Sie meinen, er hat ihn nicht umgebracht?«

»Kann ich nicht mit Sicherheit sagen, aber wir hatten nicht genug, um ihn hier festzuhalten. Er ist seit Freitagnachmittag wieder auf freiem Fuß.«

Er hätte mir gesagt, wer CK ist. Elle stützte die Ellenbogen auf den Schreibtisch und legte den Kopf in die Hände. Der Raum drehte sich um sie, und sie atmete tief durch die Nase ein.

»Alles in Ordnung mit Ihnen?«

»Schh, ich denke nach.«

Sie schloss die Augen und versuchte, sich genau daran zu erinnern, wie es in Leo Tocas Wohnung ausgesehen hatte, als sie dort ankam. Toca hatte auf dem Rücken gelegen und Duane Grove neben ihm gekniet. Der Raum hatte nicht so gewirkt, als wäre er durchsucht worden, und das Mobiliar hatte zwar schäbig, aber ordentlich dagestanden. Grove hatte keine Waffe bei sich gehabt, jedenfalls nicht, dass sie es bemerkt hätte. Und außer ihnen war niemand mehr im Raum gewesen. Konnte sich jemand an der Tür versteckt haben und hinausgeschlüpft sein, als sie eintrat? Nein, das hätte einer von ihnen bemerkt. Sie musste den Mörder also knapp verpasst haben. Vielleicht war er sogar auf der Treppe an ihr vorbeigegangen, aber sie erinnerte sich nicht, jemandem begegnet zu sein. Er konnte auch ein Stockwerk weiter hochgegangen sein und dort gewartet haben, bis sie in der Wohnung war. Dann musste er allerdings gewusst haben, dass sie kommen würde, was ihr einen Schauder über den Rücken jagte.

Sie hätte nur zu gern nach dem USB-Stick in Tocas Hosentasche gefragt und gewusst, ob die Polizei Zugang zu den darauf befindlichen Daten hatte. Sie vermutete, dass er auf irgendeinem Stapel mit Beweisstücken gelandet war, die noch darauf warteten, bearbeitet zu werden. Aber selbst, wenn er bereits untersucht worden war, würde Detective Hyde ihr garantiert nichts davon erzählen. Und sie schätzte ihn so ein, dass er sie für ihr Verhalten zur Rechenschaft ziehen würde, wenn sie zu erkennen gab, dass sie von dem Stick wusste.

Schließlich blickte sie zu ihm hoch. »Ich weiß, dass Sie nicht gerade ein Fan von externen Ermittlern sind.« Er öffnete den Mund, um etwas zu erwidern, aber sie fuhr fort: »Ich verspreche Ihnen, dass ich Ihnen nicht in die Quere kommen werde, aber ich kann nicht versprechen, mich aus diesem Fall rauszuhalten. Wenn Toca etwas über CK wusste, werde ich rausfinden, was es war. Und wenn er gestorben ist, weil er mir diese Informationen geben wollte, dann schulde ich ihm, rauszufinden, wer ihn umgebracht hat.«

Sam starrte sie einen Moment lang schweigend an. Dann breitete sich ein Lächeln auf seinem Gesicht aus, und er schaute sie ungläubig an. »Sie glauben, CK hätte ihn umgebracht?«

Elle spürte, dass sie rot anlief, weigerte sich jedoch, den Blick zu senken. »Das habe ich *nicht* gesagt.«

»Aber es stimmt. Sie glauben, dieser Typ wäre von CK erschossen worden, weil er eine E-Mail an Ihren Podcast geschickt hat?«

Er sagte das zwar eher erstaunt als spöttisch, aber Elle reichte es. Sie stand auf, ignorierte seine halbherzigen Versuche, sie zurückzuhalten, und verließ sein Büro.

Sie stand wartend am Aufzug, als Ayaan den Kopf zur Tür herausstreckte. »Hallo Elle, hast du mal eine Minute Zeit?« Elles Miene ließ sie zurückzucken. »Uah, alles in Ordnung mit dir?«

»Hyde«, antwortete Elle, zu erschöpft, um mehr zu sagen.

Ayaan nickte. »Verstehe. Er ist frisch hierher versetzt worden. Macht gute Arbeit, kann aber ein ganz schönes Arschloch sein.«

»Was du nicht sagst.«

»Ich hab was, was dich ablenken wird.« Ayaan trat in die Lobby zwischen Aufzug und Eingangstür zum Revier und verschränkte die Arme über ihrem weißen Blazer. »Eine Vermisstenmeldung. Ein Mädchen wurde mutmaßlich gestern Morgen entführt, als es auf den Schulbus gewartet hat. Die Mutter liebt deinen Podcast. Sie ist schon halb wahnsinnig vor Angst und will dich unbedingt dabeihaben. Hast du Interesse? Ich hab gerade das Okay von meinem Vorgesetzten bekommen, dich als externe Beraterin hinzuzuziehen.«

Elles Augen weiteten sich, und sie richtete sich kerzengerade auf. Sie war sich sicher gewesen, dass der Polizeichef ihr nicht traute, selbst nach allem, was sie getan hatte, um ihre Qualitäten unter Beweis zu stellen. Sie hakte nach. »Als Beraterin bei einem laufenden Fall?«

Ayaan nickte. »Wenn du willst. Ich würde mich freuen, wenn du deine Erfahrungen einbringst.«

Wenn sie es machte, würde sie weniger Zeit für ihre Arbeit an dem Podcast haben und dafür, Spuren zu verfolgen und neuen Content aufzunehmen. Andererseits würde sie das auch von dem Mist in ihrem E-Mail-Eingang ablenken. Außerdem bekam sie, wenn sie dieses Angebot jetzt ablehnte, vielleicht nie wieder eine Gelegenheit, die Polizei von Minneapolis bei einem Fall zu unterstützen.

Elle biss sich von innen auf die Wange und schaute an Ayaan vorbei ins Revier. Von da, wo sie stand, konnte sie in Sam Hydes Büro sehen; er saß mit dem Rücken zu ihr am Schreibtisch. Ihm würde es garantiert total stinken, wenn sie an einer laufenden Ermittlung beteiligt wurde. Das war noch ein zusätzlicher Pluspunkt, aber je mehr sie über die Sache nachdachte, desto dringender wollte sie es ohnehin machen. Jemand wollte sie; jemand vertraute ihr und ihren Fähigkeiten so sehr, dass er sie für den Fall seines eigenen Kindes wollte.

Elle schaute wieder Ayaan an und nickte entschlossen. »Ich bin dabei.«

13

JUSTICE DELAYED-PODCAST · 2. JANUAR 2020

Transkript: Staffel 5, Folge 4

ELLE VOICE-OVER: In Minnesota gibt es Tausende Blockhütten: überall in der Landschaft verteilte Einfamilienhäuser, zwischen Bäumen versteckte Jagdhütten und prächtige Villen an den Ufern einiger unserer berühmten zehntausend Seen, welche die Bescheidenheit, die in dem Wort »Hütten« steckt, Lügen strafen. Es sind schöne, praktische Gebäude, die in der Zeit der Pilger und Pioniere aus Skandinavien hierher mitgebracht wurden. Aber sie stellen auch ein Brandrisiko dar.
Feuer braucht nur zwei Dinge, um zu wüten: Nahrung und Sauerstoff. Und Blockhütten sind an sich schon aus Brennmaterial erbaut – dicken, trockenen Baumstämmen, die lückenlos miteinander verbunden werden, damit weder Wind noch Schnee ins Innere dringen. Verständlicherweise verzichten viele Besitzer von Blockhütten aus nostalgischen Gründen zugunsten von offenen Kaminen und Holzöfen auf moderne Heizungssysteme. Diese Familien liegen jede Nacht in ihren Betten, lauschen dem Wind, der um ihre stabilen Häuser pfeift, und genießen die Wärme, die von dem knisternden Kaminfeuer in der Ecke zu ihnen hinzieht. Sie mögen sich sicher fühlen, aber es braucht nur ein kleines Element, um ihr Haus in einen Haufen Anmachholz zu verwandeln. Ein kleines Etwas, das diesen Hort der Sicherheit zu einer Todesfalle machen kann.
Einen Funken.

[TITELMUSIK + INTRO]

ELLE VOICE-OVER: Polizeiakten sind vertraulich, aber nach allem, was ich den Äußerungen von Detective Sykes und den vagen Antworten der Polizei von Minneapolis entnehmen konnte, ermittelt im Augenblick niemand von Amts wegen gegen den Countdown-Killer. Die Strafverfolgungsbehörden stehen auf dem Standpunkt, dass nichts weiter getan werden kann, bis neue Hinweise ans Licht kommen. Das ist der Grund, warum ich jeden Stein umdrehe. Neue Indizien zu finden, ist meine Spezialität. Aber nicht nur meine. Nach der Veröffentlichung der ersten Folge dieser fünften Staffel hat eine Forensikerin der Staatlichen Behörde zur Verhinderung und Aufklärung von Straftaten in Minnesota Kontakt zu mir aufgenommen. Sie möchte anonym bleiben, obwohl ihr Arbeitgeber sie autorisiert hat, mir die Informationen zu geben, über die sie gleich sprechen wird. Sie möchte einfach weder von der Öffentlichkeit noch von den Medien zu ihrer Rolle in diesem Fall befragt werden, und ich respektiere ihren Wunsch. Ich werde sie Anne nennen.

ELLE: Danke für Ihre Bereitschaft, mich hier zu treffen. Wenn ich Sie richtig verstanden habe, möchten Sie einige Informationen über den Zustand der Leichen weitergeben, die 1999 in der Blockhütte des Countdown-Killers gefunden wurden.

ANNE: Das ist richtig. Um eins gleich klarzustellen: Ich war zu dem Zeitpunkt, als die Leichen gefunden wurden, noch nicht bei der Behörde. Aber wie Sie wissen, haben die Medien im letzten Winter aus Anlass des zwanzigsten Jahrestages von Nora Watsons Flucht vorübergehend Druck gemacht, diesen Fall endlich zu lösen. Daraufhin wurde ich beauftragt, die rechtsmedizinischen Untersuchungsergebnisse in der Fallakte noch einmal zu überprüfen. Vom Täter selbst hatten wir ja nie DNA gefunden, aber an der Leiche des vierzehnjährigen Opfers Carissa Jacobs war ein langes Haar entdeckt worden. Diese

Information ist nie an die Öffentlichkeit gelangt – okay, das hat sich wohl gerade geändert. Das Haar stammte von einer unbekannten weiblichen Erwachsenen; die mitochondriale DNA passte zu keinem der Mädchen, die der Countdown-Killer in seiner Gewalt hatte, und diese DNA war damals die einzige, die man von einem Haar ohne Wurzel extrahieren konnte. Bei meiner erneuten Prüfung der Beweismittel konnte ich jedoch die Fortschritte in der Extraktion von DNA nutzen und erhielt auf diese Weise eine bessere Probe von den verkohlten Knochen des weiblichen Opfers in der Blockhütte. Sie waren so stark zersetzt, dass die Kollegen die genetischen Marker im Jahr 1999 nicht ausreichend vervielfältigen konnten, um eine zuverlässige Identifikation zu ermöglichen. Bei dieser neuen Testrunde konnte ich nun aber nicht nur eine größere Probe der Knochen generieren, sondern es ist mir auch gelungen, an dem bei Carissa gefundenen Haar Zellkern-DNA zu extrahieren. Deshalb kann ich mit einem vertretbaren Grad an wissenschaftlicher Sicherheit sagen, dass die Frau, deren Haar an Carissas Kleidung entdeckt wurde, dieselbe Frau war, die tot in der Blockhütte gefunden wurde.

ELLE: Das ist eine bedeutsame Entdeckung. Sicher wundern sich jetzt viele Hörer, warum Sie das hier zum ersten Mal öffentlich sagen und nicht in, sagen wir, der *Star Tribune* oder einer überregionalen Zeitung.

ANNE: Bei allem gebotenen Respekt vor der Presse muss ich sagen, dass Ihr Podcast doch der Grund ist, warum die Zeitungen überhaupt wieder über diese Geschichte schreiben. Alle anderen haben den Fall abgehakt; sie haben ihre Pflicht erfüllt, indem sie letztes Jahr einen Artikel darüber gebracht und etwaige Zeugen aufgerufen haben, sich zu melden, aber das war's auch schon. Sie sind die Einzige, die wirklich weiter in dieser Sache ermittelt und versucht, den Typen zu finden, der das getan hat. Die Polizei hat diese Informationen natürlich als Erste bekommen, aber in der landesweiten DNA-Datenbank CODIS gibt es keinen Treffer für die DNA der Unbekannten. Die Polizei arbeitet jetzt mit einem forensischen Stammbaumforscher zusammen, um die Herkunft dieser Frau zu rekonstruieren und Verwandte zu finden. Auf diesem Weg konnten in letzter Zeit viele aufsehenerregende Fälle gelöst werden, aber einige der Datenbanken, die dafür genutzt wurden, haben den Strafverfolgungsbehörden inzwischen den Zugriff auf die DNA-Ergebnisse erschwert, so dass dieser Prozess ins Stocken geraten ist. Zwar besteht durchaus die Möglichkeit, dass sie einen Treffer finden, der dicht genug dran ist, um ihre Verwandten zu lokalisieren und sie zu identifizieren, aber das könnte Monate dauern – vielleicht sogar Jahre. In der Zwischenzeit können auch auf anderen Wegen Fortschritte erzielt werden. Darum habe ich Sie kontaktiert.

ELLE: Was glauben Sie persönlich denn, was das alles zu bedeuten hat? Sie haben zwar betont, dass das nicht Ihr Fachgebiet ist, aber worauf tippen Sie?

ANNE: Na ja, wir können daraus schließen, dass die Frau nicht einfach nur ein Zufallsopfer war, das getötet wurde, um die Ermittler in die Irre zu führen. Da sie Carissa Jacobs nahe gekommen ist, bevor sie umgebracht wurde, hat diese Frau den Täter mindestens ein Jahr lang gekannt. Bedauerlicherweise sind alle anderen potenziellen kriminaltechnischen Beweismittel mit dem Haus verbrannt, und weil an den Leichen der Opfer nie irgendwelche männliche DNA gefunden wurde, haben wir nichts, womit wir die des Mannes, der mit der Frau in dieser Blockhütte war, vergleichen könnten. Ich habe dieselben Tests auch mit seinen Knochen durchgeführt, und die Ergebnisse sind ebenfalls in CODIS eingespeist worden. Es gab jedoch keinen Treffer, was bedeutet, dass er vor seinem

Tod offenbar nie erkennungsdienstlich behandelt wurde. Das schließt zwar nicht aus, dass er der Killer gewesen sein könnte, macht es aber auch nicht unbedingt wahrscheinlich.

ELLE: Weil die meisten Serienmörder ihre kriminelle Karriere mit harmloseren Gewalttaten und Bagatelldelikten wie Stalking oder Diebstahl beginnen, richtig?

ANNE: Ja, das glaube ich schon, auch wenn das nicht mein Fachgebiet ist. Der Täter könnte natürlich auch mit harmloseren Verbrechen angefangen haben und einfach nicht erwischt worden sein, aber man sollte das wenigstens in Betracht ziehen. Diejenigen, die sich so sicher sind, dass der Mann in der Hütte der Countdown-Killer war, sollten einen sehr wichtigen Hinweis beherzigen: Die DNA, die wir gefunden haben, gehörte, soweit sich das sagen lässt, einem Mann in den Vierzigern. Das stützt die ersten Altersbestimmungen, die unser Labor anhand seines Skeletts ermittelt hatte.

ELLE: Das ist ja wahnsinnig spannend! In allen Profilen, die Experten damals erstellt haben, wurde sein Alter mit Ende zwanzig oder Anfang dreißig angegeben. Und selbst wenn die Profiler falschlagen, bestätigt auch die Statistik, dass die meisten Serienmörder zu dieser Altersgruppe gehören. Warum wurde das Alter des Mannes in der Blockhütte nie öffentlich bekanntgegeben?

ANNE: Als die Altersbestimmung anhand der Skelettuntersuchung erfolgt war, war das Medieninteresse am Fall des Countdown-Killers bereits stark abgeebbt. Im Jahr 2000 gab es keine weiteren Morde mehr, und dann richteten sich die Augen der gesamten Nation auf New York und den Albtraum der Terrorangriffe vom 11. September. Die wenigen Zeitungen, die über die Ergebnisse berichteten, versteckten die Information irgendwo weiter hinten in ihren Artikeln, und selbst wenn die Leute es lasen, glaubten sie nicht, dass es wichtig war. Die Strafverfolgungsbehörden waren sich einig, dass die Täterprofile falsch gewesen sein mussten. Alle glaubten allzu gern an seinen Tod. Es war leichter – und irgendwie angenehmer –, sich vorzustellen, der Killer hätte sich das Leben genommen, nachdem er seine Partnerin umgebracht und die Hütte in Brand gesetzt hatte. Schließlich hörten die Morde danach ja auch auf.

ELLE: Die Frage, die ich immer gestellt bekomme, wenn ich behaupte, dass CK noch lebt, ist: »Und wer war dann der Mann in der Hütte?« Um ehrlich zu sein, fällt es mir schwer, diese Frage zu beantworten. Ich habe mir Dutzende Szenarien ausgemalt, aber mir fällt nichts ein, was mich wirklich überzeugt. Was vermuten Sie?

ANNE: Das ist natürlich reine Spekulation. Wie Sie schon sagten, werden wir es wahrscheinlich nie erfahren, es sei denn, der Täter wird irgendwann geschnappt. Aber wenn ich eine Einschätzung abgeben sollte, würde ich sagen, es gibt zwei Möglichkeiten: Entweder hat er einen Mann umgebracht – einen Bekannten oder einen Fremden von der Straße –, oder er hat ein frisches Grab geplündert, um alle an der Nase herumzuführen. So oder so sind die Öffentlichkeit und die Strafverfolgungsbehörden ihm zwei Jahrzehnte lang auf den Leim gegangen.

[**GERÄUSCH-EINSPIELER:** Man hört den Skype-Klingelton und wie das Gespräch angenommen wird.]

ELLE: Hallo Tina, was gibt's?

ELLE VOICE-OVER: Nach dem Interview mit Anne bekam ich

einen Anruf von Tina Nguyen, an die ihr euch vielleicht aus den vorherigen Staffeln von *Justice Delayed* erinnert. Sie ist nicht nur meine nervenstarke Producerin, sondern auch eine begnadete Rechercheurin.

TINA: Ich habe mir, wie du mich gebeten hattest, alle Vermisstenfälle im Mittleren Westen angesehen, in denen es um Männer um die dreißig bis vierzig ging. Du glaubst gar nicht, wie kurz die Liste ist. Und das, obwohl ich den Zeitrahmen auf achtzehn Monate vor und nach dem Brand der Blockhütte ausgedehnt habe. Es waren trotzdem nur ungefähr hundert Namen.

ELLE: Männliche Weiße mittleren Alters verschwinden selten einfach so.

TINA: Gut für sie. Ich habe ein paar der als vermisst gemeldeten Männer gefunden, obwohl ihre Fälle als noch ungeklärt gelten. Und anschließend natürlich die zuständigen Polizeidienststellen kontaktiert, um sicherzugehen, dass sie jetzt wissen, wo sie sie finden können. Sie wirkten überrascht. Ups, tut uns leid, Kumpels. Euren Zweitfamilien dürfte jetzt ein ziemlicher Schock bevorstehen.

ELLE: Klar, dass du nebenbei ein paar Fälle löst, die seit Jahrzehnten ungeklärt sind. Das ist typisch Tina.

TINA: Was soll ich sagen? Ich kann es nicht leiden, wenn Männer ihre Unterhaltszahlungen für ihre Kinder einstellen, um ein neues Leben in Florida anzufangen. Jedenfalls ist es mir gelungen, die Anzahl der für uns in Frage kommenden Männer auf drei einzudampfen. Sie sind alle eine Woche vor dem Brand der Blockhütte verschwunden, und seitdem hat offenbar niemand mehr etwas von ihnen gehört. Ich kann im Netz niemanden finden, der ihnen ähnelt, und ihre persönlichen Daten wurden auch nicht mehr benutzt, seitdem sie als vermisst gemeldet wurden.

ELLE: Du bist großartig. Ist dir denn irgendwer speziell ins Auge gesprungen?

Tina: Ja, dieser eine Typ, nennen wir ihn Stanley. Er wurde drei Tage nach Nora Watsons Flucht von seiner Sekretärin als vermisst gemeldet. Der Arme hatte weder eine Frau noch sonstige Angehörige, die ihn vermisst hätten. Es kam der Verdacht auf, dass er mit einer verheirateten Frau durchgebrannt sein könnte, mit der er eine Affäre hatte – eine Bürokollegin. Offenbar sind nach diesem Tag weder sie noch er je wieder zur Arbeit erschienen, und niemand hat je wieder von ihnen gehört. Gerüchte besagen, dass der Ehemann der Frau gewalttätig war. Darum haben alle gedacht, sie wären zusammen abgehauen, ohne jemandem zu sagen, wo sie hinwollten. Der Ehemann scheint aber gleichzeitig verschwunden zu sein. Ich habe ihn mir mal näher angesehen, aber nach allem, was ich sagen kann, hat er die Frau unter falschem Namen geheiratet; es gibt vor 1990 keinerlei Unterlagen über ihn. Die Frau hat dagegen eine vollständige Vorgeschichte. Ihre Sozialversicherungsnummer wurde nach ihrem Verschwinden nie wieder für einen anderen Job oder einen Kreditkartenantrag verwendet. Und sie hatte keinen Reisepass, weshalb es unwahrscheinlich ist, dass sie einen Auslandsflug gebucht hat.
Jetzt ist es zwar möglich, dass die beiden tatsächlich zusammen durchgebrannt sind. Damals konnte man die Grenze zu Mexiko noch ohne Pass überqueren. Vielleicht sind sie nach Mittelamerika abgehauen, führen ein faules Leben am Strand und verkaufen Freundschaftsarmbändchen, um sich über Wasser zu halten. Aber ich hab da meine Zweifel.

ELLE: Ich auch.

ELLE VOICE-OVER: Wie viele von euch wissen, plane ich, so weit ich kann, voraus, aber ein Großteil meiner Ermittlung geschieht in Echtzeit. Sobald ich mit der Veröffentlichung der ersten Folgen beginne, bekomme ich weitere Infos und Tipps, und das ist auch diesmal nicht anders. Das ist eine Spur, an der wir erst wenige Wochen dran sind, aber sie kann jetzt schon als ein Durchbruch in diesem Fall gelten. Es ist sehr gut möglich, dass das Paar, das Tina gefunden hat, das Paar aus der Blockhütte ist. Wenn dem so ist, scheint CK ein gehörnter Ehemann zu sein, der seine Frau und ihren Liebhaber umgebracht und anschließend in der Hütte verbrannt hat, um seine Spuren zu verwischen. Wir wissen es nicht, aber wir haben sämtliche Informationen, die Tina dazu gesammelt hat, der Polizei und der Behörde zur Verhinderung und Aufklärung von Straftaten übergeben, und die schauen sich das jetzt mal an. Wir haben neue Indizien. Wir hauchen diesem Fall neues Leben ein. Und CK, wenn du zuhörst: Wir finden dich. Diesmal ist es deine Zeit, die abläuft – und viel ist nicht mehr übrig.

14

ELLE · 15. JANUAR 2020

Als sie zu den Eltern des vermissten Mädchens fuhren, brachte Commander Ayaan Bishar Elle auf den Stand der Ermittlungen. Am Morgen des Vortages war ein elfjähriges Mädchen namens Amanda Jordan auf dem Weg zur Bushaltestelle verschwunden. Die Polizei hatte keinerlei Zeugen finden können, und die Busfahrerin gab an, Amanda sei nicht an der Haltestelle gewesen, als sie dort ankam. Nur eines der fünf Kinder, die dort auf den Bus gewartet hatten, konnte sich erinnern, überhaupt Erwachsene in der Umgebung gesehen zu haben: ein junger Mann hatte am Ende der Straße auf dem Gehweg gestanden. Die Schülerin beschrieb ihn als großen Weißen mit schwarzen Haaren. Die Eltern des Mädchens waren bereits zu ihm befragt worden, ihnen war jedoch niemand aus dem Freundes- oder Bekanntenkreis eingefallen, auf den die Beschreibung passte.

»Ich hatte allerdings Mühe, überhaupt irgendwas Brauchbares aus ihnen rauszukriegen«, sagte Ayaan, als sie in eine ruhige Wohnstraße einbog. »Sie waren beide geradezu hysterisch. Ich hab ihnen einen Officer vorbeigeschickt, nur für den Fall, dass jemand anruft und eine Lösegeldforderung stellt, aber die beiden haben anscheinend kaum ein Wort geredet, seit ich gestern Nachmittag weg bin.« Sie schüttelte den Kopf. »Es ist nie leicht, mit solchen Fällen klarzukommen, aber Amandas Eltern wirkten besonders instabil. Die Mutter gibt sich selbst die Schuld.«

»Warum?«, fragte Elle, während sie die Notizen durchblätterte, die Ayaan bislang zu dem Fall erstellt hatte.

»Normalerweise beobachtet sie ihre Tochter wohl, bis sie im Bus sitzt, aber gestern bekam sie einen Anruf und ist deswegen einen Moment weggegangen. Als sie zurückkehrte, war der Bus schon da gewesen, und sie ist davon ausgegangen, dass Amanda eingestiegen war.«

Elle schüttelte den Kopf. Es war ganz natürlich, dass die Mutter sich Vorwürfe machte, aber Schuldgefühle waren vollkommen nutzlos. Und darüber hinaus schädlich. Lähmend. Wenn sie noch etwas Brauchbares aus ihr herausbekommen wollten, mussten sie es schaffen, sie aus dieser Haltung herauszuholen.

Ayaan parkte hinter dem Streifenwagen auf der Straße und hielt genügend Abstand zum Bordstein, damit Elle aussteigen konnte, ohne in eine Schneewehe zu treten. Am Fuß der Auffahrt zeigte sie diagonal über die Straße. »Da ist die Bushaltestelle. Jeden Morgen steigen fünf bis zehn Kinder dort ein; die Anzahl variiert, weil einige der Mütter halbtags arbeiten und ihre Kinder an manchen Tagen zur Schule bringen. Von der Haustür der Jordans aus kann man die Stelle sehen, wo die Kinder in der Gruppe warten, aber nur teilweise. Normalerweise stehen da laut Mrs. Jordan so viele, dass sie zumindest sieht, wie Amanda sich zu ihnen gesellt, wenn sie die Straße überquert hat.«

Ayaan wandte sich wieder dem Haus zu und Elle mit ihr. »Sandy Jordan stand auf der Veranda, hatte die Sturmtür aber geschlossen und schaute durch die Scheibe. Kaum dass Amanda das Haus verlassen hatte, klingelte das Festnetztelefon. Der Anrufliste konnten wir entnehmen, dass der Anruf um acht Uhr siebenundzwanzig einging. Der Bus kam weniger als drei Minuten später, um halb neun. Irgendwann in dieser Zeit wurde Amanda entführt.«

»Und niemand hat die Entführung beobachtet?«

Ayaan schaute wieder auf die andere Straßenseite. Das grelle Licht, das der Schnee reflektierte, ließ ihre Augen glänzen. »Nein, soweit wir rausfinden konnten, nicht. Die Officer haben die Nachbarschaft abgeklappert, aber auch von den anderen Eltern hat niemand was gesehen. Da Amandas Haus hinter dieser leichten Kurve liegt, vermuten wir, dass die anderen von ihren Häusern aus nicht die gesamte Straße überblicken können und es blinde Flecken gibt. Wir haben die Eltern befragt, die Busfahrerin und alle Kinder, die gestern an der Haltestelle standen. Einige Kinder wirkten nervös, was ja auch kein Wunder ist, aber sie wollten bloß helfen. Die einzige andere Information, die wir haben, stammt von der Busfahrerin. Sie ist sich sicher, einen Pick-up gesehen zu haben, der hier nicht hergehörte. Er war dunkelblau und hatte weder eine Aufschrift noch ein Kennzeichen. Sie achtet prinzipiell auf so was. Guckt wohl zu viel *Special Victims Unit*. Wir haben rumgefragt, aber bislang hat sich niemand gefunden, dem der Wagen gehört oder der seine Anwesenheit hier erklären könnte. Wir schauen uns jetzt die Aufnahmen der Überwachungskameras aus dem Viertel an, aber jeder, der hier eine Kamera hat, richtet sie auf die eigene Auffahrt, und die meisten haben so was nicht mal; die Gegend gilt als ziemlich sicher.«

Elle verschränkte die Arme, als der Wind auffrischte. »Ja, gelten sie immer.« Sie ließ ihren Blick die Straße auf und ab schweifen. Ayaans Limousine und der Streifenwagen waren die einzigen Fahrzeuge, die dort standen; alle anderen hatten ihre Wagen entweder in der Auffahrt geparkt oder in einer Doppelgarage. Die Rasenflächen der Vorgärten waren offen und gingen ohne Zäune ineinander über. Die Wege waren bis zu den Holzterrassen oder Steinstufen, welche die einladenden Eingänge zu den Häusern im Kolonialstil bildeten, fein säuberlich freigeschaufelt. Wenn man bedachte, dass nur so wenige Grundschüler den Schulbus nahmen, wohnten hier wahrscheinlich vor allem Leute aus der oberen Mittelschicht, deren Kinder im Teenageralter oder bereits erwachsen waren. Um halb neun waren die meisten sicherlich bereits bei der Arbeit, auch wenn das natürlich nicht zwingend so sein musste. Wenn die meisten Eltern ihre Kinder im Blick behielten, bis sie in den Bus stiegen, bedeutete das, dass der Kidnapper genau gewusst hatte, wo er sich aufhalten musste, um nicht gesehen zu werden. Und er musste gewusst haben, dass Amandas Mutter abgelenkt sein würde.

Das war eine gewagte Art, ein Kind zu entführen – was ja an sich schon riskant war.

»Was denkst du?«, fragte Ayaan.

»Er muss selbst angerufen haben.«

»Wir haben heute Morgen die Listen bekommen«, sagte Ayaan. »Der Anruf kam von einem Prepaid-Handy, das vor zwei Monaten im Target in Shoreview gekauft wurde. Im Grunde ein Wegwerfhandy. Der Kunde hat es bar bezahlt. Wir versuchen, an Bilder von den Überwachungskameras ranzukommen, aber die Geschäftsführer sind sich nicht sicher, ob die Aufnahmen gespeichert wurden.«

Elle nickte. »Wahrscheinlich ja nicht, aber wenn doch, gehe ich jede Wette ein, dass der Typ verkleidet war. Er hat alles sorgfältig geplant. Er muss die Gegend gekannt haben, wusste, wie die Eltern sich verhalten und wann die Leute zur Arbeit fahren. Nehmen wir mal an, der blaue Pick-up gehörte ihm: Weißt du, was mir das sagt, wenn er Amanda so schnell dazu bringen konnte, bei ihm einzusteigen?«

»Dass sie ihn kannte.« Ayaan schaute sie an. »Vielleicht kriegst du aus den Eltern was raus, was sie mir nicht gesagt haben. Die Beschreibung ist nicht sehr detailliert, und wir wissen nicht mal, ob der Mann, den die Schülerin gesehen hat, unser Kidnapper ist, aber es ist im Augenblick die beste Spur, die wir haben.«

Elle wandte sich dem Haus zu. »Lass uns mit den Eltern reden.«

In dem gemütlichen zweigeschossigen Haus der Jordans brannten trotz des morgendlichen Sonnenscheins alle Lichter. So als hätte ihre Tochter sich nur verirrt, und das Licht könnte ihr helfen, den Heimweg zu finden. Als Ayaan an die Haustür klopfte, öffnete ihnen ein Streifenpolizist und ließ sie ein, nachdem er Elles Ausweis kontrolliert hatte.

Dave und Sandy Jordan saßen aneinandergeschmiegt auf dem Sofa. Die blonden Haare der Mutter waren völlig zerzaust und verknotet und die Gesichter beider Eltern gerötet und tränennass. Als Elle eintrat, ließ Sandy Jordan die Hand ihres Mannes los und stand auf. Einen Moment lang starrte sie Elle einfach nur an, während ihr die Tränen übers Gesicht liefen, dann stürzte sie sich auf sie und umarmte sie so fest, dass Elle ihre Rippen spürte.

Plötzlich erinnerte Elle sich an eine Szene aus ihrer Kindheit: Sie sah sich wieder, wie sie, in ein urindurchtränktes Laken gewickelt, in ihrem Bett saß und laut schrie, weil sie einen schrecklichen Albtraum gehabt hatte. Ihre Mutter war angerannt gekommen und hatte erwartet, einen Eindringling anzutreffen, stattdessen aber die Tochter allein vorgefunden. Der nächtliche Feind war in Elles Kopf gewesen, und auf den hatte die Mutter keinen Zugriff. Elle hatte die Hände nach ihr ausgestreckt und gehofft, sie würde ihre weichen Arme um sie legen, so wie Sandy Jordan jetzt gerade, aber ihre Mutter hatte sie nur angesehen – mit einem brennenden Schmerz im Blick, den Elle bis heute nicht verstand.

Elle blinzelte, als Sandy sie noch fester umarmte. Verlegen tätschelte sie ihr den Rücken.

»Schon gut, schon gut«, sagte sie und rieb sanft über ihre Schulterblätter. Sandy Jordans schmächtiger Körper bebte. Elle schätzte, dass sie seit gestern Morgen weder etwas gegessen noch getrunken hatte.

»Danke, dass Sie gekommen sind«, sagte Sandy, als sie sie schließlich losließ. Sie stand gekrümmt da, als wäre eine aufrechte Haltung schmerzhaft für sie. »Ich … ich bin mit Grace Cunninghams älterer Schwester befreundet. Dem Mädchen aus dem Fall in Ihrer ersten Staffel.«

Elle nickte. »Verstehe.«

»Ich weiß, was Sie für sie getan haben. Ich dachte, Sie könnten uns vielleicht auch helfen. Nicht, dass ich der Polizei nicht trauen würde.« Sie schaute verzweifelt in Ayaans Richtung, als wollte sie bekräftigen, dass sie der Polizei vertraute. »Ich hatte nur das Gefühl, etwas tun zu müssen. Wir sind beide so nutzlos. Uns fällt einfach niemand ein, der das getan haben kann. Und ich drehe durch, wenn ich darüber nachdenke, was vielleicht gerade … Ich …« Sie schluchzte auf und brach neben ihrem Mann auf dem Sofa zusammen. Als sie wieder hochschaute, sprach Elle sie direkt an.

»Können Sie mir erzählen, was passiert ist?«

Dave Jordan hatte bislang noch nichts gesagt. Als er seinen kräftigen Arm zärtlich um seine Frau legte, verschwand sie fast dahinter. Er warf Elle einen argwöhnischen Blick zu. »Ich hab Sie draußen gesehen. Hat Commander Bishar Ihnen das nicht schon alles erklärt?«

»Ja, sie hat mir erzählt, was passiert ist, aber ich würde gern *Ihre* Version der Geschichte hören. Bitte.«

Schließlich reichte Dave Jordan seiner Frau eine Schachtel Papiertaschentücher. Nachdem sie mehrere herausgezupft und ihre Tränen getrocknet hatte, ergriff Sandy erneut das Wort. »Als Amanda zur Bushaltestelle gegangen ist, wollte ich ihr nachschauen, wie jeden Morgen. Weil es eiskalt war, bin ich drinnen geblieben; das mache ich im Winter immer. Als sie die Auffahrt hinunterlief, bin ich …« Sie hielt inne, um neue Tränen abzutupfen. »Ich bin in die Küche gegangen, weil das Telefon klingelte. Sonst ruft nie einer auf dem Festnetz an, darum dachte ich, dass es vielleicht irgendein Notfall ist. Aber als ich abgehoben hab, war niemand dran. Und als ich wieder zum Fenster kam, war der Bus schon da gewesen. Ich bin einfach … Ich bin davon ausgegangen, dass sie da drin saß. Hab gar nicht länger drüber nachgedacht.«

Sandy blickte zu Dave hoch und schüttelte den Kopf. »Es tut mir leid. Es tut mir so leid.«

Er presste die Kiefer zusammen und legte eine Hand auf ihr Knie. »Du hast nichts getan, was ich nicht auch getan hätte. Das ist nicht deine Schuld.«

Elle versuchte, seinen Blick zu erhaschen; sie wollte ihm zunicken, um ihn auf diesem Kurs zu halten, während seine Frau erneut um ihre Fassung rang. »Was ist dann passiert? Wie haben Sie rausgefunden, dass sie verschwunden ist?«

»Die Schule hat angerufen«, sagte Dave. »Sie haben uns angerufen, als sie nach der ersten Stunde nicht zum Unterricht erschienen war. Wir waren natürlich geschockt und haben sofort den Notruf gewählt. Die Polizisten haben sich hier umgesehen und Amandas Schultasche im Rinnstein gefunden. Die hatten wir wegen einer Schneewehe noch gar nicht gesehen, aber sie lag da, zwei Häuser von unserem entfernt.«

»Also legte ihr Entführer keinen Wert darauf, zu verbergen, dass sie weg ist.« Elle sprach mehr zu sich selbst, aber als sie aufschaute, sah sie, dass Ayaan sie von der Tür aus beobachtete und nickte.

Ayaan sagte: »Die Officer haben die Tasche gefunden, aber sonst nichts. Sie lag in der Nähe der Stelle, wo die Busfahrerin den verdächtigen Pick-up gesehen hat.«

Elle bekam eine Gänsehaut, obwohl die Heizung in dem Haus voll aufgedreht war. »Wenn Amanda mit diesem Pick-up entführt wurde, bedeutet das doch, dass sie schon in dem Fahrzeug war, als der Bus kam, oder?«

Sandy Jordan schluchzte laut auf, und Elles Herz zog sich zusammen bei dem Geräusch. Ayaan nickte nur und presste die Lippen aufeinander.

Elle faltete ihre Hände und beugte sich vor. »Mr. Jordan, besitzen Sie und Ihre Frau Geld? Haben Sie vielleicht Vermögen, das Sie erst kürzlich erworben haben und über das irgendein anderer Bescheid wissen könnte?«

»Was? Nein. Ich bin Bauunternehmer, und meine Frau ist Hausfrau und Mutter.« Dave Jordan stiegen Tränen in die Augen, und er wischte sie mit dem Handrücken weg. »Alles, was wir haben, ist dieses Haus und zwei tolle Kinder. Ich ... Das darf einfach nicht sein.«

»Und Ihnen fällt niemand ein, der Amanda entführt haben könnte? Es gibt keine Verwandten oder Bekannten, die ein besonderes Interesse an ihr gezeigt haben? Kein Fremder, der ihr in der letzten Zeit gefolgt ist?«

Die Eltern schüttelten beide den Kopf, und Sandy Jordan fing erneut an zu weinen. »Ich weiß es nicht! Alle fragen mich das! Ich weiß es nicht! Ich weiß es nicht! Ich weiß nicht, wer uns so etwas antun würde.« Sie heulte laut auf.

Elle wollte den beiden eine kurze Pause gönnen und blickte sich nach dem Streifenpolizisten um, der ihr und Ayaan die Tür geöffnet hatte. Er musste in die Küche gegangen sein. »Entschuldigen Sie mich kurz«, murmelte sie und verließ den Raum.

Der Officer füllte gerade den Wasserkessel am Wasserhahn über der Spüle und hielt ihn hoch, als sie hereinkam. »Ich dachte, ich mache ihnen mal einen Tee. Ich hab's schon zweimal versucht, aber sie haben ihn jedes Mal kalt werden lassen, ohne davon zu trinken. Sie haben die ganze Zeit nichts anderes getan, als zu weinen und mich zu fragen, ob ich schon irgendwas gehört habe.« Der schmächtige schwarze Officer ließ seine Fingerknöchel knacken, nachdem er den Kessel auf den Herd gesetzt hatte.

»Das dachte ich mir schon, Mr. Hamilton. Soll das also heißen, dass die beiden nicht ein Wort gesagt haben?«

Hamilton schaute auf die Uhr. »Um acht Uhr hab ich Officer Eastley hier abgelöst, und seitdem haben diese Leute kaum irgendwas von sich gegeben, was keine Antwort auf eine direkte Frage war. Der Mann hat die ganze Zeit nur aus dem Fenster gestarrt, und die Frau schläft und weint abwechselnd. Ich hab noch nie so verzweifelte Menschen gesehen.«

»Was haben Sie sie gefragt?«

»Einfach nur, ob sie in letzter Zeit irgendeinen Fremden hier im Viertel gesehen haben oder ob vielleicht irgendwer was gegen sie hat. Vielleicht irgendein Kollege oder so.«

Elle nickte. »Und was haben sie gesagt?«

Hamilton lachte spöttisch und schüttelte den Kopf. Er wirkte enttäuscht. »Nichts von Wert. Sie können sich nicht vorstellen, warum irgendwer ihrer Tochter was antun sollte.« Er schaute sie an, seine braunen Augen waren voller Sorge. »Ich hab ja schon einigen Mist mitbekommen, aber so fertige Leute hab ich noch nie gesehen. Ich hoffe wirklich, dass wir das Mädchen finden.«

Als Elle zurück ins Wohnzimmer ging, blieb Officer Hamilton in der Küche. Dave Jordan stand nun am Fenster und blickte hinaus, als könnte Amanda jeden Moment den Weg zum Haus hochkommen. Ayaan saß Sandy Jordan in kerzengerader Haltung gegenüber; Elle hatte noch nie jemanden unbehaglicher in einem Sessel sitzen sehen. Sie warf Elle einen hoffnungsvollen Blick zu, aber Elle schüttelte den Kopf. Ayaan nickte kaum merklich, und statt sich auf dem Sessel neben Ayaan niederzulassen, wählte Elle den leeren Platz auf dem Sofa neben Sandy Jordan. Als das Polster unter Elles Gewicht nachgab, neigte Sandys Körper sich zu Elle hin; das reichte aus, um sie aus ihrer Starre zu reißen, und endlich setzte Sandy sich auf und hob den Kopf. Sie schaute Elle an, und ihre Augen brauchten einen Moment, um scharfzustellen.

»Wo waren Sie?«, fragte sie in einem schrillen Ton.

»Ich hab nur kurz mit dem Officer geredet«, antwortete Elle und schaute dann Ayaan an. »Hattest du nicht erwähnt, dass eines der Kinder jemanden gesehen hat, Ayaan?«

Ayaan nickte, holte ihr Notizbuch heraus und blätterte ein paar Seiten zurück. »Ja, ein zehnjähriges Mädchen hat uns erzählt, es hätte einen Mann an der Straße stehen sehen, als es auf den Bus gewartet hat. Aber sie hat nicht gesehen, dass er sich Amanda genähert hat. Sie hat gesagt, er sei sehr groß gewesen und hätte dunkle Haare und blasse Haut gehabt, und er trug eine gelbbraune Jacke. Sie kannte ihn nicht.«

Elle schaute die Jordans an. »Erinnert Sie das an irgendwen, den Sie kennen?«

»Keine Ahnung. Commander Bishar hat uns das gestern Abend schon gefragt. Ich weiß es nicht … Ich kann …«, Sandy Jordan verzog schmerzhaft das Gesicht. »Ich kann nicht mehr denken. Es ist … als hätte ich nur noch Watte im Kopf.«

»Das verstehe ich«, sagte Elle. »Ich kann mir ehrlich gesagt nicht vorstellen, wie sich das anfühlen muss, wie frustrierend es sein muss, wenn man versucht, solche Fragen zu beantworten, von denen man nie gedacht hätte, dass man sie mal gestellt bekommt.«

Ayaan fügte sanft hinzu: »Niemand denkt gern über so was nach, Sandy, aber manchmal sind die, denen wir am meisten vertrauen, wenn es um unsere Kinder geht, genau die, die sie am meisten in Gefahr bringen. Wir sehen nicht, dass unsere Kinder Angst vor ihnen haben und dass sie auch Grund dazu haben. Gibt es wen in Ihrem Leben, dem gegenüber Amanda in der Vergangenheit mal Angst gezeigt hat? Irgendjemanden? Einen Onkel oder Cousin? Einen Freund, der hier bei Ihnen zu Besuch war? Jemanden, mit dem Sie zusammenarbeiten, Dave?«

Als keiner von beiden etwas sagte, fuhr Elle fort: »Überlegen Sie, ob Sie Amanda irgendjemandem gegenüber extra auffordern mussten, guten Tag zu sagen oder ihn zu umarmen. Ob es jemanden gab, mit dem sie nichts näher zu tun haben wollte, wobei Sie nur gedacht haben, dass sie sich anstellt. Damals kam Ihnen das vielleicht nicht merkwürdig vor, aber

Kinder teilen uns wichtige Informationen nicht immer so mit, dass wir gleich alarmiert sind. Dieser Mann – dieser großgewachsene Weiße mit den dunklen Haaren – hatte irgendetwas an sich, was Amanda nicht behagte. Sie mochte ihn nicht. Kennen Sie so jemanden?«

Sandy Jordans Augen waren noch roter geworden, aber sie blinzelte nicht mal, als zwei Tränen über ihre rechte Gesichtshälfte liefen. Ihr Mann starrte weiter aus dem Fenster und wirkte teilnahmslos. Elle holte tief Luft und presste die Fingernägel in ihre Handfläche.

Hamilton kam mit einem Tablett herein, auf das er eine Teekanne, Tassen und Kekse gestellt hatte. Er setzte es auf dem Couchtisch ab, lächelte Elle zu und flüsterte: »Dritter Versuch.«

Diesmal schien er Erfolg zu haben. Sandy schenkte sich wie auf Autopilot eine Tasse Tee ein, während sie einen Punkt mitten im Raum zu fixieren schien. Um ein Haar hätte sie die kochend heiße Flüssigkeit über ihre Hand gegossen, doch es ging kein Tropfen daneben. Ohne den Blick zu heben, führte sie die Tasse zum Mund und nippte daran. Dann atmete sie tief durch die Nase ein und sagte: »Also, ich hatte immer den Eindruck, dass sie Graham Wallace nicht mochte.«

Elles Körper spannte sich an. Hamilton blieb wie angewurzelt stehen und wandte den Kopf. Ayaan löste sich als Erste aus ihrer Starre; sie nahm ihr Tablet und tippte darauf herum, wahrscheinlich gab sie den Namen in die Suchmaske der polizeilichen Datenbank ein.

»Wer ist Graham Wallace?«, fragte Elle.

Aber bevor Sandy antworten konnte, sank Dave mit einem lauten Stöhnen zu Boden. Sandy sprang auf, lief zu ihm und legte seinen Kopf in ihren Schoß, während er laut zu schluchzen begann. Elles Handrücken kribbelten; sie schaute zu Ayaan hin, die blickte jedoch weiter angespannt auf ihr Tablet. Hamilton betrachtete unverwandt das Ehepaar auf dem

Fußboden, wie um sicherzugehen, dass sie sich nicht weh getan hatten.

Als Dave sich schließlich aufsetzte, war sein Gesicht tränenüberströmt. »Wenn es Graham Wallace war, ist es meine Schuld. Ich hab ihn vor drei Jahren angestellt. Ich wusste, was er für einer ist, aber ich hab ihn trotzdem genommen.« Er bebte am ganzen Körper, und Sandy zog ihn noch enger an sich.

»Was meinen Sie mit, ›was er für einer ist‹?«, fragte Elle. »Was ist er denn für einer?«

»Ein Sexualstraftäter«, antwortete Ayaan und drehte Elle das Display des Tablets zu. »Ein Sexualstraftäter, der zwei Meilen von hier entfernt wohnt.«

15

ELLE · 15. JANUAR 2020

Elle brauchte ein paar Minuten, bis sie Ayaan überredet hatte, sie mit zu Graham Wallace fahren zu lassen. Und als sie nun vom Auto aus zusah, wie Ayaan und die beiden Officer, die sie als Verstärkung angefordert hatte, sich dem still daliegenden schlichten Reihenhaus näherte, zitterte Elle, obwohl die Heizung voll aufgedreht war. Unterwegs hatte Ayaan ihr erzählt, dass Wallace zweimal wegen Sexualkontakten mit Minderjährigen verhaftet worden war. Sein erstes Opfer war eine Dreizehnjährige, und er war damals sechzehn gewesen. Weil er einem Deal zwischen Anklage und Verteidigung zugestimmt hatte, war er ohne eine Gefängnisstrafe davongekommen. Mit zweiundzwanzig hatte er sich dann erneut strafbar gemacht, weil er Sex mit einer Fünfzehnjährigen gehabt hatte – nach Angaben der jungen Frau in beiderseitigem Einvernehmen, aber vor dem Gesetz war sie noch zu jung für eine solche Einwilligung gewesen. Er hatte eine Haftstrafe abgesessen und war vor vier Jahren entlassen worden.

Seitdem war er nicht mehr aktenkundig geworden, und eine Entführung wäre eine beträchtliche Steigerung gegenüber seinen bisherigen Vergehen. Trotzdem war er ein ernstzunehmender Verdächtiger.

Seine Eltern ließen ihn offenbar in einem ihrer Häuser wohnen, das nicht weit von dem der Jordans entfernt lag. Bei allen anderen Häusern in der Gegend waren die Gehsteige und Auffahrten ordentlich freigeschaufelt, daher war es nicht schwer, das eine zu finden, das einem faulen und verwöhnten Kind reicher Eltern gehörte. Vor dem Haus von Wallace Graham türmte sich der Schnee anderthalb Meter hoch und wehte über den Gehsteig. Vor Ayaans Wagen erhob sich ein Hügel aus Schnee und Eis am Straßenrand: Offensichtlich hatte jemand während eines Blizzards sein Auto draußen stehen lassen, das dann einem vorbeifahrenden Schneepflug zum Opfer gefallen war. Obwohl das Auto inzwischen weg war, waren in dem gefrorenen Schnee immer noch die groben Umrisse einer Limousine erkennbar.

Elle beobachtete, wie Ayaan die Officer um sich versammelte und sich für das Klingeln an der Haustür wappnete. Elle hatte das Gefühl, verrückt zu werden, da sie nichts tun konnte, und holte ihr Handy raus, um Martín anzurufen.

»*Bueno*«, sagte er nach dem vierten Klingeln. Im Hintergrund hörte sie Leute reden und lachen. »Ist alles in Ordnung? Ich bin gerade beschäftigt.«

»Oh, okay.« Das Zittern in ihrer Stimme verriet sie. »Ich kann auch später noch mal anrufen.«

Man hörte, wie eine Tür geschlossen wurde. »Nein, ist schon gut, Elle, wir spielen nur eine Runde Poker in der Mittagspause. Wir können reden. Was ist los?«

Elle starrte durch die Windschutzscheibe, während sie sprach. »Gestern gab es in Bloomington eine Entführung, und die Eltern haben Ayaan gebeten, mich einzubeziehen. Es ... es geht um ein kleines Mädchen. Sie ist elf.«

Martín wusste, dass Elle genau nachempfinden konnte, was das Mädchen gerade durchmachte.

Es herrschte kurz Stille in der Leitung, dann hörte sie ihn langsam und tief atmen. Das war Martíns Art, sie zu beruhigen. Er wusste, wenn er tief Luft holte, würde sie es automatisch auch tun. Das war ein Reflex, genauso ansteckend wie ein Gähnen. Sie sog durch die Nase Luft in ihre Lunge, schloss die Augen und fuhr mit den Fingerspitzen über das eintätowierte Semikolon an ihrem Handgelenk.

»Besser?«

»Ja, danke.«

»Hattest du Panikattacken?«

Statt zu antworten, sagte sie: »Sie haben mich um Unterstützung gebeten. Ich möchte es nicht vermasseln.«

»Wirst du auch nicht.«

»Sie ist schon mehr als vierundzwanzig Stunden verschwunden. Wenn er sie umbringen wollte, liegt die Chance, dass sie noch lebt, lediglich bei einem Prozent.«

»Du bist der lebendige Beweis dafür, dass es Ausnahmen von dieser Regel gibt. Bitte pass auf dich auf.«

Elle zog die Augenbrauen zusammen. »Ja, mache ich. Ich hab keine Ahnung, wie lange das hier dauern wird. Ich rufe an, weil ... Ich wollte deine Stimme hören, aber ich wollte dir auch Bescheid geben, dass ich, je nachdem, wie die Dinge hier laufen, vielleicht nicht zum Abendessen zu Hause bin.«

»Elle ...« Er machte eine Pause, sagte dann aber nur: »Alles klar, wir sehen uns, wenn du nach Hause kommst.«

»Te amo«, sagte sie. »Und jetzt geh und zieh die anderen ab beim Pokern.«

Er lachte leise. »Wird gemacht. *Yo también te amo.*«

Als sie das Handy wieder wegsteckte, sah sie im Augenwinkel plötzlich etwas Buntes. Elle schaute zum Haus: Die Polizisten waren verschwunden, aber ein junger Mann im Pyjama rollte sich gerade aus einem Fenster an der Seite des Hauses. Als er unten gelandet war, stand er auf und arbeitete sich mühsam durch den tiefen Schnee. Elles Blick flog wieder zur Haustür, sie sah aber weder Ayaan noch die anderen Polizisten. Vielleicht wussten sie nicht, dass Graham Wallace das Weite suchte. Eine Sekunde lang überlegte sie, wie viel Ärger sie wohl bekommen würde, wenn sie seine Verfolgung aufnahm. Aber wenn dieser Mann wusste, wo Amanda war, konnte sie ihn unmöglich laufen lassen.

Sie öffnete langsam die Beifahrertür, stieg möglichst geräuschlos aus und ließ die Tür hinter sich offen. Wallace schaute sich gerade um, um zu sehen, ob ihm jemand folgte, als Elle die Hände hob und »Stehen bleiben!«, rief.

Wallace gehorchte und starrte sie an. Er zitterte am ganzen Körper; seine Hände und sein Gesicht waren rot von der Kälte. »Wer zum Teufel sind Sie?«

Als er sah, dass sie keine Waffe in den Händen hielt, setzte er sich wieder in Bewegung. Die Ruger steckte in ihrem Holster an Elles Hüfte; sie durfte sie jedoch nur zu Selbstverteidigungszwecken benutzen, und selbst sie konnte erkennen, dass Graham Wallace für sie keine Bedrohung darstellte. Er konnte kaum laufen, als er sich umwandte und auf die Rasenfläche des Nachbargrundstücks zuhielt.

»Hier draußen!«, schrie Elle in der Hoffnung, dass Ayaan sie hörte. »Er läuft weg!« Dann rannte sie hinter ihm her und zog ihn nach unten in den Schnee. Er versuchte sie wegzuschieben, schaffte es aber nicht. Ihre dicke Winterjacke war rutschig und machte es ihr schwer, ihre Arme um ihn zu legen, trotzdem war sie dankbar, dass sie sie trug. Es herrschten Minustemperaturen, und sie sah, wie die Eiseskälte Graham Wallace mit jeder Sekunde lethargischer werden ließ. Sie musste ihn ins Haus schaffen.

Einen Augenblick später zogen die zwei Officer ihn von ihr weg und führten ihn zum Kofferraum ihres Polizei-SUV, wo sie Decken und alte Stiefel für ihn hatten, in die er mit den nackten Füßen schlüpfen konnte.

»Was hast du dir denn dabei gedacht? Ist alles okay?«, fragte Ayaan, sobald Wallace gefesselt war und Elle wieder neben ihr im Wagen saß.

»Er ist aus dem Fenster gesprungen und weggerannt. Ich hab euch gerufen.« Elle versuchte zu verbergen, dass ihre Hände zitterten, als sie sie in den warmen Luftstrom hielt, der aus den Lüftungsschlitzen blies. »Habt ihr Amanda nicht gefunden?«

Ayaan schüttelte den Kopf. »Er hat die Tür verriegelt und

ist weggerannt, nachdem wir uns ausgewiesen hatten. Also mussten wir die Tür aufbrechen. Er muss sich aus dem Staub gemacht haben, während wir das Haus durchsucht haben. Aber sie ist nicht da drinnen, zumindest nicht, soweit wir sehen können.«

»Glaubst du, er hat sie woanders hingebracht?«

Ayaan schaute sie finster an. »Vielleicht. Aber ich wüsste nicht, warum. Das Haus ist nicht gerade einsam gelegen, aber er bewohnt es allein. Er hat eine angrenzende Garage, wo er sein Auto hätte abstellen und sie unbeobachtet rein- oder raustragen können. Warum sollte er sie woanders hinbringen? Es sei denn …«

Elle erstarrte. »Es sei denn, er hat sie schon umgebracht.«

Als Ayaan Graham Wallace durch die Tür ins Polizeirevier führte, stand eine junge rothaarige Frau mit Pferdeschwanz von ihrem Platz am Eingang auf und begrüßte ihn verkrampft lächelnd. Elle fragte sich, welcher Detective ihm erlaubt hatte, schon auf dem Weg ins Revier zu telefonieren, aber wirklich überrascht war sie nicht. Dass Weiße von der Polizei besser behandelt wurden, war nichts Neues.

»Haben Sie geschwiegen, Mr. Wallace?«, fragte die Frau.

»Ich habe ihn ermutigt, von seinen Rechten Gebrauch zu machen«, sagte Ayaan mit einem direkten Blick in die stahlgrauen Augen der Anwältin. »Folgen Sie uns, Miss …«

»Delaney.« Die Anwältin grinste süffisant, wahrscheinlich über Elles Gesichtsausdruck. Delaney, Block & Gomez war eine noch relativ neue Kanzlei in der Stadt, hatte sich jedoch bereits den Ruf erworben, knallhart zu sein. Und vor Gericht zu gewinnen. Ihr Blick flog zu Elle, obwohl sie weiter mit Ayaan redete. »Ich hörte, dass eine Zivilistin als Beraterin für Sie arbeitet. Kann ich davon ausgehen, dass ihr nicht erlaubt war, etwaiges Beweismaterial im Fall meines Klienten zu berühren?«

»Sie hat mich angegriffen!«, sagte Graham Wallace.

Ms. Delaneys Lippen verzogen sich zu einem Lächeln. »Ach, tatsächlich?«

Elle verschränkte die Arme. »Das war eine rechtmäßige Festnahme durch eine Zivilperson. Ich darf jeden stoppen, der in meiner Gegenwart ein Verbrechen begeht, und er war auf der Flucht vor der Polizei.« Sie mochte zwar keine Polizistin sein, aber sie kannte die Gesetze. Ihre Arbeit als unabhängige Ermittlerin hätte wenig Sinn, wenn alles, was sie anfasste, vor Gericht nicht verwertbar wäre; sie kannte die Vorschriften und überlegte sich sehr genau, welche es wert waren, dass man gegen sie verstieß.

»Das werden wir noch sehen.« Ms. Delaney nahm Wallace' Arm, und Ayaan ließ ihn los.

Ayaans Miene blieb neutral. »Gut, hier entlang, Ms. Delaney.« Sie führte sie zu einem Vernehmungsraum, und Elle folgte ihnen.

Vor der Tür blieb die Anwältin stehen. »Ich würde gern ein paar Minuten allein mit meinem Klienten sprechen.«

»Sicher.« Ayaan ließ sie in den Raum und schloss hinter ihnen die Tür, dann drehte sie sich zu Elle um. »Du brauchst nicht hierzubleiben, Elle. Aber vielen Dank für deine Hilfe. Bist du sicher, dass du dich vorhin nicht verletzt hast?«

Elle schüttelte den Kopf. »Mir geht's gut. Ein heißes Bad, und ich bin wieder fit.« Sie wies mit dem Kinn auf den Verhörraum. »Was hältst du von dem Typen?«

Ayaan kaute auf ihrer Unterlippe. Das war das erste Mal überhaupt, dass Elle sie unsicher erlebte. »Ich weiß nicht recht. Auf den ersten Blick wirkt er wie der ideale Verdächtige, aber mir gefällt nicht, dass wir keine Spur von Amanda bei ihm gefunden haben. Im Augenblick wird sein Wagen untersucht, aber es dauert mindestens einige Tage, bis wir irgendwas wissen. Wenn er sie an einem anderen Ort festhält …«

»Dann ist es zu spät.«

»Er ist ein Sexualstraftäter, der mit der Familie in Beziehung stand, und er entspricht der Beschreibung des Mannes, den die Schülerin auf der Straße gesehen hat«, sagte Ayaan, als versuchte sie, sich selbst zu überzeugen. »Er muss es fast sein.«

Das Telefon in ihrem Büro klingelte, und Ayaan eilte an Elle vorbei. Während sie leise in den Hörer sprach, setzte Elle sich in eine dunkle Ecke neben ihrem Büro und starrte auf die Wanduhr. Es war jetzt fast drei. Amanda war schon mehr als dreißig Stunden verschwunden. Die Uhr tickte laut und unerbittlich weiter, ohne Rücksicht darauf, dass jede Sekunde, die verging, es unwahrscheinlicher machte, dass Amanda lebend gefunden würde. Ein unerwarteter Panikschub ließ Elle schwindlig werden, und sie schloss die Augen.

Von jetzt auf gleich befand sie sich nicht mehr im Polizeirevier, sondern saß zusammengekauert in einem kalten, isolierten Raum, allein und völlig verängstigt. Als das Ticken der Uhr von den stampfenden Schritten eines Mannes übertönt wurde, der die Treppe hochkam, befiel sie panische Angst. Die Tür schwang lautlos in geölten Angeln auf und schloss sich mit einem Klicken. Er kam auf sie zu. Sie wollte zurückweichen, doch ihr Körper gehorchte ihrem Kopf nicht. Die Übelkeit und der Schmerz drohten sie zu verschlucken, und ihr wurde schwarz vor Augen.

Das Vibrieren des Handys an ihrem rechten Oberschenkel riss Elle aus der Erinnerung. Schnell zog sie das Telefon heraus. Martín.

»Hallo«, sagte sie atemlos.

»Hi, ich wollte nur mal hören, wie es dir geht. Alles in Ordnung?«

Elle stand auf und schloss die Bürotür. »Ja, mir geht's gut.«

»Bist du sicher? Du klingst irgendwie zittrig.«

»Alles wird gut, Martín. Ich hab mich im Griff.«

Er schwieg einen Moment lang. Dann sagte er: »Ich weiß,

dass du dich im Griff hast, aber du brauchst das nicht zu tun. Du kannst nicht jedem helfen. Du warst vorher schon so auf den Countdown-Killer-Fall konzentriert, dass du wochenlang kaum geschlafen hast. Danach hast du angefangen, Angehörige von einem Kerl zu suchen, der dir wegen der Show geschrieben hat und dann plötzlich tot war. Und jetzt packst du noch was Neues obendrauf? Die Entführung eines kleinen Mädchens?«

Elle spürte plötzlich einen stechenden Kopfschmerz, der in ihrem Auge begann und nach hinten ausstrahlte. Sie beugte sich vor, stützte die Ellenbogen auf die Knie und rieb sich mit ihrer freien Hand die Schläfe. »Ich krieg das schon hin. Was Leo Toca angeht, stecke ich ohnehin gerade in einer Sackgasse.«

»Ich meine ja nur. Als du das letzte Mal mit einer Entführung zu tun hattest, ging das nicht so gut aus.«

Elle war froh, dass niemand sie sah. Sie zitterte und fühlte sich ganz leer, wie immer nach einem Flashback, aber diese Nachwirkungen wurden nun mit einem Mal von Wut verdrängt, und die Muskeln in ihrem Kiefer spannten sich an. »Das ist sehr lange her, Martín. Ich habe inzwischen viel mehr Erfahrung mit solchen Fällen.«

»*Mi vida*, ich glaube an dich und vertraue dir, wenn es das ist, was du tun willst. Ich möchte nur nicht, dass du das Gefühl hast, das tun zu müssen … um es allen recht zu machen. Ich will nur sicher sein, dass es dir gutgeht. Ich hab noch nie erlebt, dass du so viele Risiken in Kauf nimmst.«

»Mir geht's gut. Ich brauche keinen Beschützer.« Elle rieb sich übers Gesicht. »Wir sehen uns zu Hause – wenn ich mich ohne deine Hilfe daran erinnern kann, wie ich da hinkomme.«

»Elle –«

Sie legte auf, schaltete das Handy aus und steckte es wieder ein. Ihr Atem ging stoßweise, und sie konzentrierte sich darauf, lange und langsam durch die Nase einzuatmen. Es gab so viele Leute, die glaubten, sie wüssten besser als sie, was sie sich zumuten konnte und was nicht. Allerdings gehörte ihr Mann eigentlich sonst nicht dazu. Es war immer klar gewesen, dass der Fall des Countdown-Killers etwas Großes werden und all ihre Zeit in Anspruch nehmen würde. Aber woher hätte sie wissen sollen, dass zusätzlich ihre Hilfe in einem Entführungsfall gebraucht werden würde? Und wie hätte sie dazu nein sagen können? Wenn sie helfen konnte, musste sie es tun. Vermutlich versuchte Martín wieder, sie anzurufen, aber sie widerstand dem Bedürfnis, ihr Handy einzuschalten, um nachzusehen. Sie würden darüber sprechen, wenn sie nach Hause kam.

Ayaans Stimme an der Tür ließ sie zusammenzucken. »Wir haben das mutmaßliche Entführungsfahrzeug auf Bildern einer Überwachungskamera gefunden«, sagte sie, und ihre Augen funkelten vor Aufregung. »Alles in Ordnung mit dir?«

»Ja.« Elle zwang sich zu lächeln, sprang auf und folgte Ayaan in ihr Büro. Sie zog sich einen Stuhl heran und setzte sich neben sie.

Ayaan zeigte auf den Bildschirm. »Wir haben Aufnahmen von sechs Überwachungskameras, die an Läden in der Gegend angebracht sind. Sie setzen eine Stunde vor Amandas Verschwinden ein und enden eine Stunde danach.«

»Hat sie schon jemand ausgewertet?«, fragte Elle.

»Ja, wir glauben, wir haben den Pick-up, der für die Entführung benutzt wurde. Zumindest entspricht er der Beschreibung der Busfahrerin: dunkelblau ohne Aufschrift und ohne Kennzeichen.«

Ayaan drückte auf eine Taste an ihrem Computer, und die Videos starteten alle zur gleichen Zeit. Weiße Ziffern in der rechten unteren Ecke gaben die Zeit jeweils bis zu einer Millisekunde genau an. Nach einigen Sekunden hielt Ayaan die Filme an und zeigte auf die Stelle, wo der fahrende Pick-up zu sehen war. »Schau mal hier, auf dem Video Nummer vier fährt um 8:35:21 ein dunkler Pick-up vor der Super-America-Tankstelle nach Norden Richtung Lyndale.«

Elle blinzelte. »Ist das Graham Wallace? Ich kann sein Gesicht überhaupt nicht sehen.«

Ayaan schüttelte den Kopf. »Ich bin nicht sicher. Die Windschutzscheibe ist getönt, und es gab einen Blendeffekt, den unsere Techniker nicht abstellen konnten.«

Elle spulte das Video über die Statusleiste darunter langsam zurück und hielt das Bild dann an. »Er hat jedenfalls starke Nerven, so viel steht fest. Wer ein entführtes Kind im Wagen hat, braucht eine Menge Selbstdisziplin, um nicht schneller zu fahren als die Autos um ihn herum und unter diesen extremen Stressbedingungen keine Aufmerksamkeit auf sich zu ziehen.«

»Du hast recht, aber was er macht, ist trotzdem ziemlich gefährlich«, sagte Ayaan und schaute Elle an. »Aus seiner Sicht lohnt es sich offenbar mehr, das Risiko einzugehen, wegen Fahrens ohne Nummernschilder angehalten zu werden, als zu riskieren, mit Kennzeichen von Überwachungskameras erfasst oder von einem Zeugen beobachtet und so gefunden zu werden.«

Elle starrte auf das Bild des Pick-ups. »Er ist bestimmt nur ein paar Meilen mit dem Wagen gefahren, und das während des morgendlichen Berufsverkehrs, der es unwahrscheinlich machte, wegen eines so geringen Vergehens gestoppt zu werden. Zumal, wenn er ein Weißer ist.«

Ayaan verzog den Mund zu einem Lächeln und nickte. »Das zeigt einen ähnlichen Grad von Raffinesse und guter Planung wie die ausgetüftelte Entführung. Ich halte es für unwahrscheinlich, dass er das zum ersten Mal macht. Vielleicht war Graham Wallace die letzten vier Jahre gar nicht so ein Unschuldslamm, wie es seine Akte vermuten lässt.«

»Wissen wir denn, ob er Zugang zu so einem Pick-up hat?«, fragte Elle.

»Nein, aber wahrscheinlich war der ohnehin gestohlen.

Ich hab mir sein Alibi angesehen. Er hat neben dem Job bei Dave Jordan noch einen zweiten als Fensterputzer für eine Büroreinigungsfirma. Sie sagen, er hätte gestern bis vierzehn Uhr gearbeitet, was auch zu dem passt, was Amandas Vater sagt.« Ayaan blickte wieder zu Elle hin. »Ich werde noch ein paar Leute aufsuchen müssen, um das Alibi zu überprüfen. Könntest du heute Nachmittag mal sehen, was du mit deinen üblichen Ermittlungsmethoden noch rausfindest? Dann können wir uns morgen zusammensetzen und unsere Ergebnisse abgleichen. Falls sich in der Zwischenzeit noch irgendwas tut, gebe ich dir Bescheid.«

»Ja, klar, natürlich. Dann bis morgen.«

Elle wollte nicht nach Hause fahren, wo sie mit Martín über den Fall sprechen musste, aber sie hatte keine andere Wahl. Sie unterdrückte die Panik, die in ihr hochkam, als sie aufstand und das Büro verließ. Ein kleines Mädchen war von ihr abhängig. Sie konnte sich einen Zusammenbruch jetzt nicht leisten.

16

JUSTICE DELAYED-PODCAST · 2. JANUAR 2020

Transkript: Staffel 5, Folge 4

[**GERÄUSCH-EINSPIELER:** *Das Ticken einer Uhr.*]

ELLE VOICE-OVER: Dr. Sage arbeitet an der Mitchell University, einem College in Minneapolis, das einen der besten Rechtspsychologie-Studiengänge des Bundesstaates anbietet. Dieses Interview fand im Dezember 2019 statt, vor der Veröffentlichung von Folge eins und natürlich lange vor den neuen Erkenntnissen über die mögliche Identität der verbrannten Leichen, die wir in dieser Episode bekannt gemacht haben. Ich bin sicher, Dr. Sage hätte eine Menge zu diesen neuen Informationen zu sagen, aber ich glaube, es ist wichtig, dass wir uns weiter auf CK selbst konzentrieren, während wir darauf warten, ob beim DNA-Abgleich irgendwelche Übereinstimmungen gefunden werden. Je mehr wir über den Täter wissen – darüber, wer er ist und was ihn zu den Taten veranlasst hat –, desto größer sind unsere Chancen, ihn zu finden.

ELLE: Dr. Sage, Sie haben die Fälle des Countdown-Killers, einige Jahre nachdem er inaktiv geworden war, noch einmal untersucht. Irgendwann in den frühen 2000er Jahren, ist das richtig?

DR. SAGE: Ja, das ist richtig. Ich gehöre zu den Psychiaterinnen und Psychiatern, die mit dem FBI über das Profil gesprochen haben, das sie dort über ihn erstellt hatten, bevor die Ermittlungen zu dem Fall eingestellt wurden.

ELLE: Gut. Was sagen Sie denn als Expertin, was man aus seiner Tötungsmethode über ihn herauslesen kann? Nur damit Sie über den Hintergrund meiner Frage Bescheid wissen: Mein Mann ist Rechtsmediziner, und er war, offen gesagt, mit der Einschätzung des Rechtsmediziners, der die Leiche von Katrina Connelly untersucht hat, nicht einverstanden. Während in dem offiziellen Bericht steht, dass der Täter sie wahrscheinlich in einem Wutanfall umgebracht hat, weil sie sich wehrte, vertritt mein Mann die Theorie, dass er sie auf diese Weise tötete, weil sie nicht bereits an dem Gift gestorben war. Damit die Tat ihm die gewünschte Befriedigung verschaffen konnte, musste das Mädchen an dem Tag sterben, den er als seinen Todestag festgelegt hatte – dem siebten Tag.

DR. SAGE: Durchaus möglich. Nach allem, was ich über den Countdown-Killer und sein Vorgehen weiß, ist klar, dass er bei seinen Morden einen strikten Zeitplan mit unabänderlichen Kriterien befolgt. Er ist überaus detailversessen und leidet möglicherweise an einer Art Zwangsstörung, wobei ich gleich dazusagen möchte, dass diese wahrscheinlich nicht der Grund dafür ist, dass er überhaupt mordet. Die große Mehrheit der Menschen mit einer Zwangsstörung führt ein erfolgreiches, erfülltes Leben und tut anderen nicht mehr zuleide als jemand, der nicht so eine Störung hat. Aber wegen seiner Obsession für die Zahlen drei, sieben und einundzwanzig erscheint es plausibel, dass diese Zahlen den Mordtrieb bei ihm auslösen. Wenn das zutrifft, wurzeln sie wahrscheinlich in einer Art Trauma, das er erlitten hat.

ELLE: Moment, Sie sagen, der Killer sei traumatisiert?

DR. SAGE: Ja, höchstwahrscheinlich ist das so.

ELLE: Aber ist das nicht ... Könnte man das nicht als üble Rechtfertigung oder Entschuldigung interpretieren? Eine Menge Menschen machen in ihrer Kindheit traumatische Erfahrungen. Wenn jeder, der in seiner Kindheit Gewalt erlitten hat, das als Rechtfertigung benutzen würde, um unschuldige Menschen umzubringen, gäbe es noch sehr viel mehr Mordfälle auf der Welt.

DR. SAGE: Das ist wahr, und Sie haben recht, es ist keine Entschuldigung. Aber es ist eine Tatsache. Den meisten von uns widerstrebt es, die Menschen, die entsetzliche Gewaltakte verüben, selbst als ehemalige Opfer zu betrachten, und doch trifft es tatsächlich auf die Mehrzahl von ihnen zu. Die umfangreiche Forschung über Serienmörder hat gezeigt, dass fast alle von ihnen in ihrer Kindheit schweren Missbrauch und Vernachlässigung erlebt haben. Es ist wichtig, sich dieses Umstands bewusst zu sein, wenn man die Motive eines Mörders erforscht und zu ergründen versucht, was für ein Mensch er wohl sein mag. Lassen Sie mich Folgendes dazu sagen. Der ehemalige FBI-Profiler Jim Clemente bringt es auf diese Formel: »Die Gene liefern die Munition, Persönlichkeit und Psyche peilen das Ziel an, und die Erfahrungen betätigen den Abzug.« Es braucht eine spezielle, explosive Mischung von Umständen, um jemanden zum Serienmörder zu machen. Eine traumatische Kindheit ist nur ein Bestandteil davon.

ELLE: Okay, das ergibt Sinn. Aber zurück zu den Zahlen. Ich habe, wie viele meiner Hörer auch, jahrelang Recherchen über sie angestellt. Haben Sie irgendwelche Erkenntnisse darüber, welche Bedeutung sie für ihn haben könnten?

DR. SAGE: In Ermangelung einer persönlichen Botschaft oder eines Manifestes vom Täter, wie sie in vielen anderen Fällen vorliegen, kann man das unmöglich mit absoluter Sicherheit sagen. Aber das Opfer, das ihm entkommen ist, berichtete der Polizei, dass es in seiner Blockhütte zahlreiche christliche Symbole gegeben habe: Bibeln, Kreuze an der Wand, Postkarten mit Zitaten aus der Heiligen Schrift. Aus diesem Grund habe ich mir die Bedeutung von Zahlen in der Bibel einmal genauer angesehen. Theologen und Bibelforscher haben über die Jahrhunderte vielen Zahlen bestimmte Bedeutungen zugeschrieben – und einige davon hatten einen größeren Einfluss als andere. Die ersten beiden Zahlen aus der Mordserie werden allerdings universell als wichtig betrachtet. Die Drei symbolisiert die Dreifaltigkeit: der Vater, der Sohn und der Heilige Geist. Außerdem ist drei die Anzahl der Tage, die Jesus in das Reich des Todes hinabgestiegen war, bevor er nach der Kreuzigung wiederauferstanden ist. Und sie gehört zu den Zahlen, die im spirituellen Sinne als perfekte Zahlen betrachtet werden – zusammen mit der Sieben. Sieben steht für Vollendung, Perfektion. Die Welt wurde in sechs Tagen erschaffen, und am siebten Tag ruhte Gott sich aus.

ELLE: Und die Einundzwanzig?

DR. SAGE: Nun ja, das Erste, was auffällt, ist, dass sieben mal drei einundzwanzig ergibt. Das könnte bedeutsam sein – es könnte sogar der einzige Grund sein, warum er diese Zahl gewählt hat. Aber wenn wir das Thema biblische Symbolik weiterverfolgen, sehen wir, dass Paulus im Zweiten Brief an Timotheus einundzwanzig Sünden aufzählt, die moralische Verkommenheit demonstrieren. Einundzwanzig wird als Verknüpfung von dreizehn – der Zahl der Sünde und Verdorbenheit – mit acht betrachtet, der Zahl des Neuanfangs. Die Addition dieser Zahlen symbolisiert eine neue aktive Bereitschaft zu Rebellion und Frevelhaftigkeit. Wenn man glaubt, dass die

Morde durch eine verzerrte Sicht auf die biblische Bedeutung dieser Zahlen motiviert waren – was viele der ursprünglichen Ermittler angesichts der religiösen Symbole in der Blockhütte und der konservativen Bevölkerungszusammensetzung in der Gegend damals taten –, dann erscheint es sinnig, dass er die Einundzwanzig zu seiner dritten Zahl erkoren hat. Sie impliziert eine bewusste Entscheidung zur Rebellion, zur Missachtung von Gottes Wort.
Wenn wir mit unseren Mutmaßungen tatsächlich richtigliegen, ist es allerdings irritierend, dass er seine Mordserie mit einer Frau begonnen hat, die zwanzig Jahre alt war und nicht einundzwanzig. Da sein Muster hinsichtlich der Zahlen ansonsten vollkommen konsistent ist, ist es merkwürdig, dass er bei etwas so Wichtigem wie dem Alter seines ersten Opfers von seinem Prinzip abgewichen sein soll.

ELLE VOICE-OVER: Dr. Sage spricht da einen Punkt an, über den wir bereits in vorangegangenen Folgen diskutiert haben und der, wie die Hörer sich erinnern werden, auch für Detective Sykes zu einer Art Obsession geworden ist. Meine Producerin und ich haben in dieses Thema hinter den Kulissen eine Menge Arbeit investiert, und ich freue mich, euch mitteilen zu können, dass wir auf eine vielversprechende Spur gestoßen sind. Es ist noch zu früh, um Näheres dazu zu sagen, aber ich hoffe, dass wir euch bald mehr über unsere Entdeckung berichten können. Ihr dürft gespannt sein. Doch jetzt zurück zu dem Interview.

ELLE: Das klingt alles so, als würden Sie CKs Muster für eine bewusste Entscheidung halten und nicht für einen Zwang, gegen den er nicht ankonnte. Sehe ich das richtig?

DR. SAGE: So würde ich das beurteilen. Er ist ein Mörder, der alles sehr genau kalkuliert. Das ist in jedem Aspekt seiner

Verbrechen zu erkennen, von der Wahl seiner Opfer bis zu der Art und Weise, wie er die Leichen drapiert, wenn er fertig ist. Er ist im Vollbesitz seiner geistigen Fähigkeiten, und Macht spielt bei seinen Verbrechen eine zentrale Rolle. Von dem minutiös ausgetüftelten Muster, das er etabliert hat, bis zu der Art, wie er die jungen Frauen zwingt, nach seiner Pfeife zu tanzen, demonstriert er bei seinen Morden zu viel Dominanz, als dass sie ungestüme, impulsive Handlungen sein könnten.

ELLE: Lassen Sie uns das noch etwas vertiefen. Wissenschaftlichen Forschungsarbeiten entnehme ich, dass es unterschiedliche Typen von Serienmördern gibt. Könnten Sie meinen Hörern kurz beschreiben, welche das sind?

DR. SAGE: Der Grund dafür, dass es meinen Job überhaupt gibt, ist John Douglas, der Vater der kriminalistischen Verhaltensanalyse. Kennen Sie die Serie *Mindhunter*? Sie basiert mehr oder weniger auf den Erkenntnissen, die er in der frühen Phase seiner beruflichen Tätigkeit gewonnen hat. Douglas befragte Hunderte Serienmörder im ganzen Land und fand heraus, wie und warum sie getan hatten, was sie getan hatten. Er nutzte dieses Wissen, um dem FBI und anderen Strafverfolgungsbehörden dabei zu helfen, noch aktive Mörder zu schnappen. Nach einer Weile bemerkte er, dass es zwischen vielen der Menschen, die er interviewte, wesentliche Unterschiede gab, und fing an, die Täter auf der Basis verschiedener Faktoren in Kategorien einzuteilen: Was hat sie motiviert? Wie haben sie ihre Opfer getötet? Wie planvoll gingen sie vor? Und so weiter.
Es gibt den visionären Mördertyp, der für gewöhnlich aus der Realität aussteigt und glaubt, er werde von Gott oder dem Teufel gesteuert. Hedonistische Mörder töten, weil es sie – auch sexuell – erregt, andere zu dominieren und zu quälen. Wenn jemand es genießt, Macht oder Autorität über seine

Opfer auszuüben und ihren Tod hinauszuzögern, dann nennen wir ihn einen macht- und kontrollorientierten Mörder. Und dann gibt es noch den missionsorientierten Mördertyp, der seine Verbrechen aus einer Art Pflichtgefühl begeht, um die Welt von einer speziellen Sorte von Menschen zu befreien.

ELLE: Gehören Serienmörder denn in der Regel nur in eine dieser Kategorien? Weil gleich mehrere davon so klingen, als könnten sie auf CK zutreffen.

DR. SAGE: Es gibt Täter, die in mehr als eine Kategorie passen, ja. Macht- und kontrollorientierte Mörder vergewaltigen ihre Opfer für gewöhnlich als die vorletzte Stufe der Machtausübung, bevor sie sie töten. Das ist bei den Opfern des Countdown-Killers jedoch nicht erkennbar. Wie ich bereits sagte, ist Kontrolle ein Schlüsselaspekt bei dem, was er tut, und ich würde sagen, dass er in erster Linie ein macht- und kontrollorientierter Mörder ist. Er erniedrigt seine Opfer, indem er sie hungern lässt und sie zwingt, für ihn zu putzen – also ihm zu dienen –, bevor er sie vergiftet und körperlich züchtigt. Die Art, wie er die Mädchen misshandelt, lässt mich vermuten, dass er als Kind selbst misshandelt wurde und dafür eine Frau in seinem Leben verantwortlich macht – wahrscheinlich seine Mutter –, ob sie nun wirklich dafür verantwortlich war oder nicht. Die Tötung seiner Opfer scheint ihm keine sexuelle Befriedigung zu verschaffen, weshalb ich einen hedonistischen Tätertyp ausschließen würde, und um ein visionärer Mörder zu sein, erscheint er mir in seinem Vorgehen als zu planvoll. Allerdings würde ich schon sagen, dass die Wahl seiner Opfer und seine strengen Kriterien auf einen missionsorientierten Mörder hindeuten. Er sucht sich seine Opfer zwar nicht in einer gesellschaftlichen Randgruppe, wie viele andere missionsorientierte Mörder, aber er entscheidet sich immer wieder für denselben Typ: Seine Opfer sind weiß, weiblich und stammen aus der

oberen Mittelschicht. Das Einzige, was sich ändert, ist das Alter, aber auch das geschieht offensichtlich mit Absicht.
Wer auch immer dieser Mann ist, er ist hochintelligent. Er hat nahezu sicher studiert und vielleicht sogar einen Master-Abschluss oder Doktor gemacht. Er ist weiß – das wissen wir von Nora Watson. Und er ist sich bewusst, welche Untertöne es hat, wenn er junge weiße Frauen zu seiner Beute macht. Historisch sind sie immer als ein Symbol der Unschuld betrachtet worden, was natürlich in problematischen Denkweisen wie Klassismus, Überlegenheit der weißen Rasse und Patriarchat wurzelt.
Außerdem ist erwähnenswert, dass zwar gemeinhin gilt, dass Mörder nur innerhalb ihrer eigenen Rasse morden, aber das stimmt nicht immer. Samuel Little ist der vielleicht erfolgreichste Serienmörder des Landes, und er schien wahllos Frauen umzubringen, ohne Berücksichtigung ihres Alters und ihrer Hautfarbe. Aber das lag an seinen Zugriffsmöglichkeiten. Statistisch gesehen tendieren Mörder dazu, innerhalb ihrer Rasse zu töten, was aber für gewöhnlich eher eine Frage der räumlichen Nähe als der Psychologie ist.

ELLE: Sie sagten, CK hätte keine Befriedigung aus der Tötung seiner Opfer gezogen, aber was ist mit der Art, wie er sie gefoltert hat und wie er auch die Öffentlichkeit in psychologischer Hinsicht folterte?

DR. SAGE: Wie meinen Sie das?

ELLE: Nun, nach den ersten Morden wussten wir alle, was sein Muster war. Wir wussten, sobald er eine Frau entführt hatte, hatte sie noch eine Woche zu leben. Natürlich war da zum einen die Art, wie er sie gefoltert hat – mit einem langsamen, qualvollen Tod und der Marter, für jedes kleinste Fitzelchen Essen arbeiten zu müssen. Das Gift. Das Auspeitschen. Aber es gab immer auch uns, die Menschen draußen, die zuschauten und uns auf das Unvermeidliche vorbereiteten. Es war so, als würde er auch uns quälen, als wüsste er, dass wir am siebten Tag alle zu Hause vor den Nachrichten sitzen und darauf warten, dass das Auffinden einer Leiche bekannt gegeben wird. Die Leichen waren ja nicht versteckt; sie sollten gefunden werden und wurden an öffentlichen Orten abgelegt. Ich war damals noch ein Kind, aber ich weiß noch sehr gut, wie das an diesen siebten Tagen war. Es war, als wäre eine Sirene losgegangen und als müsste man sich für das Einsetzen des Tornados wappnen.

DR. SAGE: Ja, da haben Sie wohl recht.

ELLE: Woher wissen wir eigentlich, ob es wirklich so ist, dass die Zahlen und das Muster auf irgendwelchen Zwangsvorstellungen von ihm beruhen? Ob das nicht alles konstruiert wurde, um uns durcheinanderzubringen und die Ermittler in die Irre zu leiten, während er eine Frau nach der anderen umbringt?

DR. SAGE: Die kurze Antwort ist: Wir können es nicht wissen.

ELLE VOICE-OVER: Nach allem, was ich in den Gesprächen mit Dr. Sage, Detective Sykes, Tina und Martín erfahren habe, habe ich mein eigenes Profil von CK erstellt. Es hat vielleicht nicht dieselbe Qualität wie das von einem Profiler des FBI, aber es basiert auf allen Indizien, die wir bislang gesammelt haben. Denkt daran, dass diese Art des Profilings nicht dazu dient, eine bestimmte Einzelperson zu identifizieren. Profile sind keine Beweismittel; sie sind begründete Annahmen, die auf Schlussfolgerungen und Statistiken fußen. Aber bei einem Fall, der schon so lange ungelöst ist wie dieser, ist ein Lichtstrahl, der in eine plausible Richtung weist, besser, als weiter im Dunkeln herumzutappen.
Ich möchte, dass ihr aufmerksam zuhört und über alles nach-

denkt, was wir inzwischen erfahren haben. Denkt daran, dass die Täter, die wir in den vorangegangenen Staffeln von *Justice Delayed* gesucht und gefunden haben, sich als völlig gewöhnlich entpuppten, ganz normale Menschen mit Nachbarn und Verwandten und Freunden, denen sie nie verdächtig erschienen. Menschen, die monströse Dinge tun, wirken auf uns häufig gar nicht wie Monster.
Wenn ihr Fragen oder eigene Theorien habt, möchte ich sie hören. Darüber reden wir dann nächstes Mal.
Der Countdown-Killer ist klug und gebildet, vielleicht hat er einen akademischen Grad. Wahrscheinlich ist er als Kind misshandelt worden und verhält sich in seinem alltäglichen Leben Frauen gegenüber gewalttätig; vielleicht körperlich, ganz bestimmt aber seelisch. Er interessiert sich für Zahlen. Das bedeutet, dass er vielleicht irgendwas mit Mathe macht oder Naturwissenschaftler ist, auch wenn Dr. Sage darauf hingewiesen hat, dass die Zahlen, die er ausgewählt hat, vor allem in der Bibel einen besonderen Stellenwert zu haben scheinen. Zumindest irgendwann einmal in seinem Leben hatte er eine Vorliebe für Darjeeling-Tee – speziell für Majestic Sterling.
Er ist weiß und war wahrscheinlich zwischen fünfundzwanzig und fünfunddreißig, als er zum ersten Mal jemanden getötet hat, so dass er jetzt in seinen Fünfzigern sein dürfte. Seine einzigen uns bekannten äußeren Merkmale sind, dass er stark und stabil gebaut war und dass er blaue Augen und eine tiefe Stimme hatte. Bei den seltenen Malen, die er von Zeugen in der Nähe eines Opfers gesehen wurde, trug er sehr bunte Kleidungsstücke oder Accessoires. Wir glauben, dass er seine Opfer lange beobachtet hat, und da er die meisten von ihnen am helllichten Tag entführte, arbeitet er wahrscheinlich in einem Job mit flexibler oder freier Zeiteinteilung, oder aber er arbeitet nachts. Er muss ein Fahrzeug besitzen, vielleicht sogar mehrere, und vielleicht weiß er sogar, wie man Autos stiehlt. Möglicherweise wurde er dafür sogar schon mal verhaftet,

ohne dass die Polizei wusste, was er mit dem Fahrzeug vorhatte.
Er scheint Kenntnisse über die Arbeitsweise der Strafverfolgungsbehörden zu besitzen, weshalb einige vermuten, dass er Polizist oder Privatdetektiv ist. Aber er hat auch ein ausgeprägtes Gespür für die Belastbarkeitsgrenzen des menschlichen Körpers und konnte den Gesundheitszustand seiner Opfer gut genug einschätzen, um das Gift, das er ihnen verabreichte, so zu dosieren, dass sie an dem Tag starben, den er für sie bestimmt hatte. Er liebt es, die Kontrolle zu haben und Leute nach seiner Pfeife tanzen zu lassen, und er fügt anderen Menschen Schmerzen zu, ohne Empathie zu empfinden – vielleicht genießt er es sogar.
Und in diesem Podcast gehen wir davon aus, dass er noch lebt. Er ist immer noch da draußen. Und wir können ihn finden und vor Gericht bringen.
Bis zum nächsten Mal bei *Justice Delayed* …

17

ELLE · 15. JANUAR 2020

Die Sonne ging unter und Martín war noch in der Arbeit, als Elle nach Hause kam. Sie schaltete ihr Handy wieder ein, und eine einzige Nachricht von ihm wurde auf dem Display angezeigt: Es tut mir leid. Sie atmete auf, und ihre Schultern entspannten sich. Nachdem sie sich eine Kanne Kaffee gekocht hatte, machte sie sich in ihrem Studio an die Arbeit.

Elle hatte keinen Zugang zu den Datenbanken der Polizei, wohl aber zu den sozialen Medien – und dort hatte sie auch die meisten bahnbrechenden Erkenntnisse in ihren vorhergehenden Fällen gewonnen. Hashtags, Standortdaten, Bilder von Sehenswürdigkeiten – all das war nützlich, um Leute aufzuspüren, wenn man wusste, wo man nachschauen musste.

Sie brauchte nicht lange, um Graham Wallace' Social-Media-Profile zu finden. Seine Facebook-Seite war beunruhigend – er hatte jede Menge rassistische Memes und Links zu frauenfeindlichen Blogs gepostet. Er war zuletzt vor zwei Tagen aktiv gewesen und hatte einen Artikel der *New York Times* über die Clinton-Foundation mit einem im Internet kursierenden, manipulierten Bild von Hillary Clinton kommentiert: Es zeigte sie, wie sie mit weit offenem Mund und gierigem Grinsen stapelweise Geld zählte. Wallace' Profil bei Instagram war nicht viel besser; dort fand Elle weitere Memes und lauter Selfies von ihm, auf denen er mit Bandana und Sonnenbrille in verschiedenen Posen ultracool rüberzukommen versuchte. Er erinnerte Elle an die Avatare der unzähligen Trolle in ihren Twitter-Erwähnungen, wenn sie in einem Post eine auch nur halbwegs liberale Haltung vertreten hatte.

Auf Elles Bildschirm poppte eine Nachricht auf – von Sash. Hey! Recherchierst du, oder scrollst du hier nur ein bisschen rum?

Elle lächelte und schrieb zurück: Stell dir vor, ich arbeite mit der Polizei an einem Entführungsfall. Martín ist allerdings nicht sehr angetan.

Die drei Punkte hüpften einen Moment auf der Stelle, während Sash ihre Antwort tippte. Dann verschwanden sie und tauchten noch ein paarmal wieder auf, bevor eine kurze Mitteilung erschien: Warum glaubst du, dass er nicht angetan ist?

Ihr Lächeln verschwand. Elle formulierte entschiedener, als wahrscheinlich nötig war: Er macht sich nur Sorgen. Aber mir geht's gut. Ich hab alles im Griff.

Na klar hast du alles im Griff, Süße. Manchmal opferst du nur deine eigene Sicherheit, um anderen zu helfen, das ist alles. Ich möchte doch nur, dass es dir gutgeht – wir beide wollen das.

Elle starte auf den Bildschirm. Hat Martín dich gebeten, mir zu schreiben?

Es verstrichen zwei Minuten, bevor die Antwort kam. Sei bitte einfach vorsichtig, Elle. Ich möchte nicht, dass irgendwem weh getan wird.

Irgendwem. Das hieß: nicht nur Elle. Dieser Kommentar war ein Schlag in die Magengrube. Sash hatte das, was Elle ihr über die Gründe für ihren Abschied vom Jugendamt erzählt hatte, nie zum Thema gemacht, aber das war eine nicht gerade subtile Anspielung darauf. Sie hatte schon mal Mist gebaut, und dabei hatten andere Schaden genommen.

Sie beendete den Chat und kehrte zu Graham Wallace' Social-Media-Profilen zurück. Sie brauchte ein paar Anläufe, um seinen Twitter-Feed aufzuspüren, weil er dort nicht denselben Benutzernamen verwendete wie bei Instagram oder Facebook. Als Elle dann schließlich durch seine Timeline scrollte, bekam sie eine Gänsehaut. Sie beugte sich vor, um besser sehen zu können.

Graham Wallace war ein durchgeknallter Twitter-Troll mit einem Hang zu langen Tiraden. Gestern Morgen hatte er sich einen üblen Streit mit einem verifizierten Account geliefert, der offenbar einer linksorientierten Bloggerin aus Montreal gehörte.

Elle machte von jedem Tweet einen Screenshot, aber als sie die Zeitstempel las, sank ihr das Herz.

Es war nach einundzwanzig Uhr, als Elle sich aus ihrem Studio hervorwagte und vom Duft des Familienrezepts der Castillos für *Pollo asado* begrüßt wurde. Sie ging in die Küche und beobachtete ihren Mann einen Moment lang beim Kochen.

»Du hast mir was zu essen gemacht«, sagte sie.

Martín drehte sich um, ging einen Schritt auf sie zu und zog ihren erschöpften Körper in seine Arme. Sie sog den Rasierwasser- und Kumin-Duft an seinem Hals ein, und auch der letzte Rest von Verärgerung über ihre Unterhaltung am Telefon löste sich in Luft auf.

»Ich bin erst vor einer Stunde gekommen«, sagte er. »Ich war zu nervös, um zu lesen, da dachte ich, ich mache uns ein spätes Abendessen.«

Sie ließ ihre Arme um seine Taille liegen und schaute zu ihm hoch. »Warum warst du denn nervös?«

Er drückte sie noch mal und wandte sich dann wieder dem Essen zu. »Ich hab Schwierigkeiten, die Todesursache bei einer Leiche zu bestimmen, die heute reinkam.«

Sie legte eine Hand zwischen seine Schulterblätter, während er das Fleisch mit hausgemachter Annatto-Paste bestrich. »Dann warst du also zu abgelenkt damit, den anderen ihr Geld beim Pokern abzunehmen?«

Er gluckste leise. »Das hab ich allerdings. Aber wir spielen nicht um Geld, nur darum, wer den Papierkram erledigt.« Nachdem er das Fleisch umgedreht hatte, wandte er sich ihr zu und lehnte sich an die Arbeitsfläche neben dem Herd.

»Was ist denn mit dieser Leiche?«

»Ein junger Typ in den Dreißigern. Sein Mitbewohner hat ihn am Sonntagmorgen tot aufgefunden, nachdem ihm aufgefallen war, dass er nicht aufstand. Soweit ich das sagen kann, hatte er keine Vorerkrankungen, nichts, was einen plötzlichen Tod erklären könnte. Er hatte weder einen Herzinfarkt noch einen Schlaganfall oder ein Aneurysma. Und auf Selbstmord weist auch nichts hin. Seine Eltern sind natürlich am Boden zerstört. Ich möchte ihnen Antworten geben, aber ich bin nicht sicher, ob es welche gibt.«

Elle schaute ihn mit einem traurigen Lächeln an. »Die Leute glauben, dass es ihnen bessergeht, wenn sie eine Erklärung dafür haben, warum ihre Liebsten gestorben sind. Aber es zu wissen, macht es gar nicht wirklich leichter, oder?«

Martín schüttelte den Kopf. »Nein. Aber keine Sorge, vielleicht fällt es mir im Schlaf ein. Ich muss irgendwas übersehen haben. Ich war heute Nachmittag nicht richtig bei der Sache.«

Elles Blick flog zu der Pfanne mit dem brutzelnden Hähnchen und dann zu dem Topf mit der Polenta, auf den er einen Deckel gelegt hatte, um sie warmzuhalten. »Ja, natürlich.« Sie ging zum Kühlschrank und nahm eine Flasche Weißwein heraus. Martín stellte zwei Gläser auf den Esstresen, an dem sie abends aßen, wenn sie zu zweit waren.

»Hat sich denn in deinem Fall noch was ergeben?«, fragte er, als er die Teller auftrug.

Sie setzte sich und schenkte jedem ein Glas Wein ein. »Wir haben einen Verdächtigen in Gewahrsam genommen, einen echten Kotzbrocken. Aber ich hab leider, glaube ich, eben einen Beweis dafür gefunden, dass er's nicht war. Ich hab Ayaan eine Nachricht hinterlassen, aber ich schätze, sie ist schon nach Hause gefahren.«

Martín stellte einen Teller vor sie hin, dann kam er um die Kücheninsel herum und setzte sich neben sie. Elle spitzte die Lippen, um ihm ein Friedensangebot zu machen, und er küsste sie. Als er sich wieder von ihr löste, strich er ihr mit der Hand über die Wange. »Erzähl mir von dem Verdächtigen.«

Sie probierte die cremige Polenta und rollte genießerisch die Augen. Er lächelte. »Die Jordans waren sich sicher, dass er es war«, sagte sie kauend. »Das sind die Eltern von dem verschwundenen Mädchen. Er ist ein vorbestrafter Sexualstraftäter, der für den Vater des Mädchens arbeitet. Aber ich hab in den sozialen Medien einen Beweis dafür gefunden, dass er zur Zeit der Entführung heftig mit jemandem diskutiert hat. Also war im Grunde der gesamte Ermittlungstag für die Füße, und das Mädchen wird schon mehr als sechsunddreißig Stunden vermisst.«

»Wenn jemand helfen kann, sie zu finden, dann du.«

Sie blickte überrascht hoch, aber Martín schaute konzentriert auf seinen Teller. »Das sagst du nur, weil du weißt, dass ich vorhin sauer auf dich war«, sagte sie nach einer kurzen Pause.

»Ich sage das nicht nur so, und ich hab mir vorhin wirklich Sorgen gemacht.« Er stach seine Gabel in das Hähnchen. »Und das tue ich auch immer noch. Aber ich glaube, ich verstehe auch, warum du an diesem Fall mitarbeiten musst. Ich habe täglich mit Detectives zu tun, aber du bist eine der besten Ermittlerinnen, die ich kenne. Du weißt mehr über Kindesentführung als die meisten anderen, obwohl du als Ermittlerin noch neu bist. Wenn du glaubst, dass ich das nur sage, um die Sache von vorhin wiedergutzumachen, dann verkaufst du dich unter Wert.« Endlich hob er den Blick und schaute sie an. »Es tut mir nicht leid, dass ich mir Sorgen um dich mache, aber es tut mir leid, dass ich dir das Gefühl gegeben habe, ich wäre der Meinung, dass du nicht für dich selbst entscheiden kannst.«

Ein kleiner Teil von ihr wollte allerdings, dass ihr die Entscheidung aus der Hand genommen wurde. Vielleicht lag es am Wein oder dem üppigen Essen, aber die Erschöpfung der letzten Tage machte sich schlagartig bemerkbar.

»Du hältst mich für besser, als ich bin«, sagte sie schließlich. Plötzlich wurde sie von ihren Gefühlen überwältigt, und sie musste ihre Tränen wegblinzeln, während sie ihn anschaute.

»Nein, Elle«, erwiderte Martín entschieden. »Ich weiß nur, dass du besser bist, als du glaubst.«

Während sie nach dem Essen den Abwasch machte, sah Elle, dass das Display ihres Handys aufleuchtete, weil eine Nachricht gekommen war. Sie trocknete sich die Hände ab und öffnete sie. Sie war von Natalie.

Mom sagt, du bist sauer auf sie.

Elle seufzte und schrieb zurück: Bin ich nicht.

Heißt das, du holst mich am Freitag nicht vom Klavierunterricht ab?

Natürlich hole ich dich ab. Und ich bin nicht sauer auf deine Mom.

Natalie antwortete mit einem Emoji, das ein achselzuckendes Mädchen zeigte.

Wir sehen uns am Freitag um fünf. Sei nett zu Ms. Turner.

Kann ich nicht versprechen. 😚

Elle kicherte und legte ihr Handy weg. Als sie fertig gespült hatte, machte sie das Licht aus und ging hoch ins Bett, wo Martín bereits leise schnarchte; er hatte es nicht geschafft, auf sie zu warten. Arzt zu sein, bedeutete auch, immer und überall schlafen zu können. Während seiner Assistenzzeit im Krankenhaus hatte sie einige Monate darauf bestanden, dass er nicht mehr Auto fuhr, nachdem sie gesehen hatte, wie er an einer roten Ampel eingeschlafen war.

Sie legte sich neben ihn ins Bett, legte ihre Arme um ihn und schmiegte sich an ihn. Aber als sie die Augen schloss, war sie in einem anderen Zimmer. Sie hörte die Stimme eines anderen Mannes, der ihren Namen rief und sie aufforderte, zu ihm zu kommen. Sie spürte seine kalten, kräftigen Hände auf ihrer Haut.

Elle vergrub ihr Gesicht zwischen Martíns Schultern und drückte sich mit dem ganzen Körper an ihn, als könnte sie ihren Erinnerungen auf diese Weise entfliehen.

18

ELLE · 16. JANUAR 2020

Am nächsten Morgen kam Elle um kurz nach neun mit müden, roten Augen im Polizeirevier an. Ayaan winkte sie herein, noch bevor sie anklopfen konnte. Elle trat, die Mappe mit den Screenshots von Graham Wallace' Tweets unterm Arm, ein und setzte sich auf den Stuhl gegenüber von Ayaan.

»Die Spurensicherung ist fertig in Wallace' Haus«, sagte Ayaan mit enttäuschter Miene. »Von ein bisschen Marihuana abgesehen war das Dubioseste, was sie gefunden haben, in seinem Streaming-Protokoll. Einige Abende zuvor hat er sich einen Porno angesehen, in dem zwei Teenagerinnen Sex miteinander hatten.«

»Kinderpornographie?« Elle verzog verächtlich den Mund.

Ayaan schüttelte den Kopf. »Die Darstellerinnen waren erwachsene Frauen, die Jugendliche gespielt haben. Wir haben keinen Beweis dafür gefunden, dass sich Kinderpornographie im Besitz von Mr. Wallace befand.« Sie seufzte. »Ich hab deine Nachricht bekommen. Es geht um seinen Twitter-Account?«

Elle nickte, legte die Ausdrucke auf den Schreibtisch und schob sie zu Ayaan hin. »Ich glaube nicht, dass er Amanda entführt haben kann. Graham Wallace hat sich genau in dem Zeitfenster, in dem sie gekidnappt wurde, auf Twitter auf eine Bloggerin eingeschossen. Ich hab die Zeiten zweimal überprüft. In den fünf Minuten, in denen die Busfahrerin Amanda hätte einladen sollen, hat er acht Tweets versendet.«

Ayaan schaute die Unterlagen durch und öffnete eine Datei auf ihrem Computer – wahrscheinlich die Zeugenaussagen über die Zeit der Entführung. Schließlich blickte sie zu Elle hoch. »Könnten das nicht auch geplante Tweets sein, die er schon vorher geschrieben hat?«

Daran hatte Elle auch schon gedacht. »Ich glaube nicht. Man kann zwar einen Zeitplan für Tweets anlegen und sie automatisch versenden, aber kein ganzes Streitgespräch mit einem anderen. Ich hab mir auch die Bloggerin angesehen, die er im Visier hatte. Sie hat einen verifizierten Account und lebt in Montreal. Sie bloggt seit 2012 und hat Bilder aus mehr als sieben Jahren in ihren Social-Media-Accounts, die ganz eindeutig in verschiedenen Teilen Kanadas aufgenommen wurden. Das wäre nicht nur ein ziemlich raffinierter, von langer Hand eingefädelter Schwindel, sondern für jemanden, der seine anderen Vergehen unter Vorspiegelung einer Liebesbeziehung begangen hat, auch eine Riesenentwicklung.«

»Wahrscheinlich hast du recht.« Ayaan nahm mit neutraler Miene ihr Handy und tippte drei Zahlen ein. »Hallo Cruise. Kannst du dir mal den Twitter-Account von Wallace in der Zeit der Entführung vornehmen? Der Benutzername ist @wallyg420. Wenn er okay ist, ruf bitte Ms. Delaney an und sag ihr, dass ihr Mandant gehen kann. Nein, wenn sie mit mir sprechen will, soll sie sich einen Termin geben lassen. Danke.«

Nachdem sie aufgelegt hatte, schaute Ayaan erneut auf die Unterlagen auf dem Tisch. »Wie's aussieht, stehen wir wieder am Anfang.«

»Ja, schätze ich auch. Tut mir leid.«

»Das braucht dir nicht leidzutun. Ich bin froh, dass du es gleich rausgefunden hast und wir keine Zeit mehr mit ihm vergeuden. Aber ich mache mir Sorgen. Wenn jemand sie entführt hat, um ein Lösegeld zu erpressen, hätte er längst anrufen müssen. Nicht, dass ich das für wahrscheinlich gehalten hätte, aber ich hatte es gehofft.«

»Dann glaubst du, sie wurde ermordet?« Die Worte schmeckten scheußlich in Elles Mund.

Ayaan strich sich mit dem Daumennagel über die Unterlippe, wie immer, wenn sie angestrengt nachdachte. Elle bemerkte, wie gründlich sie Ayaan beobachtete, wie sehr sie verstehen wollte, was in ihr vorging. Commander Ayaan Bishar war sehr gut darin, andere außen vor zu lassen – aber Elle wollte jemand sein, dem sie sich öffnete, dem sie sich mitteilte.

Schließlich sagte Ayaan: »Ja, ich fürchte, inzwischen schon. Ich hatte noch nie einen Fall von Kindesentführung, bei dem das Kind nach drei Tagen lebend wieder aufgetaucht ist, es sei denn, der Entführer hat im Austausch dafür Geld oder ein geringeres Strafmaß bekommen.«

Zwischen ihnen breitete sich eine Stille aus, die so trostlos war wie eine Januarnacht.

»Wie hältst du das bloß aus?«, fragte Elle nach einer Weile. »Es kommt immer noch vor, dass ich nachts wegen einiger unserer gemeinsamen Fälle aus meiner Zeit beim Jugendamt wachliege, und es ist fast sechs Jahre her, dass ich da aufgehört habe. Jetzt kann ich mir aussuchen, welche Fälle ich mir vornehme, und ich halte mich von denen fern, die mich zu sehr aufwühlen. Wie schaffst du es, nicht durchzudrehen, wenn du all die schrecklichen Dinge siehst, die Leute Kindern antun?«

Ayaan lehnte sich zurück und verschränkte die Arme vor der Brust. »Meine Eltern wollten nicht, dass ich zur Polizei gehe. Sie hatten gehofft, ich würde Medizin studieren, wie mein Bruder. Aber ich habe erlebt, wie die Welt auf Frauen Druck ausgeübt und sie dazu gezwungen hat, Kinder auszutragen, nur um sie im Stich zu lassen, sobald sie geboren waren. Ich wollte sie davor schützen. Ich bin mir nur allzu bewusst, wer von unserem System abgehängt wird. In diesem Land hilft die Polizei Leuten, die so aussehen wie ich, nur selten. Das ist der Grund, warum ich hier bin – für sie arbeite ich.«

»Und wie denken deine Eltern jetzt über deinen Job?«, fragte Elle.

»Sie unterstützen mich, vor allem jetzt, wo ich Commander bin und nicht mehr so vielen Gefahren ausgesetzt bin wie damals, als ich Streifenpolizistin war.« Ayaan lächelte sanft. »Sie sind vor dem Bürgerkrieg in Somalia hierher geflohen, als meine Mutter mit mir schwanger war. Alles, was sie wollten, war, mir ein besseres Leben zu ermöglichen und mehr Chancen zu eröffnen, als ich in ihrem Heimatland gehabt hätte. Über die Jahre sind viele Immigranten aus Somalia nach Minnesota gekommen, vor dem Einreiseverbot.«

In diesen drei Worten steckte so viel Ungerechtigkeit. Elle fragte sich, ob Ayaan noch Angehörige in Somalia hatte, Leute, die nach Amerika kommen wollten, jetzt aber aufgrund von Hass und Angst ausgeschlossen wurden. Sie ließ Ayaan nicht aus dem Auge, doch sie schwieg. Es gab nichts, was sie hätte sagen können.

Ayaan schaute sie an. »Und was ist mit dir? Ich weiß, dass du deine jetzige Arbeit liebst, aber denkst du je darüber nach, irgendwann mal Detective zu werden?«

»Ich möchte nicht bei der Polizei arbeiten.«

Das klang sehr negativ. Elle öffnete den Mund, um noch etwas hinterherzuschieben, aber dann klingelte Ayaans Telefon. Sie nahm das Gespräch an und redete kurz mit dem Anrufer, dann drückte sie auf eine Taste an dem Mobilteil.

»Camilla, ich hab Sie auf Lautsprecher gestellt, damit eine andere Ermittlerin mithören kann. Würden Sie das bitte noch mal wiederholen?«

Eine Frau mit einem französischen Akzent sagte: »Meine Tochter Danika hat erzählt, dass sie gestern in der Schule mit Ihnen über das verschwundene Mädchen gesprochen hat. Als Sie sie fragten, ob eines der Kinder den Mann gesehen hätte, der Amanda mitgenommen hat, hat sie nichts gesagt, aber heute Morgen hat sie mir erzählt, sie hätte den Mann gesehen. Kann ich sie mal ans Telefon holen?«

»Ja, natürlich.« Ayaan rieb sich die Stirn und kratzte sich

unter dem Hidschab, bevor sie ihn wieder über den Haaransatz nach unten zog. Elle sah, dass ihre Finger zitterten.

»Hallo«, drang die Stimme eines kleinen Mädchens aus dem Hörer. »Tut mir leid, dass ich gelogen habe.«

»Ich glaube nicht, dass du gelogen hast, Danika«, sagte Ayaan. »Ich erinnere mich an dich. Du hast versucht, mir was zu erzählen, bist aber von einem anderen Mädchen unterbrochen worden, stimmt's? Hattest du da das Gefühl, dass das, was du sagen wolltest, nicht wichtig war?«

»Ja.« Sie klang, als würde sie gleich in Tränen ausbrechen. »Ich hab Maman erzählt, dass es nicht meine Schuld war.« Man hörte Camillas Stimme im Hintergrund, dann redete Danika weiter: »Ich hätte Ihnen sagen sollen, dass Brooklyn unrecht hatte. Aber ich hatte Angst. Sie ist manchmal sehr gemein zu mir.«

»Was stimmte denn nicht an dem, was sie gesagt hat, Danika?«

»Der Mann, der gekommen ist, um mit Amanda zu reden, war nicht groß … und er hatte auch keine schwarzen Haare. Ich weiß nicht, ob Brooklyn ihn überhaupt gesehen hat. Sie wollte bloß im Mittelpunkt stehen.«

Elle nahm einen Stift von Ayaans Schreibtisch und machte sich unter dem Ausdruck des Screenshots Notizen. Ayaan nickte und redete weiter: »Gut, Danika. Es ist ganz toll, dass du mich anrufst, um mir das zu sagen. Weißt du noch, wie der Mann aussah?«

Man hörte, wie das Mädchen mit seiner Mutter tuschelte, dann sprach es wieder in den Hörer: »Er war genauso groß wie mein Papa. Maman sagt, ich soll sagen, dass er ein Meter …«, wieder Flüstern, »achtundsiebzig groß ist. Und er hatte keine Haare.«

»Also keine schwarzen Haare?«, fragte Ayaan nach.

»Nein, und er hatte auch keine Mütze auf, nur einen Schal und dicke Arbeitsstiefel. Von seinem Gesicht hab ich nicht viel gesehen. Er hatte einen glänzenden weißen Kopf und rote Wangen, und er trug eine große schwarze Sonnenbrille, so eine, wie mein Dad hat. Ich hab Amanda am Ende ihrer Auffahrt gesehen, als ich zum Bus ging. Der Mann ist zu ihr hingelaufen und hat gesagt: ›Du musst mit mir mitkommen. Ich arbeite für deinen Dad, und er hatte einen Unfall.‹ Da ist sie einfach mit ihm gegangen.«

Ayaan schaute Elle an, als sie nachhakte: »Hast du gesehen, wo der Mann herkam? Ist er aus einem Auto ausgestiegen?«

»Weiß nicht. Ich hab ihn erst gesehen, als er Amandas Namen gesagt hat.«

»Hat er dich gesehen?«

»Glaub nicht. Ich hab mich hinter einem Baum versteckt, als ich ihn gesehen hab. Er sah nicht nett aus.«

»Und hast du gesehen, wo Amanda mit ihm hingegangen ist? Hast du gesehen, wie sie in ein Auto gestiegen ist?«

»Er hat ihre Hand genommen, und sie sind zu dem blauen Pick-up gerannt. Aber ich hab nicht gesehen, wie sie eingestiegen ist. Sobald er sich umgedreht hat, bin ich über die Straße gerannt. Ich wollte den Bus nicht verpassen.«

»Alles gut«, sagte Ayaan sanft. »Du hast nichts falsch gemacht, Danika.« Sie blickte zu Elle hin und hob die Augenbrauen, um herauszufinden, ob sie noch Fragen hatte.

Da sie das Mädchen nicht mit einer fremden Stimme verschrecken wollte, schrieb Elle auf ihrem Zettel *Farbe?* neben das Wort *Schal* und unterstrich es, bevor sie das Blatt Ayaan zudrehte.

»Weißt du noch, welche Farbe der Schal von dem Mann hatte, Danika?«, fragte Ayaan.

»Orange. Hellorange, wie die Hütchen beim Fußballtraining.«

Elle notierte die Beschreibung, aber ihre Schrift war beinahe unleserlich, weil ihre Finger zitterten.

Ayaan schaute sie einen Moment lang an, als erwartete sie

weitere Fragen, aber Elle schüttelte den Kopf. »Das ist großartig, Danika. Du hast uns sehr geholfen. Glaubst du, du könntest jemandem, der gut zeichnen kann, beschreiben, wie der Mann aussah, damit er sein Gesicht aufmalen kann?«

»Weiß nicht. Ich hab Angst.«

»Ich lasse nicht zu, dass dir was passiert, okay? Das verspreche ich dir.«

Elle kniff ihre brennenden Lider zu und rieb über ihre Brust. Vor ihrem inneren Auge blitzte ein fremdes Augenpaar auf, das rot umrandet war und tief dunkelblau, fast schwarz. Als sie ihre Lider wieder öffnete, betrachtete Ayaan sie immer noch aufmerksam.

»Kann ich noch mal schnell mit deiner Mom sprechen, Danika?«, fragte Ayaan.

Camillas Stimme drang über den Lautsprecher: »Ja?«

»Camilla, ich glaube, Ihre Tochter hat uns ein paar sehr wichtige Informationen geliefert. Sie haben bestimmt schon gehört, dass Amanda Jordan noch vermisst wird. Wir gehen davon aus, dass sie entführt wurde.«

»Ja. Ich behalte Danika hier zu Hause, bis sie gefunden wurde. Ich lasse meine Tochter nicht aus den Augen, bis ich weiß, dass sie in Sicherheit ist.«

Sie wird nie in Sicherheit sein, hätte Elle am liebsten gesagt. Niemand von uns ist sicher.

Ayaan antwortete: »Das ist gut. Meinen Sie, Sie könnten mit Danika aufs Revier kommen? Wenn möglich, heute noch? Ich möchte, dass sie sich mit einem Phantombildzeichner zusammensetzt und ihm den Mann beschreibt, den sie gesehen hat.«

»Heute noch?«

»Ich weiß, dass das sehr kurzfristig ist, aber es ist äußerst wichtig. Jede Sekunde, die Amanda vermisst wird, wird es gefährlicher für sie. Wenn Ihre Tochter uns helfen könnte, sie zu finden, bevor ihr etwas passiert, lohnt es sich doch, diese kleine Unannehmlichkeit in Kauf zu nehmen, oder?«

Nach einem Moment sagte Camilla: »*Oui*. In Ordnung. Ich bringe sie nach dem Mittagessen.«

Das Ergebnis des Phantombilds schien auf die Innenseite von Elles Lidern gedruckt zu sein, wann immer sie die Augen schloss. Der Mann sah aus, als wäre er in den Fünfzigern, er hatte einen viereckigen, kahlen Schädel und trug eine große Sonnenbrille und einen neonorangenen Schal, den er bis unter die Nase gezogen hatte. Elle hatte die Skizze den ganzen Nachmittag lang mit bekannten Sexualstraftätern in der Umgebung abgeglichen, ohne dass etwas dabei herausgekommen war. Ayaan hatte sie Amandas Eltern gezeigt, aber sie kannten den Mann nicht; es war definitiv niemand, der für Dave Jordan arbeitete. Graham Wallace wurde, nachdem die Polizei seine Aktivitäten auf Twitter bestätigt und Danika ihn in einer Auswahl von Fotos nicht als Täter identifiziert hatte, freigelassen.

Wieder war ein Tag vergangen, und noch immer gab es keine Spur von Amanda.

Aber auch keine Leiche. Das zumindest machte Elle Hoffnung.

Sash hatte sie und Martín zum Abendessen eingeladen und genau wissen wollen, was es Neues von ihrem Podcast gab. Elle hatte sich jedoch kaum auf das Gespräch konzentrieren können und war erleichtert gewesen, als Martín das Thema wechselte und Natalie über ihren Physik- und Chemieunterricht ausfragte. Sosehr Elle auch gehofft hatte, ein Abend bei den Hunters würde sie eine Zeitlang von dem Fall ablenken – es war aussichtslos. Wenn sie Natalie anschaute, musste sie automatisch an Amanda denken; daran, wo sie wohl war und wer sie entführt haben mochte.

Das Phantombild wurde jetzt wahrscheinlich auf allen lokalen Sendern und in jeder Nachrichtensendung gezeigt und zudem über Websites und die sozialen Medien verbreitet. Und die Polizei hielt in den Twin Cities nach einem blauen Pick-up ohne Kennzeichen Ausschau. All diese Dinge geschahen ohne sie. Auch Elle hatte das Bild auf ihren Kanälen verbreitet und mit bezahlten Werbeplätzen die Aufmerksamkeit dafür zu erhöhen versucht. Mehr konnte sie nicht tun, nicht heute Abend.

Aber sie konnte nicht schlafen.

Sie lag mit weit offenen Augen neben ihrem leise schnarchenden Mann. Danikas Beschreibung ging ihr nicht mehr aus dem Kopf. Der grellbunte Schal musste ein Zufall sein. Dass sie manisch darüber nachdachte, lag bestimmt nur daran, dass sie wegen ihres Podcasts so tief im Fall des Countdown-Killers drinsteckte. Sie hatte jahrelang auf eine neue Spur gewartet, und sie war so kurz davor, dass es wie ein körperlicher Schmerz war, ein Hungergefühl. Das war der einzige Grund, warum sie Parallelen zwischen ihm und Amandas Verschwinden zog.

»Du musst mit mir mitkommen. Dein Dad hatte einen Unfall.«

Diesen Trick hatten wahrscheinlich schon Tausende Entführer benutzt, um kleine Mädchen dazu zu überreden, in ihren Wagen zu steigen. Aber sie wurde den Gedanken einfach nicht mehr los. Ayaan und ihr Team hatten keine Gründe dafür finden können, dass Amanda und ihre Familie Ziel irgendeiner Racheaktion geworden waren. Amandas geschickt eingefädelte Entführung am helllichten Tag durch einen Mann, der ihren Namen kannte, ließ auf einen gut organisierten Kriminellen mit einer Fixierung auf kleine Mädchen schließen. Dass keine Lösegeldforderung eingegangen war, bedeutete, dass die Chancen für Amanda schlecht standen. Wenn Elle ihre Arbeit richtig machen wollte, war es ihre Aufgabe, alle Möglichkeiten in Betracht zu ziehen – selbst die ungeheuerlichste. Das Problem war, dass die ungeheuerlichste Möglichkeit im Augenblick gar nicht so unwahrscheinlich schien.

Vielleicht lag es an dem Podcast. Vielleicht an Leos angeblichem Tipp und seiner plötzlichen Ermordung. Vielleicht auch an einem alten Trauma, das in ihr wieder lebendig wurde.

Und vielleicht lag es an diesem blöden orangefarbenen Schal.

Sie schaute zu Martín hin, der fest neben ihr schlief. Nicht mal er würde ihr das glauben.

Elle kannte CKs Arbeitsweise, sie kannte seine Handschrift und seine Eigenheiten wie die Stimme ihrer Lieblingssängerin. Es wäre absurd, wenn er nach mehr als zwanzig Jahren wieder anfing zu morden, und es war lächerlich, dass sie überhaupt an so etwas dachte. Aber sie konnte diese Stimme in ihrem Kopf einfach nicht zum Verstummen bringen.

0:05 Uhr zeigte die Uhr neben ihrem Bett an. Dies war jetzt die dritte Nacht seit Amandas Verschwinden. Wenn CK sie entführt hatte, würde sie heute mit Rizinussamen vermischtes Essen serviert bekommen und es verschlingen, weil sie sich wund gearbeitet hatte und langsam verhungerte. Sie würde innerhalb weniger Stunden Durchfall bekommen, sich übergeben und sich fiebrig fühlen. Elle krampfte ihre schwitzenden Finger so fest in ihre Bettdecke, dass sie Angst bekam, der Stoff würde reißen.

Das war doch hirnrissig. Sie konnte nicht den Schlaf einer ganzen Nacht damit vergeuden, Phantasien über Amanda Jordans Entführung nachzujagen. Ihnen lief die Zeit davon, wenn sie nicht schon abgelaufen war.

Wenn CK hier am Werk war, würde Amanda Jordan vergiftet werden. Wenn CK am Werk war, würde er heute ein weiteres Mädchen in seine Gewalt bringen.

Es kann nicht CK sein. Sie kniff ihre Augen zu und versuchte erfolglos, jeden Gedanken an ihn zu vertreiben. Er kann nicht wieder mit seinem Countdown begonnen haben. Das ist nur ein Zufall.

Denn warum ausgerechnet jetzt? Was hatte Amanda so Besonderes an sich, dass er aus der Deckung kam und seine Ergreifung riskierte, nachdem ihm all die Jahre nichts geschehen war? Es war doch viel besser für ihn, da zu bleiben, wo immer er sich verkrochen hatte, und sein Leben weiterzuführen. Es sei denn, sein Mordtrieb ließ ihm keine Ruhe mehr.

Oder er war es gar nicht.

Frustriert griff Elle nach ihrem Handy und öffnete Twitter.

@justicedelayedfan12 → @castillomn
Kann mich immer noch nicht über Folge 5 einkriegen. CK ist ein noch größeres Monster, als ich dachte. Danke, dass du ihn entlarvst! #GrilltCK

Elle erschauderte über den Hashtag und zwang sich, nicht darauf zu klicken. Dort wartete bestimmt nichts Gutes auf sie. Sie scrollte weiter. Die meisten ihrer Mitteilungen feierten die neue Spur, die sie in der heutigen Folge enthüllt hatten. Elle likte ein paar Dutzend Tweets und erwiderte auf einige Fragen, die sie nicht beantworten konnte: »Bald mehr …«

Wie immer gab es auch einige Trolle, die sie blockieren und bei der Polizei melden musste. Aber heute waren keine Direktnachrichten gekommen, in denen ihr gedroht wurde – was eine Verbesserung darstellte. Sie scrollte weiter.

@candlesbyfatimah → @castillomn
Was diese Mädchen durchmachen mussten, ist unfassbar. Aber hast du keine Angst, dem Killer eine größere Plattform zu bieten, indem du so detailliert über seine Verbrechen berichtest?

Der Tweet hatte einige hundert Likes bekommen und ungefähr zwanzig Antworten, von denen die meisten dieser Einschätzung widersprachen, aber Elle fühlte sich trotzdem unbehaglich. Vielleicht hatte Fatimah nicht ganz unrecht. Normalerweise richtete sie das Hauptaugenmerk bei ihren Fällen nicht so sehr auf den Täter als vielmehr auf die Opfer, aber dieser war außergewöhnlich. Der Countdown-Killer war eine spezielle Art von Mörder. Seine Verbrechen waren sehr komplex. Jedes Detail zu analysieren, war die einzige Möglichkeit, auf etwas zu kommen, was andere bislang übersehen hatten.

Eine neue Nachricht erschien auf dem Display: eine SMS von Tina. Kannst du nicht schlafen?

Nein, und du?

Negativ. Ich schaue mir gerade noch ein paar von den E-Mails an, die reingekommen sind, und versuche, die IP-Adressen für die Polizei rauszukriegen. Ich will nicht lügen – bin etwas in Sorge.

Elle biss sich auf die Unterlippe und tippte: Habe ein paar von denen, die ich heute der Polizei gemeldet habe, ins Archiv verschoben. Wenn's schlimmer wird, rede ich mit Ayaan.

Gut. Waren auch einige dabei, die sich darüber empört haben, dass wir diese »verschollenen« Männer an ihre Familien verraten haben, aber die überlass mal mir. 😉

Elle lächelte und schickte ein Daumen-hoch-Zeichen. Sie hatte ihrem Executive Producer nichts von dem Entführungsfall erzählt, an dem sie parallel arbeitete. *Justice Delayed* war mit dem Countdown-Killer-Fall supererfolgreich, und das Podcast-Netzwerk war überglücklich. Dort würde man gar nicht erfreut sein, wenn Elle einen Teil ihrer Arbeitszeit darauf verwendete, bei einem anderen Fall zu helfen. Tina wusste allerdings ohnehin mehr über sie als die meisten Leute, und es wäre gut, wenn sie jemanden auf ihrer Seite hatte.

Wie ich sehe, hat unsere heutige Enthüllung ziemlich eingeschlagen. Hab's vorhin gehört. Dein Sounddesign war diese Woche mal wieder vom Feinsten.

Danke, E. Hoffen wir, dass wir den Kerl drankriegen.

Elle holte tief Luft, setzte sich im Bett auf und legte das Handy auf die Daunendecke über ihrem Schoß. Du solltest wissen, dass ich mit Ayaan noch an einem anderen Fall arbeite. Diese Entführung in Bloomington. Ich recherchiere natürlich weiter über CK, aber eine Hörerin hat mich um Hilfe gebeten. Ich konnte nicht nein sagen.

Es verstrichen einige Sekunden, nachdem die Nachricht zugestellt war. Elle fuhr sich mit der Zunge über die Zähne, legte den Kopf in den Nacken und schloss die Augen. Als sie sie wieder öffnete, war eine neue Nachricht gekommen.

Zeig's ihnen.

Danke. Sag Bescheid, wenn du was wegen der E-Mails rauskriegst.

Da sie jetzt hellwach war, schaltete Elle ihr Handy aus und rollte sich aus dem Bett. Die Holzdielen waren eiskalt unter ihren nackten Füßen, als sie zu ihren Hausschuhen tapste, hineinschlüpfte und ihren Bademantel überzog. Dann schlich sie nach unten, um sich einen Kaffee zu machen.

Am Fuß der Treppe erhaschte sie einen Blick in den Flurspiegel. Ihre Haare steckten in einem unordentlichen Pferdeschwanz, und ihr Pony war ein wildes Durcheinander von krausen Löckchen über ihren müden Augen. Sie sah ihrer Mutter jeden Tag ähnlicher. Die hatte in der zweiten Hälfte von Elles Kindheit unter chronischer Schlaflosigkeit gelitten und war nachts noch lange, nachdem alle anderen ins Bett gegangen waren, durchs Haus geirrt. Solange sie wach war, konnte sie die Monster fernhalten. Auf ihre eigene, stille Art hatte sie so verarbeitet, was ihrer Tochter passiert war.

Elles Blick wurde hart, als sie daran zurückdachte, wie ihre Mutter nachts herumgegeistert war. Sie hatte sich immer gewünscht, sie würde kommen, sich zu ihr legen und sie festhalten, bis sie eingeschlafen war. Stattdessen hatte sie gehört, wie ihre Mom auf leisen Sohlen vor ihrem Zimmer auf und ab getigert war, während Elle allein in ihrem Bett lag.

Sie wandte sich von ihrem Spiegelbild ab und ging in ihr Studio.

19

JUSTICE DELAYED-PODCAST · AUFGENOMMEN AM 17. JANUAR 2020

Unveröffentlichte Aufnahme: Elle Castillo, Monolog

ELLE VOICE-OVER: Das Studio ist der Ort, an den ich gehe, wenn ich nachdenken will, und heute Nacht kann ich meine Gedanken nicht abstellen. Wenn man an Fällen wie dem arbeitet, um den es in diesem Podcast geht, gewöhnt man sich daran, dass sie einen auf Schritt und Tritt begleiten. Beim Einkaufen, beim Kochen, beim Sex, wenn ich zu schlafen versuche – bei jedem Blinzeln sehe ich die Gesichter von CKs Opfern auf den Innenseiten meiner Augenlider. Ich sehe sie auch jetzt vor mir, und da ist ein neues Gesicht.

Den letzten Satz rausschneiden.

Ich bin um ungefähr ein Uhr nachts in meinem Studio, weil wieder ein Mädchen entführt wurde. Vielleicht liegt es nur an diesem Fall, an diesem Podcast, aber ich habe den Verdacht, dass der Countdown-Killer etwas mit der neuen Entführung zu tun haben könnte. Also sitze ich nun mit einer Tasse Kaffee hier und nehme mich auf. Denn so kann ich am besten nachdenken.

Langsam glaube ich, dass etwas eingetreten ist, von dem mir alle gesagt haben, es sei unmöglich. Ich weiß, wie unwahrscheinlich es klingt. Ich kenne all die Gründe, warum es eigentlich nicht sein kann. Aber ich befürchte, der Countdown-Killer könnte tatsächlich zurück sein, in Minnesota – jetzt, im Jahr 2020.

Vor drei Tagen verschwand die elfjährige Amanda Jordan. Sie

wurde offenbar auf ihrem Weg zur Bushaltestelle entführt – von einem kahlköpfigen Mann mit einem orangefarbenen Schal, der trotz der eisigen Temperaturen keine Mütze trug. Der unbedeckte Kopf könnte für eine Menge Dinge stehen. Zum Beispiel dafür, dass der Täter dumm ist oder vergesslich. Vielleicht hatte er eigentlich vor, eine Mütze aufzuziehen, machte es dann aber doch nicht, weil er nervös war wegen dem, was er vorhatte. Vielleicht hat er aber auch mit Absicht keine Mütze aufgesetzt. Ein kahler Schädel im Winter – das ist etwas, was man sich merkt. Wie einen orangefarbenen Schal. Der Mann hatte den Plan, am helllichten Tag ein Mädchen zu entführen. Vielleicht wollte er, dass etwaigen Zeugen genau diese Dinge auffallen, damit sie sich keine anderen Details einprägen. Die wenigen Male, die der Countdown-Killer in der Nähe seiner Opfer gesehen wurde, hat er es genauso gemacht.
Der Entführer erzählte Amanda, sie müsse mit ihm kommen, weil ihr Vater einen Unfall gehabt hätte. Denselben Trick hat CK, wie wir wissen, bei Nora Watson angewendet, und anhand der viktimologischen Analysen seiner übrigen Opfer kann man davon ausgehen, dass er ihn wahrscheinlich auch vorher schon erfolgreich eingesetzt hat.
Amanda Jordan ist genau im richtigen Alter, um den Countdown fortzusetzen – falls er einen Ersatz für das Opfer sucht, das ihm entkommen ist. Es gibt auch keine Hinweise darauf, dass Amanda von jemand anders gekidnappt wurde. Den einzigen Verdächtigen, den wir hatten, konnten wir bereits als Täter ausschließen. In ihrem Viertel wurde ein dunkelblauer Pick-up ohne Aufschrift gesehen, der sonst nicht dort unterwegs ist. Und es ist keine Lösegeldforderung eingegangen. Wenn CK wieder da ist, wenn er wieder mit dem Morden begonnen hat, wird morgen das nächste Kind entführt werden – heute vielmehr. Wenn es wirklich er ist, wird er die Entscheidung, wieder zu töten, nicht aus einer Laune heraus getroffen haben. Er handelt nie ohne Plan. Um herauszufinden,

wo er als Nächstes zuschlagen wird, müssen wir erst mal wissen, warum er zurückgekommen ist.
Vielleicht ist er wegen mir zurückgekommen.
Den letzten Satz löschen.
Vielleicht hängt es mit dem Mann zusammen, der mir gegenüber behauptet hat, er wüsste, wer CK ist. Ich habe noch immer keine Ahnung, was er mir mitteilen wollte. Aber ich glaube, es könnte ein Anfang gewesen sein. Wenn CK wusste, dass er kurz vor seiner Entdeckung steht, war das für ihn vielleicht schon Grund genug, Leo Toca umzubringen. Und diese Kostprobe hat ihn dann daran erinnert, wie sehr es ihm gefällt, Macht über andere zu haben, und wie sehr ihm seine Mission fehlt.
Allerdings passt das nicht zu der Tatsache, dass er seine vorherigen Opfer lange ausspioniert und sehr sorgfältig ausgesucht hat. Denn dann hätte er schon vor Monaten mit den Vorbereitungen beginnen müssen, bevor er wusste, dass er in Gefahr ist. Könnte es das sein, was Leo Toca gesehen hat? Einen Mann, der junge Mädchen bespitzelt? Vielleicht war Leo ein Nachbar oder Kollege von ihm und hat mitbekommen, dass er sich seltsam verhielt. Mir gegenüber sagte er so was wie »bevor es zu spät für sie ist«. Könnte *sie* Amanda sein? Und befindet sich der Beweis auf dem USB-Stick, den er mir geben wollte?
Den letzten Satz rauslöschen.
Erst ein Zeuge, der behauptet, die Identität des Countdown-Killers zu kennen, und kurz darauf ermordet wird. Dann die Entführung eines Mädchens, das CKs bevorzugtem Opfer-Typ entspricht. Das kann kein Zufall sein.
Aber niemand wird mir glauben. Und vielleicht werden mir sogar alle die Schuld geben.
Den letzten Satz löschen.
Nichts davon kann ich gebrauchen.

20

ELLE · 17. JANUAR 2020

Der Fahrstuhlklingelton im Polizeirevier ließ Elle von ihren Notizen aufschauen. Sie hatte gehofft, Ayaan wäre gekommen, aber es war nur Detective Hyde.

Elle gähnte und senkte den Blick wieder. Noch bevor Martín aufgewacht war, war sie aus dem Haus gegangen und hierhergefahren, und ihr brannten die Augen vor Müdigkeit. Sie hatte die ganze Nacht weiter in ihr Mikro gesprochen, aber es war nichts Brauchbares dabei herausgekommen. Schließlich hatte sie versucht, ihre Gedanken und Mutmaßungen in Notizen zu gießen, die wenigstens annähernd schlüssig erschienen, und so zwei Seiten mit Stichpunkten gefüllt, die sie Ayaan nun vorlegen wollte.

Hyde stolzierte auf sie zu. »Wie ich hörte, hat Bishar Sie zu einem ihrer Fälle hinzugezogen. Wie haben Sie das denn gedeichselt?«

Elle war nicht in der Stimmung, darauf zu antworten, und blätterte eine Seite in ihrem Notizbuch um. Aber das reichte offenbar nicht, damit er sie in Ruhe ließ.

»Wollen Sie die Geschichte dann auch in Ihrer Radiosendung verwursten?«, fragte er, nahm ihr Notizbuch und blätterte darin herum.

Sie riss es ihm aus der Hand und schaute zu ihm hoch. »Wie läuft's denn so in Ihrem Mordfall? Haben Sie schon eine Ahnung, wer Leo Toca vor einer Woche kaltblütig erschossen hat?«

Sam Hydes Mundwinkel zuckten. »Wir machen Fortschritte. An Grove sind wir noch dran, aber Tocas Ex hat einen Neuen, wie's aussieht, und ihre Kolleginnen sagen, dass er zu Eifersucht neigt. Wir haben sie noch nicht finden können, aber ihr Handy hat sich zuletzt in einer Funkzelle in Stillwater registriert, und wir vermuten, dass sie da irgendwo bei ihrem neuen Typen untergetaucht ist.«

Damit stand fest, dass Maria Alvarez sich mit ihren Vermutungen über den Freund ihrer Tochter irrte. Nicht mal die Stadt stimmte. Je länger sie darüber nachdachte, desto mehr hatte sie das Gefühl, dass Luisa Toca sie nicht weiterbringen würde. Wenn sie mit einem Mann zusammen war, der dreißig Minuten entfernt wohnte, und noch dazu Vollzeit arbeitete, hatte sie bestimmt keine Zeit, sich auch noch über ihren Ex auf dem Laufenden zu halten – wenn die beiden überhaupt noch miteinander sprachen. Es war merkwürdig, dass sie nicht ans Telefon ging, aber wenn ihr Freund Leo Toca in einem Anfall von Eifersucht umgebracht hatte, hatte sie allen Grund, von der Bildfläche zu verschwinden.

Da Amandas Fall drängte und sie nächste Woche auch noch eine neue Folge aufnehmen musste, hatte Elle einfach nicht die Zeit, Angehörige von Leo Toca ausfindig zu machen. Was sie daran erinnerte, dass sie noch von mindestens einem weiteren Puzzleteil in diesem Fall wusste, auch wenn Detective Hyde das nicht ahnte.

Damit es möglichst beiläufig klang, schaute sie ihn nicht an, als sie ihn fragte: »Haben Sie bei Leo Toca eigentlich irgendwas gefunden, das aussah, als könnte es der Hinweis sein, den er mir geben wollte? Ich vermute, es wird was Gedrucktes sein oder irgendwas in seinem Computer.«

In Hydes Augen blitzte Argwohn auf, aber das selbstgefällige Grinsen verschwand nicht aus seiner Miene. »Tut mir leid, das sind vertrauliche Informationen. Selbst wenn ich wollte, dürfte ich Ihnen das nicht sagen.« Damit drehte er sich auf dem Absatz um und ging durch die Sicherheitstüren in den Haupttrakt des Polizeireviers.

Elle schaute ihm zornig hinterher. Wenn die Ermittler Zugang zu den Daten auf dem Stick hatten und etwas für sie Wichtiges darauf gewesen war, hatte sie keine Möglichkeit, es herauszufinden. Und wenn Detective Hyde als Erster mit Luisa sprach, würde er ihr mit Sicherheit raten, nicht mit Elle zu reden, falls sie je vorbeikommen sollte, um herumzuschnüffeln. Sie seufzte und schaute wieder in ihr Notizbuch. Ein langes Gähnen ließ ihre Augen tränen. Der ganze Tag lag noch vor ihr, aber er erschien ihr schon jetzt endlos und ermüdend. Wenn sie Ayaan davon überzeugen konnte, sich ihre Theorie anzuhören, hatten sie noch mehrere Stunden Zeit, um in dieser Richtung zu ermitteln, bevor sie Natalie am Nachmittag vom Klavierunterricht abholen musste. Aber erst einmal musste Ayaan aufs Revier kommen.

Eine Viertelstunde später trat sie endlich aus dem Fahrstuhl in die Lobby. Sie trug einen roségoldenen Hidschab und passende Kreolen und dazu einen marineblauen Hosenanzug. Ihr Outfit war perfekt, aber ihre Augen verrieten sie – sie sah genauso erschöpft aus, wie Elle sich fühlte. Man bekam nicht viel Schlaf, wenn man an einem Fall mit einem verschwundenen Kind arbeitete. Elle umklammerte ihr Notizbuch, stand auf und sagte Ayaans Namen ein bisschen zu laut.

Ayaan wirkte erstaunt, sie zu sehen. »Elle, wie lange bist du denn schon hier?«

»Noch nicht lange«, log Elle. »Ich wollte mit dir sprechen, bevor du dich in die Arbeit stürzt.«

Ayaan betrachtete Elle einen Moment lang forschend, dann nickte sie. »Komm rein. Ich erkundige mich schnell mal, ob über Nacht irgendwelche Hinweise wegen des Phantombilds eingegangen sind, dann können wir reden.«

Während Ayaan mit dem Lieutenant von der Nachtschicht sprach, machte Elle sich in der Personalküche einen Kaffee und setzte sich damit in Ayaans Büro; der Schlafmangel und das viele Koffein machten sie ganz hibbelig. Nach ein paar

Minuten zog sie ihre Unterlagen aus der Tasche. Neben ihren handgeschriebenen Notizen hatte sie auch Transkripte ihres Podcasts mitgebracht, in denen einzelne Passagen mit Textmarker hervorgehoben waren; außerdem Tatortfotos und Zeugenaussagen über CKs Neigung, auffällige Kleidung zu tragen. All das breitete sie auf Ayaans Schreibtisch aus, als würde es ihre Glaubwürdigkeit erhöhen, wenn sie genügend stützendes Material präsentierte.

»Ungefähr sechzig Hinweise sind eingegangen, aber nichts, was vielversprechend klingt«, sagte Ayaan, als sie in ihr Büro kam. Als sie ihren Schreibtisch sah, stutzte sie kurz und schaute sich dann an, was darauf lag.

Elle beobachtete mit angehaltenem Atem Ayaans Miene und wartete auf ein Anzeichen dafür, dass sie ihrem Gedankengang folgte. Doch vergebens. Nach einer Weile hob Ayaan den Blick und schaute Elle an. Ihre Miene wirkte besorgt, und das war das Letzte, was Elle jetzt brauchte.

»Keine Sorge, mir geht's gut«, sagte Elle und trank von ihrem Kaffee.

»Du glaubst, Amanda Jordan wurde vom Countdown-Killer entführt?« Ayaan klang perplex.

Elle stand auf, ging um den Schreibtisch herum, stellte sich neben sie und zeigte auf ein Bild des dreizehnjährigen Opfers. »Katrina Connelly. Sie wurde von einem Mann mit einem Pick-up von einer Bushaltestelle entführt. Zeugen gaben an, er hätte Katrina erzählt, ihre Mutter sei krank und er wäre geschickt worden, um sie abzuholen. Er trug einen bunten Schal und eine neongrüne Mütze.«

Ayaan schaute hoch. »Das ist zweiundzwanzig Jahre her, Elle.«

»Dasselbe hat er bei Jessica Elerson gemacht.« Elles Stimme zitterte, und ihr traten Tränen in die Augen. »Und auch Nora Watson hat gesagt, sie wäre bei ihm eingestiegen, weil er erzählt hat, ihre Mom hätte einen Unfall gehabt und läge im

Krankenhaus. Wenn man einem kleinen Mädchen Angst um seine Eltern macht, ist es wehrlos.«

Als Ayaan darauf nichts erwiderte, fuhr Elle fort: »Er ist nicht tot, Ayaan. Ich habe nie daran geglaubt, dass er tot ist, und mein Podcast hat aufgedeckt, dass der Tote, den alle für die verbrannte Leiche von CK gehalten haben, in Wirklichkeit mindestens zehn Jahre älter war als er. Vielleicht war er wegen einer anderen Sache im Knast und ist gerade erst wieder rausgekommen. Oder er war verheiratet und ihm fehlte lange Zeit der Antrieb zum Morden. Und wer weiß, vielleicht ist er auch sauer wegen der Fortschritte in meiner Ermittlung und hat absichtlich ein Mädchen aus Minneapolis entführt, damit ich mir Vorwürfe mache.«

Elle holte Luft und bemerkte, wie stark ihre Hände zitterten, die noch immer den Kaffee festhielten. Sie wandte sich von Ayaan ab und betrachtete die aschfahlen Gesichter der toten Mädchen.

Es verstrichen ein paar Sekunden, dann legte Ayaan ihr die Hände auf die Schultern, und Elle zuckte zusammen, weil sie nicht damit gerechnet hatte, berührt zu werden. Als Ayaan sie sanft zu sich hindrehte, schaute sie in ihre dunkelbraunen Augen.

»Elle, du brauchst Schlaf.«

»Es ist fast zweiundsiebzig Stunden her, dass Amanda entführt wurde.«

»Ich kann hier ein paar Stunden allein die Stellung halten. Du fährst jetzt nach Hause und ruhst dich aus. Wenn du überarbeitet bist, nützt du Amanda gar nichts.«

Elle blinzelte ihre Tränen weg und schaute zu Boden. Sie durfte hier nicht weinen; sie wollte niemandem einen Grund geben zu glauben, sie hätte sich nicht im Griff. Aber dann flossen die Tränen doch und tropften ihre Wangen hinab.

Nach ein paar Minuten hatte Elle sich wieder gefasst und löste sich aus Ayaans tröstendem Griff. Sie holte ein Taschentuch heraus, wischte sich die Augen ab, straffte die Schultern und schaute Ayaan an.

»Du glaubst mir nicht.«

Ayaan legte den Kopf auf die Seite, in ihrem Blick lag Mitleid. »Komm schon, Elle.«

»Ich kenne CKs Handschrift, Ayaan. Ich kenne seine Methoden. Ich spüre einfach, dass er es ist. Ich weiß nicht, wie ich es anders sagen soll. Du bist eine erfahrene Ermittlerin, und ich weiß, dass ich nur an dem Fall mitarbeiten darf, um Amandas Familie eine Freude zu machen. Aber ich dachte, du würdest mir inzwischen auch ein bisschen vertrauen.« Zweifel zerfetzten ihre Magenwände.

»Das ist nicht fair, Elle. Wenn du in deinem Element bist, bist du eine der begabtesten Ermittlerinnen, die ich kenne. Aber das hier ist etwas anderes. Dieser Fall macht was mit dir, er vernebelt deine Instinkte.«

Elle warf die Hände hoch. »Okay, dann erzähl mir mal, was *deine* tolle Theorie ist. Was glaubst du denn, wer Amanda entführt hat? Irgendein Nachbar, den komischerweise keins der Kinder erkannt hat? Es ist nämlich drei Tage her, und wenn ich richtigliege, bedeutet das, dass er anfangen wird, sie zu vergiften. Und wenn ich nicht richtigliege, bedeutet das, statistisch gesehen, dass sie schon tot ist.«

»Selbst wenn sie noch nicht tot ist, heißt das nicht, dass es der Countdown-Killer war.« Da Ayaan nicht ihre Stimme erhob wie sie selbst, fühlte Elle sich sofort noch schlechter. »Seit das Phantombild gestern Abend in den Nachrichten war, sind neue Hinweise eingegangen. Mag sein, dass wir noch keinen Volltreffer haben, aber wir werden sie finden.«

Elle schüttelte den Kopf und ließ den Blick wieder über die Unterlagen auf dem Schreibtisch gleiten. »Ich kriege ihn einfach nicht aus dem Kopf.«

»Vielleicht ist das ja das Problem.«

»Nein, du verstehst das nicht. Ich hatte dieses Gefühl noch

nie. Das ist … als wollte er mich verspotten, mir zeigen, dass er zurück ist, mich daran erinnern, wozu er imstande ist.«

»Das stimmt nicht ganz.«

»Was?«

Ayaan lehnte sich an ihren Schreibtisch und verschränkte die Arme. »Du hast das schon mal gemacht. Du hattest dieses Gefühl wohl schon mal.«

Elle bekam einen trockenen Mund. Sie schaute weg, aber Ayaan redete weiter.

»Vor fünfeinhalb Jahren. Der Fall Maddie Black, kurz bevor du den Job im Jugendamt aufgegeben hast? Damals warst du dir auch sicher.«

Elle starrte auf die Bilder und Notizen, ihr Puls raste. »Das war was anderes. Und es ist lange her.«

»Du warst davon überzeugt, dass es CK war. Ich hab dir sogar eine Weile geglaubt – und dieses Mädchen hätte dafür beinahe mit dem Leben bezahlt.«

Elle ballte die Fäuste und flüsterte: »Nein, so war das nicht.«

Ayaan schüttelte den Kopf. »Was glaubst du, warum ich vor zwei Jahren so lange gebraucht habe, bis ich dich im Fall Jair Brown kontaktiert habe, Elle? Ich brauchte erst die Erlaubnis meines Vorgesetzten, mit dir zusammenzuarbeiten. Und selbst nachdem du uns geholfen hattest, hat er noch gezögert, dir einen anderen Fall anzuvertrauen. Und vielleicht hatte er recht.«

»Ich habe *einen* Fehler gemacht.«

»Du hast versucht, uns zu überzeugen, die Zeugen zu ignorieren, die sich wegen Maddies Vater gemeldet hatten.«

»Stopp.«

»Wir kamen gerade noch rechtzeitig. Sie wäre gestorben.«

»Damals war ich mir nicht so sicher wie heute.« Aber Elle war selbst nicht davon überzeugt, dass das stimmte.

»Ich rufe Martín an, damit er dich abholen kommt«, sagte

Ayaan. »Du darfst in diesem Zustand nicht fahren.« Sie drückte sich vom Schreibtisch ab und stellte sich zwischen Elle und die Bilder und Notizen, bis Elle sie anschaute. »Ich bin mir nicht mehr sicher, ob das wirklich eine gute Idee war«, sagte Ayaan freundlich, aber bestimmt.

Als Elle zu Martín ins Auto stieg, stellte er nur eine Frage: »Möchtest du darüber reden?«

»Nein.«

Sie fuhren schweigend nach Hause.

Sie war noch nie besonders gut darin gewesen, über das zu sprechen, was ihr zu schaffen machte. Nach den jahrelangen Therapien hätte das eigentlich anders sein müssen, aber sie hatte früh die Erfahrung gemacht, dass es für sie nicht gut ausging, wenn sie offen redete. Ihre Eltern hatten nie akzeptieren können, was Elle als Kind passiert war, und nach einer Weile hatte sie angefangen, ihnen zu glauben: dass das alles gar nicht so schlimm gewesen war, wie sie es sich einbildete, und dass die Dinge, an die sie sich erinnerte, gar nicht stimmten. Als Jugendliche hatte sie all ihre Erinnerungen an diese Sache bereits so weit verdrängt, dass es noch mehr als ein Jahrzehnt dauerte, bis sie wieder an die Oberfläche kamen.

Dann hatte sie Martín kennengelernt.

Elle betrachtete ihn von der Seite; sein Blick war auf die Straße gerichtet, und er saß leicht vorgebeugt da, so als würde er erwarten, dass jeden Moment etwas auf ihn zuspringen würde. Martín hasste es, im Winter in Minnesota Auto zu fahren, auch wenn er daran eigentlich inzwischen hätte gewohnt sein müssen. Er war zwar in Mexiko geboren, lebte aber bereits seit siebzehn Jahren im Land der zehntausend Seen, denn er war mit achtzehn hierhergezogen, um aufs College zu gehen. Trotzdem hatte er sich nie an all den Schnee und das Eis gewöhnen können.

Die Castillos unterschieden sich in jeder nur denkbaren

Hinsicht von Elles Familie. Martín hatte vier Geschwister, die alle verheiratet waren, und elf Nichten und Neffen. Alle zwei Jahre mieteten Elle und Martín einen großen Wagen, holten Angelica und ihre Familie in Wisconsin ab und fuhren mit ihnen nach Mexiko, um sich dort zusammen mit den Brüdern bei den Eltern zu treffen. Dann herrschte zwei Wochen lang nicht einen Moment Ruhe. Schreiende Babys, kreischendes Gelächter und Schüsseln mit Essen, die herumgereicht wurden, bis man das Gefühl hatte zu platzen. Elle sog die schier endlose Energie und rückhaltlose Liebe der Castillos auf wie ausgetrocknete Erde den Regen. Martíns Mutter hatte ihr das Kochen beigebracht – was sie von ihrer eigenen Mutter nie gelernt hatte, die jeden Tag ihres Lebens gearbeitet und auf Fertiggerichte gesetzt hatte. In gewisser Weise nötigte genau das Elle jedoch auch Respekt ab: Dass ihre Mom sich standhaft geweigert hatte, täglich Stunden darin zu investieren, etwas zu essen auf den Tisch zu bringen, während ihr Mann dafür keinen Finger krümmte.

Es war mehr als zehn Jahre her, dass Elle die Verbindung zu ihren Eltern gekappt hatte, aber manchmal stellte sie sich vor, wie ihre Mom jetzt wohl aussah: Bestimmt war sie ein bisschen grauer und ihre Wangen inzwischen noch etwas hohler, wenn sie mit einem Glas Cabernet am Herd stand und in den Dosenravioli rührte, bis sie aufgewärmt waren. Vielleicht würde sie jetzt, wo sie in Rente war, doch noch lernen, wie man richtig kochte. Aber Elle bezweifelte es.

Als sie an einer Ampel hielten, drehte Martín am Autoradio, bis er seine Lieblingstalkshow gefunden hatte. Er hörte nicht viel Musik, und schon gar nicht beim Autofahren. Comedysendungen hielten ihn beim Fahren wach. Er schaute zu ihr hin und lächelte zaghaft. Aber da sie zu erschöpft war, um sich selbst ein Lächeln abzuringen, richtete sie den Blick wieder aus dem Beifahrerfenster. Die Ampel sprang auf Grün, und sie fuhren weiter.

Diese Sache mit der kleinen Maddie Black, von der Ayaan geredet hatte, war eine komplizierte Angelegenheit. Auf der einen Seite hätte Elle ohne sie nicht angefangen, *Justice Delayed* zu machen. Auf der anderen Seite hätte das Mädchen ihretwegen beinahe sein Leben verloren. Der Fall hatte gezeigt, dass Elle manche Situationen nicht ohne Scheuklappen betrachten konnte. Aber das war mehr als fünf Jahre her, und auch wenn sie bereits einen Monolog dazu aufgenommen hatte, hatte Elle noch nicht die richtige Stelle in der Staffel über CK gefunden, wo sie ihn einfügen konnte. Wenn sie ehrlich zu sich selbst war, würde sie es wahrscheinlich nie tun. Es passte einfach nicht in die Geschichte.

Sie stützte die Stirn in die Hand, massierte mit Daumen und Mittelfinger ihre Schläfe und spürte dabei ihren Puls in den Fingerspitzen.

»Alles in Ordnung?«, fragte Martín, als er in die Hauseinfahrt bog, und sobald er den Motor abgestellt hatte, legte er seine behandschuhte Hand auf ihre. »Hey, Elle? Was ist los?«

Sie schüttelte den Kopf und blinzelte wieder. »Nichts. Lass uns einfach reingehen. Ich muss schlafen.«

»Was ist denn im Polizeirevier passiert, *querida*? Erzähl's mir.«

»Nichts.« Sie öffnete die Tür, stieg aus und ging vorsichtig über den vereisten Weg zur Haustür.

Drinnen hängte Elle ihren Schal und ihre Jacke auf und klopfte ihre Stiefel auf der Matte ab, bevor sie sie auszog.

Martín behielt die Schuhe an und übergab ihr seinen Autoschlüssel. »Ich nehme mir ein Taxi, damit du das Auto hier hast. Wir holen deins dann später ab.«

»Danke. Tut mir leid, dass du meinetwegen zu spät kommst«, sagte sie.

»Kein Problem. Ich hab Bescheid gesagt. Als Ayaan anrief, wusste ich, dass es was Ernstes sein muss.« Er legte seine warmen Hände an ihr Gesicht. »Deine Augen sind ganz rot.«

»Ich hab nicht geschlafen.«

Er sah aus, als wollte er noch etwas sagen, nickte dann aber nur. »Okay. Geh jetzt ins Bett, *amor*. Der Fall ist auch noch da, wenn du ein paar Stunden geschlafen hast. Und wenn du nicht denken kannst, kannst du dem Mädchen auch nicht helfen.«

Sie blinzelte einen neuen Schwall Tränen weg. »Ist zwischen uns alles gut?«

Statt einer Antwort drückte er seine Lippen sanft auf ihre.

»Gut«, antwortete sie, zu erschöpft, um mehr zu sagen, und machte sich auf den Weg nach oben ins Schlafzimmer.

»Elle«, sagte er.

»Was?« Sie schaute auf ihn herunter.

Martín verschränkte die Arme über der Brust; zwischen seinen Augen zeigte sich die Falte, die nur da war, wenn er sich gestresst fühlte. »Ich glaube dir.«

»Was?«, fragte sie erneut, diesmal kam es aber nur als Flüstern heraus.

»Es gibt offenbar etwas, was du mir nicht sagst, und ich weiß nicht, warum. Aber ich möchte, dass du weißt, dass ich auf deiner Seite bin, egal, was ist.« Martín ging ihr zwei Stufen entgegen. »Egal, wie unmöglich es dir erscheint: Denk dran, dass ich immer zuallererst dir glauben werde.« Er drückte ihr einen Kuss auf die Wange, dann lief er die Treppe hinunter und verließ das Haus.

21

ELLE · 17. JANUAR 2020

Sie ist wieder in dem Zimmer. Die graue Bettwäsche fühlt sich rau an unter ihren Fingerspitzen, während sie auf dem Rücken liegt und die Schimmelflecken an der Decke betrachtet. Er ist seit mehr als einem Tag nicht gekommen, um sie zu holen. Ihr Wasser ist aufgebraucht, und sie hat Magenkrämpfe vor Hunger. Das führt dazu, dass sie … sich wünscht, dass er kommt. Obwohl sie weiß, wozu er sie dann zwingen wird.

Sie schließt die Augen, und als sie sie wieder aufschlägt, wird es schon langsam dunkel. Das schwache Sonnenlicht, das durch das kleine Fenster hereinfällt, schwindet wie eine verlöschende Taschenlampe. Sie kann die Zimmerdecke kaum noch erkennen.

Dann ist er bei ihr im Zimmer, seine muskulösen Arme und sein kräftiger Oberkörper bilden eine markante Silhouette in der Dämmerung.

Der Mann setzt sich auf ihr Bett und beugt sich über sie, aber sie rührt sich nicht, bleibt wie erstarrt liegen. Er zieht die dünne Decke weg und untersucht ihre aufgeschürften Knie. Sie will ihm sagen, dass er damit aufhören soll. Sie will ihn um Wasser anbetteln. Sie will, dass er sie in Ruhe lässt.

Aber sie will auch nicht allein sein.

Sein Gesicht ist in der Abenddämmerung nicht gut zu erkennen, eine verschwommene Fläche, ohne erkennbare Einzelheiten.

Seine Finger wandern von ihrem Bauchnabel über ihr Brustbein bis zu ihrer Kehle. Er drückt zu, und das ist neu, dieser Schmerz, die Kraft, die er vorher nicht aufgewendet hat und die ihr das Atmen erschwert. Sie japst, so wenig Luft hat sie noch nie bekommen, und ihre Brust zieht sich schmerzhaft zusammen.

»Bitte.« Ihr Flüstern klingt dünn in der kalten Zimmerluft. »Bitte.«

Als Elle aus dem Schlaf hochschreckte, umklammerte sie ein Kissen mit ihren pochenden Fingern. Sie setzte sich auf und ließ es fallen, als würde es in Flammen stehen. Dann schob sie sich aus dem Bett, ihre Beine zitterten. Es war dunkel in dem Zimmer, und sie brauchte einen Moment, um zu verstehen, wo sie war. Sie wusste nicht, wie lange sie geschlafen hatte, aber irgendwas fühlte sich seltsam an. Irgendwas war passiert.

Sie erschauderte, als es ihr plötzlich einfiel. Sie sollte Natalie doch heute vom Klavierunterricht abholen! Der schwarze Wecker mit den roten Zahlen auf Martíns Nachttisch zeigte 17:22 Uhr an.

»Verdammt!« Sie konnte ihr Handy nirgends sehen. Sie lief nach unten und durchwühlte ihre Handtasche – und tatsächlich, sie hatte sieben Anrufe von verschiedenen Nummern verpasst und drei Nachrichten von Natalie, die fragte, wo sie war. Obwohl Elle erst zwanzig Minuten zu spät war, war die erste Nachricht von Natalie bereits vor ungefähr einer Stunde gekommen, gleich nachdem sie vor Ms. Turners Haus aus dem Bus gestiegen sein musste.

Irgendwas stimmte da nicht.

Nachdem sie in ihre Stiefel gestiegen war und die nächstbeste Winterjacke vom Haken genommen hatte, rannte Elle zu Martíns Auto. Der Wagen kreischte aus Protest, als sie rückwärts aus der Auffahrt setzte. Während sie zu Ms. Turners Haus und dem Sonnenuntergang entgegenfuhr, rief sie Natalie auf dem Handy an, landete aber direkt auf der Mailbox. Sobald sie an einer Ampel halten musste, schickte sie ihr eine Nachricht:

Bin unterwegs. Tut mir so leid.

Die Ampel wurde grün, und sie fuhr so ungestüm los, dass sie auf dem Salz und Eis ins Rutschen geriet.

Ms. Turner wohnte nur zehn Blocks entfernt, und bislang war ihr zweigeschossiges Haus jedes Mal, wenn Elle Natalie von dort abgeholt hatte, hell erleuchtet gewesen. Die ältere Dame lebte allein und hatte Angst vor der Dunkelheit, darum ließ sie überall das Licht brennen. Als Elle davor hielt, stockte ihr der Atem. Das Haus lag grau im abnehmenden Sonnenlicht, und alle Rollläden waren heruntergelassen, als ob niemand da wäre. Sie rannte trotzdem zur Haustür und klingelte, war aber nicht überrascht, als ihr niemand öffnete. Als sie vom Handy aus anrief, hörte sie drinnen das Telefon, doch es hob niemand ab. Nach dem zehnten Klingeln gab sie es auf.

Sie versuchte zu verstehen, was passiert war. Vielleicht war Ms. Turner verreist und hatte vergessen, Sash Bescheid zu geben. Dann war Natalie hierhergekommen und hatte Elle angerufen, als sie vor der verschlossenen Tür stand. Das erklärte, warum die verpassten Anrufe und Nachrichten vor der Zeit bei ihr eingegangen waren. Vielleicht hatte Ms. Turner Natalie aber auch irgendwohin mitgenommen, und sie hatte nur angerufen, um Elle über die Planänderung zu informieren. Das erklärte allerdings Natalies aufgeregte *Wo bist du?*-Nachrichten nicht.

Elle stöhnte frustriert auf und lief über den vereisten Gehweg zum Auto. Dabei rutschte sie zweimal fast aus, weil sie jede Vorsicht vergaß. Sie zwang sich, ganz langsam noch einmal die Strecke von dort bis zu ihrem Haus abzufahren, und suchte dabei alle Gehsteige mit ihren Blicken ab. Wenn Natalie vor einer Stunde von Ms. Turners Adresse aufgebrochen war, musste sie längst zu Hause sein, aber vielleicht lief sie noch irgendwo herum oder spielte im Schnee. Auf halbem Weg zwischen ihrer Klavierlehrerin und dem Haus der

Castillos gab es einen Parkplatz an einer Tankstelle, wo Natalie gern die hohen Schneeberge hochkraxelte. Vielleicht hatte Elle sie auf dem Hinweg nur nicht gesehen. Als sie dort vorbeikam, schaute sie so konzentriert aus dem Fenster, dass sie beinahe einen Auffahrunfall verursacht hätte. Sie trat gerade noch rechtzeitig auf die Bremse und verrenkte sich den Hals, um den Schnee auf dem Parkplatz nach Natalie abzusuchen, doch das Mädchen war nirgends zu sehen.

»Du bist paranoid«, sagte sie laut und atmete tief durch, um ihre flatternden Nerven zu beruhigen. Sie dachte an das erste Mal zurück, als sie sauer auf Natalie gewesen war. Das war ungefähr ein Jahr her, und Natalie hatte damals gerade ein leidenschaftliches Interesse für das Thema Obdachlosigkeit in Minnesota entwickelt. Ohne jemandem Bescheid zu sagen, hatte sie den Bus in die Innenstadt von Minneapolis genommen und eine Gruppe von Leuten besucht, die in der Nähe der Brücke über den Mississippi ihr Lager aufgeschlagen hatten. Sash hatte Natalie mit Hilfe einer App auf ihrem Handy geortet, und eine Stunde später hatten sie sie schließlich gefunden. Während Sash frustriert und besorgt gewesen war, war Elle damals zuerst panisch und dann stinkwütend geworden und hatte Natalie zum ersten und einzigen Mal angeschrien. Danach hatte das Mädchen drei Wochen nicht mit ihr geredet.

Elle war damals bewusst geworden, wie sehr sie inzwischen an Natalie hing – als sie Panik bekam wegen all der Dinge, die ihr zustoßen könnten. Früher belanglose Kleinigkeiten erschienen ihr plötzlich unglaublich gefährlich. Geburtstagspartys zu besuchen. Schulausflüge zu machen. Zu Fuß nach Hause zu gehen.

Als Elle klein gewesen war, hatten sie und ihre Freundinnen gemeinsam das Viertel unsicher gemacht und lauter riskante Dinge getan, wie riesige Hügel mit Rollerblades hinabzurasen oder freihändig Fahrrad zu fahren. Als sie älter wurde, verließ sie das Haus im Sommer normalerweise nach dem Frühstück mit ein paar Nachbarskindern, kam mittags kurz zum Essen vorbei und kehrte dann erst wieder zurück, wenn die Sonne unterging. Sie erinnerte sich nicht einmal mehr daran, womit sie sich all die Zeit vertrieben hatten. Wahrscheinlich hatten sie einfach herumgeblödelt. Hatten sich stundenlang im Park herumgetrieben und geschaukelt, waren auf der Rutsche oder auf Klettergerüsten herumgekraxelt und hatten akrobatische Kunststücke geübt. Das war in einer Zeit gewesen, als die Geräte auf den Spielplätzen noch aus Metall und Gummi waren und Gelegenheit für riskante Abenteuer boten. Die Schaukeln bestanden aus Ketten, an denen man sich die Finger einklemmen konnte, und vom vielen Herumhangeln an den Kletterstangen bekam man Blasen und rote Schwielen an den Händen. Egal, was sie machten und wo sie hingingen, sie wussten immer genau, wo die unsichtbare Grenze verlief zwischen ihrem Viertel und »zu weit weg, um Mom noch zu hören«. Ihre Eltern ließen sie machen, und niemanden kümmerte es.

Aber heute ging das einfach nicht mehr.

Es war gleichgültig, dass die Gefahren heute auch nicht größer waren als damals; es herrschte einfach ein größerer sozialer Druck. Die Leute erwarteten, dass man jederzeit wusste, wo die eigenen Kinder sich aufhielten, und sie per Knopfdruck erreichen konnte.

Sash hatte Natalie ein Handy geschenkt, das sie in der Zeit zwischen Schule und Zuhause benutzen konnte, und das Mädchen war angehalten, immer, immer dranzugehen, wenn ein Erwachsener anrief. Elle versuchte es noch mal unter dieser Nummer, während sie im Schneckentempo weiterfuhr. Aber Natalie ging nicht dran.

Als ihr Display aufleuchtete, betrachtete Elle es hoffnungsvoll. Martín. Sie nahm das Gespräch an, war aber zu atemlos, um ihn zu begrüßen.

»Hallo, *dormilón.*«

»Hast du Natalie abgeholt?« Ihre Stimme klang schrill.

»Äh, nein. Ich dachte, du machst das.«

»Ja, hab ich auch.« Elles Hände zitterten, und sie schluchzte plötzlich laut auf. »Ich meine, ich hab's versucht. Ich bin eingeschlafen und zu spät gekommen, Martín. Sie war nicht bei Ms. Turner. Da war überhaupt niemand. Und sie geht nicht an ihr Telefon.«

Am anderen Ende wurde es still. Sie hatten beide schon zu viel gesehen, um sich nicht sofort das Schlimmste vorzustellen.

»Wo bist du?«

Elle wünschte sich die Erleichterung von Tränen, aber es kamen keine. »Gleich wieder zu Hause. Ich bin ganz langsam zurückgefahren, aber sie war nirgendwo am Straßenrand. Auf dem Hinweg hab ich sie auch nicht gesehen. Es sind doch nur zehn Blocks. Wo könnte sie denn sein?«

»Okay, *mi vida, cálmate.*«

»Sag mir nicht, dass ich mich beruhigen soll. Du weißt, dass ich das nicht ausstehen kann.«

»Tut mir leid. Ich ... ich weiß es einfach nicht.« Man hörte ein Rascheln an seinem Ende der Leitung, dann sagte Martín: »Ich komme heim. Warst du schon bei ihr zu Hause? Vielleicht ist Sash heute früher da oder so was.«

»Sie soll aber nicht –«

»Ich weiß, okay? Ich weiß. Aber versuch's trotzdem mal da. Ich muss mich hier schnell noch um was kümmern und dann sehen, wie ich nach Hause komme.«

Als er aufgelegt hatte, wählte Elle Sashs Nummer, landete aber direkt auf ihrer Mailbox. Wahrscheinlich war sie gerade bei Gericht.

Niemand war da, wenn sie ihn brauchte. Elle wurde wütend, so unangemessen das auch sein mochte. Martín versuchte, so schnell es ging nach Hause zu kommen; Sash würde sie zurückrufen, sobald sie konnte. All das wusste Elle, aber die Wut und die Angst blieben trotzdem.

Noch vor zwei Sekunden hatte sie gefroren, jetzt hatte sie das Gefühl, bei lebendigem Leib zu kochen. Sie hielt vor Sashs Haus und sprang mit offener Jacke aus dem Wagen. Ihre blinde Panik konnte sie nur aushalten, indem sie wütend auf Natalie wurde. Sie versuchte, einen unbändigen Zorn in sich zu mobilisieren. Auch wenn sie keine Mutter war, konnte sie, verdammt nochmal, mütterlichen Zorn empfinden. Denn natürlich war Natalie einfach nach Hause gelaufen, als Elle nicht ans Telefon gegangen war. Es waren ja nur zehn Blocks. Kein Ding.

Nur, dass sie nirgends zu sehen war. Es brannte kein Licht im Haus, aber Elle ging trotzdem den rutschigen Weg hoch und klingelte. »Natalie?«, rief sie und fischte ihren Ersatzschlüssel aus der Tasche. Aber schon beim Öffnen der Tür wurde ihr klar, dass Natalie nicht da war. Im Haus war es kalt; tagsüber wurde hier nur so viel geheizt, dass die Leitungen nicht einfroren.

Elle stolperte wieder nach draußen, und als sie den Blick über den Gehsteig schweifen ließ, schossen ihr endlich die Tränen in die Augen. Der Abendhimmel schimmerte blass orange im frisch gefallenen Schnee. Das Licht der Straßenlaternen erhellte funkelnde Zweige, geparkte Autos und herumliegende Plastikschlitten. Doch es war kein Mensch zu sehen.

Natalie war verschwunden.

22

JUSTICE DELAYED-PODCAST · AUFGENOMMEN AM 28. NOVEMBER 2019

Unveröffentlichte Aufnahme: Elle Castillo, Monolog

ELLE: Jede Ermittlung hat ihre Mängel. Jeder Ermittler macht Fehler. Im Laufe der vielen Jahre, die seit der aktiven Zeit des Countdown-Killers vergangen sind, gab es immer mal wieder Detectives oder Enthüllungsjournalisten, die den noch nicht gefassten Serienmörder für andere, spätere Fälle verantwortlich gemacht haben. Manchmal hatten sie dafür auch eine schlüssige Begründung. In einem Fall war jemand mit Rizin vergiftet worden, dann gab es elfjährige Mädchen, die verschwanden oder getötet wurden, und einmal fand sich ein totes Paar in einer Blockhütte, nur fünfzig Meilen nördlich von dem Haus entfernt, aus dem CKs letztes Opfer entkommen ist. Selbst Detective Sykes hat zugegeben, sich schon einmal getäuscht zu haben – im Jahr 2008, bei einer Serie von vier Morden in Fargo, die sich um eine Obsession für Zahlen zu drehen schienen.

Aber sie alle lagen falsch. Wir alle lagen falsch.

Hörer, die schon länger dabei sind, erinnern sich vielleicht daran, dass ich Commander Ayaan Bishar von der Abteilung für Straftaten gegen Minderjährige bei der Polizei von Minneapolis schon kannte, bevor wir im Fall Jair Brown zusammen ermittelt haben. Wir haben uns kennengelernt, als ich noch beim Jugendamt arbeitete und einen Fall auf den Tisch bekam, bei dem es um ein verschwundenes Kind ging.

Ich reagierte auf einen Anruf von Nachbarn, die sich Sorgen

um ein Mädchen namens Maddie Black machten. Sie hatten sie seit mehreren Tagen nicht gesehen, was ungewöhnlich war, weil sie oft bei der Schaukel draußen vor ihrem Wohnblock spielte. Die Mutter war vom Vater getrennt und wohnte jetzt mit einem Mann zusammen, den die Nachbarn als verbal ausfällig beschrieben. Sowohl die Mutter als auch ihr Freund erklärten, keine Ahnung zu haben, wo Maddie war, und die Freundinnen des Mädchens gaben an, sie zuletzt gesehen zu haben, als sie aus dem Schulbus gestiegen war, um die zwei Blocks nach Hause zu laufen. Niemand hatte eine Entführung beobachtet, aber sie war nie daheim angekommen.

Wir überprüften den Vater des Mädchens, was eine reine Routineangelegenheit war. Er wohnte zwei Stunden entfernt und schien von Maddies Verschwinden geschockt zu sein, obwohl einige ihrer Freundinnen erwähnt hatten, dass Maddie ängstlich gewirkt habe, als sie das letzte Mal das Wochenende bei ihm verbringen sollte.

Ich ... ich hätte besser zuhören sollen. Dies sind die Hinweise, die bei einem guten Sozialarbeiter die Alarmglocken schrillen lassen sollten, aber ich habe sie ignoriert.

Die Umstände ihrer Entführung kamen mir auf unheimliche Weise bekannt vor. Schon damals kannte ich den Fall des Countdown-Killers in- und auswendig. Maddie war elf Jahre alt, und obwohl es in ihrer Familie sehr viel chaotischer zuging als in denen der anderen Opfer, erschien es mir möglich, dass er für Maddies Verschwinden verantwortlich war. Sobald ich einmal angefangen hatte, Ähnlichkeiten zu sehen, erschien es mir offensichtlich. Maddie hatte das richtige Alter und den richtigen Background. Sie war auf dieselbe Weise verschwunden wie die meisten seiner Opfer – nämlich während sie, wie jeden Tag, allein zu Fuß unterwegs war.

Als ich damals mit Ayaan Bishar sprach, die die zuständige Ermittlerin für den Fall war, sagte ich ihr, ich wäre mir sicher, dass CK sich entschieden habe, wieder mit dem Morden anzufangen. Nachdem zwei Tage vergangen waren, ohne dass eine Lösegeldforderung eingegangen oder eine Leiche aufgetaucht war, dachte ich, ich hätte sie überzeugt. Nicht nur war Maddie von CK gekidnappt worden, sondern am nächsten Tag würde er auch ein weiteres Mädchen in seine Gewalt bringen. Es gingen andere Hinweise ein, einige Freunde der Familie rieten uns dringend, uns Maddies Vater noch mal genauer anzusehen, aber CK war so clever, dass ich ihm glatt zutraute, sich ein Opfer auszusuchen, dessen Verschwinden wir einem anderen in die Schuhe schieben würden. Vielleicht war das eine Verbesserung, eine über die Jahre dazugekommene Verfeinerung seiner Technik.

War es nicht. Vier Tage nach Maddies Verschwinden ging Ayaan einem Hinweis bezüglich eines Pseudonyms nach, das Maddies Vater angeblich benutzte, und entdeckte ein Apartment, das er unter diesem falschen Namen angemietet hatte. Als der Mann merkte, dass die Polizei seine Tür aufbrach, entschied er, dass, wenn er seine Tochter nicht behalten durfte, sie auch niemand sonst bekommen sollte. Die Beamten kamen buchstäblich in letzter Minute in die Wohnung, um zu verhindern, dass er Maddie erschoss. Sie wurde gerettet, aber als ich am nächsten Tag zur Arbeit ging, hatte ich mein Kündigungsschreiben dabei.

Ich war ausgebrannt in diesem Job und fürchtete, dass mein Fehler einem kleinem Mädchen beinahe das Leben gekostet hätte. Zur selben Zeit bekam ich durch die aufkeimende Freundschaft zu meiner Nachbarin und deren Tochter zum ersten und einzigen Mal eine Ahnung davon, wie es war, ein Kind zu haben.

Ich verbrachte einige Wochen auf dem Sofa, betrauerte das Ende meiner beruflichen Laufbahn und hörte mir jeden True-Crime-Podcast an, den ich finden konnte. Bis ich schließlich eines späten Abends unter dem Einfluss von Schlafmangel und einer halben Flasche Shiraz entschied, selbst einen zu

machen. Trotz meines Versagens in Maddies Fall hatte ich meine Leidenschaft dafür, Kindern zu helfen, die Opfer eines Verbrechens wurden, nicht verloren. Vielleicht musste ich einfach einen anderen Weg einschlagen.
Bei dem Gedanken, irgendein Monster könnte der Tochter meiner Nachbarin – diesem perfekten kleinen Mädchen mit den leuchtenden Augen, dem trotzigen Kinn und den niedlichen Wangengrübchen – etwas antun, wurde mir schwindlig vor Wut. Aber ich wusste, dass solche Dinge passieren. Dass es Männer gibt, die Jagd auf Mädchen wie sie machen. Ich hatte zu viele davon selbst kennengelernt, zu viele mit ihren Untaten davonkommen sehen, und ich wusste, dass ich etwas tun konnte, um das zu ändern. In jener Nacht nahm ich die erste Folge von *Justice Delayed* auf. Und ein paar Monate später veröffentlichte ich die erste Staffel.
Wie bei so vielen Dingen im Leben war es nicht ein einzelnes Ereignis, das zu diesem Ergebnis führte, sondern das Zusammenwirken vieler verschiedener Faktoren zur rechten Zeit. Wir sind nicht nur ein Produkt der Erfahrungen, die wir machen, sondern auch unserer Reaktionen auf diese Erfahrungen. Aber wenn ich einen einzelnen Punkt herausstellen müsste – die eine Sache, die alles ins Rollen brachte –, dann wäre es Maddie Blacks Fall. Jeder hat sein Schlüsselerlebnis, einen Menschen, ein Ereignis oder eine Nachricht, das ihn auf die Spur gesetzt hat. Etwas, worauf – wenn er seine Geschichte rückblickend betrachtet – alles, was danach passierte, zurückzuführen ist. Seine spezielle Prägung.

TEIL III

DER AUSLÖSER

23

DJ · 1971 BIS 1978

Die erste Frau, die DJ tötete, war seine Mutter. Sie starb bei der Geburt, als sie schreiend seinen sich windenden Körper ausstieß, zusammen mit zu viel eigenem Blut.

Es war Gottes Wille, dass sie starb. Daran erinnerte ihn sein Vater jedes Mal, wenn sich ein Schulkamerad darüber lustig machte, dass er keine Mutter hatte. Denn der Herr hatte seine Pläne mit DJ, ebenso wie er für die Mutter den Plan gehabt hatte, dass sie ihn auf diese Welt bringen und dann sterben sollte. Mit seiner Geburt war ihr Zweck erfüllt, und der Herr hatte sie zurück in sein Reich gerufen. DJ empfand es als gewissen Trost zu wissen, dass er etwas Besonderes war; denn Gott war bereit gewesen, seine Mutter zu opfern, damit er auf die Welt kam.

Er hatte auch nie das Gefühl, dass ihm ohne Mutter etwas fehlte. Die Männer in seiner Familie waren alle aus hartem Holz geschnitzt. Sein Vater, Josiah, arbeitete sechs Tage die Woche als Klempner und hatte, soweit DJ sich erinnerte, noch nie im Leben einen Arzt aufgesucht. Seine Brüder, Charles und Thomas, waren ambitionierte Footballspieler und halfen schon als Teenager nebenbei auf einer Farm aus. An den Tagen, an denen sie nicht trainierten, aßen sie stets gemeinsam zu Abend. Sie gingen jeden Sonntag in die Messe, und Josiah las DJ vor dem Schlafengehen immer aus der Bibel vor. Es war zwar kein außergewöhnliches Leben, aber die Vertrautheit eines jeden Tages umhüllte ihn wie eine wärmende Decke.

Das alles änderte sich an einem Dienstag mitten im Sommer, als DJ sieben Jahre alt war. Charles und Thomas verbrachten eine Woche im Bibelcamp, und DJ war mit seinem Vater allein. Sie spielten auf der Veranda Schach und lauschten dem Gesang der Zikaden. Der schwüle Nachmittag ging langsam in einen kühlen Abend über, als das Telefon klingelte und Josiah ins Haus lief, um den Anruf entgegenzunehmen. DJ plante gerade seinen nächsten Zug, als ein markerschütternder Schrei ertönte.

Er rannte in die Küche, wo sein Vater auf dem Boden lag, das Telefon am Ohr, die Schnur um den Unterarm gewickelt. Sein Gesicht war tränenüberströmt. Nie zuvor hatte DJ ihn weinen gesehen. Es dauerte einige Zeit, bis er aus Josiah herausbekam, was passiert war: Charles und Thomas waren letzte Nacht heimlich mit einem Boot auf den Lake Superior hinausgefahren und nicht mehr zurückgekommen.

Josiah packte ihn in den Pick-up, und sie fuhren nach Duluth ins Sommercamp. Fünf lange Stunden, in denen DJ stumm und wie betäubt im Auto saß, während sein Vater abwechselnd die Nachricht lauthals für unwahr erklärte oder leise Gebete sprach.

Bei ihrer Ankunft gab es noch nichts Neues. Das Boot wurde noch immer vermisst; es trieb verloren auf dem großen See, der sich weiter erstreckte als alle Gewässer, die DJ jemals gesehen hatte. Und er fragte sich, ob der Ozean auch so aussah. Denn größer als das hier konnte er unmöglich sein. Er ließ den Blick über den Horizont wandern, als hätten alle anderen seine Brüder nur übersehen, die dort irgendwo winkend um Hilfe riefen oder auf ihre unbekümmerte Art lachten, überrascht, dass man sich Sorgen machte, wo sie doch nur ein Abenteuer gesucht hatten.

Die Stunden schleppten sich dahin, weitere Suchtrupps wurden losgeschickt, und über DJs Kopf verwirbelte ein Hubschrauber die Luft.

»Charles und Thomas sind bald wieder da«, sagte er seinem Vater. Seine Brüder machten einfach nur Unsinn. Es war

Sommer. Wahrscheinlich hatten sie ein paar Mädchen kennengelernt und waren auf einen »Drücker«, wie Charles es nannte, mit ihnen hinausgefahren.

Während sie warteten, notierte DJ die Anzahl der Polizisten, Autos, Camp-Betreuer sowie aller anderen, die sonst noch das Ufer absuchten. Er konnte nicht fassen, wie viele es waren. Er mochte Zahlen. Schreiben war nicht seine Stärke, und sportlich wie seine älteren Brüder war er auch nicht. Aber als er mit sechs Jahren sein erstes Arbeitsblatt in Mathe bekommen hatte, war es, als begegnete ihm die Sprache, die er schon immer gesprochen hatte, zum ersten Mal in Schriftform. Zahlen waren das Fundament der Welt. Jeder Winkel, jedes Atom, jede Zelle ließ sich mit einer Gleichung berechnen. Als er das verstanden hatte, konnte er sich auch zu einer Welt in Beziehung setzen, in der er sich sonst nicht gut zurechtfand. Und so versuchte er, während sich die Stunden dahinschleppten, auszurechnen, wie die Chancen standen, dass die Jungs gesund zurückkommen würden. Aber es gab zu viele Variablen – zu viele Unbekannte.

Einundzwanzig Stunden. So lange brauchte die Polizei, um die Leichen seiner Brüder zu finden. Sie waren ans Ufer von Manitou Island geschwemmt worden, eine der Apostle Islands vor der Küste von Wisconsin. Ein Sturm hatte sie dort hingetrieben, und ihr Boot war mit ihren Körpern an einem Felsen zerschellt. DJ durfte sie nicht sehen, was alles noch schlimmer machte. Denn so stellte er sich die gebrochenen Knochen seiner Brüder vor, ihre aufgerissene Haut, ihre kaputten Schädel. Er malte sich ihre letzten Minuten aus, als sie wussten, dass sie sterben würden. Später erfuhr er, dass sie bereits tot gewesen waren, als ihre Körper zerschmettert wurden, aber die Bilder in seinem Kopf blieben.

In der Nacht, nachdem sie gefunden wurden, brachte sein Vater ihn nach Hause. Er schwieg während der ganzen Fahrt, sagte auch kein Wort, als sie ihr stickiges, leeres Haus betraten. In der ersten Woche kamen alle paar Stunden Nachbarn und Freunde aus der Gemeinde vorbei, die ihren Kühlschrank mit Lasagne und seltsamen warmen Gerichten füllten. Aber dann kam die Beerdigung und danach – die Stille.

Sein Vater sagte tagelang kein Wort. DJ stellte ihm Fragen, tat so, als wäre er hingefallen und hätte sich verletzt, machte sogar Dinge, die ihn garantiert verärgern würden: Er trommelte in der Scheune auf Charles' Schlagzeug herum, pfiff laut, während er pieselte, trank Orangensaft aus der Packung. Doch nichts entlockte seinem Vater eine Reaktion.

Dann fiel ihm die Pflanze ein. Sie stand im Wintergarten, dem Zufluchtsort seiner Mutter, den der Vater ihr nach dem Hauskauf eingerichtet hatte. Die Blätter waren von einem hellen, auffälligen Rot, und die Mutter hatte sie selbst aus den Samen der größeren Pflanzen gezogen, die überall wild auf der Farm wuchsen. Ohne seinen Vater zu fragen, hatte er sie einmal zum Anschauungsunterricht mit in die Schule genommen, und als Josiah davon erfuhr, hatte er DJ angeschrien, bis die Adern an seinem Hals hervorgetreten waren. Er hatte ihm erklärt, dass die Samen dieser Pflanze ihn krank machen konnten und es zu gefährlich war, sie in die Schule mitzunehmen.

Vielleicht würde die Pflanze seinen Vater aufwecken.

DJ stellte sie im Esszimmer mitten auf den Tisch; er musste das schmutzige Geschirr einer ganzen Woche beiseiteschieben, um Platz für sie zu machen. Dann ging er hinauf in sein Zimmer. Wenig später hörte er die Schritte seines Vaters und wartete darauf, dass er wütend die Treppe heraufgestürmt kam, aber nichts passierte.

Am nächsten Morgen ging er zum Frühstücken nach unten, und sein Vater saß am Tisch und trank Kaffee, die Pflanze direkt vor sich. Es war, als hätte er sie nicht einmal gesehen.

Die Wut tobte in DJ. Seine Brüder waren tot, aber er lebte, und wenn sein Vater nicht einmal die leuchtend roten Knospen an dieser ehrwürdigen Pflanze registrierte, welche Hoffnung blieb ihm dann? In dem Moment kam ihm die Erleuchtung: Wenn er krank würde, musste sein Vater sich um ihn kümmern.

Als Josiah zur Arbeit ging, zupfte er eine Frucht von der Pflanze, brach sie auf und steckte den braunen Samen in den Mund. Er schmeckte ölig, aber nicht bitter.

DJ nahm seinen Rucksack und ging zur Schule.

Die Magenkrämpfe fingen an, als er mittags sein Erdnussbutter-Sandwich aß. Mund und Hals brannten, als hätte er ein brennendes Zündholz geschluckt. Am Ende des Schultages glühte sein ganzer Körper vor Fieber. Er schleppte sich nach Hause, hielt sich den ganzen Weg über den Bauch und brach zu Hause, ein Glas lauwarmes Wasser neben sich auf dem Couchtisch, auf dem Sofa zusammen.

Er wachte von etwas auf, das er noch nie zuvor gespürt hatte: der rauen Hand seines Vaters auf der Stirn. Josiah nahm ihn auf die Arme und trug ihn zu sich ins Bett, legte ihn auf die Seite, von der DJ wusste, dass es die der Mutter gewesen war, obwohl er sie ja nie dort hatte liegen sehen.

Er sank zurück in den Schlaf.

Am nächsten Tag ging sein Vater nicht zur Arbeit, sondern umsorgte ihn, legte ihm kalte Kompressen auf die Stirn und fütterte ihn mit lauwarmer Brühe. Er saß an DJs Bett und las ihm aus der Bibel vor, so wie er es jeden Abend getan hatte, bevor Thomas und Charles gestorben waren. Der Klang seiner Stimme, die ihm die Poesie der Psalmen und die Weisheit der Sprüche Salomons näherbrachte, spendete ihm Trost. Es waren seine beiden liebsten Bibeltexte, denn sie enthielten allen Rat, den man in dieser Welt brauchte – sagte jedenfalls Josiah.

DJ wechselte zwischen Wachen und Schlafen hin und her, ohne sich des Übergangs bewusst zu sein. Einmal öffnete er die Augen und sah seinen Vater neben sich liegen. Er hatte die tränennassen Augen geschlossen und flüsterte: »Bitte. Bitte, ihn nicht. Das hast du mir versprochen.«

Jedes Mal, wenn er aufwachte, fühlte er sich noch schlechter. Ein befreundeter Arzt kam und untersuchte ihn, und DJ wollte es ihm schon sagen, aber sein Vater weigerte sich, das Zimmer zu verlassen. Und den Zorn, den sein Geständnis auslösen würde, wollte er keinesfalls riskieren.

Als der Arzt am nächsten Tag wiederkam, konnte DJ sich nicht mehr bewegen. Tagelanges Erbrechen und Durchfall hatten seinen Körper zu einer schmerzenden, ausgetrockneten Masse verkümmern lassen. Als er den finsteren Ausdruck im Gesicht des Doktors sah, wurde seine kindliche Erwartung, dass es ihm bald wieder bessergehen würde, von Panik verdrängt. »Kann ich Sie einen Moment allein sprechen?«, fragte er den Doktor ganz leise. Der Mann warf DJs Vater einen Blick zu, der nur zögernd das Zimmer verließ.

Kaum hatte DJ flüsternd zugegeben, was er getan hatte, nahm der Arzt ihn hoch und lief mit ihm aus dem Haus zu seinem Wagen. Josiah kam hinterhergerannt und verlangte lauthals nach einer Erklärung, und sobald der Arzt den Jungen auf den Rücksitz gelegt hatte, stiegen beide Männer vorne ein. Der Arzt trat aufs Gas, und sie rasten los.

Die Zeit im Krankenhaus nahm DJ nur in Momentaufnahmen wahr. Eine Nadel steckte in seinem Arm, Geräte piepten, und über seinem Kopf schwebten besorgte Gesichter, wenn er mühsam die Augenlider hob. Aber dann war er plötzlich wach und erinnerte sich, wie es war, nicht ständig Schmerzen und das Gefühl zu haben, dass einem jemand den Magen umstülpt. Sein Vater saß neben ihm, doch als er sah, dass DJ die Augen aufschlug, zeigte sich keine Erleichterung in seinem Gesicht. Stattdessen war da etwas anderes, was DJ nie zuvor gesehen hatte.

Drei Tage danach durfte er das Krankenhaus verlassen.

Josiah schwieg, als sie ihr Haus betraten. DJ ging in die Küche, noch immer schwach von der tagelangen Krankheit und der fehlenden Bewegung. Er nahm sich ein Glas Wasser und setzte sich an den Tisch, auf dem in der Mitte noch die Pflanze stand, als hätte sie schon immer da gestanden. Er nippte am Wasser und starrte die seltsamen, bunten Blüten an. Als sein Vater hereinkam, heftete DJ den Blick weiter auf die Pflanze, um den Ausdruck von Wut und Enttäuschung in Josiahs Gesicht nicht sehen zu müssen, der vielleicht nie wieder wegging.

»Ist es das, was du willst?«, fragte Josiah schließlich.

DJ starrte weiter die Pflanze an. Vor seinem inneren Auge blitzte ständig das Bild auf, wie der Vater vor Schmerz das Gesicht verzogen hatte, als die Polizisten in dem Hotel in Duluth an der Tür erschienen waren.

»Antworte mir, Junge. Willst du das Leben wegwerfen, das Gott dir geschenkt hat? Willst du mich quälen? Willst du permanente Aufmerksamkeit? Sollen die Ärzte und ich um dein Bett herumstehen?« DJ blickte auf und sah das zornige Funkeln in Josiahs Augen. »Na los, iss noch mehr davon!«

Er stieß die Pflanze über den Tisch zu ihm hin, aber DJ rückte zur Seite, und sie krachte zu Boden. Der Übertopf zerbarst auf den grauen Fliesen, Erde und stachelige rote Blüten verteilten sich wie Blutklumpen über den Boden.

»Du verwöhnter Scheißer!«, zischte sein Vater, stürmte um den Tisch herum, packte DJ am Hemdkragen und zerrte ihn durch die Küchentür hinaus in den hinteren Garten. Es war ein feuchtheißer Sommerabend, und als DJ weinte, schwirrten ihm unzählige Mücken um Mund und Augen. So hatte sein Vater ihn noch nie angefasst. Er hielt ihn am Nacken gepackt wie einen ungezogenen Hund. Halb trug, halb schleifte Josiah ihn hinter den alten Schuppen, in dem er und seine Cousins immer Räuber und Gendarm gespielt hatten. Dort stand mitten im hüfthohen Gras der Sitz eines alten Traktors, ein Überbleibsel aus der Zeit, als das Haus noch dem Großvater seines

Vaters gehört hatte. Normalerweise diente er DJ zum Spielen, aber jetzt packte Josiah seine Hände, drückte sie auf die Sitzfläche und befahl ihm, stillzustehen. Er zog ihm die Hose runter, und DJ spürte einen kühlen Luftzug auf der nackten Haut, obwohl es fast vierzig Grad waren.

»*Gewöhne einen Knaben an seinen Weg, so lässt er auch nicht davon, wenn er alt wird*«, donnerte Josiahs Stimme über das Zirpen der Zikaden hinweg. »*Wer seine Rute schont, der hasst seinen Sohn; wer ihn aber lieb hat, der züchtigt ihn beizeiten.* Ich wusste, dass ich zu weich mit euch Jungen war. Zuerst fahren deine Brüder mit diesem Boot raus, und jetzt du …« Er verstummte.

Der erste Schlag traf ihn hart, DJ war sich sicher, dass der Gürtel ihm den Rücken aufgerissen hatte. Er presste die Knie zusammen, setzte alles daran, nicht umzufallen.

»Hier hat mein Daddy mich immer verprügelt. Ich hatte geschworen, niemals zu werden wie er, aber vielleicht hatte er in dieser einen Sache doch recht.«

Ein zweiter Schlag ging auf ihn nieder, gefolgt von einem dritten und vierten. Zwischen den Hieben schnappte sein Vater nach Luft, und Worte spritzten aus seinem Mund wie Fett aus einer heißen Pfanne.

»Du … hast … das … gemacht.« Jedes Wort ein Schlag; immer und immer wieder.

Der Gürtel traf DJs nackte Beine, setzte Schenkel und Waden in Brand. Er wollte die Sekunden zwischen den Schlägen zählen, aber die Zahlen verschwammen ineinander. Und das versetzte ihn in Panik. Mit zittrigen Händen umklammerte er den verbeulten Metallsitz des alten Traktors. Zahlen waren das einzig Wichtige für ihn, das Einzige, was Sinn machte. Wenn er nicht über Zahlen nachdenken konnte, würde er dem hier niemals entkommen.

Anstatt Sekunden zu zählen, versuchte er, die Schläge zu zählen, führte sich den Sinn der Zahlen vor Augen, erinnerte sich daran, was sie bedeuteten. *Sieben, die Zahl der Ozeane, die Zahl der Kontinente, die Zahl der Zwerge in* Schneewittchen, *die Zahl der Vollständigkeit, der Perfektion. Acht, die größte einstellige gerade Zahl, teilbar durch zwei und vier, die dritte Potenz der kleinsten Primzahl, die Zahl der Neuanfänge.*

Er spürte, wie sein Verstand anfing zu arbeiten, ihn hinwegzutragen.

Dreizehn, Unglückszahl, die sechste Primzahl, eine Fibonacci-Zahl, die Zahl für Verderbtheit und Sündhaftigkeit.

Siebzehn, die einzige Primzahl, die die Summe von vier aufeinanderfolgenden Primzahlen bildet, die Zahl des totalen Triumphs.

Einundzwanzig, eine Dreieckszahl, die Summe der ersten sechs natürlichen Zahlen, die Zahl der Aufsässigkeit und Sünde.

Schließlich hörten die Schläge auf.

DJ war, als würde er schon stundenlang dort stehen, mit zitternden Knien und Metall, das sich in die Gelenke seiner Fingerknöchel drückte. Schließlich legte Josiah ihm eine Hand auf die Schulter. DJ zuckte zusammen, und um ein Haar hätte er bei dem erneuten Schmerz laut aufgeschrien, obwohl er bis jetzt keinen Ton von sich gegeben hatte.

»Man muss dem Bösen wehren mit harter Strafe und mit ernsten Schlägen, die man fühlt.« Diesen Bibelvers, einen der Sprüche, hatte Josiah vor ein paar Tagen gelesen. Als DJ aufblickte, waren die Augen und Wangen seines Vaters rot, und Tränen strömten über sein Gesicht – Bestürzung hatte seine Wut bezwungen. Der Mann drehte den Jungen herum und starrte auf die Striemen, die er ihm zugefügt hatte. »Es tut mir leid, Sohn. Es tut mir leid, es tut mir leid.«

DJ wich zurück. Der jämmerliche Anblick seines Vaters war ihm noch weniger erträglich als die Schläge. Aber vielleicht half es ja, ihn zu läutern – auf dass er rein und heilig wurde.

Vielleicht konnte ihm jetzt vergeben werden, dass er seinen Vater angelogen und ihm so viel Schmerz zugefügt hatte, wo er schon mehr als genug litt. Es war ein Neuanfang. Er konnte all das sein, was sein Vater von seinen Jungen erwartete. Er konnte der Beste sein bei allem, was er in die Hand nahm.

Er konnte drei Söhne in einem sein.

24

ELLE · 17. JANUAR 2020

Nachdem Elle Ayaan angerufen hatte, waren die ersten Officer in weniger als zehn Minuten bei ihr. Als Nächstes kam Martín mit besorgter Miene hereingestürmt; er zog Elle in seine noch nach Desinfektionsmittel riechenden Arme und hielt sie ganz fest. Dann traf Sash ein; sie wirkte, als wäre alles Leben aus ihr gewichen, und brachte außer: *Wo ist sie? Wo ist sie? Wo ist sie?*, kaum ein Wort heraus.

In Gruppen durchkämmten sie das Viertel und klopften an jede Tür – Martín und Elle mit einem Polizisten auf der einen Seite der Straße und Sash mit einem weiteren Beamten auf der anderen. Niemand hatte sie gesehen. Danach liefen sie den ganzen Weg bis zu Ms. Turner ab und schauten da noch mal nach Natalie, aber das Haus wirkte immer noch verlassen. Das Einzige, was sie fanden, war ein Gebilde aus zersplitterndem Plastik und Glas, das Martín auf der vereisten Straße entdeckte.

Natalies Handy. Die Polizei sammelte es als Beweisstück ein und suchte auch die Gegend darum herum ab, fand aber nichts weiter. Das Telefon war von einem Auto überrollt worden.

Schließlich kehrten sie zurück in das Haus der Castillos und warteten. Zu warten bedeutete in diesem Fall, viel zu weinen, auf und ab zu gehen und immer und immer wieder aus dem Fenster zu schauen.

Elle saß, den Blick starr zu Boden gerichtet, zusammengekauert auf dem Sofa und nahm die Welt um sie herum kaum wahr, bis Ayaan sich plötzlich vor sie hinkniete und mit ihrer klaren Stimme zu ihr durchdrang.

»Elle, sag mir, was du weißt.«

Also berichtete sie alles noch einmal, jedes Detail, an das sie sich erinnern konnte. Dass sie eingeschlafen und mit dem Gefühl aufgewacht war, dass irgendetwas nicht stimmte, und dann die verpassten Anrufe und Nachrichten von Natalie entdeckt hatte. Sie erzählte Ayaan alles, bis hin zu der kalten Leere, die sie im Haus der Hunters empfangen und ihr schon beim Eintreten die Gewissheit vermittelt hatte, dass Natalie nie dort angekommen war.

Erst als sie fertig war, schoss ihr plötzlich ein Gedanke durch den Kopf, und sie schaute in Ayaans ernste Augen. »Ayaan, es sind drei Nächte vergangen, seit Amanda Jordan entführt wurde.«

Ayaan presste ihre vollen Lippen zu einem festen, geraden Strich zusammen. »Elle.«

»Siehst du es denn nicht? Das …« Elle brach ab, und in ihren Augen sammelten sich Tränen der Angst. »Das entspricht genau seinem Muster. Natalie ist zehn Jahre alt. Sie ist die Nächste in seinem Countdown.«

Martín, der gerade mit einem Becher Tee aus der Küche kam, blieb stehen, als er Elle hörte. Er und Ayaan wechselten einen Blick, und Elle wollte gerade etwas sagen, als Sash urplötzlich einen Tobsuchtsanfall bekam.

»Ist das wirklich dein Ernst, Elle?«, fauchte sie und erhob sich aus Martíns Lieblingssessel, in dem sie es sich bequem gemacht hatte. »Glaubst du echt, dass es *hier und jetzt* um deinen Podcast geht? Meine Tochter ist … verschwunden … und du redest über deinen beschissenen CK?«

Martín stellte den Becher vor Elle hin. Dann wandte er sich Sash zu und hob die Hände, um sie zu beruhigen. »Entschuldige, Sash. Wir stehen alle unter Schock. Bitte lass Elle doch erst mal –«

»Erst mal was?«, schnitt Elle ihm das Wort ab und sprang auf. Ayaan erhob sich ebenfalls und trat einen Schritt zur

Seite. »Du hast gesagt, dass du mir glaubst, immer. Also. Dann glaub mir jetzt, Martín! Das ist CK. Es passt alles zusammen – genau so geht er vor.«

Sash schleuderte mit einem zornigen Aufschrei ihren Teebecher durchs Zimmer. Er krachte unweit von Elle gegen die Wand, und die heiße Flüssigkeit spritzte auf ihre Kleider und lief an der Wand herab. Elle zuckte zusammen, als sie die Tropfen auf ihrer Haut spürte. Ein Officer kam angerannt, aber Ayaan schickte ihn wieder weg. Sash stand breitbeinig und schwer atmend da und schaute Elle aufgebracht an. »Halt – die – Klappe.« Ihr Gesicht war wutverzerrt, sie hatte rote Flecken am Hals, und ihre Augen funkelten; so hatte Elle sie noch nie gesehen. »CK ist tot, Elle. Er hat sich vor zwanzig Jahren in dieser Blockhütte umgebracht, *und das weißt du auch!* Alle wissen es. Sie lassen dir dein blödes Hirngespinst, dass du ihn schnappen kannst, nur aus Mitleid.«

Elle wich zurück, ihr Gesicht brannte. »Das ist nicht wahr.«

Aber Sash war noch nicht fertig. Sie machte einen Schritt auf Elle zu und zeigte mit dem Finger auf sie. »Hör auf abzulenken! Es ist deine Schuld, dass Natalie dieses Haus allein verlassen hat. Du hast mir versprochen, sie immer abzuholen. Du hast es mir versprochen, und ich hab dir vertraut wie einer Schwester.«

Aus Elles Beinen wich alle Kraft, und sie setzte sich abrupt hin. Sashs kalte, treffsicheren Worte hämmerten wie Fäuste auf ihr Trommelfell ein. Es war wirklich ihre Schuld. Sie hätte nicht einschlafen dürfen. Sie hätte da sein müssen, als Natalie bemerkte, dass Ms. Turner nicht zu Hause war.

»Miss Hunter, wir tun alles, was wir können, um Ihre Tochter zu finden«, sagte Ayaan, und ihre Stimme wirkte auf eine Weise beruhigend, gegen die keiner von ihnen ankam. Dann setzte Ayaan sich zu Elles Verblüffung neben sie und legte sanft und tröstend einen Arm um sie. »Ich habe in solchen Situationen schon viele Freundschaften und Beziehungen zerbrechen sehen, aber ich kann Ihnen versichern, dass sie wesentlich leichter zu ertragen sind, wenn alle zusammenstehen. Durch gegenseitige Schuldzuweisungen finden wir Natalie auch nicht schneller. Es wäre besser, wenn jetzt nicht alle aufeinander losgehen, okay?«

Sash blickte eine Weile zwischen den beiden hin und her, dann nahm sie ihren Mantel und stürmte aus dem Haus.

Elle wischte sich über die Augen und schaute Ayaan an. »Glaubst du mir?«

Ayaan wandte den Blick ab; eine kleine, aber trotzdem niederschmetternde Geste. »Mach mal langsam, Elle. Es ist doch noch nicht mal klar, ob es einen Zusammenhang zwischen den Entführungen gibt, aber du weißt schon ganz sicher, wer dafür verantwortlich ist. Du bist zu nah dran, um objektiv zu sein, vor allem jetzt, wo Natalie verschwunden ist.«

»Ayaan …« Ein Schluchzer schnitt Elle das Wort ab. Durch ihre Tränen hindurch sah sie, dass Martín immer noch in der Ecke des Zimmers stand, aber sie brachte es nicht fertig, ihn anzuschauen. Schamesröte kroch ihren Hals hinauf, und sie zog die Schultern ein.

»Ich weiß, dass das weh tut, Elle.« Ayaan betrachtete Elle besorgt. »Ich hoffe, du holst dir Hilfe.«

Nachdem Ayaan gegangen war, herrschte einige Minuten lang Schweigen. Elle saß auf dem Sofa, blickte zur Wand und ließ ihren Tränen freien Lauf. Irgendwann setzte Martín sich neben sie und legte seine Hand auf ihren Rücken, so als wollte er verhindern, dass sie umkippte.

»Was ist passiert?«, murmelte er. »Was kann ich tun?«

Elle erstarrte; sie setzte sich auf und rutschte von ihm weg. »Du kannst gar nichts tun, Martín.« Aber als sie ihn anschaute und den Schmerz in seinen Augen sah, stockte ihr der Atem. Sie bekam ein schlechtes Gewissen. Auch er hatte Natalie verloren.

»Es muss aber etwas geben«, murmelte er mit heiserer Stimme. »Wir müssen doch irgendwas tun können.«

»Glaubst du mir?«, fragte sie, stand auf und trat an das Fenster zur Straße. Draußen war es stockdunkel; wenn dort jemand war, konnte er sie problemlos sehen, aber auf ihrer Seite hätte die Glasscheibe ebenso gut ein Spiegel sein können, so undurchsichtig war sie. Ihre dunklen Haare waren zerzaust, aus ihrem Pferdeschwanz hatten sich zahlreiche Strähnen gelöst. Elle konnte ihre Augen nicht erkennen, wohl aber die Sorgenfalten auf ihrer Stirn. Auch Martín spiegelte sich in der Scheibe; er saß noch auf dem Sofa, wo sie ihn zurückgelassen hatte. Er hatte den Kopf in die Hände gestützt, und sie wusste, dass er um Kraft betete.

»Ich glaube, dieser Fall nimmt dich mehr mit, als du anfangs dachtest«, sagte Martín. »Ich glaube, du siehst Dinge, die du wahrscheinlich nicht sehen würdest, wenn du dich nicht seit Monaten so intensiv mit diesem Fall beschäftigen würdest.«

»Ich beschäftige mich seit Jahren mit dem Fall.«

»Das stimmt.« Er hob den Kopf, und sie stellte sich vor, ihre Blicke könnten sich in der dunkelblauen Fensterfläche treffen. »Aber das ist was anderes. Du hast nicht geschlafen. Du hast mich angelogen, als du gesagt hast, du würdest mit einem Zeugen sprechen. Und du hast ohne jede Rücksprache mit mir angefangen, dich an der Ermittlung zu einem aktuellen Fall zu beteiligen. Dabei weißt du selbst am besten, wie riskant das ist. Ich mache mir einfach Sorgen um dich.«

Elle drehte sich zu ihm um. »Ich möchte nicht, dass du dir Sorgen um mich machst. Ich möchte, dass du mir glaubst.«

»Das tue ich ja, Elle. Ich habe dir gesagt, dass ich das tue. Aber dir zu glauben und mit dir einer Meinung zu sein, ist nicht dasselbe. Ich glaube, du hast Gründe dafür, zu denken, dass CK wieder zugeschlagen hat, aber du kannst nicht von mir verlangen, dass ich dir recht gebe, wenn ich mir nicht sicher bin, dass es so ist.«

Wieder verschwamm die Welt vor ihren Augen, und sie schüttelte den Kopf. »Aber es passt alles genau in sein Muster: das Alter, die auffällig bunten Kleidungsstücke, die sorgfältige Planung. Das Einzige, was ich nicht begreife, ist, wo Ms. Turner steckt und wie er wissen konnte, dass sie heute nicht da sein würde. Vielleicht hat er sie aus dem Haus gelockt, damit Natalie gar keine andere Wahl hatte, als allein nach Hause zu gehen.«

»Aber wie konnte er denn ahnen, dass du nicht ans Telefon gehst, wenn Natalie anruft?«, hielt Martín vorsichtig dagegen.

Elle kniff sich in den Nasenrücken. »Ich weiß es nicht.«

»Alles, was über CK bekannt ist, zeigt, dass er unglaublich vorsichtig ist. Absolut penibel, wie es im Podcast hieß. Also hätte er doch alles bis ins kleinste Detail geplant.«

Elle schaute ihn an. »Gut, er wusste vielleicht nicht, dass ich nicht ans Telefon gehen würde. Aber vielleicht hatte er auch einen Plan für diesen Fall.« Martín verzog den Mund, um seine Skepsis zu demonstrieren, doch sie sprach weiter: »Sie glauben, dass er das vorher auch gemacht hat. Er hat immer Pläne für alle Eventualitäten.«

Einen Moment betrachtete er sie stumm und trommelte dabei mit den Fingern auf sein Knie. »Hat es vielleicht irgendwas mit deinen letzten Folgen zu tun?«, fragte er schließlich.

Ihr Blick schnellte zu ihm. »Was?«

»Ich hab die Reaktionen gesehen. Deine Fans unterstützen dich, aber einige Kommentare … Es wäre komplett nachvollziehbar, wenn das irgendwas in dir ausgelöst hat, *mi vida*. Diese furchtbaren Dinge, die die Leute schreiben. Sie beschimpfen dich als Lügnerin. Wenn sie wüssten …«

»Mir geht's gut, Martín. Das hier hat nichts damit zu tun.« Elle schloss die Augen. In diesem Augenblick erschienen ihr die Hassnachrichten, die sie im Internet bekam, ganz weit weg, gar nicht real. Was konnte ihr denn jemand Schlimmeres antun als das, was sie gerade erlebte?

Als sie die Augen wieder aufschlug, kam Martín zu ihr. Er legte seine Hände auf ihre Schultern und schaute sie an. Sein Blick war tränenverhangen. Ihr wurde schlagartig wieder bewusst, dass Natalie verschwunden war, und diese neue Welle der Trauer hätte sie vielleicht umgehauen, wenn seine sanfte Berührung nicht gewesen wäre.

Er zog sie an sich, und eine seiner Tränen fiel auf ihren Kopf. »Ich weiß, dass du dich nicht in den Vordergrund spielen willst, aber du solltest Ayaan von den E-Mails erzählen, Elle.«

Elle machte sich los und sah ihn überrascht an. Martíns Miene war angespannt. »Woher weißt du von den Mails?«, fragte sie.

»Tina. Als du dich heute Nachmittag hingelegt hast und nicht ans Telefon gegangen bist, hat sie mich angerufen, weil sie sich Sorgen gemacht hat. Ich soll dir ausrichten, dass sie ein paar von den Leuten identifiziert hat, die dir Drohmails geschickt haben. Keiner von denen, die sie bislang ausfindig gemacht hat, wohnt hier vor Ort. Das wollte sie dich nur wissen lassen.«

Elle senkte den Blick und spielte an seinen Hemdknöpfen. »Tut mir leid, dass ich dir nichts davon erzählt habe. Ich wollte dich nicht beunruhigen.«

»Elle, du sagst andauernd, dass ich dir vertrauen soll. Du kannst mir auch vertrauen. Du kannst darauf vertrauen, dass ich mit solchen Situationen umgehen kann. Also: Ich möchte nicht mehr, dass du mir so wichtige Sachen vorenthältst.«

»Okay.«

Er legte eine Hand auf ihre und schob mit der anderen ihr Kinn hoch, bis sie ihn direkt anschaute. »Ich möchte doch nur, dass dir nichts passiert.«

»Bei dem, was ich mache, kann mir immer was passieren.«

Ihre Worte klangen harsch, aber sie waren wahr, und manchmal war die Wahrheit brutal.

»Dann baue ich auf deine *astucia*. Sei einfach schlauer als jeder, der dir weh tun will. Kannst du das für mich tun?«

Sie dachte kurz nach und nickte dann. »Ich kann's versuchen.«

25

JUSTICE DELAYED-PODCAST · 9. JANUAR 2020

Transkript: Staffel 5, Folge 5

VOICE-OVER EINER UNGENANNTEN: Du bist in einem Zimmer eingesperrt, zusammen mit einem anderen Mädchen. Du hast kaum mehr zu essen bekommen als ein paar Bissen, und für die musstest du dich abrackern. Du hast die Wände mit einem Schwamm geputzt, jeden Zentimeter der Jalousien abgestaubt und den Boden so fest geschrubbt, dass deine Fingerknöchel blutig sind. Deine Haut riecht permanent nach Bleichmittel und ist stellenweise verätzt.

Du bist schwach, vollkommen zerschlagen, und wenn du hörst, dass sich dein Entführer der Tür nähert, kannst du dich vor Angst kaum rühren. Diesmal bringt er allerdings was zu essen. Es ist zäher Haferbrei, über den du noch vor kurzem die Nase gerümpft hättest, aber jetzt stößt du das andere Mädchen fast um, um an die Schüssel heranzukommen. Er schaut dir beim Essen zu. Erst, als du den Brei schon mehr als halb aufgegessen hast, kapierst du, dass er für die andere nichts mitgebracht hat. Widerwillig bietest du an, ihr den Rest zu überlassen, aber er schüttelt den Kopf. Nein, das ist nur für dich. Er schaut dir zu, bis du den Brei vollständig aufgegessen hast, dann nimmt er die Schüssel mit.

Du liegst einige Stunden auf der schmutzigen Matratze und hast zum ersten Mal seit einer gefühlten Ewigkeit wieder einen vollen Bauch. Du schläfst ein.

Du wachst auf, als der brennende Schmerz einsetzt. Zuerst spürst du ihn in der Kehle, es ist wie damals, als du die Grippe

hattest und dich sechsmal am Tag übergeben hast. Eine Stunde später fühlt dein Bauch sich gar nicht mehr angenehm gefüllt an, sondern du windest dich in Krämpfen und dir ist übel. Nachdem du dich zum ersten Mal übergeben hast, schaut das andere Mädchen nach dir, aber du kannst nicht mal sprechen, so sehr tut dein Hals weh.
Am nächsten Tag ist es noch schlimmer, aber er zwingt dich trotzdem zur Arbeit. Du putzt das Badezimmer, damit du schnell an der Toilette bist, und verbringst die Hälfte der Zeit in der einen oder anderen Weise über der Klobrille. Dann geht's zurück ins Bett, wo du zusammenbrichst. Du kannst dich kaum noch bewegen, als du aufwachst und er wiederkommt, um dich zu holen. Am Tag danach kannst du dich gar nicht mehr rühren. Noch vor kurzem hättest du alles getan, um aus diesem winzigen grauen Zimmer rauszukommen. Selbst die Stunden, die du im Rest des Hauses verbracht hast, waren eine Erleichterung. Jetzt hast du nicht mehr die Kraft, auf die Möglichkeit zur Flucht zu hoffen.
Du spürst, dass dein Körper nach und nach alle Funktionen runterfährt, und weißt, dass er genau das wollte. Er wollte sehen, wie dich langsam die Kraft verlässt. Er wollte, dass du immer schwächer wirst, damit es leichter ist, dich ganz auszulöschen.

[TITELMUSIK + INTRO]

ELLE VOICE-OVER: Diese Woche hat der Podcast einen etwas anderen Ablauf. Statt der üblichen Mischung aus Interviews, Hintergrundinformationen und Monolog widme ich die gesamte Folge einem besonderen Interview. Vor mir liegt ein Stapel Zeitungen, eine Sammlung sämtlicher Artikel aus der Zeit, in der sie erstmals ins Licht der Öffentlichkeit trat. Heute sind True-Crime-Fans in der ganzen Welt mit ihrem Namen vertraut, aber als sie damals verschwand, erwähnte die *Tribune* ihn in ihrer Schlagzeile gar nicht. Sie lautete einfach nur:

WIEDER MÄDCHEN (11) VON CK ENTFÜHRT?

Nach sehr viel Bedenkzeit und gutem Zureden hat Nora Watson eingewilligt, ihre Geschichte auf *Justice Delayed* zu erzählen. Wie diejenigen von euch, die mit dem Fall vertraut sind, vielleicht wissen, hat Nora seit ihrer Jugend keine Interviews mehr gegeben und lebt heute unter einem anderen Namen. Sie hat eingewilligt, ihr jahrzehntelanges Schweigen zu brechen, weil sie hofft, dass ihre Erinnerungen dazu beitragen können, den immer noch flüchtigen Serienmörder zu finden, der ihr die Kindheit geraubt hat – und um ein Haar das Leben. Ich habe ihre Stimme für diese Folge verfremdet. Das Interview ist ungekürzt, aber sie hatte auch ein Mitspracherecht, was die Fragen anging, die sie beantworten wollte. Mir ging es vor allem darum, sie ihre Geschichte erzählen zu lassen, ohne sie dabei durch viele Unterbrechungen und Fragen zu behindern. Also, los geht's mit dem Interview:

ELLE: Warum fangen wir nicht einfach so an: Was passierte, als Sie entführt wurden?

NORA: Sie haben hier ja schon erzählt, dass der Countdown-Killer bei meiner Freundin geklingelt und mich mit einer Lüge dazu gebracht hat, in seinen Wagen zu steigen. Das war alles richtig. Als ich dann gemerkt habe, dass er gar nicht zu uns nach Hause fuhr, habe ich geschrien und von hinten gegen seinen Sitz getreten. Er hat mir befohlen, still zu sein, und mir Schläge angedroht, aber als wir an einer Ampel halten mussten, bin ich aus dem Wagen gesprungen und hab versucht wegzurennen. Ich kam aber nicht weit. Er hat mich innerhalb von Sekunden wieder eingefangen, auf den Rücksitz geworfen und mir irgendwas ins Bein gerammt. Das muss eine Art Betäubungsmittel gewesen sein, das Nächste, woran ich mich

erinnere, ist nämlich, dass ich in diesem Zimmer in der Blockhütte aufgewacht bin. Und dass Jessica da war.
Sie hat von Anfang an alles getan, um mich zu beschützen, und sich wie eine große Schwester verhalten. Als ich geweint habe, hat sie den Mann angeschrien, bis er aus dem Zimmer gegangen ist. Sie hat mir erklärt, wie man sich am besten ihm gegenüber benimmt, aber ich hab nicht sofort auf sie gehört. Als er später zurückkam und mich an die Tür gerufen hat, habe ich ihn ignoriert. Jessica hat mir zugezischt, dass ich aufstehen und zu ihm gehen soll, aber ich hab einfach die Augen zugemacht und den Kopf abgewandt. Da ist er dann reingekommen. Er hat sich neben mich aufs Bett gesetzt und mir in die Augen gesehen. Ich kann mich heute nicht mehr an sein Gesicht erinnern, aber ich erinnere mich an diesen harten, hasserfüllten Blick. Er hat eine Weile gar nichts gesagt, und das war schlimmer, als wenn er geschrien hätte. In der Zeit, die ich gewartet habe, wie meine Strafe ausfallen wird, hab ich fast ins Bett gemacht. Dann hat er mir fest ins Gesicht geschlagen, nur ein Mal. Meine Eltern haben mich nie geschlagen, und zuerst war ich viel zu perplex, um zu weinen. Er sagte: »Nächstes Mal kommst du, wenn ich dich rufe«, dann ist er aufgestanden und wieder rausgegangen. Danach hab ich ihn nie wieder ignoriert.

ELLE: Und was passierte, als er das nächste Mal kam?

NORA: Jessica hat versucht, ihn zu überreden, sie mitzunehmen anstatt mich, aber sie musste sich dauernd übergeben. Sie glaubte, dass es an dem Essen lag, und hat mich gewarnt, aber ich hatte zu dem Zeitpunkt schon mehr als einen Tag nichts mehr gegessen und hatte das Gefühl zu verhungern. Es schien ihm egal zu sein, dass ich alles sah, als ich in den Flur trat. Das Haus war schön: groß und geräumig, nur das Zimmer, in dem er uns gefangen hielt, war winzig. Rückblickend glaube ich, dass es eine Art Arbeitszimmer war. Der Rest des Hauses

sah völlig anders aus. Ich erinnere mich an vier Schlafzimmer, zwei Wohnräume und einen großen Kamin. Auf dem Couchtisch in einem der Wohnräume lag eine Bibel, und an den Wänden hingen mehrere Kreuze. Die anderen Sachen hatten alle was mit der Jagd zu tun: ausgestopfte Enten im Flug, etliche Geweihe, ein Hirschkopf. Das alles machte mir Angst. Er hat mich nach unten in seine Küche gebracht und gesagt, dass er mir was zu essen macht, wenn ich die ganze Küche putze. »Wenn du mein Essen haben willst, musst du es dir verdienen«, sagte er. »Schon in der Bibel steht: *Wer nicht arbeiten will, der soll auch nicht essen.*«
Ich kannte mit elf viele Bibelstellen auswendig, aber ich hatte noch nie gehört, dass jemand sie mit so viel Gehässigkeit zitierte wie dieser Mann. Unser Pfarrer sagte immer: Die Bibel ist wie ein Hammer; man kann sie als Werkzeug benutzen oder als Waffe – es kommt nur darauf an, wie man sie hält. Böse Menschen benutzen sie als Machtinstrument, und ich hatte das Gefühl, dass es ihm gefiel, Macht über uns zu haben. Dabei sah er gar nicht böse aus. Ich weiß noch, dass ich das gedacht habe; sonst wäre ich ja auch nie zu ihm ins Auto eingestiegen. Es frustriert mich wahnsinnig, dass ich mich nicht besser an sein Gesicht erinnern kann, aber ich glaube, das kommt zum Teil auch daher, dass er so normal aussah. Von seinem Äußeren her hätte er eigentlich netter sein sollen.

ELLE: Sie erinnern sich also gar nicht mehr, wie er aussah?

NORA: Nein, ich weiß nicht mehr als das, was ich als Elfjährige der Polizei erzählt habe. Sie haben damals alles Mögliche gemacht, um meiner Erinnerung auf die Sprünge zu helfen: Hypnose, Therapie, forensische Interviewtechnik. Aber ich wusste einfach nicht mehr. Der Psychiater, der mich untersucht hat, meinte, ich hätte die Erinnerungen an ihn verdrängt, aus Angst und Selbstschutz. Manchmal frage ich mich, ob ich ihn erkennen würde, wenn ich ihm auf der Straße begegnen würde, aber ich bin mir nicht sicher. Ich hatte noch nie ein gutes Personengedächtnis, aber ich weiß nicht, ob das einfach schon immer so war – das haben ja viele Menschen – oder ob es mit meinen Erlebnissen zusammenhängt. Es ist nicht ungewöhnlich für mich, jemanden drei oder vier Mal »kennenzulernen«, weil ich die Begegnungen davor wieder vergessen habe.

ELLE: Verstehe. Was passierte als Nächstes?

NORA: Als er die Küche verlassen hatte, hab ich nach einer Fluchtmöglichkeit gesucht, aber es gab keine Tür nach draußen, und die Fenster ließen sich von innen nicht öffnen. Es wurde schon dunkel, und ich konnte nur Bäume sehen und dass Schnee lag. Weil ich bewusstlos gewesen war, als er mich da hingebracht hatte, wusste ich auch nicht, wie weit ich von zu Hause weg war. Ich war wahnsinnig hungrig, aber ich hatte das Gefühl, dass er mich beobachtet und es mitbekommen würde, wenn ich Cracker aus der Speisekammer stehlen würde. Also hab ich die Putzsachen unter der Spüle rausgekramt und mich an die Arbeit gemacht.
Ich hatte vorher auch schon geputzt. Meine Mutter hat mich nie verwöhnt, auch wenn sie selbst nicht die typische Hausfrau war. Wenn ich schon putzen musste, um eine Mahlzeit zu bekommen, wollte ich sichergehen, dass die Küche am Ende so sauber war, dass ich vom Boden essen konnte. Ich hab die Schränke von oben bis unten mit Seifenlauge ausgewischt, die Krümel aus dem Toaster geschüttelt, das Fett im Backofen weggeschrubbt, den Kühlschrank leergeräumt und von innen gesäubert. Das war eine besondere Qual, die ganzen Nahrungsmittel hin- und herzuräumen, ohne sie zu essen. Aber ich wusste, dass Jessica auch hungrig war, und dachte, wenn ich meine Aufgabe gut erledige, gibt er mir vielleicht genug zu essen, um es mit ihr zu teilen.

In dieser Küche gab's noch mehr so Bibelkram: Überall hingen kitschige Sprüche, die in Schreibschrift auf Postkarten mit Blumenmuster gedruckt waren. Die einzige, die herausstach, war eine handgeschriebene Karte, die mit einem Magneten am Kühlschrank aufgehängt war. Exodus 34:21: *Sechs Tage sollst du arbeiten; am siebenten Tage sollst du ruhen.*

Da fiel bei mir der Groschen. Ich war zwar noch jung, aber ich hatte in der Schule Gerüchte über den Countdown-Killer gehört. Wir wussten damals, dass er's auf Mädchen in unserem Alter abgesehen hatte. Die Jungs machten Witze darüber. Sie sagten, wenn wir nicht hinter der Turnhalle mit ihnen knutschen, würde CK uns holen kommen; so als wäre er der Schwarze Mann. Jessica hatte mir erzählt, sie wäre zwölf. Und ich war elf. Ich hab weitergeputzt, aber von da an hab ich nur noch fieberhaft darüber nachgedacht, wie wir es schaffen könnten, ihm zu entkommen.

Ich habe mehr als drei Stunden gebraucht, bis ich fertig war. Nachdem ich den Boden gewischt hatte, habe ich mich auf die Arbeitsfläche gesetzt und gewartet, dass er trocknet, und ganz kurz, eine Sekunde lang, war ich stolz auf das, was ich geschafft hatte. Dann kam die Angst zurück und die Sehnsucht nach meiner Mutter, und ich hab angefangen zu weinen. Ich weiß nicht, wie lange ich so da gesessen hab, aber irgendwann kam der Mann wieder rein, und ich hab ihn angesehen und gefragt: »Warum tun Sie mir das an?«

Er hat die Hand nach mir ausgestreckt, und ich hab mich nicht getraut, ihm auszuweichen. »Ach, Nora«, hat er gesagt und mit meinen Haaren gespielt. »Ich habe dich auserwählt, Nora. Du bist etwas Besonderes. Du solltest dich glücklich schätzen.«

Dann hat er mir befohlen, meine Putzutensilien mitzunehmen, und mich durch den Flur zum Badezimmer geführt. Er hatte die Regeln geändert, und jetzt musste ich, während ich darauf wartete, dass er für mich kochte, auch noch das Bad sauber machen. Ich war stinksauer, aber an dem Punkt hätte ich alles

getan, um was zu essen zu bekommen. Es dauerte auch nicht lange, und als ich fertig war, konnte ich den Duft von Tomaten und Basilikum durch den Flur riechen. Er kochte mir Spaghetti. Ich weiß bis heute nicht, ob das Zufall war oder ob er wusste, dass das mein Lieblingsgericht war. Jedenfalls musste ich mich zwingen, in normaler Geschwindigkeit zur Küche zu gehen. Aber als ich in der Tür stand, hab ich, glaube ich, laut aufgeheult über den Anblick, der mich dort erwartete.
Alles war mit Tomatensauce vollgespritzt und vollgeschmiert – die Arbeitsflächen, die Schränke, sogar die eierschalenfarbene Decke war voller roter Sprenkel. In der Spüle stapelten sich schmutzige Töpfe und Pfannen. Der Mann saß an dem Esstresen auf einem Hocker, er drehte seine Gabel in einem Teller voller Nudeln, schob sie sich in den Mund und sah mich dabei an. Ich erinnere mich noch an seine kalten blauen Augen, sie waren wie Eidechsenaugen.
Als er aufgegessen hatte, lächelte er mich an und sagte: »Schau nur, was für eine Sauerei du veranstaltet hast. Ich fürchte, ich hab dir nichts übrig gelassen. Das Kochen hat mich hungrig gemacht.« Ich werde nie vergessen, wie er mich angesehen hat – als wäre ich absolut erbärmlich, als hoffte er, ich würde in Tränen ausbrechen. Dann hat er mir befohlen, das Chaos zu beseitigen, und gesagt, danach würde er mir vielleicht was zu essen geben.
Hat er aber nicht. Als ich wieder fertig war mit Putzen, packte er mich am Arm und zerrte mich zurück in das Zimmer, wo er mich mit Jessica festhielt. Ich war so sauer, dass ich versucht habe, mich loszumachen und wieder in die Küche zurückzulaufen, aber als ich sah, in welchem Zustand Jessica war, hab ich meinen Hunger vergessen. Sie war offensichtlich sehr krank, aber ihm schien das ganz egal zu sein. Ich hab ihn angeschrien, dass sie zum Arzt muss, aber er hat mich angeguckt, als wäre ich nicht ganz bei Trost. Natürlich, er hatte ja vor, sie umzubringen, und mich auch.

ELLE: Konnte Jessica Ihnen irgendwie helfen?

NORA: Nein, ihr ging es sehr schlecht. Sein System war wirklich perfekt. Brich zuerst den Willen eines Mädchens und sorg dafür, dass es vor Angst wie gelähmt ist, bevor du das nächste anschleppst und wieder von vorn anfängst. Auf diese Weise hat man das Gefühl, dass es unmöglich ist, zu überleben oder sich zu wehren. Man sieht zu, wie aus einem anderen Menschen langsam alles Leben weicht, und weiß, dass man die Nächste sein wird, der genau das auch passiert. Wenn CK irgendwas gut kann, dann andere terrorisieren und das Rad immer noch ein Stück weiterdrehen, bis es nicht mehr auszuhalten ist.
Ich hab die ganze Zeit versucht, sie zu überzeugen, dass sie mit mir kommen muss, dass wir einen Ausweg finden müssen, aber sie konnte sich kaum noch rühren. Einmal ist er gekommen, um sie zu holen, ich glaube, an meinem zweiten Morgen dort, aber er hat sie nur zwanzig Minuten später schon wieder zurückgebracht, und danach konnte sie sich fast gar nicht mehr bewegen.
Sie hat mir erzählt, dass er jeden Morgen sehr früh für ungefähr eine Stunde das Haus verlässt und wegfährt. Das war unsere Chance, allerdings führte der einzige Weg aus diesem Zimmer durch ein Fenster. Es war sehr klein, und nur weil es im zweiten Stock lag, war es nicht verschlossen. Er hatte uns weisgemacht, das Grundstück würde von bissigen Hunden bewacht und wir wären dreißig Meilen von der nächsten Stadt entfernt. In einem Winter in Minnesota, ohne Jacke oder Schuhe, kam das einem Todesurteil gleich. Er hatte dafür gesorgt, dass eine Flucht unmöglich schien. Ich glaube, er war sich seiner Sache auch allzu sicher. Ihm war noch niemand entkommen, und er ging davon aus, dass er so eine Macht über uns hatte, dass wir es auch nicht versuchen würden.
An meinem dritten Tag wurde mir klar, dass uns die Zeit

weglief. Ich wusste nicht, ob er Jessica umbringen würde, bevor er ein neues Mädchen entführt, oder ob er an diesem Tag losgefahren war, um sein nächstes Opfer zu verfolgen und zu kidnappen. Jedenfalls habe ich am Morgen zu Jessica gesagt, dass wir jetzt fliehen müssen oder nie. Die Mädchen vor uns waren wahrscheinlich zu groß, aber wir waren beide schmal genug, um uns mit dem Kopf voraus durch die Fensteröffnung quetschen zu können. Ich dachte, wenn wir uns lang ausstrecken würden, könnten wir das Regenrohr erreichen und daran runterrutschen. Ich hatte keine Ahnung, ob sie unser Gewicht aushalten würde, und es war auch klar, dass wir es, sobald wir unten ankamen, nur mit unseren Pyjamas bekleidet mit Hunden und Bergen von Schnee aufnehmen mussten, aber es gab keinen anderen Weg.
[*Unter Tränen.*] Ich hatte mich geirrt. Ich hab versucht, das Regenrohr zu fassen zu bekommen, konnte es aber nicht erreichen, ohne die Balance zu verlieren. Die Öffnung war nicht groß genug, um ein Bein über die Fensterbank zu schieben und so das Gleichgewicht zu halten. Und als ich zum ungefähr zehnten Mal versuchte, das Rohr zu erwischen, spürte ich genau in dem Moment, in dem ich aus dem Fenster zu stürzen drohte, wie eine Hand nach meinen Kleidern griff und mich festhielt. Jessica stand hinter mir und hat mich davor bewahrt, auf den vereisten Boden unten zu fallen. Ich sagte ihr, wir müssten zusammen fliehen, aber sie schüttelte nur den Kopf. Sie hat nicht mal was gesagt. Sie hat nur meine Hand gehalten und mit dem Kinn eine Bewegung zum Fenster gemacht.
Nur weil sie zugepackt hat, konnte ich mich so weit aus dem Fenster lehnen, dass ich, ohne abzustürzen, an das Rohr herankam. Jessica hat sich mit ihren zitternden Beinen innen gegen die Wand gestemmt, hinausgelehnt und an mir festgekrallt, bis ich genug Halt hatte, dann hat sie losgelassen.
Ich hatte keine Zeit, nachzudenken oder zu weinen. Das kam erst später. Als ich unten ankam, war ich schon völlig verfroren.

Die Hunde waren, soweit ich weiß, nur eine von vielen Lügen, die CK uns aufgetischt hat. Ich hab sie weder gesehen noch gehört, aber ich bin auch nicht lange da stehen geblieben. Ich bin so schnell weggerannt, wie es in der Dunkelheit der frühen Morgenstunden möglich war. Rückblickend denke ich, dass ich nur überlebt habe, weil es noch dunkel war. Wenn die Sonne schon am Himmel gestanden hätte, hätte ich die Lichter der Tankstelle nicht gesehen. Aber so gab es diesen hellen Schein am Himmel, und ich wusste, in welche Richtung ich laufen musste. Die Tankstelle war nur eine halbe Meile entfernt – noch so eine Lüge –, und sie hat mir das Leben gerettet.

ELLE: Warum sind Sie vorher nie in den Medien aufgetreten? Sie hätten bestimmt ein Vermögen verdienen können, wenn Sie Ihre Geschichte erzählt hätten.

NORA: Ich möchte aus dem, was mir passiert ist, keinen Profit schlagen. Ich will nur, dass CK geschnappt wird. Ich will, dass er für das, was er mir und Jessica – und all den anderen Mädchen – angetan hat, bestraft wird.

ELLE: Wenn Sie an Ihre persönlichen Erfahrungen mit CK denken: Was, finden Sie, sollten die Leute über ihn wissen?

NORA: Zwei Dinge schienen ihm überaus wichtig zu sein: Macht auszuüben und Angst zu schüren. Alles, was er tat, jede Geste uns Mädchen gegenüber und jedes Wort, das er an mich gerichtet hat, als ich zitternd in seiner Blockhütte lag, hat diese beiden Bedürfnisse befriedigt. Die Legenden, die sich jetzt um ihn ranken, diese mythische Aura, die er sich erschaffen hat, war ihm, glaube ich, in den letzten zwanzig Jahren Befriedigung genug. Das ist meiner Meinung nach der Grund, warum er nicht wieder getötet hat. Nicht, weil ich ihm entkommen bin und alles kaputt gemacht habe, sondern weil er, auch ohne weiter zu morden, bekommen hat, was er wollte. Dadurch, dass er nie gefasst wurde, hat er die Kontrolle über die Geschichte behalten, und er wird noch immer gefürchtet. Aber wenn das jemals aufhört, wenn er je das Gefühl hat, dass sein Werk oder sein Vermächtnis bröckelt, wird er zurückkommen. Und dann wird alles noch viel, viel schlimmer werden.

26

DJ · 1978

Jeder Winkel im Haus war blitzsauber.

Es war ein Samstag Ende September, mehr als zwei Monate nach dem Tod seiner Brüder, und die vielen Schichten aus Kummer und Schmutz waren in allen Räumen des Hauses sichtbar gewesen. Sobald sein Vater zum Angeln aufgebrochen war, hatte DJ sämtliche Fenster aufgerissen, um während des Wischens und Staubsaugens die nach Laub duftende Herbstluft hereinzulassen. Er hatte einen Eimer mit heißer Seifenlauge gefüllt, auf Knien das Linoleum geschrubbt und mit einer alten Zahnbürste sogar Rillen und Vertiefungen gesäubert. Sechs Stunden hatte er gebraucht, um sämtliche Kleidung und alles Bettzeug im Haus zu waschen und auf die Leine in den Wind zu hängen.

Jetzt, wo das Haus sauber war und erfüllt vom Duft sonnengetrockneter Wäsche und glänzenden Holzes, setzte er sich auf die Eingangsstufen und wartete auf Josiahs Rückkehr. Seine Finger waren rot und etwas wund von den scharfen Chemikalien, mit denen er die monatealten Seifenreste und den Schimmel in der Badewanne abgescheuert hatte. Da unter der Spüle keine Gummihandschuhe gewesen waren, hatte er den Schmerz ertragen, der ihn bei jedem Eintauchen des Schwammes in den Eimer durchzuckte. Am Ende pochten sein Hände, aber die Wanne glänzte.

Es war schon fast dunkel, als Josiah in die Einfahrt bog, abrupt bremste und den roten Pick-up quer zum Stehen brachte. Die Handbremse quietschte laut, als er sie anzog. DJ stand auf und strich sich vorn über die Hose, um eventuelle Falten vom langen Sitzen zu glätten. Er hatte sich sogar feingemacht, trug seine gute Hose für die Kirche und ein Oberhemd – einen »Kinder-Würger«, wie sein Bruder es immer genannt und sich am Kragen gezerrt hatte, wenn er zur Ostermesse den obersten Knopf schließen musste.

Josiah stieß die Tür auf, wuchtete sich aus dem Wagen und schlurfte um das Auto herum nach hinten, wo er die Heckklappe öffnete und einen großen weißen Eimer herausholte. Erst als er schon auf halbem Weg zur Haustür war, sah er seinen Sohn auf der Treppe stehen und warten.

»Was machst du denn hier?«, fragte Josiah lallend, den Blick auf irgendetwas rechts von DJs Gesicht gerichtet. Seit dem Abend vor zwei Monaten, als er seinen Sohn geschlagen hatte, konnte er ihm nicht mehr in die Augen sehen. Er hatte DJ nie wieder berührt, weder liebevoll noch strafend.

Im nächsten Moment hielt er seinem Sohn den Fischeimer hin. »Egal. Geh in den Schuppen und nimm die aus, wie ich's dir gezeigt hab.«

DJ nahm den Eimer, der schmale Metallhenkel schnitt ihm auf dem Weg zum Schuppen in die wunden Finger. Als er zu dem Tisch kam, den sein Vater extra zum Ausnehmen der Fische aufgestellt hatte, schaute er an sich hinab. Er durfte nicht riskieren, Hemd und Hose mit den Innereien und Schuppen der Fische zu beschmutzen, aber mit leeren Händen durfte er auch nicht zurück ins Haus. Es war noch immer warm, besonders in dem Schuppen, wo er vor dem kühlen Wind geschützt war. Da er nicht wusste, was er sonst machen sollte, zog er Hemd und Hose aus und hängte sie an den Haken an der Tür. Dann nahm er den Deckel vom Eimer und holte den ersten Fisch heraus.

Er schob den Zeigefinger ins Maul des Barsches, um ihn besser halten zu können, und stach mit der Messerspitze genau in den Backenrand. Die glasigen toten Augen starrten ihn an. Sein Vater hatte ihn gelehrt, immer zuerst die Bäckchen herauszunehmen, den besten Teil des Barsches, um sicherzustellen, dass man sie am Ende nicht vergaß. DJ ritzte das Bäckchen kreisförmig ein, pulte dann mit dem Finger das Fleisch unter der eingeschnittenen Haut heraus und legte es auf einen Teller. Dann stach er das Messer neben der Rückenflosse in die Haut, zog es am Rückgrat entlang nach hinten bis zum Schwanz und vorne bis zum Kopf, wiederholte dasselbe noch einmal auf der anderen Seite, schob mit dem Daumen die Haut weg und löste das Fleisch ab. Er warf die erste Karkasse in den Mülleimer neben dem Arbeitstisch und holte den nächsten Fisch heraus, wobei er seine Erschöpfung wegzublinzeln versuchte.

Als DJ schließlich alle sieben Fische filetiert hatte, waren seine Brust und seine Arme voller Schuppen und Blut, und an den Fingern hatte er mehrere kleine Schnitte. Aber er hielt einen Teller mit den schönsten Fischfilets in der Hand, die er jemals ausgelöst hatte, und ging erhobenen Hauptes durch die Hintertür in die Küche. Jetzt würde er auch endlich erfahren, was sein Vater von dem sauberen Haus hielt.

Als er die Küche betrat, saß Josiah, die Haare noch feucht vom Duschen, mit einem Bier in der Hand am Tisch. DJ stellte die Filets in den Kühlschrank, ging zur Spüle und wusch sich Arme und Hände mit Seife. Nachdem er sich abgetrocknet hatte, drehte er sich um und sah, dass sein Vater ihn mit der Flasche an den Lippen beobachtete.

Josiah nahm einen großen Schluck, stellte die Flasche ab und musterte DJ von oben bis unten. »Was ist mit deinen Kleidern passiert?«

»Ich wollte sie nicht schmutzig machen.«

»Dann hast du deine guten Sonntagssachen also im Schuppen auf den Boden geworfen?«

DJ schüttelte den Kopf. »Nein, Sir, ich habe sie an den Haken gehängt.«

»Werd nicht frech, Junge.«

»Ich gehe sie holen.«

»Nee, vergiss es. Die sind jetzt sowieso schon verdreckt. Morgen wäschst du sie.«

DJ sog die Unterlippe ein und blickte sich in der Küche um, noch immer voller Stolz, wie gut alles aussah. Er konnte sich nicht erinnern, dass das Haus jemals so sauber gewesen war. Charles und Thomas hatten es hier ganz bestimmt nie so blitzen und blinken lassen. Aber Josiah schien es egal zu sein.

Nach einer Weile schaute sein Vater ihn wieder an. »Und, worauf wartest du? Geh dich waschen.«

DJ nickte und lief die Treppe hinauf ins Bad. Als er das Licht anknipste, blieb ihm der Mund offen stehen: Das ganze Bad war voller Schlammspritzer, überall auf dem Boden lagen Grashalme und kleine Kieselsteine. Die Badewanne war leer, aber auf dem Wannenboden hatten sich feiner Sand und kleine Dreckpfützen gesammelt. Am Spiegel über dem Waschbecken waren Rasierschaum-Spritzer und Fingerabdrücke. Sein nasses Handtuch hatte Josiah einfach auf dem Boden liegen lassen.

Die Wut über diese Ungerechtigkeit tobte in ihm wie ein Sturm, aber er biss sich von innen auf die Wange und zwang sich, den Mund zu halten. Josiah hatte alles verloren. Er tat sein Bestes, und DJ war das Einzige, was ihm geblieben war.

DJ holte einen Lappen aus dem Wäscheschrank, feuchtete ihn an, kniete sich hin und machte sich daran, das Chaos zu beseitigen.

27

ELLE · 18. JANUAR 2020

Auf der Straße vor Sashs Haus standen lauter Autos. Elle blinzelte im hellen Sonnenlicht des frühen Morgens und versuchte, die Nummernschilder zu erkennen. Es war seltsam, sich vorzustellen, dass Sash ihre Zeit nun mit anderen Leuten als mit ihr und Martín verbrachte. Elle hatte außer ihr und Tina so gut wie keine anderen Freunde – und manchmal vergaß sie, dass sie damit diejenige war, die aus der Reihe fiel.

Ihre beste Freundin hatte gestern Abend nicht auf ihre Anrufe reagiert. Da Sash ihr also offenbar aus dem Weg ging, hatte sie Martín zu ihr geschickt, um nach dem Rechten zu sehen, aber auch er war an ihrer Haustür von einem Polizisten abgewiesen worden. Elle hatte die ganze Nacht auf dem Sofa gesessen und abwechselnd geweint und die Wand angestarrt, während sie auf die erlösende Nachricht gehofft hatte, dass Natalie wieder aufgetaucht sei.

Aber das Telefon war stumm geblieben.

Aus Sashs Haus drangen Stimmen, so als würde dort ein Meeting stattfinden oder eine Cocktailparty gefeiert. Durch den Spalt zwischen Fenster und Vorhang konnte man einen Raum voller ernst dreinschauender Besucher in formeller Kleidung erkennen. Das Ganze sah aus wie eine Totenwache.

Elle klopfte an die Haustür. Kurz darauf öffnete ihr jemand – ein junger Mann, der sein dunkles Haar mit Gel zu einer Welle aufgetürmt hatte. »Kommen Sie zum Gebetsgottesdienst?«, fragte er.

Interessant. Soweit Elle wusste, hatte Sash sich nie viel aus Religion gemacht, aber vielleicht hatte sie ihrer Tochter zuliebe angefangen, sich damit zu beschäftigen, da Natalie sich für die Bibel interessierte. Und natürlich, wenn es je einen guten Zeitpunkt gegeben hatte, um mit dem Beten anzufangen, dann jetzt.

Elle nickte wortlos. Der Mann ging voraus, und sie folgte ihm, auch wenn es ihr unangenehm war, dass ein Fremder sie in ein Haus führte, das sie so gut kannte. Als sie ins Wohnzimmer kamen und Elle ihre Freundin in Gesellschaft von mindestens zwanzig Leuten antraf, staunte sie nicht schlecht. Alle Besucher hielten die Köpfe gesenkt. Eine Frau in einem pinkfarbenen Pulli stand da, streckte ihre linke Hand in Sashs Richtung und betete laut vor. Der Mann, der Elle ins Haus gelassen hatte, holte einen Stuhl aus der Küche und bot ihn ihr mit einer stummen Geste an. Elle nahm lächelnd an und setzte sich.

»Was willst du denn hier?«

Sashs schneidender Ton unterbrach das Gebet der Frau in dem pinkfarbenen Pulli, und alle Köpfe im Raum fuhren gleichzeitig zu Elle herum.

»Ich ... ich wollte mich erkundigen, wie es dir geht.«

»Du solltest nicht hier sein.«

Elle zuckte innerlich zusammen, hielt dem zornigen Blick ihrer Freundin jedoch stand. Das Gemurmel und das verlegene Geraschel der anderen Leute im Raum ignorierend, sagte sie: »Was passiert ist, tut mir leid, Sash.«

»Es tut dir *leid*? Meine Tochter hat versucht, dich anzurufen. Du hättest für sie da sein sollen. Du hast mir versprochen, für sie da zu sein. Aber du warst natürlich zu sehr damit beschäftigt, deinen blöden Serienmörder zu jagen.« Ein bitteres Lachen kam über ihre Lippen. »Und bist es sogar jetzt noch, anstatt das zu tun, was für Natalie das Beste wäre.«

Nun wandte Elle den Blick ab und starrte auf den grünen Teppich mit den verwaschenen pinkfarbenen Blumen – ein Überbleibsel des Vormieters. Als Natalie noch klein war, hatte sie ihn immer ihren »Dschungelboden« genannt. Vielleicht hatte Sash ja recht. Vielleicht ließ sie sich zu sehr von diesem Fall vereinnahmen – trotz der jahrelangen Vorbereitung und Arbeit, die es gebraucht hatte, um da hinzukommen, wo sie jetzt stand. Wenn ihr obsessiver Wunsch, den Countdown-Killer zu finden, dazu geführt hatte, dass Natalie Schaden nahm, würde sie sich das niemals verzeihen.

»Was willst du denn, dass ich tue?«, fragte Elle.

Sash umklammerte die Hand einer Frau, die neben ihr saß, und schaute Elle an. Ihre Nasenlöcher blähten sich auf, und Tränen traten ihr in die Augen. »Ich will, dass du sie findest. Und ich will, dass du sie zu mir nach Hause bringst, wie du es versprochen hattest. Und bis dahin will ich dich nicht mehr sehen.«

Elle fuhr sich mit der Zunge über die Unterlippe, schluckte ihre eigenen Tränen herunter und nickte dann. Da ihr nichts mehr einfiel, was sie noch sagen konnte, stand sie auf und ging.

Draußen schien die Sonne so grell auf den Schnee, dass es blendete. Elle zog den Reißverschluss ihrer Jacke zu und ließ ihren Blick über die Straße schweifen. Halb erwartete sie, die Polizei dort nach weiteren Spuren suchen zu sehen, aber sie musste sich inzwischen vergewissert haben, dass nichts mehr zu finden war. Dennoch hielt sie den Blick gesenkt, während sie langsam nach Hause ging, nur für den Fall, dass sie doch noch etwas entdeckte, was andere übersehen hatten. Aber da war keine Spur von Natalie, nur Schotter und Eis und Salz.

Als Elle an ihre Haustür kam, steckte sie den Schlüssel ins Schloss, blieb aber draußen stehen. Der Gedanke, den ganzen Tag in einem leeren Haus zu sitzen, war ihr unerträglich. Martín war zur Arbeit gefahren, weil er hoffte, dass ihn das ablenken würde. Dort drinnen wartete also einzig und allein ein Schreibtisch voller Notizen und Aufgaben auf sie, von denen sie im Augenblick nichts wissen wollte.

Die besten Chancen, ihr Versprechen wahrzumachen und Natalie nach Hause zu bringen, hatte sie, wenn sie mit Ayaan zusammenarbeitete. Vielleicht würde sie sie weiter in die Ermittlungen einbinden, wenn sie ihr glaubhaft versicherte, dass ihr Verdacht gegenüber CK nur eine vorübergehende, von Müdigkeit und Überreizung verursachte Fehleinschätzung gewesen war. Und selbst wenn Ayaan sie nicht mitnahm, gab es doch bestimmt anderes, womit sie sich nützlich machen konnte. Sie würde Büroarbeit erledigen, Bildmaterial von Überwachungskameras auswerten – alles, nur nicht allein in diesem Haus herumsitzen.

Sie zog den Schlüssel wieder heraus und ging zu ihrem Auto, das Ayaan letzte Nacht netterweise von einem ihrer Officer von der Polizeistation hatte herbringen lassen.

Auf dem Revier herrschte die übliche Hektik. Mehrere Beamte hielten sich in der Küche auf, tranken Kaffee und tauschten Neuigkeiten aus, während sie sich über Muffins hermachten, die wahrscheinlich Ronny vom Empfang spendiert hatte. Ronnys Mann betrieb eine Bäckerei am Ende der Straße. Einige von ihnen nickten Elle höflich zu, und einer hielt ihr den Pappteller mit dem Gebäck hin, doch sie winkte ab. Sie konnte sich zwar nicht mehr daran erinnern, wann sie zuletzt etwas gegessen hatte, aber sie war nicht hungrig. Sam Hyde stand an der Spüle, rührte in seiner Kaffeetasse und schaute sie neugierig an. Elle zog den Kopf ein und hasste sich dafür, dass sie wie ein Hund aussah, der den Schwanz einzog.

Durch die Glaswand zu ihrem Büro konnte sie sehen, dass Ayaan über einen Stapel Unterlagen gebeugt war. Als Elle anklopfte, schaute sie auf. Einen Moment lang starrte sie sie einfach nur an, dann bedeutete sie Elle mit einer Kopfbewegung, dass sie hereinkommen sollte. Elle öffnete die Tür und trat ein.

»Was kann ich für dich tun, Elle?«

Da Ayaan sie nicht aufforderte, Platz zu nehmen, blieb Elle

hinter dem Stuhl stehen und trat von einem Fuß auf den anderen.

»Ich wollte mit dir über die Fälle sprechen. Ich weiß, dass du gerade Vorbehalte gegen mich hast, aber ich glaube, ich kann euch wirklich bei der Suche nach dem Kidnapper helfen.«

»Den Kidnappern.«

Elle erstarrte. »Was?«

»Soweit wir wissen, sind es zwei separate Fälle.«

»Ayaan …«

»Die beiden Opfer stammen aus vollkommen unterschiedlichen Verhältnissen. Amanda kommt aus einem intakten Elternhaus. Sie ist frühmorgens verschwunden, während sie ihrer normalen Routine nachging – nämlich auf den Schulbus zu warten. Der Täter hat die Sache so eingefädelt, dass die Mutter zum Zeitpunkt der Entführung abgelenkt war, was auf eine sorgfältige Planung hinweist. Eine Zeugin hat den Entführer gesehen, aber wer auch immer Amanda gekidnappt hat, war offensichtlich bereit, Risiken einzugehen.«

Elle ballte die Fäuste in ihrem Schoß.

Ayaan fuhr fort. »Natalie stammt dagegen aus einem Haushalt mit einer alleinerziehenden Mutter. Sie verschwand spätnachmittags, als sie von ihrer üblichen Routine abwich und dadurch verletzlich wurde – denn sie ging allein nach Hause. Offenbar hat niemand etwas gesehen oder gehört, was darauf hindeutet, dass Natalie nicht geschrien oder sonst irgendwie Lärm geschlagen hat. Wahrscheinlich handelt es sich um eine Gelegenheitstat. Natalie war zur falschen Zeit am falschen Ort, und jemand hat ihre Verletzlichkeit ausgenutzt.«

Elle schüttelte den Kopf, aber Ayaan hob die Hand. »Elle, du vermengst deine Podcast-Ermittlung mit diesen Entführungsfällen; dabei gibt es einfach überhaupt keinen Hinweis darauf, dass sie in einem Zusammenhang stehen. Aber ich verstehe dich, ich bin auch schon durcheinandergekommen und habe Verbindungen zwischen Fällen gesehen, wo keine waren. Das passiert. Natalie ist für dich allerdings wie ein eigenes Kind. Darum kann ich dich auf gar keinen Fall in die Ermittlung einbinden. Es wird das Beste sein, wenn du jetzt erst einmal Abstand gewinnst. Ich habe mit den Jordans gesprochen, und sie sind einverstanden. Detective Hyde hat im Augenblick wenig zu tun, er wird mir assistieren.«

Die Vorstellung, dass Sam Hyde ihren Platz einnehmen würde, machte es für Elle umso schmerzhafter. Sie verkniff sich jedoch jede weitere Argumentation und versuchte, die Panik zu unterdrücken, die in ihr aufstieg. »Aber ich … ich muss irgendwas tun, Ayaan.«

Ayaan schaute sie mitfühlend an. »Ich weiß, dass du helfen möchtest.«

»Ja, möchte ich«, beharrte Elle.

»Aber du bist offensichtlich voreingenommen. Deine Fixierung auf den Countdown-Killer hindert dich daran, klar zu denken. Ich kann nicht mehr mit dir zusammenarbeiten. Tut mir leid, aber das ist zu riskant.«

Damit erlosch Elles letztes bisschen Hoffnung wie ein brennender Docht in heißem Wachs.

Während sie auf den Fahrstuhl wartete, rief jemand Elles Namen, und als sie sich umdrehte, kam Sam Hyde von der anderen Seite der Sicherheitstüren auf sie zu und hob die Hand.

»Warten Sie«, sagte er.

Das Glöckchen kündigte die Ankunft des Fahrstuhls an, und Elle war in Versuchung, sich umzudrehen und einfach einzusteigen. Das Letzte, was ihr jetzt fehlte, war, dass Hyde sie noch einmal herunterputzte und als Amateurin hinstellte, die die echte Polizeiarbeit behinderte. Aber da sie wusste, dass er ihr ohnehin über die Treppe nach unten folgen würde, wenn sie vor ihm floh, legte sie eine Hand an die offene Fahrstuhltür und wartete.

Er kam durch die Lobby und wies mit dem Kinn auf den Fahrstuhl. »Nehmen Sie mich mit nach unten?«

Sie blickte verwirrt zwischen ihm und der offenen Kabine hin und her. Dann zuckte sie die Achseln. »Klar, warum nicht.« Sie stiegen zusammen ein, und Elle drückte auf die Taste fürs Erdgeschoss, bevor sie sich zu Sam Hyde umdrehte und die Arme verschränkte. »Was wollen Sie?«

Er schaute sie nicht an. Es war das erste Mal überhaupt, dass sie ihn anders als aufgeblasen und selbstgefällig erlebte, und die Verwandlung war beunruhigend. »Ich weiß, dass Sie mit Ayaan an dieser Entführung arbeiten, aber ich hab mich gefragt, ob Sie trotzdem noch was über Leo Toca rausgefunden haben. Was er Ihnen über CK geben wollte, zum Beispiel.«

Sie studierte seine Miene und wartete auf die Pointe, aber sein Ausdruck veränderte sich nicht. Er meinte es ernst. Was bedeutete, dass er tatsächlich nicht weiterwusste. »Keine Ahnung. Ich hatte zu viel damit zu tun, meiner Arbeit als Möchtegern-Ermittlerin nachzugehen und meine Möchtegern-Zeugen zu befragen.«

Er verschränkte die Arme. »Ach, kommen Sie, verschonen Sie mich mit dem Mist.«

»Warum sollte ich?« Sie kamen unten an, die Türen gingen auf, und Elle trat in die Lobby hinaus. »Sie können mir nicht erst befehlen, meine Nase nicht in Ihre Angelegenheiten zu stecken, und dann plötzlich beschließen, dass ich Ihnen helfen soll.«

Hyde kratzte sich am Kopf, seine Augen funkelten. »Es tut mir leid, okay? Ich … ich stecke fest. Ich hab die Leute vernommen, mit denen Toca gearbeitet hat, seine Anrufliste überprüft und sogar mit seinen Eltern in Mexiko gesprochen. Ich war auch in Stillwater und hab versucht, seine Exfrau zu finden, aber ohne Erfolg. Ich bin nicht mal sicher, mit wem sie da zusammen ist. Duane Grove kann es gut gewesen sein, aber mir gefällt nicht, dass ich Luisa nicht finde. Ich hab ihr Auto zur Fahndung ausgeschrieben, bislang ohne Ergebnis. Und jetzt drückt Ayaan mir auch noch die Amanda-Jordan-Sache aufs Auge, weil sie es als Mordfall behandelt. Ich musste die ganze Nacht Notizen und Hinweise durchackern.«

»Moment mal.« Elle wurde so flau im Magen wie sonst nur, wenn sie von einem hohen Gebäude blickte. »Haben Sie gerade gesagt, dass Ayaan Amandas Fall als Mordfall betrachtet? Ist das offiziell?«

Hyde blinzelte sie an. Dann fluchte er und schaute sich um, als wollte er sich vergewissern, dass niemand zuhörte. Aber sie waren allein in der Lobby. »Ich dachte, das wüssten Sie. Sie ist seit vier Tagen verschwunden, und weil es keinerlei Lebenszeichen von ihr gibt, ist sie wahrscheinlich tot. Das ist der Grund, warum ich Commander Bishar jetzt assistiere.«

Elle schüttelte den Kopf und unterdrückte eine Welle der Wut. Es war zwar verständlich, dass Ayaan ihr in der gegenwärtigen Situation Informationen vorenthielt, trotzdem fühlte es sich an wie ein Verrat. Sie war nie wirklich an dieser Ermittlung beteiligt worden, jedenfalls nicht richtig. Dann ging ihr noch ein Licht auf. Wenn Hyde ihr nachlief und sie um Hilfe bat, wusste er offenbar nicht, dass Ayaan sie von Amandas Fall abgezogen hatte. Also war das hier vielleicht ihre einzige Chance, herauszufinden, welche Fortschritte es gab, bevor Hyde bemerkte, dass sie sich bei der Polizei von Minnesota unbeliebt gemacht hatte.

»War bei den Hinweisen wegen des Phantombilds irgendwas Vielversprechendes dabei?«, fragte sie.

Hyde blies frustriert die Luft aus. »Nein, kann man so nicht sagen. Irgendwer will vor ein paar Tagen einen Pick-up gesehen haben, der der Beschreibung entsprach und auf der Snelling nach Norden unterwegs war, aber das ist auch schon alles. Können Sie mir jetzt helfen, was Toca angeht, oder nicht?«

»Nein.« Sie dachte einen Augenblick nach, dann schaute sie

Hyde wieder an. »Oder vielleicht doch. Sie wissen, was an der Snelling Avenue liegt, oder?«

Zuerst starrte er sie verständnislos an, dann leuchteten seine Augen plötzlich auf. »Die Autowerkstatt! Los, lassen Sie uns hinfahren!«

»Ich soll mitkommen?«, fragte sie und hoffte, dass sie nicht zu erfreut klang.

»Wollen Sie warten, bis ich es mir anders überlegt habe?«

»Nope.«

Während Detective Hyde fuhr, scrollte Elle auf ihrem Handy die Nachrichten durch. Alle Lokalzeitungen hatten eine Meldung über Natalie gebracht, obwohl die meisten ihren Namen nicht oder nur sehr am Rande erwähnten. Für alle anderen war sie einfach nur *ein weiteres Mädchen, das in einem südlichen Vorort von Minneapolis verschwunden* war. Elle blinzelte ihre Tränen weg und schob ihre Sorge um Natalie in den staubigen Winkel ihres Hirns, der ihr schon während ihrer Arbeit beim Jugendamt gute Dienste geleistet hatte. Dort parkte sie all ihre Wut und Angst und ihren Schmerz, bis sie wieder atmen und sich konzentrieren konnte. Nur so hatte sie diesen Job ertragen. Sie wusste, dass Martín es ähnlich machte – wie jeder, der in einem Beruf arbeitete, der ihn mit dem Schlimmsten konfrontierte, wozu Menschen fähig waren.

Als sie bei Simple Mechanic ankamen, stand Duane Grove draußen vor dem massiven Tor zur Werkstatt, die aussah, als könnte sie locker einen Sattelschlepper beherbergen. Groves unrasiertes Gesicht war rot angelaufen, und er schaute missmutig drein, als er Sam Hyde und Elle aussteigen sah. Wozu lächeln? Sie waren ja keine Kunden.

»Hi Duane«, begrüßte Hyde ihn kumpelhaft.

»Was wollen Sie hier?« Duane Grove schaute zwischen den beiden hin und her. »Hey, sind Sie nicht die Frau, die …«

»Ja, ich bin die Frau, die Sie neben Leo Tocas Leiche angetroffen hat.«

Sein Gesicht wurde noch roter. »Ich und meine Jungs haben Ihnen doch letzte Woche schon alle Fragen beantwortet, Detective. Wir mussten unsere Werkstatt fast einen ganzen Tag zulassen. Dabei sind uns ein paar gute Geschäfte durch die Lappen gegangen. Es ist schon alles gesagt. Ich hab mit dem Mord nichts zu tun, und ich weiß auch nicht, wer's war.«

»Ich bin nicht wegen Leo Toca hier.« Hyde schaute Elle an und dann wieder Grove. »*Wir* sind wegen eines Wagens hier. Genauer gesagt wegen eines Pick-ups.«

Duane Grove seufzte schwer und ließ ein leises Knurren folgen, dann warf er einen Blick über die Schulter und bedeutete den beiden, ihm in das kleine Gebäude neben der Werkstatt zu folgen. Sie taten es, und Elle genoss den Schwall warmer Luft, als sie sein winziges Büro betraten. Darin war es so eng, dass man kaum hinter den Schreibtisch gelangte, aber Grove quetschte sich routiniert daran vorbei. Elle ließ Sam Hyde die Tür bewachen und setzte sich auf den einzigen vorhandenen Stuhl.

Rechts von ihr stapelten sich Plastikbehälter vom Boden bis zur Decke; sie waren ihr so nah, dass sie mit dem Ellenbogen dagegenstieß, als sie ihn auf der Armlehne ablegte. Die wenigen sichtbaren Stellen des Teppichs waren grau von jahrelang festgetretenem Sand und Dreck. Die Oberfläche des hellbraunen Schreibtischs war da, wo Duane Grove seine gefalteten Hände ablegte, mit Motoröl beschmiert.

»Also, was ist mit dem Pick-up?«, fragte er, zog seine Mütze ab und rieb sich mit einer Hand über den rasierten Schädel.

»Es geht um einen anderen Fall«, sagte Hyde. »Wir haben einen blauen Dodge Ram 1500 ohne Kennzeichen, der von einem Tatort geflohen ist. Hatten Sie in letzter Zeit mal so einen hier?« Der Detective holte sein Handy raus und zeigte ihm ein Foto. Elle sah, dass es von der Überwachungskamera stammte, deren Bildmaterial sie vor einigen Tagen zusammen mit Ayaan ausgewertet hatte.

Duane Grove schob nachdenklich die Unterlippe vor und zuckte die Achseln. Er würdigte das Foto kaum eines Blickes. »Sie meinen, ob ich bei so einem Wagen in letzter Zeit einen Ölwechsel gemacht hab? Kann gut sein. Ich hab täglich an die dreißig Autos hier, manchmal mehr.«

Hyde lachte. »Ach, Duane, Sie sind vielleicht kein Mörder, aber wir wissen beide, dass Sie auch kein Automechaniker sind. Zumindest nicht nur. Ich hab Sie letzte Woche überprüft. Und mit ein paar von Ihren Freunden geredet, die im Hennepin County Jail sitzen. Wie's aussieht, betreiben Sie hier eine gutgehende Firma, die Autoteile einem neuen Zweck zuführt.«

Duane verzog keine Miene, aber er bestritt auch nichts von dem, was Sam Hyde gesagt hatte. Der Detective fuhr fort: »Ich kann Sie vielleicht nicht wegen der Sache mit Toca drankriegen, aber mir sind einige interessante Geschichten zu Ohren gekommen, die ich gern an die Abteilung für Raub weitergebe, um zu hören, was die Kollegen dazu sagen. Ich könnte Ihre Kumpel allerdings auch als Schwätzer abtun, die mir alles Mögliche erzählen würden, um ihren Arsch zu retten. Das liegt ganz bei Ihnen.«

Duane Grove fuhr sich mit der Zunge über die Zähne und wandte den Kopf dann ruckartig Elle zu. »Jetzt mal im Ernst, Mann, was will *die* eigentlich hier?«

Elle biss die Zähne zusammen, als Hyde antwortete: »Spielt keine Rolle. Was können Sie mir über den Pick-up sagen?«

»Was wollen Sie denn wissen?«

Sam Hyde grinste. »Ich würd gern wissen, ob jemand in den letzten vier Tagen einen blauen Dodge Ram 1500 in Ihre Werkstatt gebracht hat. Und wenn dem so ist, möchte ich, dass Sie ihn mir auf der Stelle zeigen.«

Duane schaute wieder Elle an, doch sie starrte einfach nur wütend zurück. Er seufzte. »Ja, okay. Neulich Abend hat einer so einen Wagen vorbeigebracht.«

»An welchem Abend?«, fragte Sam.

»Ich weiß nicht. Vielleicht vor drei Tagen oder so.«

Jetzt schaltete Elle sich ein: »An welchem Abend genau? Am Montag oder am Dienstag? Und wo ist der Wagen?«

»Keine Ahnung! Er ... ist nicht mehr hier.«

Elle schlug mit den Händen auf die Armlehnen und rutschte vorn an die Stuhlkante, bereit, ihm an die Gurgel zu gehen. »Wie meinen Sie das, er ist nicht mehr hier?« Dann hielt sie erschrocken inne. »Sie ... Sie haben ihn schon zerlegt, hab ich recht?«

Duane Grove besaß nicht mal den Anstand, beschämt auszusehen. Er reckte sein Kinn vor und verschränkte die Arme. »Und was wollen Sie jetzt tun?«, fragte er. »Mich verhaften?«

»Nein, wir nicht.« Hyde verschränkte ebenfalls die Arme. »Das überlassen wir den Kollegen vom Raub.«

»Hey, Moment mal!« Duane hielt die Hände hoch. »Ich hab den Wagen zwar nicht mehr da, aber ich kann Ihnen sagen, wer ihn gebracht hat.« Er ließ seine Augenbrauen tanzen.

Elle schnaubte und schaute zu Sam Hyde hin. »Aber das sagt er uns natürlich nur, wenn wir ihm einen kleinen Deal anbieten. Das hat man wohl davon, wenn man so eine Ratte um was bittet.«

Duane Grove zuckte die Achseln und verzog sein rotes Gesicht zu einem dreisten Grinsen. »Sie kennen doch den Spruch: Pass auf, was du dir wünschst ...«

»Und Sie sind sicher, dass Sie den Mann kennen, der den Pick-up hergebracht hat?«, fragte Elle.

»Versuchen Sie nicht mal, uns zu verarschen«, schaltete Hyde sich ein. »Wir wissen, wo wir Sie finden, wenn sich Ihre Angaben als Blindgänger erweisen.«

»Machen Sie Witze? Ich würde doch niemals einen feinen, aufrechten Detective belügen.« Groves Blick flog zu Elle hin, und er zeigte auf sie. »Dasselbe gilt natürlich auch für eine vorwitzige Hobbydetektivin mit einer Radioshow.«

Bevor Elle etwas erwidern konnte, redete Grove schon weiter: »Ich wusste, dass ich Ihre Stimme irgendwoher kenne. Leo hat den Mist, den Sie verzapfen, rauf und runter gehört. Schwachsinniger Gutmenschen-Scheiß. Wenn Sie ihm nicht den Floh ins Ohr gesetzt hätten, sich als Detektiv aufzuspielen, wäre er bestimmt auch nicht umgelegt worden. Sie sind keine Ermittlerin, Sie sind bloß eine aufgeblasene Zicke mit einem Mikro, der keiner sagt, wann sie die Klappe zu halten hat.«

Elle starrte ihn einen Moment lang einfach nur an. Sein Vorwurf stimmte in etwa mit dem überein, was sie befürchtete, seit sie Leo Toca tot auf dem Fußboden seiner Wohnung gefunden hatte. Aber die permanente Anspannung und Sorge um die Mädchen und der Gedanke, dass Grove vielleicht mehr wusste, als er sagte, machten sie mutig. Und kämpferisch.

Ihr Gesicht verzog sich zu einem breiten Lächeln, das ihre Zähne entblößte. »Aber verstehen Sie denn nicht, Mr. Grove? Das ist doch das Gute. Ich bin keine Polizistin. Ich bin einfach nur eine Bewohnerin dieser Stadt, die einen Pick-up finden will. Ich betreibe lediglich einen Podcast mit ein paar hunderttausend Hörern, die nichts lieber tun werden, als Ihren Namen und Ihre Adresse überall im Internet zu streuen, damit alle erfahren, dass Sie erst Beweise für die Entführung eines kleinen Mädchens haben verschwinden lassen und uns dann auch noch hingehalten haben, statt zu helfen, den zu finden, der Ihnen den Wagen gebracht hat. Aber keine Sorge. Wenn's um Straftaten gegen Kinder geht, hören die Leute sich immer gern beide Seiten der Geschichte an.«

Duane Grove wurde blass. »Was zum Teufel soll das?« Er wandte sich Hyde zu. »Wollen Sie einfach tatenlos zusehen, wie ich bedroht werde?«

Detective Hyde setzte eine verwirrte Miene auf. »Tut mir leid, was haben Sie gesagt? Ich hab gerade eine Weile nicht zugehört.«

»Er heißt Eduardo, okay? Den Nachnamen kenne ich nicht.« Groves Blick irrte zwischen Elle und dem Detective hin und her. Auf seiner Stirn und zwischen den Haarstoppeln auf seinem Kopf bildeten sich Schweißperlen. »Aber kein Wort über mich in Ihrem Podcast! Ich weiß ja, wie Sie das machen. Erst reißen Sie aus dem Zusammenhang, was andere irgendwo gesagt haben, und dann zerpflücken sie's so, dass es klingt, als wäre es ganz anders gemeint gewesen. Ich sag Ihnen die Wahrheit – das ist alles, was ich weiß. Sie haben mit keiner Silbe erwähnt, dass es um eine verdammte Kindesentführung geht. Meine Fresse! Sonst hätte ich Ihnen das doch sofort gesagt.«

Elle ignorierte seine beleidigenden Unterstellungen. Dass es Männer gab, die ein Problem damit hatten, dass sie sich öffentlich äußerte und Theorien über Fälle verbreitete, in denen sie ermittelte, war ja nichts Neues.

»Im Ernst jetzt? Mehr haben Sie nicht für uns?« Detective Hyde ging um den Schreibtisch herum und baute sich vor Duane Grove auf. Sein Ton war locker, freundlich, was ihn nur umso bedrohlicher erscheinen ließ. »Wir sind den ganzen langen Weg hier rausgekommen, Mann. Ich bin sicher, Sie haben mehr Informationen über diesen Typen. Wahrscheinlich kennen Sie eh jeden, der hier rein- und rausgeht, hab ich recht?«

»Äh, ja, wahrscheinlich.«

»Na klar tun Sie das! Ein gewiefter Geschäftsmann wie Sie kann es sich gar nicht leisten, ein Gesicht zu vergessen. Sind Sie sicher, dass Sie nicht doch mehr über den Mann wissen?«

Groves Gesichtsausdruck veränderte sich, und in seine Wangen kam wieder Farbe. Er schaffte es, sowohl ängstlich als auch bewundernd zu Sam Hyde hochzuschauen. »Er … er heißt Eduardo. Er ist ungefähr so groß wie Sie und Mexikaner. Oder aus Mittelamerika, ich weiß es nicht. Er arbeitet an der Mitchell University, putzt da die Böden und so Zeug. Mehr weiß ich nicht, ich schwör's!«

Detective Hyde legte ihm mit einem breiten, ehrlich wirkenden Lächeln eine Hand auf die Schulter. Grove zuckte zusammen, und Elle grinste süffisant, da sie wusste, dass Hyde fest zudrückte. »Super, danke, Mann.« Dann drehte er sich, immer noch lächelnd, um und hob die Hand als Zeichen zum Aufbruch. »Gehen wir.«

28

JUSTICE DELAYED-PODCAST · 16. JANUAR 2020

Transkript: Staffel 5, Folge 6

ELLE VOICE-OVER: Einundzwanzig.
Sieben.
Drei.
Das sind die Zahlen, die mir ständig durch den Kopf rattern, jeden Tag. Ich drehe sie um, schiebe sie zusammen oder auseinander – dividiere, multipliziere, addiere und subtrahiere sie. Sie kommen immer und immer wieder vor in der Mordserie des Countdown-Killers, und zwar so oft, dass es auffällt, wenn sie es nicht tun. Die Morde von CK im Jahr 1996 passen nicht in das Muster, das er im Jahr 1997 etabliert hat, aber ich bin sicher, dass es trotzdem seine Taten waren. Nur muss es etwas zu bedeuten haben, dass sie anders sind. Zu töten ist nichts, was uns im Blut liegt, egal, was andere sagen mögen. Selbst die, die anscheinend mit dem Wunsch geboren wurden, anderen Leuten das Leben zu nehmen, müssen das Handwerk des Mordens erst lernen. Und sie machen Fehler – manchmal während ihrer Laufbahn als Mörder, manchmal gleich zu Beginn. Es war schon immer merkwürdig, dass CK seine Mordserie mit einem zwanzigjährigen Opfer begonnen haben soll, wenn er doch von der Zahl einundzwanzig besessen ist. Während der letzten zwei Monate haben meine Producerin Tina und ich uns alle Vermissten- und Mordfälle in der Gegend vorgenommen in der Hoffnung, auf etwas zu stoßen, was wir bislang übersehen haben. In der Hoffnung, den Beginn des Countdowns zu finden.

[**GERÄUSCH-EINSPIELER:** *Ein Telefon klingelt.*]

SYKES: Hallo?

ELLE: Detective Sykes. Sie haben mich gebeten, Sie zurückzurufen?

SYKES: Elle, ich glaube, Sie haben recht ... Ich glaube, das war wirklich er.

[TITELMUSIK + INTRO]

ELLE VOICE-OVER: Manchmal werde ich gefragt, warum ich diesen Podcast mache. Von Leuten, die mir vorwerfen, ich täte so, als könnte ich etwas, was die Polizei nicht kann. Dabei war es noch nie das Ziel von *Justice Delayed,* die Polizei zu ersetzen. Mein Ziel war es von Beginn an, die Aufmerksamkeit der Öffentlichkeit auf Geschichten zu lenken, die in Vergessenheit geraten sind, und mit neuen Hilfsmitteln und Ideen an Fälle heranzugehen, die ungeklärt zu den Akten gelegt wurden. Vor einigen Wochen machte eine Hörerin mich auf einen solchen Fall aufmerksam. Christina Presley, früher wohnhaft in Eden Prairie, lebt heute in North Dakota. Freundlicherweise traf sie sich mit mir auf halbem Weg, in einer kleinen Raststätte außerhalb von Fargo. Bitte entschuldigt, wenn ihr mehr Hintergrundgeräusche hört als sonst; wir haben uns sehr bemüht, sie zu reduzieren, aber es war ein Spieltag, und deshalb hört ihr hin und wieder Jubelschreie. Skol, Minnesota Vikings!
Christina ist eine weiße Frau Mitte sechzig. Nachdem sie ihr frühes Erwachsenenleben als Mutter von vier Kindern überwiegend zu Hause verbracht hat, arbeitet sie heute halbtags in der öffentlichen Bibliothek ihrer Stadt. Sie sieht nett aus, aber als sie mir ihre Geschichte erzählte, bildeten sich tiefe Falten rund um ihren Mund. Wir sprachen fast zwei Stunden miteinander,

aber trotz all der traurigen Dinge, die sie zu erzählen hatte, habe ich sie nicht ein einziges Mal weinen sehen. Trauer kann wie ein chronischer Schmerz sein – was zunächst unerträglich erscheint, wird mit der Zeit zu einem Teil deiner selbst, bis du irgendwann vergessen hast, wie das Leben davor war. Wenn du jahrelang konstant Schmerzen hattest, erscheint es dir überflüssig, deswegen noch Tränen zu vergießen.

[**GERÄUSCH-EINSPIELER:** *In der Ferne trillert eine Schiedsrichterpfeife; im Hintergrund das Murmeln leiser Gespräche.*]

ELLE: Danke für Ihre Bereitschaft, mich hier zu treffen. Wie ich Ihnen am Telefon schon erzählt habe, ist es meinem Kontakt bei der Polizei, Detective Sykes, gelungen, an die Fallakte heranzukommen. Aber könnten Sie mir bitte von Kerry erzählen, bevor wir die Sache durchgehen?

CHRISTINA: Natürlich. Kerry war 1996 im letzten Jahr an der Uni, er hat Physik studiert. Das Frühjahrssemester hatte gerade angefangen, und es waren nur noch vier Monate bis zu seiner Abschlussprüfung. Wir waren auf all unsere Kinder stolz, aber Kerry war etwas Besonderes. Die Professoren schienen derselben Meinung zu sein, denn er bekam von Unis im ganzen Land Promotionsstipendien angeboten. Aber dann ist er … nur wenige Wochen nach Semesterbeginn plötzlich verschwunden.

ELLE: Wann haben Sie es erfahren?

CHRISTINA: Es hat ein paar Tage gedauert. Damals gab es ja noch keine Handys, und Kerry meldete sich nur ein-, zweimal die Woche bei uns. Das erste Anzeichen dafür, dass etwas nicht stimmte, war ein Anruf von einem seiner Mitbewohner. Keiner der Jungs hatte ihn gesehen, und sie wollten sich erkundigen, ob er nach Hause gefahren war. Da haben wir uns natürlich sofort Sorgen gemacht. Es war völlig untypisch für ihn, einfach zu verschwinden, ohne uns Bescheid zu sagen. Ich hab als Erstes seine Freundin angerufen, aber sie erzählte mir, sie hätten sich vier Tage zuvor getrennt. Sie waren sehr eng gewesen, und weil ich wusste, dass Kerry ans Heiraten gedacht hatte, habe ich mir danach noch mehr Sorgen gemacht. Mein Mann und ich dachten ... Wir dachten, er wäre vielleicht irgendwo hingefahren, um Dampf abzulassen, oder er hätte so was Albernes gemacht, wie für ein paar Tage nach Las Vegas zu fliegen. Aber das erklärte nicht, warum er uns nicht anrief.

ELLE: [*Über das Geräusch von jubelnden Footballfans im Hintergrund hinweg.*] Wann haben Sie ihn vermisst gemeldet?

CHRISTINA: Wir haben ihn nie offiziell vermisst gemeldet. Wir haben natürlich die Polizei eingeschaltet, aber die sagten uns, Kerry hätte ein geringes Risiko, einem Verbrechen zum Opfer zu fallen, und wolle wahrscheinlich einfach nur eine Weile allein sein. Um den Stress seines letzten Studienjahres und die Trennung zu verarbeiten. Aber dann ... riefen sie uns einige Tage später an und sagten uns, sie hätten ihn tot aufgefunden.

ELLE VOICE-OVER: Kerry Presley wurde nur wenige Meilen von dem Haus entfernt, das er mit vier Studienfreunden bewohnte, zur Hälfte vergraben in einer Schneewehe am Ufer des Mississippi gefunden. Zuerst glaubte die Polizei an Selbstmord. Der Tote trug ein Seil um den Hals, das an dem Baum hinter ihm befestigt war, und er war nach vorn gesackt, so dass es aussah, als hätte er sich erhängt.

ELLE: Könntest du die Ergebnisse der Autopsie für uns erläutern, Martín?

MARTÍN: Sicher. Lass mich zuerst etwas erklären. Als Rechtsmediziner ist man angehalten, zwei Dinge im Obduktionssaal zu bestimmen: die Todesursache und die Todesart. Also, woran der Mensch, der vor einem liegt, gestorben ist, und wie – ob es Mord war oder Selbstmord, ein natürlicher oder ein unnatürlicher Tod etc. Wie du schon sagtest, war am Tatort alles so arrangiert, dass es aussah, als hätte Kerry sich das Leben genommen. Die vorläufige Bestimmung der Todesart ergab Selbstmord, aber sobald der Rechtsmediziner mit der Sektion begann, wurde die Sache komplizierter.
Ich möchte hier nicht zu sehr auf die unschönen Details eingehen, aber der Rechtsmediziner kam zu dem Schluss, dass Kerrys Zungenbein gebrochen war, was ein typischer Hinweis für eine Strangulation ist. Allerdings gab es keine Anhaltspunkte dafür, dass ein Seil oder Ähnliches für seinen Tod verantwortlich war. Die Male, die sich am Hals eines Erhängten bilden – Hämatome, Blutergüsse –, waren nicht vorhanden. Im Obduktionsbericht steht sogar, dass aufgrund von fehlenden Hautabschürfungen davon auszugehen ist, dass das Seil erst lange nach Eintritt des Todes um seinen Hals gelegt wurde.

ELLE: Das Ganze war also so inszeniert, dass es wie Selbstmord aussehen sollte.

MARTÍN: Korrekt. Jedenfalls würde ich es so sehen. Und als der Rechtsmediziner den Magen des Opfers untersuchte, fand er rote und braune Flecken auf der Magenschleimhaut.

ELLE: Was bedeutet das?

MARTÍN: Das passiert, wenn die Körpertemperatur sinkt und die Blutzufuhr zum Schutz lebenswichtiger Organe umgelenkt wird. Trotz der Strangulationsverletzungen starb Kerry nicht aufgrund von Sauerstoffmangel. Seine offizielle Todesursache war Hypothermie, also Unterkühlung, und wenn ich mir die Ergebnisse der Autopsie so ansehe, würde ich dem zustimmen. Was uns zur Bestimmung der Todesart bringt. Die Untersuchung ergab, dass der Selbstmord nur vorgetäuscht war, und wenn ein Laie das hört, geht er automatisch davon aus, dass es Mord war. Aber der Rechtsmediziner, der diesen Fall untersuchte, konnte nicht einwandfrei bestimmen, ob es Mord war oder ein Unfall, der kaschiert wurde, indem alles so inszeniert wurde, als hätte Kerry sich das Leben genommen. Hypothermie ist eine extrem seltene Tötungsart, daher ist es verständlich, dass der Rechtsmediziner sich trotz des Drucks, den die Familie machte, nicht eindeutig festlegen wollte. Aber zugleich macht es natürlich auch Sinn, dass die Familie wollte, dass er sich auf Mord festlegte, weil die Polizei dann gezwungen gewesen wäre, den Fall eingehender zu untersuchen.

ELLE VOICE-OVER: Bedauerlicherweise wurde unter Todesart auf Kerrys Totenschein »ungeklärt« eingetragen, was für die Familie einem Albtraum gleichkam: Ohne Hinweis darauf, wer den Selbstmord inszeniert hatte, und ohne klaren Beweis dafür, dass ein Verbrechen vorlag, wandte die Polizei sich bald dringenderen Fällen zu. Und die Familie Presley blieb mehr als zwanzig Jahre lang ohne Antworten.

ELLE: Danke, dass Sie mir die Geschichte Ihres Sohns anvertrauen. Was Sie durchmachen mussten, tut mir sehr leid. Es muss schrecklich für Sie gewesen sein, dass Sie nicht mal halbwegs befriedigende Antworten bekamen und der Tod Ihres Sohnes einfach so abgetan wurde.

CHRISTINA: Ja, das war es. Die Frage, warum oder wie er erfroren war und wer dafür gesorgt hatte, dass es nach Selbstmord aussah, schien niemanden zu interessieren. Für mich

ergab das alles nie einen Sinn. Wie konnte es sein, dass ihnen das einfach egal war?
Als ich neulich Ihren Podcast hörte, sagten Sie, dass Sie das erste Opfer des Countdown-Killers zu finden versuchen. Und dass Sie deshalb Informationen über jeden ungeklärten oder ungelösten Todesfall suchen, der sich ungefähr zur selben Zeit ereignet hat wie der Mord an Beverly Anderson. Das war der Grund, warum ich Ihnen die E-Mail geschickt und von Kerrys Fall berichtet habe. Ich gehe nicht davon aus, dass es da eine Verbindung gibt, aber was weiß ich schon ... Ich wollte einfach, dass mir jemand zuhört, verstehen Sie?

ELLE: Ja, das verstehe ich. Und Sie haben recht, der Fall wirkt zunächst mal nicht so, als bestünde eine Verbindung zu CK. Nichts an Kerrys Todesumständen sieht aus wie ein Mord von ihm. Aber Ihre E-Mail stach mir trotzdem ins Auge, vor allem deshalb, weil Sie wie so viele andere Mütter klingen, mit denen ich während meiner Ermittlungen spreche. Frauen, die Jahre, Jahrzehnte auf Antworten gewartet haben, die nie kamen. Also, wir haben uns die Sache mal näher angesehen. Und wir glauben, dass da was dran sein könnte, Mrs. Presley.

CHRISTINA: [*Unverständlich.*]

ELLE: Lassen Sie sich ruhig Zeit.

CHRISTINA: Sind Sie ... Sind Sie sicher?

ELLE: Detective Sykes hat mir eine Kopie der Fallakte zukommen lassen, und wir sind sie zusammen durchgegangen. Laut Ihrer Aussage und der seiner Freunde verschwand Kerry am ersten Februar 1996. Das heißt, drei Tage vor CKs erstem bestätigtem Opfer, Beverly Anderson.

CHRISTINA: Oh, äh … und weiter?

ELLE: Es gab mehrere Zeugen, die an dem Tag, bevor Kerry gefunden wurde, an dieser Stelle des Flusses spazieren gegangen waren und aussagten, sie hätten ihn dort nicht gesehen. Deshalb glaubte die Polizei, dass er wahrscheinlich erst am Auffindungstag selbst dort hingebracht worden war. Der Rechtsmediziner konnte den Todeszeitpunkt nicht genau bestimmen, weil die Leiche gefroren war, aber der Mageninhalt war nur teilweise verdaut, und offenbar enthielt er Ananas und Schweinefleisch. Kerrys Freundin gab an, sie hätten zusammen Pizza Hawaii gegessen, als sie ihn das letzte Mal gesehen hatte, am Abend ihrer Trennung. Wenn das stimmt, muss er bereits wenige Stunden später tot gewesen sein.

CHRISTINA: Wollen Sie damit sagen, dass er schon am Abend seines Verschwindens ermordet und dann … irgendwo aufbewahrt wurde?

ELLE: Tut mir leid, ich sage Ihnen das nur äußerst ungern. Aber ich verspreche Ihnen eins, Mrs. Presley: Wenn Ihr Sohn wirklich vom Countdown-Killer ermordet wurde, bin ich seiner Enttarnung gerade einen Schritt näher gekommen. Doch wie auch immer es sich verhält, ich werde alles in meiner Macht Stehende tun, um Ihrem Sohn Gerechtigkeit zu verschaffen.

ELLE VOICE-OVER: Kerry war einundzwanzig Jahre alt, und wie die anderen beiden Opfer aus dem Jahr 1996 studierte er in Minneapolis. Auch wenn er anders gestorben ist als die jungen Frauen, gibt es weitere Aspekte, die ins Muster passen. Er verschwand drei Tage vor Beverly. Seine Leiche wurde sieben Tage nach seinem Verschwinden aufgefunden. Dass er nie als potenzielles Opfer von CK gehandelt wurde, liegt zum einen daran, dass er auf ganz andere Weise getötet wurde, aber natürlich auch daran, dass er ein Mann war und die anderen Opfer allesamt Frauen waren. Aber als ich in Christina Presleys Augen sah, musste ich an die Ironie des Ganzen denken. Obwohl CKs Opfer dieses eine Mal ein Mann war, hat er mit seiner Tat auch das Leben einer Frau zerstört.

Alles an den Morden aus dem Jahr 1996 scheint darauf hinzudeuten, dass CK noch in einer Art Findungsphase steckte, und so gesehen ergibt es aus meiner Sicht absolut Sinn, dass sein erstes Opfer so ganz anders war als die anderen. Es erklärt, warum er danach Änderungen vorgenommen hat. Er hatte offenbar gar nicht die Absicht, Kerry zu töten, jedenfalls nicht auf die Weise, wie es geschah. Der Mord war schlampig ausgeführt, ungeplant – ganz anders als die vorsätzliche Vergiftung, zu der er bei seinen weiblichen Opfern griff.

Vielleicht hat er Kerry in einem Moment blinder Wut stranguliert, dann Panik bekommen und die Leiche an den Ort gebracht, wohin er die anderen Opfer später auch verschleppt hat. Und wenn der Countdown-Killer Kerry in einer Scheune oder einem Schuppen abgelegt und tagelang dort gelassen hat, weiß er womöglich nicht mal, dass sein Opfer in Wirklichkeit an Unterkühlung starb. Ich kann nur hoffen, dass Kerry nicht mehr wach geworden ist, bevor sein Tod eintrat.

Dass das erste Opfer männlich war, sagt auch einiges über CKs Profil aus. Es sagt uns, dass er ursprünglich nicht aus Frauenhass mordete, sondern auf Frauen und Mädchen umgestiegen ist, nachdem ihm der Mord an einem jungen Mann keine Befriedigung verschafft hatte. Wenn Kerry sein erstes Opfer war, und ich glaube, dass er es war, bedeutet das, dass ihm die Zahlen von vorneherein wichtig gewesen sind. Die rechtsmedizinischen Befunde beweisen, dass Kerry nur Stunden nach seinem Verschwinden starb, doch er wurde erst sieben Tage später gefunden.

Selbst wenn CK es nicht genossen hat, einen Mann zu töten, fand er einen Weg, um dennoch Befriedigung aus der Tat zu ziehen. Er fand eine Möglichkeit, seine spezielle Handschrift zu hinterlassen – indem er bis zum siebten Tag wartete, bevor er die Leiche präsentierte. Ich muss die ganze Zeit an das Bibelzitat denken, das Nora in seiner Blockhütte gesehen hat: *Sechs Tage sollst du arbeiten; am siebenten Tage sollst zu ruhen*. Daraus könnte ich eine Menge ableiten, aber ich denke Folgendes: Ich glaube, was dem Countdown-Killer seine eigentliche Befriedigung verschafft, ist, dass er die Leichen am siebenten Tag ausstellt und dafür sorgt, dass sie auch wirklich gefunden werden. Das ist seine Art, Erfüllung zu finden.

Dass er Kerrys Tod so aussehen ließ, als hätte der junge Mann Selbstmord begangen, sagt mir aber auch noch etwas anderes. Es sagt mir, dass CK sich diesen Mord nicht ans Revers heften wollte. Wenn ein Killer so viel Zeit darauf verwendet, eine Leiche auf diese Weise zu drapieren, und sogar riskiert, ertappt zu werden, dann nur deshalb, weil er eine Art von Beziehung oder Verbindung zu dem Opfer hatte. Und genau das ist es, was ich herausfinden werde.

Nächstes Mal in *Justice Delayed*.

29

DJ · 1989 BIS 1992

Es genügte seinem Vater nicht, dass er ein hervorragender Schüler war. Es genügte ihm nicht, dass er an Weihnachten für die Mitternachtsmesse als Messdiener auserwählt wurde. Es genügte ihm nicht, dass er Stipendien für die Sommerkurse in Mathe bekam.

Nichts, was er tat, brachte seinen Vater dazu, ihn so anzuschauen, wie er seine älteren Söhne angeschaut hatte – stolz und liebevoll. Sein Vater blieb die Hülle des Mannes, der er einmal gewesen war; jeder konnte seine Gestalt sehen, aber innerlich war er leer.

Mit sechzehn schloss DJ – früher, als es üblich war – die Highschool ab und verließ sein Zuhause. Er nahm all das Geld, das er sich in den letzten beiden Sommern durch Rasenmähen verdient hatte, und kaufte sich ein Busticket nach New York. Er verabschiedete sich nicht.

New York übertraf alle seine Erwartungen. Trotz der unzähligen Filme und Fernsehsendungen, die in der Stadt spielten und die er sich bei jeder sich bietenden Gelegenheit angesehen hatte, war er nicht auf den Lärm, die immerwährende Helligkeit, die Enge und die fehlende Privatsphäre vorbereitet. Er teilte sich eine Ein-Zimmer-Wohnung mit drei anderen jungen Männern und legte mehrere Wochen lang Geld in den Topf für die gemeinsamen Lebensmittel, bis er merkte, dass er es als Einziger tat. Danach kaufte er sich seine eigenen Instantnudeln, die er unter der Matratze versteckte, damit die anderen ihre Finger davon ließen, und frisches Gemüse, das niemanden interessierte.

DJ hatte mehrere Gelegenheitsjobs, wobei er hinsichtlich seines Alters log, um nachts als Barkeeper arbeiten zu können; tagsüber fuhr er mit dem Fahrrad Päckchen aus. Aber das Zusammenwohnen mit den unerträglichen Zimmergenossen und sein eiserner Wille, jeden übrigen Cent zu sparen, machten sich schließlich bezahlt: Achtzehn Monate später hielt er die schriftliche Zusage für Harvard in der Hand – er würde an der Eliteuni studieren und hatte gerade genug Geld auf dem Konto, um fürs erste Jahr Studiengebühren, Kost und Logis zu bezahlen. Er zog aus, ohne den anderen Bescheid zu sagen, und nahm nur seinen Rucksack und die besten Klamotten mit.

Harvard war eine weitere neue Welt. Nach den fast zwei Jahren, in denen er von billigem Bier, Marihuanarauch und zugedröhnten Nichtstuern umgeben gewesen war, wirkte das akademische Leben auf ihn wie eine lindernde Salbe gegen ständigen Juckreiz. Dort waren Menschen, die der gleichen Leidenschaft frönten wie er. Menschen, die Gleichungen und Formeln kannten, von denen er nie gehört hatte. Philosophieprofessoren, die seine Religiosität nicht verspotteten, sondern mit ihm darüber diskutierten.

Durch seine herausragenden Leistungen im ersten Jahr qualifizierte er sich für Stipendien und brauchte nur noch dreimal die Woche zu arbeiten. Er schickte Josiah jedes Semester eine Kopie seiner exzellenten Noten – der einzige Kontakt zwischen ihnen. DJ bekam nie eine Antwort.

Gegen Ende des zweiten Jahres in Harvard lernte er Loretta kennen. Sie absolvierte ein Doppelstudium in Mathe und Physik und strebte den gleichen Abschluss an wie er – im Jahr 1990 für Frauen sehr ungewöhnlich. Bislang hatte DJ, der in einem reinen Männerhaushalt aufgewachsen und auf eine katholische Jungenschule gegangen war, nicht viel Glück bei Frauen gehabt. Die wenigen Male, in denen ihn seine New Yorker Zimmergenossen zu Clubbesuchen überredet hatten, machten sie sich lustig über seinen mangelnden Erfolg bei ihnen. Er trank nicht und versuchte nie, Frauen abzuschleppen – es reichte ihm zu beobachten, wie sich seine stark alkoholisierten Mitbewohner bei ihren Beutezügen zum Narren machten. Wenn sie ihre Eroberungen mit nach Hause brachten, lag er wach im Bett und lauschte im Dunkel der Wohnung ihrem Gerammel und Gestöhne.

Loretta war anders. Schon ihr Name verriet, dass sie traditionell aufgewachsen war, in einem Haushalt mit Werten und Moralvorstellungen. Ihre Blusen waren bis obenhin zugeknöpft, ihre Röcke reichten bis übers Knie, und ihre schlichten schwarzen Schuhe hatten flache Absätze. Das kastanienbraune Haar fiel ihr über die schmalen Schultern, und ein gerade geschnittener Pony umrahmte ihre blauen Augen. Am meisten beeindruckte ihn ihr Verstand, aber DJ wusste, dass er mithalten konnte. Und so lud er sie eines Tages zum Abendessen in ein gutes Restaurant in der Nähe der Uni ein und war bereit, dafür sein Essensbudget für eine ganze Woche zu verpulvern.

Als er sie am Studentenwohnheim abholte und aus der Tür treten sah, blieb ihm die Luft weg: Eine blassrosa Bluse umschmeichelte locker ihre schlanke Figur, der lange schwarze Rock strich über ihre Waden. Die Haare hatte sie zusammengebunden, so dass ihr Nacken und der Rand ihres Schlüsselbeins zu sehen waren. Sie sah umwerfend aus, erwartungsvoll, unschuldig – und das alles für ihn. DJ bot ihr den Arm an, wie er es bei Männern im Film gesehen hatte, und Loretta hakte sich schüchtern lächelnd bei ihm unter.

Während des Dinners unterhielten sie sich angeregt über ihre Seminare und Mitstudenten, diskutierten über die Vorzüge der Stringtheorie und teilten sich das Nötigste über ihre Herkunft mit – wobei DJs Version stark bearbeitet war. Als er sie anschließend nach Hause brachte, wusste er, dass sie die Richtige für ihn war.

Von da an verbrachten sie jede freie Minute miteinander,

bereiteten sich gemeinsam auf Prüfungen vor und fragten sich gegenseitig anhand von Karteikärtchen ab. Nach ein paar Monaten überredete er sie, ihren Job in einem der College-Cafés aufzugeben, damit sie mehr Zeit füreinander hatten. Dadurch waren sie neben ihren Seminaren und DJs nächtlichem Job für eine Securityfirma auf dem Campus jede Woche ein paar Stunden mehr zusammen.

Zu Beginn ihres dritten Jahres in Harvard sparte DJ für einen bescheidenen Ring und sah sich nach einer Wohnung um, in der sie zusammen leben konnten. An einem Abend im Oktober setzte er sich hin und schrieb seinem Vater einen Brief, den ersten seit langem. Befeuert von einer halben Flasche Scotch, warf er Josiah all das Unrecht vor, das er ihm angetan hatte, und das trotz seines unaufhörlichen Bemühens, ihm ein guter Sohn zu sein. Er ließ seinen Vater wissen, dass er eine Frau gefunden hatte, die ihn liebte, eine Frau, die klug und rein und schön war. Dann suchte er zwei Fotos aus, die er mitschicken wollte: eines mit ihm und Loretta zusammen und eines nur von ihr – das Bild aus einem Jahrbuch, auf dem ihr feines Gesicht und die sanften Augen besonders gut zur Geltung kamen.

Am nächsten Tag holte sie ihn zu Hause ab. DJ ließ sie kurz allein, um seine Jacke zu holen. Als er zurückkam, stand sie an seinem Schreibtisch, den Brief in der Hand.

»Was ist das?«, fragte sie und drehte sich zu ihm um.

»Nichts! Wie kommst du dazu, meine Briefe zu lesen?«

Sie zuckte zurück, als hätte er ihr einen Schlag versetzt, und starrte ihn zornig an. »Ich hab mein Foto gesehen und mich gefragt, warum es auf dem Schreibtisch liegt. Dein Brief klingt so ... gemein, DJ. Ich wusste nicht, dass du so grausam sein kannst.«

Er trat einen Schritt auf sie zu, nah genug, um das Zittern des winzigen Muskels um ihre Lippen zu bemerken. »Du hast ja keine Ahnung, wovon du sprichst. Du weißt überhaupt nicht, wie ich aufgewachsen bin. Und jetzt lass uns aufbrechen.«

Aber anstatt wie geplant mit ihm ins Kino zu gehen, wirbelte Loretta auf dem Absatz herum und marschierte aus dem Apartment.

Es war der schlimmste Krach, den sie je gehabt hatten. Seine Freunde rieten ihm zu warten, bis sie sich beruhigt hatte, aber nach drei Tagen hielt er es nicht mehr aus. Mit einem Dutzend Rosen ging er zu ihrem Studentenwohnheim und sagte, er hätte den Brief weggeworfen, was nicht ganz stimmte. Er hatte ihn in den Briefkasten geworfen. Schließlich gab sie nach und ließ ihn in ihr Zimmer.

Danach veränderte sich ihre Beziehung. Wenn DJ sie jetzt traf, hatte er zwar immer noch Herzklopfen, aber nicht aus Verliebtheit wie zu Beginn, sondern aus Angst. Er ertappte sich dabei, ihr auf dem Campus zu folgen, versteckte sich hinter Bäumen und Häusern, um zu beobachten, wie sie sich anderen Männern gegenüber verhielt. War sie untreu? Warum schaute sie ihn so komisch an? Wollte sie ihn verlassen? Er versuchte, mit ihr darüber zu reden, sprach über seinen Eindruck, dass sich etwas zwischen ihnen verändert hatte, aber sie tat das ab.

Wie er wollte Loretta nach dem BA weiter studieren und suchte neben ihrer Seminararbeit nach geeigneten Studienprogrammen fürs Graduiertenstudium. Sie fing an, Verabredungen abzusagen, behauptete, mit Arbeit überschüttet zu sein, und wenn er sie fragte, welche Universitäten sie in Erwägung zog, wich sie ihm jedes Mal aus. DJ konnte ihr ganzes Leben vor ihr ausgebreitet sehen und wurde immer unsicherer, ob er einen Platz darin haben würde.

An Lorettas einundzwanzigstem Geburtstag stand DJ vor dem Restaurant am Charles River, das ihre Eltern für die Feier reserviert hatten. Mit schweißnassem Rücken und dem Ring in einer Schachtel, die seine Jackentasche ausbeulte, schaute er durch die Fensterscheibe in den hell erleuchteten Raum. Etwa dreißig Gäste liefen mit Drinks in der Hand umher, umkreist von Servicepersonal, das auf Tabletts Fingerfood offerierte. Lorettas Mutter hatte alles organisiert, und DJ hatte sie hinsichtlich der Lieblingsgerichte ihrer Tochter beraten. Anscheinend hatte sich Lorettas Geschmack verändert, seit sie vor vier Jahren aus ihrem Elternhaus im Bostoner Süden ausgezogen war. So konnte DJ den Eltern stolz demonstrieren, dass er Dinge über ihre Tochter wusste, die ihnen unbekannt waren.

Er wischte sich den Schweiß von der Oberlippe, zog die Tür des Restaurants auf und ging hinein. Loretta begrüßte ihn in einem leuchtend roten Kleid, das viel verführerischer war als alles, was sie sonst trug, und einen Moment lang stockte ihm der Atem.

»Neues Kleid?«, murmelte er und gab ihr einen Kuss auf die Wange.

»Ja, gefällt es dir?« Bei ihrer Umarmung drückte sie die Finger fest in seine Schulter.

»Ist ein bisschen … übertrieben«, sagte er, bevor er sich eines Besseren besann. Loretta kniff die Augen zusammen und schaute ihn fassungslos an, aber dann wurde er von ihrem Vater weggezogen.

»Weiß sie es schon?«, fragte Lorettas Vater. Erst vor zwei Tagen hatte er DJ die Erlaubnis erteilt, um die Hand seiner Tochter anzuhalten – unter der Bedingung, dass er ihr freie Wahl bei der Universität für ihr Graduiertenstudium ließ. DJ war nervös gewesen, als er ihn fragte; nicht nur aus den naheliegenden Gründen, sondern weil er befürchtete, dass Loretta ihn verlassen wollte. Doch anscheinend hatte sie ihren Eltern gegenüber nichts dergleichen geäußert, weshalb er mutmaßte, dass ihre Distanziertheit in den letzten Wochen nur in seiner Einbildung existierte.

DJ schüttelte den Kopf. »Es soll eine Überraschung werden. Ich will sie fragen, wenn die Torte serviert wird; nachdem wir gesungen haben, aber bevor sie die Kerzen ausbläst. Ich möchte ein Foto von dem tanzenden Lichtschein in ihren Augen, wenn sie ja sagt.«

Lorettas Vater lachte leise. »Du bist ja ein echter Romantiker …«

Da DJ nicht wusste, ob das ein Kompliment oder eine Kränkung war, nickte er nur. »Sir.«

Die nächste Stunde verbrachte er wie in einem Nebel aus Wein, Essen und sinnlosen Gesprächen. Anscheinend waren sämtliche Angehörige von Loretta, die im Umkreis von hundert Meilen wohnten, zu ihrem Geburtstag gekommen, und er unterhielt sich mit allen. Bald würden sie auch seine Familie sein, deshalb passte es gut, dass sie ihn kennenlernten.

Dann endlich war der Moment gekommen, und plötzlich fühlte DJ sich unvorbereitet. Seit seiner verletzenden Bemerkung über ihr Kleid hatte er keine Gelegenheit mehr gehabt, mit Loretta zu sprechen, weshalb er unsicher war, wie sie seinen Antrag aufnehmen würde. Andererseits – könnte man sich schöner entschuldigen als mit einem Diamantring zur Verlobung, auch wenn der Stein eher schlicht war? Als die Torte hereingeschoben wurde, straffte DJ die Schultern und richtete sich kerzengerade auf. Die Gäste fingen an zu singen, wobei die Begeisterung von Lorettas Mutter angesichts des Meisterwerks aus sechs Schichten größer schien als die ihrer Tochter.

Am Ende des Liedes, als Loretta vortrat, um die Kerzen auszupusten, erhob DJ mit zittriger Hand sein Weinglas und tippte mit der Gabel daran, um die Aufmerksamkeit aller auf sich zu ziehen. Loretta hielt inne, drehte sich um und sah ihn mit einem Ausdruck an, den er nicht deuten konnte.

Alle Blicke im Raum waren auf ihn gerichtet, und DJ räusperte sich. Dies war, abgesehen von seinen Referaten in den Seminaren, die größte Gruppe von Menschen, vor der er je hatte sprechen müssen. Am besten hätte er sich Karteikärtchen gemacht, oder wäre das zu unpersönlich gewesen? Aber egal – jetzt war es sowieso zu spät.

»Hallo … ähm, wie ihr wisst, bin ich Lorettas Freund DJ.« Er ließ den Blick kurz über die Gästeschar schweifen, dann schaute er Loretta an. Ihre Wangen waren feuerrot. Sie stand genauso ungern im Mittelpunkt wie er. »Ähm, ich habe Loretta vor mehr als eineinhalb Jahren das erste Mal vor dem Raum unseres Seminars über Quantenmechanik gesehen. Und ich wusste sofort, dass sie ein besonderer Mensch ist.« Die Gäste murmelten wohlwollend, was ihn anspornte. »Ich hatte noch nie jemanden kennengelernt, der sofort begriff, wie ich ticke, und der sich genauso intensiv mit den Dingen beschäftigt, die auch mich interessieren. Loretta ist rein und von Grund auf anständig, und ich kann mich glücklich schätzen, sie meine Freundin zu nennen.«

Er hielt inne und schaute sie wieder an. Im Kerzenschein funkelten ihre Augen wie dunkle Glut.

»Loretta, ich wusste bei unserer ersten Begegnung, dass ich dumm wäre, dich ziehen zu lassen. Wir sind jede freie Minute zusammen, aber das reicht mir nicht.« DJ fuhr mit der Hand in die Jackentasche und zog das Kästchen heraus.

Einige im Raum holten hörbar Luft, andere stießen kleine Freudenschreie aus. Lorettas Mund öffnete sich ein wenig, als er den Raum durchquerte und sich vor ihr aufs Knie niederließ.

»Loretta, willst du mich heiraten?« Er öffnete die Schachtel und hielt sie ihr hin, ein bescheidenes Geschenk.

Sie sah ihn mit offenem Mund entsetzt an. *Ist okay*, dachte er. *Ich hab sie überrumpelt. Oder wollte sie keinen Heiratsantrag vor so vielen Leuten?* Er verwarf den Gedanken. Frauen liebten große romantische Gesten, und außerdem sollten alle erfahren, wie sehr er sie liebte und wie stolz er war, mit ihr zusammen zu sein.

Loretta biss sich auf die Unterlippe, und er sah die Tränen

in ihren Augen. Tränen der Traurigkeit, nicht der Freude. Ihm sank das Herz in die Hose, von einer neuen Schwerkraft hinabgezogen.

»DJ, es tut mir leid«, flüsterte sie und blickte gehetzt durch den Raum, zu all den Leuten hinter ihm. Er spürte ihre bohrenden Blicke im Rücken, spürte die Pein der Verlegenheit, die sie für ihn empfanden. Wie schon damals seine Freunde, wenn sein Vater betrunken vor der Schule auftauchte und so lange seinen Namen schrie, bis er nach draußen kam. »Ich ... ich finde nicht, dass wir heiraten sollten.«

Er ließ die Hand mit der Schachtel langsam sinken, bis sie schließlich an seiner Seite hing. Unfähig aufzustehen, unfähig, ihr in die Augen zu schauen, starrte er zu Boden. »Wa... warum? Ich dachte, wir sind glücklich.«

»Können wir draußen darüber reden?«

In ihm stieg Wut hoch und gab ihm die Kraft, sich zu erheben und sie anzusehen. »Draußen? Dir hat es doch nichts ausgemacht, mich vor allen Leuten hier zu blamieren. Warum willst du jetzt mit mir rausgehen?«

Loretta schob das Kinn auf die gleiche herausfordernde Weise vor wie immer, wenn sie stritten, und der Schein der fast abgebrannten Kerzen tanzte über ihre Wangen. »Also gut! Du willst wissen, warum ich dich nicht heiraten will? Weil ich keine Lust habe, den Rest meines Lebens als eine deiner *Errungenschaften* zu verbringen. Glaubst du vielleicht, ich wüsste nicht, wie du mit deinen Freunden über mich redest? In den Briefen an deinen Vater? Wie über einen Preis, den du gewonnen hast. ›Klug, rein und schön‹ – als wäre ich eine Figurine und keine echte Frau. Aber ich bin echt und mehr als bloß eine Trophäe für deine Sammlung.«

»Niemals habe ich dich so gesehen!«, protestierte er, streckte die Hände aus und ergriff ihre Schultern, allerdings grober, als er wollte. Loretta schrie auf und wich mit einem Ausdruck in den Augen vor ihm zurück, den er nie zuvor darin gesehen hatte: Angst. Dann standen plötzlich ihr Vater und ihr Bruder und mehrere andere Freunde neben ihnen und schubsten ihn weg, zur Tür. Es folgte ein Gewirr aus Rufen und Gerangel, und schließlich landete DJ auf allen vieren auf dem Bürgersteig.

Nachdem er sich wieder gefangen hatte, hockte er sich hin und starrte auf die Schachtel mit dem Ring, die er noch immer in der Hand hielt. Als er durchs Fenster blickte, sah er, wie Familienmitglieder und Freunde die weinende Loretta umringten und sie mit Umarmungen, Kuchen und Drinks zu trösten versuchten. Da legte er den Kopf in den Nacken und schrie.

30

ELLE · 18. JANUAR 2020

Es brauchte keine großen Überredungskünste, um vom Sicherheitsteam der Mitchell University die Bestätigung zu erhalten, dass ein Hausmeister namens Eduardo Mendez dort arbeitete. Detective Hyde bekam eine Telefonnummer ausgehändigt, die er mehrmals anrief, aber es ging niemand ran. Er hinterließ ein paar Nachrichten auf der Mailbox, doch Elle glaubte nicht daran, dass er sich melden würde. Weil Mendez aber um achtzehn Uhr seine Abendschicht antreten sollte, einigten sie sich darauf, bis dahin die Zeit totzuschlagen, um ihm dann einen Besuch abzustatten.

Elle wollte lieber in einem Diner warten, statt quer durch die Stadt zurück zum Polizeirevier zu fahren, und war erleichtert, als Hyde ihrem Vorschlag zustimmte. Allerdings konnte Ayaan ihn jeden Moment anrufen, um sich zu erkundigen, wo er steckte, und so herausfinden, was Elle trieb. Sobald sie sich mit zwei schwarzen Kaffees in ihrer Sitzecke niedergelassen hatten, kramte Hyde seinen Laptop hervor, um Eduardo Mendez zu überprüfen. In dessen Vorstrafenregister waren vor allem geringfügige Vergehen und ein paar kleinere Diebstähle aufgeführt, aber im letzten halben Jahr hatte er sich nichts zuschulden kommen lassen.

Nach einer Weile schob Hyde seinen Kram auf die Seite, und sie bestellten sich ein frühes Abendessen. Elle wurde vor Trauer und Schuldgefühlen ganz schlecht, wenn sie an Natalie dachte, aber sie versuchte, wenigstens einen Teil ihres Sandwichs zu essen, da es das Erste war, was sie seit dem gestrigen Tag zu sich nahm.

Sam Hyde hatte zur Hälfte aufgegessen, als er plötzlich seine Gabel sinken ließ und sich kerzengerade aufsetzte. »Leo Toca war auch Hausmeister an der Mitchell University.«

»Was?«, fragte Elle mit vollem Mund.

»Leo Toca. Wusste ich's doch, dass mir dieser Job irgendwie bekannt vorkam. Er und Eduardo müssen Kollegen gewesen sein.«

Elle wischte sich die fettigen Finger an einer Serviette ab und griff nach ihrem Handy. »Stimmt, ich erinnere mich, so was gesehen zu haben, als ich in Leos Facebook-Account herumgestöbert habe.« Sie rief erneut sein Profil auf und drehte Sam Hyde ihr Display hin. »Er und Eduardo sind auf Facebook befreundet.«

»Vielleicht wusste Eduardo deshalb, dass er den Pick-up zu Duane Grove in die Werkstatt bringen konnte.«

»Vielleicht.« Elle betrachtete sein Profilbild – ein junger Latino mit einem sanften Lächeln und funkelnden braunen Augen streckte lachend die Hand aus, als wollte er den Fotografen daran hindern, diesen Moment einzufangen.

Sam nahm einen großen Schluck von seinem Kaffee. »Glauben Sie, Eduardo ist der Mann, der Amanda entführt hat?«

Elle schüttelte den Kopf. »Wenn er so aussieht wie auf seinem Profilbild bei Facebook, entspricht er nicht der Beschreibung. Danika hat zweifelsfrei gesagt, der Entführer sei hellhäutig gewesen, und Eduardo hat mittelbraune Haut. Außerdem ist er nicht kahlköpfig. Aber wenn der Pick-up, den er in die Werkstatt gebracht hat, für Amandas Entführung genutzt wurde, muss er was darüber wissen. Und wenn er Leo kennt, hat er vielleicht auch eine Ahnung, wer ihn umgebracht haben könnte.«

»Noch mehr Gründe, ihm einen Besuch abzustatten«, sagte Hyde und schob sich den letzten Bissen in den Mund.

»Definitiv.« Elle schaute aus dem Fenster und dachte darüber nach, was die Verbindung zwischen den beiden Fällen zu bedeuten haben konnte. Da war nicht nur der mögliche Zusammenhang zwischen Amandas Entführung und der Autowerkstatt – vielleicht hatte Leo Toca den Fahrer des Pick-ups sogar selbst gekannt. Aber er war bereits tot gewesen, als Amanda entführt wurde. Und sosehr sie Zufälle auch hasste, dieser konnte ganz einfach einer sein.

Sie versuchte, sich zu konzentrieren und die einzelnen Puzzleteile in ihrem Kopf zu einem Bild zusammenzusetzen, aber irgendetwas irritierte sie. »Sagen Sie mal, Sam, wie kommt es eigentlich, dass Sie Ihre Meinung geändert haben? Über mich, meine ich.«

Er verzog nachdenklich seine vollen Lippen, dann hob sich vorsichtig einer seiner Mundwinkel. »Ich hab mir Ihren Podcast angehört.«

Sie klappte den Mund auf, doch es kam nichts heraus. Obwohl sie Tausende Hörer hatte, stürzte es sie in Verlegenheit, dass der Detective einer von ihnen war. Es fühlte sich zu intim an.

»Sie haben einen guten Instinkt. Sie stellen die richtigen Fragen. Und anscheinend haben Sie wirklich schon ein paar Leuten geholfen. Ayaan ist der beste Commander im ganzen Bezirk. Sagen Sie ihr bloß nicht, dass ich das gesagt habe. Aber wenn Sie Ihnen vertraut, dann tue ich es einfach auch.«

Elle lief rot an vor Scham, und einen Moment lang war sie sprachlos. »Danke«, murmelte sie dann. Sein Respekt tat ihr gut, aber er würde nicht lange vorhalten. Schon sehr bald würde er herausfinden, dass Ayaan ihr die Zusammenarbeit aufgekündigt hatte. Er würde erfahren, dass Elle gelogen hatte, auch wenn es nur eine Lüge durch Verschweigen war, und genau diesen Moment dann als Verrat empfinden.

Außer … sie fanden heute eine Spur, die so heiß war, dass alles andere dagegen unwichtig erschien. Schließlich war sie diejenige, die erkannt hatte, dass der Pick-up zu Duane Groves Werkstatt gefahren war.

Als sie zurück zu Hydes Wagen gingen und zur Mitchell University fuhren, war es dunkel geworden. Rote Bremslichter erhellten Elles Gesicht, während die Autos sich im Schritttempo durch die Straßen schoben. Auf den Gehsteigen hetzten Leute an ihnen vorbei, die Mäntel bis zum Kinn geschlossen. Eine Hupe ertönte, und das Gelächter einer jungen Frau drang durch die Dunkelheit. Elle drehte den Kopf und sah eine Schlange von jungen Leuten vor einem Theater; bestimmt standen sie für günstige Tickets für die Sieben-Uhr-Vorstellung an. Selbst an den kältesten Wochenenden herrschte in Minneapolis ein reges Nachtleben. Es war unmöglich, in diesem Moment nicht an Beverly Anderson zu denken, die sich an einem Abend wie diesem vor vierundzwanzig Jahren von ihren Freunden verabschiedet hatte. Der Mann, der für ihren Tod verantwortlich war, lief immer noch frei herum.

Zwanzig Minuten später hielten sie auf einem Parkplatz neben einem imposanten Backsteingebäude und stiegen aus.

»Die Frau von der Security, mit der ich gesprochen habe, meinte, der Hausmeister würde heute Abend im Verwaltungsgebäude putzen. Da hat offenbar eine große Konferenz stattgefunden.« Sam Hyde führte sie durch die unverschlossenen Türen des Haupteingangs. »Wie wär's, wenn wir uns aufteilen? Sie rufen mich an, wenn Sie ihn finden, und ich mache es genauso.« Sie tauschten ihre Handynummern aus und gingen dann in unterschiedliche Richtungen davon.

Die Flure sahen genauso aus wie die in Elles ehemaliger Uni. Beigefarbene Wände, an denen hier und da nicht zueinander passende Bilder oder Gedichte von Studenten hingen. Übervolle Anschlagtafeln mit Zetteln, auf denen Zimmer angeboten, Freiwillige für Experimente oder neue Mitglieder für die Christian Union gesucht wurden, wehende Schnipsel mit Telefonnummern und Website-Adressen. Geschlossene dunkelblaue Bürotüren mit großen rechteckigen Sichtfenstern, durch die man in die nur von Computerbildschirmen erhellten Räume dahinter schauen konnte.

Es hatte etwas Unheimliches, sich nach Feierabend, ohne den üblichen Lärm und das geschäftige Treiben der Studenten, an der Uni aufzuhalten.

Elles Telefon vibrierte. »Wo ist er?«, fragte sie.

»Vor dem Büro des Prüfungsamts. Gleiches Stockwerk, den Flur entlang und dann links.«

Sie eilte durch den Flur und hoffte, dass Hyde ihm nicht schon zu viele Fragen stellte, bevor sie dort ankam. Schließlich wussten sie nur ihretwegen überhaupt von Eduardo. Sie wollte nicht ein einziges Wort von dem, was er zu sagen hatte, verpassen.

Aber sie hätte sich gar keine Sorgen zu machen brauchen. Als sie zu den beiden Männern stieß, lehnte Eduardo, die muskulösen Arme vor dem breiten Brustkorb verschränkt, an der Wand, und weigerte sich zu reden. Seit der Aufnahme seines Facebook-Profilbildes hatte er mindestens fünfzig Pfund Muskelmasse zugelegt, und ein frisches Kreuz-Tattoo zierte seinen linken Unterarm. Kein Wunder, dass er versuchte, sein Leben in Ordnung zu bringen. Er musste den Weg zu Gott gefunden haben.

»Hallo«, begrüßte sie ihn, und ihr Herz raste – ob das vom schnellen Gehen kam oder von der Aufregung darüber, einen potenziellen Zeugen vor sich zu haben, konnte sie nicht sagen. Auch wenn Elle nicht glaubte, dass Eduardo Amandas Entführer war, war er, nachdem sie Graham Wallace auf freien Fuß gesetzt hatten, wenigstens ansatzweise mal wieder so etwas wie ein Verdächtiger. »Mein Name ist Elle Castillo. Ich bin eine –«

»Ich weiß, wer Sie sind«, unterbrach er sie genervt; er hatte eine tiefe Stimme. »Der Typ da hat's mir schon erklärt. Warum lauern Sie mir bei der Arbeit auf? Was hab ich denn verbrochen?«

»Tut mir wirklich leid, aber Detective Hyde hat mehrfach versucht, Sie telefonisch zu erreichen.« Sie setzte eine mitfühlende Miene auf. »Ich bin sicher, Sie hatten einfach noch keine Zeit, Ihre Nachrichten abzurufen. Das verstehe ich sehr gut. Ich störe andere nur äußerst ungern bei der Arbeit, aber leider konnten wir nicht länger warten.«

Eduardo schaute zu seinem Wagen voller Putzutensilien. »Ich soll hier sauber machen. Wir sind gerade unterbesetzt, und ich muss mich wirklich ins Zeug legen, um rechtzeitig fertig zu werden.«

»Natürlich! Aber da Sie das gerade erwähnen, darf ich Sie dazu was fragen? Wie ich höre, kannten Sie einen Mann, der bis vor kurzem ebenfalls hier gearbeitet hat: Leo Toca. Und vielleicht kennen Sie ja auch seinen Freund Duane Grove. Klingelt da was bei Ihnen?«

Das Flackern in Eduardos Augen zeigte, dass ihm gerade ein Licht aufging – als wäre in ihm ein Schalter umgelegt worden. Elle glaubte kurz, er würde wegrennen, stattdessen glitt er jedoch mit dem Rücken an der Wand nach unten, bis er auf dem Boden saß und sein Gesicht zwischen den Knien verbarg. »Ich wusste, dass es nicht funktioniert. Ich wusste, dass es sinnlos war, es zu versuchen.«

Detective Hyde hockte sich neben ihn und legte eine Hand auf seine Schulter. »Zu versuchen, das Richtige zu tun, ist nie sinnlos. Wir wissen von dem Pick-up, den Sie vor ein paar Tagen in Duane Groves Werkstatt gebracht haben, einen blauen Dodge Ram 1500. Würden Sie uns sagen, wo Sie den herhatten?«

Eduardo hob den Kopf. Seine braunen Augen waren leicht gerötet, aber es standen keine Tränen darin. Er sah einfach nur erschöpft aus. »Ich sage gar nichts. Verhaften Sie mich, wenn Sie das vorhaben.«

Elle begab sich, wie Sam Hyde, auf Augenhöhe mit ihm, doch statt in die Hocke zu gehen, setzte sie sich im Schneidersitz vor Eduardo Mendez, als wären sie in einem Sommercamp und würden sich am Lagerfeuer Geschichten erzählen. »Woher hatten Sie den Pick-up, Eduardo? Es ist wirklich wichtig, dass Sie uns die Wahrheit sagen.«

Er zeigte keine Regung, presste die Lippen fest aufeinander und fixierte mit den Augen irgendeine Stelle des Fußbodens.

»Es ist deshalb wichtig, dass Sie uns die Wahrheit sagen, weil der Pick-up vor vier Tagen für die Entführung eines kleinen Mädchens verwendet wurde.«

Sein Blick flog zu ihr hin, seine Augen waren schreckgeweitet. »Was?«

»Ja, das ist richtig«, sagte Hyde. »Amanda Jordan. Sie ist elf Jahre alt. Am Dienstagmorgen wurde sie von der Bushaltestelle vor ihrem Haus entführt, von einem Mann, der einen dunkelblauen Dodge Ram 1500 fuhr.«

Innerhalb kürzester Zeit schien wieder Energie in Eduardo Mendez zu kommen. Er stand mühsam vom Boden auf und zeigte mit dem Finger auf Sam Hyde. »Ich hab kein kleines Mädchen gekidnappt. Ich bin doch nicht pervers!«

»Wenn Sie es nicht waren, dann sagen Sie uns, wer sie entführt hat. Woher hatten Sie den Pick-up? Haben Sie ihn gestohlen?«, fragte Hyde.

Eduardo schüttelte den Kopf. »Jemand hat ihn mir überlassen.«

»Wer?«

»Keine Ahnung. Ich weiß nicht, wie er heißt. Er ... kam zu mir, als ich nach der Arbeit zum Parkplatz ging.«

»Wie sah er aus?«, fragte Elle.

Eduardo fuhr mit der Hand um seinen Kopf herum. »Er trug eine dicke Jacke und eine Mütze – so eine mit Fell auf der Innenseite und Klappen rechts und links für die Ohren – und einen Schal. Er war so vermummt, dass ich sein Gesicht gar nicht richtig sehen konnte. Er war weiß und ... vielleicht so um die fünfzig? Ungefähr meine Größe. Er hat mir die

Schlüssel in die Hand gedrückt und gesagt, dass er mir zweitausend Dollar gibt, wenn ich den Wagen verschwinden lasse. Und dass er wüsste, dass ich Verbindungen zu einer Werkstatt hier in der Stadt habe. Keine Ahnung, woher er das wusste. Die kenne ich ja nur über Leo.« Er lachte trocken, schüttelte den Kopf und schaute an die Decke. »Ich dachte, zweitausend Dollar! Wenn ich dann noch das Geld draufrechne, das ich für den Wagen bekomme, kann ich meine Kreditkartenrechnung bezahlen und bin für immer raus aus dem Spiel. Dann kann ich ein ehrliches Leben führen, meine Steuern zahlen und meine Kinder großziehen. All das, was ich tun sollte, und zwar richtig.«

Elle blickte zu Sam Hyde hin. Sie erwartete, ihn unbeeindruckt zu sehen, aber stattdessen schien ihm der Mann leidzutun. Und ihr ging es ähnlich.

»Und Sie hatten ihn noch nie vorher gesehen?«, fragte Sam.

»Keine Ahnung. Glaub nicht.«

Elle holte ihr Handy aus der Tasche, öffnete ihre Fotos und suchte das Phantombild, das die Polizei mit Danikas Hilfe erstellt hatte. Sie zeigte es Eduardo Mendez. »Hatte er irgendwelche Ähnlichkeit mit dem hier?«

Mendez nahm das Handy und betrachtete eine Zeitlang angestrengt das Bild. »Das … das ist schwer zu sagen. Wie gesagt, er war total vermummt. Aber vielleicht. Die Nase – die Nase könnte hinkommen.« Er gab ihr das Handy zurück.

»Und der Mann kam hier auf dem Parkplatz auf Sie zu? Vor dem Gebäude?«, fragte sie.

»Nein«, antwortete Mendez und zeigte durch den Flur auf die Doppeltüren, die aus dem Gebäude hinausführten. »Zwei Häuser weiter, Haus J. Das ist das Physikgebäude. Da gibt es hinten einen kleinen Parkplatz, vielleicht dreißig Plätze oder so.«

»Standen da außer dem Pick-up noch andere Autos?«, fragte Sam Hyde. Er hatte die Arme verschränkt und wippte auf den Ballen, als würde er jeden Moment aus der Haut fahren.

»Ich weiß nicht.«

»Denken Sie nach! Das ist echt wichtig, Mann. Kapieren Sie das nicht? Das Leben eines kleinen Mädchens steht auf dem Spiel.«

»Okay, okay!« Mendez schloss die Augen und zog die Augenbrauen zu einem tiefen V zusammen. Dann streckte er die Arme aus und gestikulierte mit der linken Hand. »Der Pick-up stand da, direkt vor der Tür. Auf einem Behindertenparkplatz, das weiß ich noch. Und mein Auto stand hinten in der Ecke.« Er zeigte nach links. »Ich glaube, da war noch ein anderes Auto. Rechts. Daran erinnere ich mich, weil ich nicht erwartet hatte, dass noch jemand da ist, als ich meine Schicht beendet hatte. Da war es schon so ein Uhr rum. Aber außer dem Pick-up war noch ein anderes Auto da. Ja.« Er öffnete die Augen wieder und schaute Elle an.

»Erinnern Sie sich noch daran, wie es aussah? An die Farbe? Die Marke?«

Er schüttelte den Kopf. »Ich weiß nur noch, dass es eine dunkle Limousine war; die Farbe konnte ich nicht erkennen. Ich weiß auch nicht, ob sie diesem Typen gehört hat. Er ist wieder reingegangen, nachdem er mir den Schlüssel gegeben hatte. Außerdem kann er ja neben dem Pick-up nicht noch ein Auto da hingefahren haben, oder?«

»Zwischen dem Campus und der Innenstadt fährt ein Bus«, sagte Sam Hyde. »Den kann er auch genommen haben, vor allem, wenn er nahe der Innenstadt wohnt. Oder er könnte Taxi gefahren sein. Erinnern Sie sich sonst noch an irgendwas?«

»Nein, tut mir leid. Ich ... ich hätte mich da nie reinziehen lassen, wenn ich gewusst hätte –«

»Ja, schon klar«, sagte Elle. Sie konnte zwar nicht für Sam Hyde sprechen, aber wenn Mendez irgendwas dauerhaft davon abschrecken würde, krumme Dinger zu drehen, dann wahrscheinlich diese Geschichte.

»Danke, dass Sie sich die Zeit genommen haben«, sagte Detective Hyde und streckte ihm die Hand hin. Mendez schlug erstaunt ein. »Wenn Ihnen noch irgendwas einfällt, rufen Sie uns bitte sofort an. Zu jeder Tages- und Nachtzeit.« Hyde reichte ihm seine Karte.

Eduardo Mendez nahm sie und schaute zu ihm hoch. »War das wirklich alles? Sie wollen mich nicht festnehmen?«

»Sie sind nicht der, auf den wir es abgesehen haben, Eduardo. Betrachten Sie es als verspätetes Weihnachtsgeschenk.«

Detective Hyde und Elle drehten sich um und gingen in Richtung des Parkplatzes, auf dem Eduardo den Pick-up übernommen hatte. Wahrscheinlich würde es nicht viel bringen, aber vielleicht war es hilfreich, wenn sie sich mal anschauten, wie groß der Parkplatz war.

»Warten Sie, mir ist noch was eingefallen!«, sagte Hyde plötzlich, als sie schon fast am Ausgang waren.

»Was denn?«

Aber er ignorierte Elle und wandte sich um. »Eduardo?«, rief er.

Mendez war gerade dabei gewesen, seine Kopfhörer aufzusetzen, und hielt inne.

»Haben Sie gesagt, der Mann ist ins Gebäude gegangen, nachdem er Ihnen den Wagen übergeben hat?«

»Ja.«

»Sie haben ihn da reingehen sehen?«

Mendez nickte erneut.

»Glauben Sie, er arbeitet da?«

Mendez dachte kurz nach. »Ja, muss er wohl.«

»Warum?«, fragte Elle und ging ein paar Schritte auf ihn zu.

»Weil er ohne Schlüssel abends da sonst überhaupt nicht reinkommt.«

31

JUSTICE DELAYED-PODCAST · AUFGENOMMEN AM 18. JANUAR 2020

Unveröffentlichte Aufnahme: Elle Castillo, Monolog

ELLE: Ich hatte recht. Alles läuft darauf hinaus, dass ich richtiglag. Es sind zu viele Zufälle im Spiel, als dass ich sie einfach abtun könnte, aber die anderen sehen es immer noch nicht. Als ich klein war, hat mein Vater mir Geschichten aus der griechischen Mythologie vorgelesen. Irgendwas zog mich immer zu Kassandra hin, der Priesterin, die erst mit der Gabe der Weissagung beschenkt und dann dazu verdammt wurde, bei niemandem Gehör zu finden. Die Fähigkeit wurde ihr von Apollo verliehen, weil er sie verführen wollte, aber als sie ihn zurückwies, verwandelte er ihre Gabe in einen Fluch. Kassandras Geschichte kommt mir bekannt vor. Sie gleicht der Geschichte aller Frauen, deren Leben durch die Bosheit eines verschmähten Liebhabers zerstört wurde – aller Frauen, die die Wahrheit sagen, ohne dass ihnen jemand Glauben schenkt. Ich bin nicht der Meinung, dass ich immer recht habe, aber ich weiß genau, dass es in diesem Fall so ist.
Gestern wurde wieder ein Mädchen entführt. Mag sein, dass die Welt sie nicht kennt, aber für mich ist sie etwas ganz Besonderes – und das macht sie für jemanden, der mich treffen will, zum perfekten Angriffsziel. Natalie Hunter wurde entführt, als sie die zehn Blocks von ihrer Klavierlehrerin zu meinem Haus ging. Ich … ich hätte für sie da sein müssen, und ich habe versagt.
Solange ich lebe, werde ich mir das nie verzeihen.

Natalie ist ein Mädchen, das man nicht mehr vergisst, wenn man sie einmal kennengelernt hat. Man kann sie unmöglich übersehen. Vielleicht liegt es daran, dass ihre Mom stark und unabhängig ist. Oder daran, dass sie damit klarkommen musste, dass andere Kinder sie verspottet haben, weil sie keinen Vater hat. Vielleicht liegt es auch einfach in ihr selbst begründet. Natalie ist ein unglaublich taffes, starkes und leidenschaftliches Mädchen, und ich kann nicht …

Ich kann nicht glauben, dass sie verschwunden ist.

Ich erinnere mich noch an den Tag, an dem ich sie kennenlernte. Ich saß vor dem Fernseher, als es bei mir klingelte und dieses kleine, damals kaum vier Jahre alte Mädchen mit ungezähmter Lockenmähne und drei verschiedenen Filzstiftfarben an den Fingern vor meiner Tür stand. Damals arbeitete ich noch beim Jugendamt, und ganz kurz dachte ich, sie wäre eines der Kinder, mit denen ich bei der Arbeit zu tun hatte. Zu der Zeit versuchte ich gerade, schwanger zu werden, aber außerhalb meines Jobs kam ich kaum einmal mit Kindern in Kontakt. Außer diesem Mädchen war draußen weit und breit niemand zu sehen, dabei war sie noch viel zu klein, um allein unterwegs zu sein. Bevor ich sie fragen konnte, wo ihre Mutter ist, hielt sie mir eine Schüssel hin und sagte: »Haben Sie ein Ei? Mom steht gerade unter der Dusche, und ich hab das letzte fallen gelassen.«

Anscheinend war meine bereits die vierte Tür, an der sie es versuchte, und die erste, die geöffnet wurde. Sie war offensichtlich unversehrt, aber ich hatte in meinem Job schon genug gesehen, um alarmiert zu sein. Hinter jeder dieser Türen hätte eine Gefahr für sie lauern können. Wir wohnten damals schon ein halbes Jahr in dem Haus und hatten immer noch keinen richtigen Kontakt zu den Nachbarn. Und wenn dieser eine Moment nicht gewesen wäre, hätte ich die Hunters vielleicht auch niemals kennengelernt.

Natürlich habe ich ihr das Ei gegeben und sie zurück über die

Straße gebracht. Zu dem Zeitpunkt war ihre Mutter bereits aus der Dusche gekommen und hatte bemerkt, dass ihr Tochter weg war. Als sie uns sah, stürzte sie auf uns zu, und beinahe wäre auch das andere Ei zerbrochen, weil Sash ihre Tochter erleichtert vom Boden hochriss und in ihre Arme schloss.
Als sie sich wieder beruhigt hatte, lud sie mich ein, mit reinzukommen. Und in mancherlei Hinsicht bin ich nie wieder wirklich gegangen.
Es stellte sich heraus, dass das Ei für einen Kuchen gedacht war, der eine Geburtstagsüberraschung werden sollte. Natalie, die erst vier war, sich aber schon wie vierzehn benahm, schaffte es, ohne viel Anleitung einen halbwegs gelungenen Napfkuchen zuzubereiten. Ihre Mutter gab den Teig in eine Form und stellte sie in den Backofen, aber das war's.
Ich weiß nicht, warum ich das alles erzähle. Ich fürchte, nichts davon ist brauchbar. Ich … ich möchte einfach irgendwo auf Band haben, dass Natalie ein gutes Kind ist. Sie ist für viele Menschen etwas ganz Besonderes – für mich, für Martín. Und vor allem für ihre Mutter, Sash. Natalie hat ein reines Herz und einen starken Willen, und ich bringe jeden um, der versucht, ihr das zu nehmen. Ich …
Ich weiß, dass die beiden Fälle zusammenhängen. Niemand will glauben, dass CK zurück ist, aber es sind zwei Mädchen im Abstand von drei Tagen verschwunden, und sie haben beide genau das richtige Alter. Mehr muss ich nicht wissen. Wir brauchen nicht zu warten, bis Amanda am Ende der Woche tot aufgefunden wird. Wir können es beenden, bevor das Schlimmste eintritt.
Wir kommen ihm näher, Sam Hyde und ich. Wir haben eine heiße Spur, und wir werden diesen Fall lösen. Wir werden die Mädchen finden und diesen Mann stoppen, bevor er ihnen etwas antun kann.
Wir müssen.

32

ELLE · 19. JANUAR 2020

»Ich weiß, dass du noch wach bist.«

Martíns Stimme drang durch die Dunkelheit in ihrem Schlafzimmer. Er zog sich aus und schlüpfte bibbernd unter die Bettdecke. Elle drehte sich zu ihm hin. Sie konnte nur vage sein Profil erkennen.

»Mord?«, fragte sie.

Er war zu einem Todesfall mit verdächtigen Vorzeichen gerufen worden, was bedeutete, dass Elle in ein dunkles, leeres Haus gekommen war, nur einen Apfel zum Abendbrot gegessen und den ganzen langen Abend Gedanken aufgenommen hatte, die sie weder jetzt noch vielleicht jemals in ihrem Podcast veröffentlichen konnte. Sie hatte sich die Website der Mitchell University angesehen, um nach dem vermummten Mann zu suchen, den Eduardo Mendez beschrieben hatte, aber die Seite war eine Katastrophe, und die Hälfte der Links, auf die sie klickte, führte nirgendwo hin. Nach einer Weile hatte sie es aufgegeben und gehofft, dass Sam auf dem Revier mehr Glück hatte.

Martín rollte auf die Seite und legte einen Arm über sie. »Sieht eher nach Selbstmord aus. Nach der Autopsie morgen weiß ich mehr. Alles in Ordnung mit dir?«

»Ich muss die ganze Zeit an Natalie denken. Hast du mit Sash geredet? Weißt du, ob was gefunden wurde?«

»Heute Morgen kam ein Detective ins Leichenschauhaus und hat mich befragt. Ich habe den Eindruck, dass sie zuerst alle Männer in ihrem näheren Umfeld überprüfen, aber das können ja nicht viele sein.« Er drückte ihre Hüfte und rückte näher heran, bis seine Stirn ihre berührte. Sein Atem war warm und roch nach Zahnpasta. »Wie geht's dir? Du bist bestimmt total zermürbt, weil du nichts tun kannst.«

Sie küsste ihn und rutschte ein Stück nach unten, um ihr Gesicht an seiner Brust vergraben zu können. Dann erzählte sie ihm alles, was seit dem Morgen passiert war: von ihrer Entlassung durch Ayaan, von Sam Hydes überraschender Bitte, von dem Gespräch mit Duane Grove und seinem tiefen Hass auf sie und schließlich von der Begegnung mit Eduardo Mendez an der Universität. Am Ende war sie wieder hellwach, ihre Gedanken rasten.

»Ich überlege die ganze Zeit, wie der Mord an Leo Toca und Amandas Entführung zusammenhängen könnten. Ich glaube einfach nicht, dass das alles Zufall ist.« Schließlich hielt sie inne und holte tief Luft, während Martín sie fest an sich drückte.

Eduardo Mendez zu finden, hatte sich wie eine großartige Entdeckung angefühlt, aber letztlich hatte sich dadurch nichts geändert. Natalie und Amanda waren noch immer verschwunden. Elle war weiterhin offiziell von dem Fall abgezogen, und wahrscheinlich würde Sam Hyde das auch erfahren, wenn er Ayaan morgen traf. Sie hatte das Gefühl, dass CK sie verhöhnen wollte, indem er ihr genug Hinweise gab, um ihr zu zeigen, dass er wieder da war, aber alles zurückhielt, was ihr helfen konnte, andere zu überzeugen, ihr zu glauben.

»Ich habe nachgedacht«, sagte Martín und verfiel danach wieder in Schweigen.

»Ja?«

»Als der Detective heute Morgen mit mir geredet hat, schienen sie davon auszugehen, dass Amandas Entführung und Natalies von zwei verschiedenen Personen begangen wurden. Aber du glaubst noch immer, dass sie zusammenhängen, richtig?«

Sie drückte ihre Nase in die warme Haut an Martíns Hals und war sich nicht sicher, ob sie das, trotz allem, was sie eben gesagt hatte, laut zugeben wollte. Denn obwohl sie CK tatsächlich noch immer verdächtigte, der Entführer zu sein, wollte sie es gleichzeitig nicht wahrhaben. Jedes Mal, wenn sie den Gedanken zuließ, sah sie Ayaans zweifelnden Blick und Sashs wütende Miene vor sich. Wenn sie es Martín gegenüber zugab und er ihr nicht glaubte, wusste sie nicht, wie sie das verkraften sollte.

»Warum fragst du?«, sagte sie schließlich.

»Na ja, du suchst nach der Verbindung zwischen Leo Tocas Fall und Amandas, aber es gibt etwas, woran du dabei noch gar nicht gedacht hast.« Martín löste sich ein Stück von ihr und schob ihr Kinn hoch, und sie waren sich so nah, dass sie trotz der Dunkelheit seinen Gesichtsausdruck sehen konnte. »Was ist mit *dir*?«

Sie erstarrte. »Was?«

»Was, wenn du die Verbindung bist? Leo Toca hat dir eine E-Mail geschickt und war dann plötzlich tot. Und Natalie ist … Natalie gehört zu uns. Was, wenn es bei der ganzen Sache darum geht, sich an dir zu rächen?«

Sein Atem brannte heiß an ihrem Hals. »Heißt das, du glaubst mir jetzt, dass CK dahintersteckt?«

»Ich sage nicht, dass es so sein muss, aber dass Leo Tocas Werkstatt dazu benutzt wurde, sich des Entführungsfahrzeugs zu entledigen, fügt dem Ganzen einen Aspekt hinzu, der vorher nicht da war. Man sollte die Verbindung zwischen den drei Fällen nicht außer Acht lassen. Wenn wir die Polizei davon überzeugen wollen, dass es CK ist, müssen wir eine Antwort auf die Frage finden, *warum* er plötzlich wieder zuschlägt.«

Elle kaute auf ihrer Unterlippe und wickelte ihre Finger in Martíns T-Shirt. »Aber was ist mit Amanda? Zwischen ihr und mir besteht eigentlich keine Verbindung. Und dass ihre Eltern mich bitten würden, die Ermittler als Externe zu beraten, konnte CK unmöglich vorhersehen.«

»Darüber habe ich auch schon nachgedacht. Was, wenn er

es die ganze Zeit auf Natalie abgesehen hatte, sie aber zu jung war? Er musste zuerst Amanda entführen, weil sie im richtigen Alter ist, aber Natalie war die, die er eigentlich wollte.«

Elle wurde schlecht, als sie das hörte. »Aber warum gerade jetzt?«, fragte sie und hatte das Gefühl, damit die Fragen vorwegzunehmen, die Ayaan und Sam Hyde ihr stellen würden, wenn sie ihnen von Martíns Theorie berichtete. »Warum wartet er nicht noch das eine Jahr, bis Natalie elf wird? Wenn CK irgendwas haben muss, dann doch Geduld. Er hat zwanzig Jahre gewartet – warum dann nicht noch eins länger? Und, wie du schon sagtest: Ayaan scheint nicht daran zu glauben, dass eine Verbindung zwischen den Fällen besteht. Sie sagt, Amandas Entführung wirke geplant und perfekt durchgeführt. Natalies sieht für sie dagegen nach einer Gelegenheitstat aus.«

»Dann ist es vielleicht so, wie du schon mal geargwöhnt hast: Dass er selbst dafür gesorgt hat, dass Natalie zu Fuß nach Hause gehen musste.«

Elle setzte sich auf und knipste die Leuchte neben dem Bett an. Sie und Martín blinzelten sich in dem goldgelben Licht an. »Aber wie?«

»Keine Ahnung. Es ist etwas Außergewöhnliches passiert. Ihre Klavierlehrerin war nicht zu Hause. Die Polizei weiß, glaube ich, immer noch nicht, wo Ms. Turner eigentlich steckt. Wenn CK wusste, dass sie nicht zu Hause sein würde, wenn er das irgendwie eingefädelt hat, dann wusste er vielleicht auch, dass Natalie sich allein auf den Heimweg machen würde.«

»Aber er *kann* gar nicht gewusst haben, dass sie das tun würde. Ebenso wenig, wie er gewusst haben kann, dass ich nicht ans Telefon gehen würde, wenn sie mich anruft.«

Martín schwieg wieder, während sie angestrengt versuchte, einen Sinn in diese Geschichte zu bekommen. Er konnte recht haben. Wenn CK sie aufmerksam beobachtet hatte, konnte er all das getan haben, was Martín gerade gesagt hatte.

»Aber noch mal: Warum jetzt?«, fragte sie.

Ihr Mann schaute besorgt zu ihr hoch. »Es ist was passiert; irgendwas hat ihn veranlasst, früher in Aktion zu treten als eigentlich geplant.«

Elle starrte ihn an und fürchtete sich vor dem, was er als Nächstes sagen würde.

»Du.«

Ihr traten Tränen in die Augen.

»Du arbeitest daran, ihn zu entlarven, Elle. Du hast in dem Fall mehr Fortschritte gemacht als irgendwer sonst in den letzten zwanzig Jahren. Dein Podcast erreicht mit dieser Geschichte Hunderttausende neue Hörer. Er geht zum Angriff über, weil er weiß, dass du ihn sonst kriegen wirst.«

Sie hatte den Mund schon geöffnet, um ihm zu antworten, als die Türglocke die nächtliche Stille zerriss. Martíns Augen weiteten sich, und Elle sprang aus dem Bett. Der Wecker zeigte ein Uhr dreizehn an. Elle holte ihre Waffe aus dem Nachtschränkchen und schob das Magazin hinein. Gemeinsam verließen sie das Schlafzimmer.

Sie schlichen durchs Treppenhaus nach unten. Durch das Fenster über der Haustür war zu sehen, dass der Bewegungsmelder reagiert hatte und die Außenbeleuchtung angegangen war. Elle holte tief Luft und versuchte sich vorzustellen, wer um diese Zeit zu ihrem Haus kommen könnte. Vielleicht suchte Sash Trost, nachdem sie zwei Tage lang versucht hatte, allein mit dem Verschwinden ihrer Tochter klarzukommen. Elle hoffte es. Als sie durch das kleine Sichtfenster in der Tür spähte, konnte sie aber niemanden sehen.

Mit der Hand auf dem Türgriff schaute sie zu Martín hin. Er hatte einen Stockschirm aus dem Garderobenschrank genommen und nickte ihr zu. Keine tolle Waffe, aber besser als nichts. Sie richtete ihre Pistole auf die Tür und riss sie auf.

Eine eisige Brise wehte herein und mit ihr frischer Schnee. Es stand niemand dort. Aber eine kleine Gestalt lehnte zusammengesackt am Geländer der Außentreppe. Ihre Hände und Füße waren zusammengebunden, nicht, um sie am Weglaufen zu hindern, sondern damit sie leichter zu tragen war, wie ein Paket. Elle schlug die Hand vor den Mund, als sie Natalies hellgelben Wintermantel und ihre braunen Fellstiefel erkannte. Die Augen des Mädchens starrten glasig zu ihnen hoch.

Elle brauchte die Expertise ihres Mannes nicht, um zu erkennen, dass Amanda Jordan noch nicht lange tot war.

TEIL IV
DIE OPFERUNG

33

DJ · 1996

Partys waren zwar nicht sein Ding, aber nachdem man ihm versprochen hatte, dass auf der Kennenlernparty für »Doktoranden unter 30« der Mitchell University zumindest einige geeignete junge Frauen sein würden, beschloss DJ hinzugehen. Seit Loretta hatte er immer mal wieder Dates gehabt, aber nichts hielt länger als ein paar Wochen. Da er jetzt den Großteil seiner freien Zeit mit einem verbitterten alten Mann verbrachte, der den Mund nur aufmachte, um ihn zu beleidigen, wollte DJ, sooft es ging, aus dem Haus. Mit dem Geld, das sein Vater monatlich wegen Erwerbsunfähigkeit bekam, konnten sie sich halbtags eine Pflegerin leisten. Ansonsten war DJ für die Betreuung verantwortlich, und das neben seinem Studium und den beiden Jobs, die er brauchte, um die Arztrechnungen zu bezahlen. Er war vor sechs Monaten zurück nach Minnesota gezogen und nun mehr als bereit, sich eine ganze Nacht um die Ohren zu schlagen.

Er war enttäuscht gewesen, als er nach dem Schlaganfall seines Vaters den Platz im Doktoranden-Programm der Yale University aufgeben musste, aber es hatte auch seine Vorteile, den Abschluss an der Mitchell zu machen: Hier war er wenigstens der Hecht im Karpfenteich. Die Leute erkannten ihn wieder. Zu der Kennenlernparty in einem Lokal in Downtown Minneapolis waren die Studenten aller örtlichen Universitäten geladen. DJ hatte den Raum erst vor fünf Minuten betreten und war bereits von zehn Leuten begrüßt worden. Er lächelte, schüttelte ihre tintenfleckigen Hände, strich mit den Lippen über gepuderte Wangen und atmete den Duft von Parfüm und billigem Aftershave ein, das bei ewigen Studenten so beliebt war.

»DJ, wie geht's dir?« Eine Doktorandin, der er schon mal begegnet war, kam mit einem Lächeln im runden Gesicht auf ihn zu und machte Anstalten, ihn zu umarmen. Er verweigerte sich nicht und drückte den Mund auf ihre Wange. Was es wohl über ihn aussagte, dass dies seit Wochen die intimste Berührung mit einer Frau war? Seine letzte Beziehung war kurz und bedeutungslos gewesen und hatte ohne große Worte mit seinem Weggang aus Yale geendet. Weibliche Gesellschaft fehlte ihm nicht so sehr, aber ein warmer Körper im Bett hätte ihm in kalten Winternächten gutgetan.

Er entzog sich der Umarmung mit einem Lächeln, das ihrem in nichts nachstand, und schüttelte den Kopf auf eine Weise, die hoffentlich hinreißend ratlos wirkte. »Tut mir echt leid, aber ich hab gerade einen Aussetzer – wie heißt du noch mal?«

Sie kicherte und schüttelte ebenfalls den Kopf, um zu signalisieren, dass er wirklich ein Gedächtnis wie ein Sieb hatte. »Maggie Henderson! Weißt du nicht mehr, im Waschsalon?«

Er schlug sich an die Stirn. »Natürlich, jetzt erinnere ich mich.« Was nicht stimmte, aber egal war. »Mit der …«

»25-Cent-Münze, die immer durchgefallen ist.« Sie nickte und rückte näher an ihn heran. »Du warst so lieb und hast mir deine gegeben, ich schulde dir was.« Sie zog die Augenbrauen auf eine Weise hoch, die etwas in seinem Bauch zum Kribbeln brachte.

Jetzt erinnerte er sich tatsächlich. Es musste etwa sechs Wochen her sein, und sie war ihm kaum aufgefallen. Er hatte zu Hause eine Waschmaschine und einen Trockner, aber wenn es in der Bibliothek zu voll war, ergaben die unablässig surrenden Maschinen des Campus-Waschsalons und die Schweigsamkeit der Studenten, die auf das Ende des Wasch- oder Trockengangs warteten, eine angenehme Geräuschkulisse. Das war ein enorm unterschätzter Ort, wenn es ums Lernen ging.

»Ich hatte gehofft, dich hier zu treffen«, fuhr sie fort.

Das entlockte DJ ein ehrliches Lächeln. Als Maggie sich an die Wand hinter ihr lehnte, beugte er sich dichter an sie heran und neigte den Kopf. »Ach, wirklich? Warum denn?« In dem Moment sah er aus dem Augenwinkel etwas Rotes. Er wandte den Blick und erstarrte.

Da stand sie, wie eine Erscheinung aus seinen Albträumen.

Loretta.

DJ kam spontan aus dem Gleichgewicht, kippte nach vorn und konnte sich gerade noch rechtzeitig neben Maggie an der Wand abstützen. Sie rückte sofort von ihm ab, als hätte sie etwas Gefährliches in seinen Augen aufflackern sehen. »Tut mir leid«, flüsterte er, warf ihr einen kurzen Blick zu und schaute wieder Loretta an. Ohne ein weiteres Wort zu Maggie richtete er sich auf, rückte seine Krawatte zurecht und beobachtete, wie Loretta sich mit einem der Fachbereichsleiter unterhielt, der das Event mitorganisiert hatte. Die letzten vier Jahre waren ihr gut bekommen, ihre Wangen waren jetzt voller, allerdings hatte sie dunkle Schatten unter den Augen – die unverkennbaren Kennzeichen einer Akademikerin. Sie trug ihre kastanienbraunen Haare in einem modernen Kurzhaarschnitt, was er von einem Mädchen, in das er mal verliebt gewesen war, niemals erwartet hätte. Aber die Frisur stand ihr.

Ein nervöses Kribbeln überzog seine Haut und drang bis in seinen Brustkorb. Vielleicht war das jetzt seine Chance. Er konnte ihr zeigen, wie weit er es gebracht und was er alles erreicht hatte, seit sie ihn verlassen hatte. Es war wohl kaum ihre Absicht gewesen, aber ihre Zurückweisung hatte ihn wachgerüttelt, seinen Ehrgeiz beflügelt. Jetzt konnte er ihr beweisen, dass sie einen Fehler gemacht hatte. Ihre Anwesenheit hier bedeutete doch, dass sie auch promovieren wollte. Und dass sie auch Single war.

DJ straffte die Schultern und ging zu ihr hin. Sie hatte noch immer ihren dicken roten Wintermantel an, der den eisigen

Temperaturen draußen geschuldet war. Als er nur noch wenige Meter von ihr entfernt war, wandte Loretta den Blick von ihrem Gesprächspartner ab und schaute ihn an, aber er konnte den Ausdruck in ihren Augen nicht deuten. Er lächelte und streckte die Arme aus – eine, wie er hoffte, ungezwungene und freundschaftliche Einladung zu einer Umarmung. Sie lachte erstaunt auf, machte aber einen Schritt auf ihn zu, und sie schlossen die Arme umeinander. Als er sie an sich drückte, spürte er es und trat entsetzt zurück.

Die Hände auf ihren Schultern, starrte DJ an ihr hinab. Wegen ihres Mantels hatte er es nicht bemerkt, aber jetzt war ihr beträchtlicher Bauch nicht zu übersehen. Ihm wurde ganz heiß, und sein Mund klappte auf. »Ich ... Hi«, war alles, was er herausbrachte.

Loretta lächelte verhalten. »DJ, wie geht es dir?«

»Gut«, sagte er, riss schließlich den Blick von ihrem schwangeren Bauch los und sah in ihr errötetes Gesicht. »Tut mir leid. Das ist eine Überraschung.«

»Das war es für mich auch«, sagte Loretta lachend. »Ich hatte ganz sicher nicht geplant, während der Promotion ein Kind zu bekommen, aber manchmal passiert so was eben.«

Stimmt, dachte er, *wenn man verantwortungslos ist*. Aber warum sollte er etwas sagen, was sie bestimmt selbst wusste? Sie beide waren immer keusch miteinander gewesen, hatten wegen ihrer religiösen Erziehung lediglich leidenschaftliche Küsse ausgetauscht. Und obwohl er seither selbst reichlich Erfahrung gesammelt hatte, verspürte er einen Anflug von Eifersucht bei der Vorstellung, dass sie mit einem anderen Mann so weit gegangen war.

Loretta wirkte zunehmend unruhig, sie kratzte sich hinterm Ohr. »Und was machst du hier in Minnesota? Jenny hat gesagt, du bist in Yale.«

DJ berichtete kurz, dass er dort zwar mit dem Promotionsstudiengang angefangen hatte, sein Vater aber krank geworden und er deshalb nach Minnesota zurückgekehrt sei. Daraufhin erzählte sie, dass sie kurz nach der Graduierung nach Minneapolis gezogen sei, weil die University of Minnesota ihr ein Stipendium angeboten habe. Sie hielt ihre linke Hand hoch, an der ein Goldring funkelte. DJs Herz krampfte sich zusammen.

»Mein Mann stammt von hier und wollte näher bei seiner Familie sein. Aber das ist für mich nur ein kleines Opfer. Die Uni hier hat ein großartiges –«

»Du bist verheiratet?«

Loretta legte ihre Hand auf den Bauch und sah ihn erstaunt an. »Ja, natürlich.«

»Und warum bist du dann hier?« Wut schoss durch DJs Adern wie die Nachwirkung von zu starkem Kaffee. »Das ist eine Singleparty.«

Loretta presste die Lippen aufeinander, beugte sich näher zu ihm hin und senkte die Stimme, als wollte sie seine plötzliche Lautstärke ausgleichen. »Es ist eine Networking-Party, DJ.«

»Es ist unredlich von dir, anderen, die wirklich jemanden kennenlernen wollen, den Platz wegzunehmen«, beharrte DJ. »Einige von uns sind nämlich tatsächlich hier, um Bekanntschaft mit anderen Doktoranden zu schließen, und nicht, um mit Repräsentanten der Fakultät zu flirten, um weiterzukommen.«

Einen Moment lang schwiegen sie beide. Er war nicht sicher, ob alle um sie herum verstummt waren, weil sie die Show mit ansahen, oder ob er nur das Gefühl hatte, die Stimmen und alle Bewegung im Raum wären zum Stillstand gekommen. Er konnte seinen Blick nicht losreißen von ihren rosa Wangen, dem obszönen Bauch und ihrem albernen, nuttigen Haarschnitt.

»Ehrlich gesagt hatte ich wirklich gehofft, du hättest dich verändert, aber das ist offensichtlich nicht der Fall«, entgegnete Loretta mit ruhiger, aber fester Stimme, wobei sie ihre

Hände seitlich am Körper abwechselnd zu Fäusten ballte und öffnete. »Am Anfang war unsere Beziehung gut, DJ, aber nach einer Weile hatte ich nicht mehr das Gefühl, dass du mich wirklich wahrnimmst. Du hattest kein echtes Interesse an mir als Person. Und als ich diesen Brief an deinen Vater gelesen habe, wurde mir alles klar. Danach habe ich darauf geachtet, wie du mit deinen Freunden sprichst, und das hat meine Vermutung bestätigt: Für dich sind andere entweder Hindernisse auf dem Weg zum Erfolg oder aber Mittel, um dein Ziel zu erreichen. Und ich wollte nichts von beidem sein.«

»Das ist kompletter Unsinn.« Er hasste es, wie sich sein Kiefer bei ihren Worten verspannte, wie sein Herz vor Wut und Beschämung raste. »Und ich fasse es einfach nicht, dass du mich wieder vor Dutzenden Menschen bloßstellst.«

Loretta blickte um sich, als wäre ihr erst jetzt bewusst geworden, dass sie Zuschauer hatten. Er folgte ihrem Blick und sah die vielen Leute um sie herum, die mit klirrenden Gläsern in der Hand so taten, als unterhielten sie sich, während die Jazzband spielte. Aber er wusste, dass sie ihnen zuhörten und sie beobachteten.

Sie zog den Mantel enger um ihren dicken Bauch, legte die Arme wie eine Barriere darüber und schaute ihn wieder an. »Ich bedauere nicht, dass ich dich verlassen habe. Aber es tut mir leid, dass ich dich gedemütigt habe. Das war nicht meine Absicht.«

»Besser im Winkel auf dem Dach wohnen als mit einer zänkischen Frau zusammen in einem Hause.« DJ presste die Kiefer aufeinander. »Dein Mann tut mir leid.« Ohne den Blicken der Umstehenden zu begegnen, verließ er den Raum und rannte hinaus in die kalte Winternacht.

Er lief steifbeinig den Gehsteig entlang, sog die eisige Luft tief ein und spürte bald ein Brennen in der Brust. Die Jacke hatte er zurückgelassen, doch die Wut, die durch seine Adern strömte, dämpfte die Kälte. Nachdem er eine Weile ziellos herumgelaufen war, drehte er um und ging zurück in Richtung seines Wagens. Der Nachthimmel hing voller dicker Wolken, aus denen bald eine ordentliche Ladung Schnee fallen würde. Zudem zog ein Sturm auf, und er wollte zu Hause sein, bevor es losging. DJ war gerade an seinem Kombi angekommen, als die ersten Schneeflocken fielen. Er ließ den Motor an und schoss rasant aus der Parklücke.

In dem Moment tauchte plötzlich eine schmächtige Gestalt vor seinem Wagen auf. Er trat voll auf die Bremse, und die Person sprang mit fliegenden Armen zurück. Wieder schnellte DJs Puls in die Höhe. Er stürzte aus dem Auto und wollte gerade losschreien, als er das bleiche, tränenüberströmte Gesicht des jungen Mannes sah und ihn wiedererkannte – er besuchte eines der Seminare, die er als Lehrassistent betreute.

»DJ?«, fragte der junge Mann, den letzten Vokal in die Länge ziehend. »Mensch, Sie hätten mich beinahe umgefahren. Ich hab Sie überhaupt nicht kommen sehen.«

DJ machte einen Schritt auf ihn zu. »Tut mir leid, ich bin ziemlich schnell aus der Parklücke geprescht. Alles in Ordnung mit Ihnen? Kerry, richtig?«

Kerry nickte, doch er zitterte am ganzen Leib. »Ja, und ja, alles okay.« Damit wandte er sich um und wollte weitergehen.

»Warten Sie!« Die Worte waren draußen, bevor er Zeit hatte, darüber nachzudenken. Als Kerry sich umschaute, zeigte er auf den Wagen, an dem die Fahrertür noch offen stand. »Soll ich Sie mitnehmen? Es ist viel zu kalt zum Laufen.«

Kerry warf einen Blick auf das Auto und zuckte die Achseln. »Klar, danke. Ich frier mir hier draußen den Arsch ab.«

Nachdem sie sich beide angeschnallt hatten, beschrieb Kerry ihm den Weg, und sie fuhren los.

Eine Weile herrschte Schweigen. Kerry richtete sich auf dem Beifahrersitz ein, nahm seinen Schal ab und wischte sich mit der Hand übers Gesicht.

Schließlich fragte DJ: »Warum waren Sie überhaupt zu Fuß unterwegs? Ziemlich kalt für einen Spaziergang.«

Kerrys Lachen klang bitter. »Kann man so sagen. Aber wenn es Sie wirklich interessiert: Meine Freundin hat gerade mit mir Schluss gemacht.«

DJs Hände legten sich fester um das Lenkrad, und er drosselte die Geschwindigkeit. »Wirklich?«

»Ja.« Kerry räusperte sich – ein tiefer, kehliger Laut. »Aber das wird schon wieder. Sie kommt zurück, da bin ich sicher. Hat bei dem blöden Streit bloß überreagiert.«

»Bestimmt.« DJ leckte sich über die Unterlippe. Als er vor einer roten Ampel halten musste, wandte er sich dem jungen Mann zu. »Ohne die sind Sie besser dran, glauben Sie mir.«

Kerry schaute ihn im rötlich trüben Schein der Ampel an. Seine Augen waren feucht, aber er weinte nicht mehr. DJ konnte die Männer, die er in seinem Leben hatte weinen sehen, an einer Hand abzählen, und der Anblick bereitete ihm Unbehagen.

»Ich liebe sie.«

»Aber sie liebt Sie offensichtlich nicht.«

Die Ampel wurde grün, und DJ trat aufs Gas. Kerry wandte sich von ihm ab und blickte aus dem Fenster.

»Tut mir leid, wenn das hart klingt, und ich weiß, dass es mich nichts angeht, aber glauben Sie mir. Ich hab das Gleiche durchgemacht, und das ist es einfach nicht wert.« DJ dachte an Loretta, wie sie ihm vorhin trotzig und mit dem Kind eines anderen Mannes im Bauch gegenübergetreten war. Sie hätte ihm nichts als Ärger gemacht.

»Hier ist es«, sagte Kerry, als sie um die nächste Ecke bogen, aber DJ bremste nicht ab. »Hallo? Sie sind gerade an meinem Haus vorbeigefahren.«

DJ blickte starr geradeaus und trat aufs Gas.

»Hey, was machen Sie denn? Fahren Sie wieder zurück.«

Als DJ nicht reagierte, packte Kerry den Türgriff und drückte die Tür auf.

DJ bremste abrupt ab, und der Kombi kam ins Schlingern. Schließlich brachte er ihn am Randstein zum Stehen, aber da war Kerry schon rausgesprungen. Wutentbrannt stieg DJ aus dem Wagen und lief hinter ihm her.

Kerry hatte sich offensichtlich bei dem Sturz aus dem Wagen verletzt, denn er bewegte sich humpelnd über den vereisten Gehsteig auf sein Haus zu. DJ stapfte hinter ihm her, ohne zu wissen, was er nun tun sollte. Er musste einen Weg finden, ihn aufzuhalten, zu ihm durchzudringen. Er konnte nicht mit ansehen, wie ein anderer Mann den gleichen Fehler machte wie er, durfte auf keinen Fall zulassen, dass eine dumme Frau seinen Wert nicht erkannte und sein Leben zerstörte.

Nach wenigen Sekunden hatte DJ ihn eingeholt, lief um ihn herum und baute sich vor Kerry auf. Er war größer als der junge Mann und stärker. Selbst in der dicken Winterjacke sah Kerry schmal aus – und schwach. Es überraschte ihn nicht, dass die Frau ihn verlassen hatte, auch wenn es schmerzte.

»Also, jetzt im Ernst, was soll das?«, stieß Kerry keuchend aus. Er bückte sich, um sein rechtes Bein zu massieren, das er sich bei dem Sturz wohl verletzt hatte. »Was ist los mit Ihnen?«

»Ich versuche nur, zu Ihnen durchzudringen, Kerry!« DJ trat einen Schritt vor. Wenn er den Jungen doch nur dazu bringen konnte, zu ihm hochzusehen, zu ihm aufzusehen, dann würde er vielleicht verstehen. »Sie sind im letzten Semester, ich habe Sie im Seminar gesehen. Sie haben großes Potenzial. Vergessen Sie die dumme Ziege, und leben Sie Ihr Leben.«

Kerry richtete sich blitzartig auf und holte mit der Faust zum Schlag aus. DJ wehrte ihn mühelos ab und stieß ihn weg, so dass Kerry rückwärts zu Boden fiel. Dann stellte er sich über ihn, ging in die Hocke, drückte ihm die Knie auf die Arme und setzte sich auf seinen Brustkorb, so wie seine

Brüder es bei ihm gemacht hatten, als er noch ein Kind war. Damit der junge Mann endlich aufhörte und ihm *zuhörte*.

Aber Kerry hörte nicht zu. Er schrie, fluchte, brüllte, und jeden Moment konnte jemand aus einem Haus kommen oder die Polizei rufen. Also packte DJ ihn am Hals und schnitt ihm den giftigen Wortschwall einfach ab. Kerry riss die Augen auf, blanken Horror im Blick, und DJ verspürte plötzlich ein wohliges Gefühl, das ihm durch und durch ging – Vergnügen, Macht. Er konnte das in Ordnung bringen.

»Jetzt hör mir mal zu, Kerry«, sagte er, beide Hände auf seine Kehle gepresst. »Hör mir zu. Kerry, hör auf.« Aber der junge Mann zappelte weiter, bäumte sich auf, trat um sich. Und DJ drückte fester zu, ließ seiner Wut freien Lauf. Nie hörte ihm irgendjemand zu.

DJ beugte sich herunter, schob seinen Kopf dicht über Kerrys Gesicht und konnte selbst im Schatten der Straßenlampen sehen, wie es sich rot verfärbte. Endlich wurde er still. »Na also. Du musst mir vertrauen, Kerry.« DJs Arme zitterten, als die Spannung aus Kerrys Körper wich, seine Augen zugingen. Auch DJ schloss die Augen, und er atmete tief durch. »Vertrau mir, es ist besser so.«

Einen Moment lang waren beide still. In der Ferne rauschte der nächtliche Verkehr, über ihnen knarrten die kahlen Äste der Bäume im Wind. DJ öffnete die Augen wieder und starrte auf den Jungen. Dann blickte er um sich. Auf der gegenüberliegenden Straßenseite parkten dicht hintereinander Autos und bildeten eine Barriere zwischen ihm und den dunklen Häusern dahinter. Anscheinend hatte niemand etwas mitbekommen. Trotzdem war jede weitere Sekunde, die sie hier auf offener Straße verweilten, höchst riskant.

DJ setzte sich schlagartig in Bewegung. Er hievte Kerrys Leiche auf seine Schulter, erhob sich vorsichtig und ging zur Beifahrerseite seines Wagens, deren Tür einladend offen stand. Nachdem er Kerry auf den Sitz gepackt und festgeschnallt hatte, lief er zur Fahrerseite, schaute sich schnell noch einmal um und setzte sich hinters Steuer.

Er musste Zeit gewinnen, um nachzudenken, um einen Plan zu schmieden. Niemand wusste, dass Kerry in seinen Wagen gestiegen war. Wenn er den Jungen aus dem Weg schaffen konnte, würde er genug Zeit haben, sicherzustellen, dass er keine verräterischen Spuren an sich hatte. Dann konnte er entscheiden, was als Nächstes zu tun war.

Die Scheune. DJ konnte Kerrys Leiche in die Scheune schaffen – sie gehörte zu den vielen Orten auf dem Grundstück, die sein Vater seit dem Schlaganfall nicht mehr aufsuchen konnte. Er zwang sich, den Blick vor sich auf die Straße zu heften, ließ den Motor an und fuhr nach Hause.

34

ELLE · 19. JANUAR 2020

Fünf Tage. Amandas Entführung war erst fünf Tage her, und jetzt war sie tot.

Elle starrte auf den mitgenommen aussehenden Holztisch im Vernehmungsraum des Polizeireviers, bis ihre Augen brannten.

Jedes Mal, wenn sie blinzelte, sah sie wieder das Gesicht des Mädchens vor sich: die violetten Hämatome auf ihren Lippen, die roten Flecken rund um die Augen. Erstickt, hatte Martín vermutet, während sie auf die Notfallhelfer warteten. Er saß im Raum nebenan und beantwortete die Fragen von Detective Hyde. Sie wusste, dass sie nicht verdächtigt wurden, aber es machte sie trotzdem nervös.

Fünf Tage, nicht sieben.

Also war sie doch keine Kassandra – keine allwissende Prophetin, die dazu verdammt war, kein Gehör zu finden. Sie war kein Stück besser als eine billige Hellseherin, die aus der Luft gegriffene Vorhersagen traf in der Hoffnung, dass eine davon schon eintreten würde. Amandas Fall und Natalies hingen zusammen; in dem Punkt hatte sie recht behalten. Aber die beiden waren nicht vom Countdown-Killer entführt worden. Denn der hatte nie seine Handschrift geändert. Ganz gleich, wie die Fälle sich über die Jahre ansonsten auch unterschieden haben mochten, die Leichen waren immer am siebten Tag gefunden worden.

Der Türknauf drehte sich, und Elle blickte auf, als Ayaan eintrat. Die Erschöpfung ließ ihre sonst glänzende Haut matt wirken, und sie hatte dunkle Ränder unter den Augen. Ihren heute marineblauen Hidschab hatte sie offenbar in großer Eile angelegt, denn er saß vorn an der Stirn etwas schief.

»Hat man dir was zu trinken angeboten, Elle?«, fragte sie.

»Ja«, antwortete sie krächzend. »Ronny bringt mir einen Tee.«

»Gut.« Ayaan setzte sich ihr gegenüber und schlug eine Aktenmappe auf, in der frisch ausgedruckte Tatortfotos lagen.

Elle schloss die Augen, aber die Bilder hatten sich ohnehin fest in ihr Gedächtnis eingebrannt, seit sie die Tote vor Stunden selbst gefunden hatte. Wahrscheinlich wurde Amandas Leiche in diesem Moment von einem Kollegen oder einer Kollegin ihres Mannes geöffnet und auf versteckte Informationen hin untersucht. Vielleicht fanden sie die DNA ihres Mörders. Vielleicht verschafften sie den Ermittlern eine neue Spur, die es ihnen ermöglichte, Natalie zu retten. Aber daran, dass dieses elfjährige Mädchen tot war, war nichts mehr zu ändern.

Sie dachte an Dave und Sandy Jordan und fragte sich, ob die Polizei sie bereits informiert hatte. Wenn, dann war Ayaan diejenige gewesen, der diese traurige Pflicht zufiel. Wartete die Polizei eine akzeptable Uhrzeit ab, bis sie die Eltern weckte, um ihnen die schlimmste Nachricht zu überbringen, die sie je bekommen hatten, oder war Ayaan bereits bei ihnen gewesen und schon wieder zurück? Elle klappte den Mund auf, doch die Frage blieb ihr im Hals stecken. Es spielte keine Rolle, ob die Jordans es schon wussten oder nicht; das Ergebnis blieb dasselbe. Sie würden am Boden zerstört sein.

Ronny kam mit einem traurigen Lächeln herein und stellte einen Becher Pfefferminztee vor Elle hin. Der scharfe Duft stieg Elle in die vom Weinen verstopfte Nase und machte sie wieder frei, als sie ihre Hände um den Becher legte. Nach einer Weile hob sie den Blick und schaute Ayaan an.

Diese erwiderte ruhig ihren Blick, den Stift hielt sie, bereit für Notizen, bereits in der Hand. »Erzähl mir, was passiert ist.«

Zwischendurch immer wieder an ihrem Tee nippend, berichtete Elle, dass Martín spät von einem Tatort nach Hause gekommen war und sie sich im Bett noch eine Zeitlang unterhalten hatten, bis es plötzlich an der Tür läutete und sie Amandas Leiche gefunden hatten. Elle hatte keine Ahnung, wann sie zuletzt geschlafen hatte, aber die Pfefferminze und das Adrenalin sorgten dafür, dass sie schnell und ungefiltert sprach. Ihre Schilderung endete mit der Nachricht, die sie an Ayaan geschickt hatte, nachdem sie die Polizei verständigt hatten.

Danach war es still im Raum. Als Ayaan ihre Notizen beendet hatte, blickte sie Elle wieder an. »Mir ist aufgefallen, dass du nicht über das gesprochen hast, was du heute tagsüber gemacht hast. In der Zeit, in der du mit Detective Hyde zusammen warst.«

Elle war gerade dabei gewesen, ihren Becher zum Mund zu führen, und erstarrte mitten in der Bewegung. »Oh«, sagte sie und stellte den Becher wieder hin.

»Ja, oh. Er und ich hatten eine interessante Unterhaltung. Du hast ihm anscheinend gar nicht erzählt, dass ich dich gebeten hatte, deine Arbeit in dem Entführungsfall ruhen zu lassen?« Ayaan legte den Kopf schief und schaute Elle beharrlich an.

Elle nahm einen größeren Schluck Tee, als sie eigentlich vorhatte, und verbrannte sich die Kehle. Ihr traten Tränen in die Augen, während sie versuchte, einen Hustenanfall zu unterdrücken. »Tut mir leid. Wir sind in der Lobby miteinander ins Gespräch gekommen. Er hat mich gefragt, ob ich irgendwas über Leo Toca rausgefunden hab, und dann kam mir die Idee, wohin dieser Pick-up aus dem Überwachungsvideo unterwegs gewesen sein könnte … Ich wollte bloß helfen. Tut mir leid. Dafür gibt es keine Entschuldigung.«

Sie schauten sich einen Moment lang schweigend an. Schließlich nickte Ayaan. »Wahrscheinlich ist jetzt nicht der richtige Zeitpunkt, um das anzusprechen. Aber dir muss doch klar gewesen sein, dass ich davon erfahren würde. Ich hätte mir gewünscht, dass du es mir selbst erzählst.«

»Du kennst mich doch, Ayaan. Ich war schon immer eher der Typ, der um Verzeihung bittet, als der, der um Erlaubnis fragt.«

Ayaan blickte sie verdrossen an. »Wenn wir in Zukunft noch mal zusammenarbeiten wollen, kann ich so ein Verhalten nicht tolerieren. Ich betrachte dich als eine Freundin, Elle, nicht bloß als Kollegin. Mir wäre es lieb, wenn wir uns gegenseitig vertrauen könnten.«

Elle starrte in die blassgrüne Flüssigkeit in ihrem Becher und fingerte an dem Faden herum, der über den Rand hing. »Du hast recht. Wird nicht wieder vorkommen.« Sie wünschte sich, dass es so wäre, aber das Versprechen klang hohl. Es gab so vieles, was Ayaan nicht über sie wusste. Vielleicht würde Amanda noch leben, wenn Elle sich ihr früher anvertraut hätte. Aber sie schob diesen Gedanken beiseite, bevor er sich in ihrem Kopf festsetzen konnte. Sie hatte mit den ihr zur Verfügung stehenden Informationen getan, was sie konnte. Die Schuld auf sich zu nehmen, brachte weder Amanda zurück, noch half es, Natalie zu finden.

Ayaan räusperte sich. »Fällt dir irgendein Grund ein, warum Amandas Leiche vor deiner Tür abgelegt worden sein könnte?«

»Ich ... Martín und ich hatten unmittelbar vorher über dieses Thema gesprochen. Dass CK vielleicht auf mich losgeht, weil ich den Podcast über ihn mache. Aber ich habe mich geirrt, was ihn angeht, Ayaan. Tut mir leid. Ich war mir so sicher, aber es kann nicht der Countdown-Killer sein. Ein Opfer, das bereits nach fünf Tagen wieder auftaucht, erstickt und ohne Anzeichen dafür, ausgepeitscht worden zu sein? Das macht keinen Sinn.«

»Woher weißt du, dass Amanda erstickt wurde?«

»Martín. Das war zumindest seine Vermutung.« Elles Finger zitterten.

Ayaan nickte und notierte sich etwas.

Elle fuhr fort: »Mit anderen Worten: Ich habe keine Ahnung. Wenn es nicht CK ist, dann weiß ich nicht, warum dieser Mensch es offenbar auf mich abgesehen hat. Das Einzige, was mir einfällt ...« Sie unterbrach sich und schüttelte den Kopf. Der Gedanke kreiste schon seit ein paar Stunden durch ihr Hirn, aber er war zu schrecklich, um ihn zuzulassen.

»Was?« Ayaan beugte sich vor. »Was fällt dir ein?«

»Ich bin sicher, dass ich überreagiere.« Elle wich ihrem Blick aus und konzentrierte sich auf das Fenster hinter Ayaan. Sie fragte sich, ob Sam Hyde auf der anderen Seite stand und sie beobachtete, aber dann verwarf sie den Gedanken. Das hier war ja keine Vernehmung. Schließlich sagte sie: »Ich bekomme seit einer Weile E-Mails, in denen mir gedroht wird. Auch über die sozialen Medien kamen solche Hassbotschaften. Tina hat ein paar davon bei der örtlichen Polizeidienststelle gemeldet, aber die meisten IP-Adressen stammten nicht aus diesem Bundesstaat – einige Nachrichten kamen sogar aus dem Ausland.«

»Warum hast du das nie erwähnt?«

Elle schaute sie an und war überrascht, als sie Ayaans besorgte Miene sah. »Ich werde andauernd für meine Arbeit beschimpft. Ich dachte, jetzt kämen nur deswegen mehr Droh- und Schmähbriefe, weil der Podcast bekannter geworden ist und eine größere Reichweite hat. Außerdem locken Gespräche über CK immer die Trolle an. Ich bin nicht davon ausgegangen, dass das für unsere Ermittlung irgendeine Bedeutung haben könnte, und wie gesagt: Tina hat diejenigen, die meine Adresse zu kennen schienen, schon bei der Polizei angezeigt.«

»Du warst um deine Sicherheit besorgt, bist aber nicht auf die Idee gekommen, dass ich das wissen sollte?«

»Ein kleines Mädchen ist verschwunden, Ayaan. Verglichen

damit erschienen mir meine Sorgen unbedeutend. Und das ist auch immer noch so.« Elle räusperte sich und versuchte die Beklemmung loszuwerden, die von einem erneuten Aufwallen ihrer Gefühle herrührte. »Wenn jemand Natalie entführt hat, um mich für meinen Podcast zu bestrafen …« Eigentlich sollte es sie längst nicht mehr erstaunen, wozu manche Menschen fähig waren, aber manchmal brach der Schock sich trotzdem noch Bahn.

»Okay, Elle. Bitte schick mir alles, was dir und Tina aufgefallen ist, inklusive der Sachen, die ihr schon an die örtliche Polizeidienststelle geschickt habt. Ich sage ihnen Bescheid, dass wir übernehmen.«

Ayaan faltete die Hände auf ihrem Notizblock. Ihre Miene war angespannt, und Elle spürte, wie ihre Schultern herabsanken. Es war eine absolute Seltenheit, Ayaan zögern zu sehen.

»Was ist los?«, fragte Elle.

»Na ja, das mit den Hassbotschaften im Internet wussten wir nicht. Das ist eine Möglichkeit. Detective Hyde und ich haben aber noch eine andere Theorie, die ich dir kurz vorstellen möchte. Vielleicht passt sogar beides zusammen.«

Elle nickte, und Ayaan fuhr fort: »Unsere Gedanken gehen in die gleiche Richtung, nämlich, dass das alles mit deinem Podcast zusammenhängen könnte. Dass das zweite Opfer dir sehr nahesteht und das erste tot vor deiner Tür lag und den Mantel des zweiten trug, macht das inzwischen sogar unübersehbar. Aber wir haben die Sache von einem anderen Blickwinkel aus betrachtet. Wir halten es für möglich, dass jemand CKs Methoden kopiert. Sich sozusagen dazu berufen fühlt, den Countdown fortzuführen.«

Elle starrte sie an und wusste nicht, was sie sagen sollte. Der Gedanke war ihr auch schon gekommen, aber bis zum heutigen Tag hatte alles an diesen Entführungen so perfekt mit CKs Methoden übereingestimmt, dass es ihr eindeutig erschienen war, dass er es selbst sein musste. Aber ein so großer Fehler wie dieser – eine Leiche zwei Tage zu früh abzulegen – wies tatsächlich Anzeichen einer schludrigen Nachahmerei auf.

Ayaan sprach weiter: »Du hast ja selbst gesagt, dass der Mann, der Amanda und Natalie entführt hat, nicht CK sein kann, weil er die Leichen nie zu früh abliefert. Selbst wenn er eines seiner Opfer versehentlich zu früh töten würde, würde er es erst am siebten Tag an einem öffentlichen Ort ablegen. Das ist der Teil seines Musters, der immer gleich geblieben ist, ohne Ausnahme.«

»Ja, richtig.« Elle dachte fieberhaft nach und versuchte zu verstehen, was das bedeutete. Ayaan hatte recht; diese Theorie passte zu ihren Sorgen bezüglich der Hassbotschaften im Internet. Wenn der Nachahmer den Podcast verabscheute und ihr weh tun wollte – welchen besseren Weg gab es dann, als den grausamsten Taten des Killers nachzueifern, um den ihr Podcast kreiste?

»Aber es ist unbestreitbar, dass der Mörder einige von CKs Methoden kopiert hat«, sagte Ayaan. »Du hattest recht, dass es Parallelen gibt: die Tatsache, dass er die Mädchen im Abstand von drei Tagen entführt hat, zum Beispiel, oder dass es, was ihr Alter betrifft, nahtlos an der Stelle weitergeht, wo der Countdown vor zwanzig Jahren abgebrochen ist. Unser Täter ist also ein Trittbrettfahrer. Und er will das, was alle kriminellen Trittbrettfahrer wollen: die Berühmtheit seines Vorbilds erlangen. Und wie könnte er dieses Ziel besser erreichen, als wenn er die Rückkehr des Countdown-Killers fingiert und die Frau ins Visier nimmt, die den Fall im Jahr 2020 weltweit bekannt macht? Er kann auf alle Informationen, die er braucht, um sich als CK auszugeben, problemlos zugreifen.«

Das riss Elle aus ihren Gedanken. »Problemlos darauf zugreifen? Du meinst in *Justice Delayed*? Willst du damit sagen, dass der Täter durch meinen Podcast gelernt hat, CKs Morde zu kopieren?«

Ayaans Miene wurde ernst. »Möglich wäre es, findest du

nicht? Die Polizei befürchtet seit jeher, dass Sendungen wie *Criminal Minds* bösen Menschen zu viele Ideen darüber liefern, wie man andere umbringen kann. Warum sollten Mörder sich also nicht auch von True-Crime-Podcasts inspirieren lassen?«

»Aber ich bringe doch nichts über seine Methoden und sein Muster, was nicht ohnehin öffentlich verfügbar ist.« Ihr Atem ging jetzt schneller, und sie hörte die Panik in ihrer Stimme, doch sie war zu müde, um sie zu verbergen. »Außerdem glorifiziere ich die Mörder nicht, wie viele andere Shows es tun. Ich erzähle keine reißerische Geschichte über einen Serienmörder, sondern versuche, den Opfern Gerechtigkeit zu verschaffen.«

Ayaan sog einen Moment ihre Unterlippe ein und nickte dann. »Ich bin sicher, dass das stimmt. Ich hab noch nicht alle Folgen dieser Staffel gehört, aber bislang hast du dich immer mehr auf die Opfer konzentriert als auf die Täter.«

»Das ist mein höchstes Ziel«, sagte Elle. Sie fuhr sich mit den Fingern durch die Haare und zog leicht daran; der stechende Schmerz half ihr, konzentriert zu bleiben. Trotz Ayaans beschwichtigender Worte war ihr ganzer Körper in Aufruhr vor Wut. Jedes Wort, das sie in ihrem Podcast gesagt, jedes Detail, das sie ihren Hunderttausenden Hörern geliefert hatte, schien sich in ihrem Kopf zu versammeln wie eine laute Menschenmenge. Sie hatte sich geirrt. Dieser Fall war anders. Es war erst wenige Tage her, dass ein Twitter-User sie genau auf dieses Problem angesprochen hatte.

»Dieser Mistkerl«, zischte sie. »Dem werd ich's zeigen.«

35

JUSTICE DELAYED-PODCAST · 19. JANUAR 2020

Transkript: Staffel 5, Bonusfolge

ELLE: Heute in den frühen Morgenstunden wurde die Leiche von Amanda Jordan auf den Stufen vor meinem Haus abgelegt. Aufgrund der Beweislage besteht nun kein Zweifel mehr, dass sie von demselben Mann entführt wurde, der auch Natalie Hunter in seine Gewalt gebracht hat.
Als ich mir die Aufgabe zu eigen gemacht habe, Monster zu jagen, die sich an Kindern vergreifen, wusste ich, dass sie mit Risiken verbunden sein würde. Mir war klar, dass ich mich damit auch selbst in Gefahr bringe. Aber ich wäre nie auf die Idee gekommen, dass zwei Familien deswegen ihre heißgeliebten Töchter verlieren könnten – und mindestens eine davon für immer. Ich werde nie zum Ausdruck bringen können, wie tief und ehrlich ich deren Verlust bedaure.
Dass Amandas Leiche auf meiner Türschwelle abgelegt wurde, ist Beweis genug. Der Mann, der die beiden Mädchen gekidnappt hat, zielt damit indirekt auf mich ab. Er hört diesen Podcast, da bin ich sicher. Ich weiß nicht, ob Sie einer der Trolle sind, die meine Social-Media-Kanäle mit ihren Hassbotschaften verpesten und mir per E-Mail Todesdrohungen schicken, oder ob Sie klug genug sind, sich Aktivitäten zu sparen, die man bis zu Ihnen zurückverfolgen kann. Ich weiß nicht, ob irgendwas, was in diesem Podcast gesagt wurde, Sie animiert hat. Aber ich vermute stark, dass Sie, unabhängig davon, warum Sie die Mädchen entführt haben, möchten, dass ich mir die Schuld daran gebe.

Sie haben das alles durchgeplant. Sie lassen es so aussehen, als wäre der Countdown-Killer zurückgekehrt, um mich zu schikanieren und meine Glaubwürdigkeit zu untergraben. Sie wollen, dass ich mich zum Narren mache, indem ich Alarm schlage und Panik verbreite, weil CK zurück ist. Aber Sie haben gegen das Muster verstoßen, indem Sie Amanda zu früh ermordet haben. Sie konnten sich nicht beherrschen und an die exakt kalkulierte Vorgehensweise von CK halten. Sie lieben das Chaos, hab ich recht?
Aber Sie haben keine Ahnung, mit wem Sie es zu tun haben. Sie wissen nicht, wer ich bin.
Ich habe meine wahre Identität in den letzten zwanzig Jahren weitestgehend geheim gehalten; kaum jemand kennt sie. Aber die Zeit für Geheimnisse ist jetzt vorbei. Denn Sie sollen wissen, dass Sie verlieren werden. Mag sein, dass Sie das Mädchen haben, das mir am meisten auf der Welt bedeutet, aber Sie unterschätzen, was ich tun werde, um es zurückzubekommen. Wenn Sie nicht wissen, wer ich bin, können Sie nicht mal erahnen, was ich alles durchstehen werde, um Sie zu finden.
Ich bin Eleanor Watson.
Vor zwanzig Jahren spielte ich im Haus einer Freundin, als ein Mann an die Tür kam und nach mir fragte. Er erzählte mir, er müsse mich nach Hause bringen, weil meine Mutter mich brauche. Weil er sich als Freund meines Vaters ausgab, glaubte ich ihm und ging mit. Doch statt mich nach Hause zu bringen, betäubte er mich, und ich wachte in einer Blockhütte wieder auf, in einem Raum mit einem anderen Mädchen, das er Tage zuvor entführt hatte. Jessica Elerson – das letzte Mädchen, das vom *echten* CK ermordet wurde. Die Gesichtszüge dieses Mannes habe ich nicht mehr präsent, aber ich erinnere mich an Jessica – an jede Linie und jedes Grübchen in ihrem Gesicht. Ich tue das hier für sie und für alle vor ihr, die nicht so viel Glück hatten wie ich. Was sollte mein Überleben für einen Sinn haben, wenn nicht den, dass ich Männer wie Sie stoppe,

die glauben, sie hätten das Recht, über unsere Körper und unser Leben zu verfügen?
Das ist der Grund, warum ich diesen Podcast mache – und ich will verdammt sein, wenn ich mich von einem Monster, wie Sie eines sind, dazu nötigen lasse, damit aufzuhören.
Ich bin die, die den echten CK besiegt hat. Und Sie glauben, ich könnte keine billige Kopie wie Sie schlagen?

36

ELLE · 19. JANUAR 2020

Sobald sie die Aufnahme beendet hatte, schickte sie die Audiodatei per E-Mail an Tina und schrieb in die Betreffzeile: *Zur sofortigen Veröffentlichung*. Diese Bonusfolge musste zwar weder geschnitten noch über das Übliche hinaus mit Musik oder Geräuschen versehen werden, aber ihre Producerin hatte in den letzten beiden Jahren alle Folgen hochgeladen, und wenn sie es machte, würde es definitiv schneller gehen.

Als sie damit fertig war, machte Elle sich daran, alle rot markierten E-Mails herunterzuladen und Screenshots der übelsten Tweets und Direktnachrichten anzufertigen. Die eine, die sie vor ein paar Tagen schon mal geöffnet hatte, stach ihr erneut ins Auge: *Pass auf, was du dir wünschst.* Diese Botschaft war in all ihrer Schlichtheit unheimlich, aber sie bereitete Elle noch aus einem anderen Grund Kopfzerbrechen; sie kam nur nicht darauf, was es war. Sie zog alles in einen Ordner, den sie UNRAT nannte, schickte ihn per E-Mail an Ayaan und setzte Tina ins CC, damit sie Bescheid wusste, dass die Polizei sich die Sache jetzt mal näher ansah. Wenn auch nur der Hauch einer Chance bestand, dass der Nachahmungstäter so dumm gewesen war, sie auf diese Weise zu kontaktieren, würden die IT-Spezialisten der Polizei ihn hoffentlich nachverfolgen können.

Es war kurz nach zwölf Uhr mittags. Elle erhob sich vom Schreibtisch und betrachtete ihre Trauerwand. Erst wenige Wochen zuvor hatte sie neben dem Bild von Beverly eines von Kerry aufgehängt. Es zeigte ihn in seinem ersten Semester, lächelnd und voller Hoffnungen, die sich nicht erfüllt hatten.

Irgendwer benutzte die Geschichten dieser jungen Opfer, die viel zu früh ihr Leben hatten lassen müssen, um sie hier und heute zu martern – und für sich selbst eine perverse Art von Ruhm herauszuschlagen. Er hatte das Wissen, das sie ihm vermittelt hatte, dazu benutzt, um Amanda umzubringen und Natalie zu entführen.

Elle holt ihr Handy heraus. Martín hatte sie während ihres Gesprächs mit Ayaan per SMS darüber informiert, dass er ins Leichenschauhaus fahren und Amandas Autopsie beiwohnen würde. Sonst gab es keine neuen Nachrichten. Nachdem sie Martín geantwortet hatte, schickte sie schnell noch eine Nachricht an Sash.

Vermisse dich. Es tut mir leid. Du hattest recht. Ich tue alles, was ich kann, um Nat zurück nach Hause zu bringen.

Als sie auf Senden drückte, ertönte plötzlich ein Klingelton auf ihrem Computer. Ein eingehender Videoanruf von Tina.

»Du bist also endlich bereit, es der Welt zu erzählen«, sagte Tina, sobald Elle den Anruf angenommen hatte.

Elle betrachte die Miene ihrer Freundin. Tina wirkte ernst, nicht erschrocken. »Wie … hast du's denn geschafft, dir das so schnell anzuhören?«

Tina winkte ab. »Ich bitte dich, ich lebe nur für deine E-Mails.« Dann grinste sie in die Kamera. »Fühlt es sich denn gut an? Dass du jetzt dazu stehst, wer du bist, meine ich?«

»Nein, eigentlich nicht. Ich möchte mich am liebsten übergeben.«

»Warum? Der Monolog ist super. Ich hab noch eine bombastische Schlussmusik drangehängt.«

Elle schüttelte den Kopf, konnte das nervöse Lachen, das über ihre Lippen kam, aber nicht unterdrücken. Sie wurde schnell wieder ernst. »Ayaan meint, der Typ hätte vielleicht überhaupt erst mit dem Morden angefangen, weil er den Podcast hört. So, als hätte ich ihm beigebracht, so zu morden wie CK.«

Tinas Miene wurde hart. »Das ist Blödsinn, und das weißt du auch. Wenn einer lernen wollte, zu morden wie CK, bräuchte er es nur bei Reddit oder Wikipedia nachzulesen. Lass dir nicht die Schuld für diese Geschichte in die Schuhe schieben, Elle. Du wolltest vom ersten Tag an nichts anderes, als dazu beitragen, diesen Fall zu lösen.«

»Ja, aber schau dir an, was dabei rausgekommen ist. Ich mache alles nur noch schlimmer. Menschen, die mir nahekommen, sterben oder verschwinden. Bist du sicher, dass du nicht lieber aufhören willst?«

Tina verdrehte nur die Augen. »Okay, jetzt mal im Ernst. Ich rufe an, weil ich mich vergewissern wollte, bevor ich den Monolog raushaue. Bist du dir auch ganz sicher, dass du das willst? Hast du dir das gut überlegt? So, wie du aussiehst, weißt du wahrscheinlich nicht mehr, wann du das letzte Mal geschlafen hast. Und du hast eine absolute Horrornacht hinter dir.«

Elle starrte auf den Bildschirm. Am liebsten wollte sie nur noch heulen. Aber sie nickte. »Ja. Hau raus.«

»Also gut.« Noch während ihr Gespräch weiterlief, klickte Tina etwas auf ihrem Bildschirm an. In ihren Brillengläsern spiegelten sich die Fenster, die daraufhin aufgingen und in die sie etwas eingab. »Erledigt.«

Elle blies lange die Luft aus. »Okay, gut.« Ach, du Scheiße. Sie hatte es wirklich getan. Vielleicht flog ihr bald ihr ganzes Leben um die Ohren, aber jetzt, in diesem Moment, fühlte es sich großartig an.

»Glückwunsch, Nora.« Tina beugte sich mit ihrem typischen verschmitzten Grinsen vor, ihre Augen funkelten. »Ich hab übrigens Neuigkeiten. Das bleibt aber unter uns. Eine Freundin von mir arbeitet in der Behörde zur Verhinderung und Aufklärung von Straftaten, und offenbar wollen die morgen eine Presseerklärung rausgeben und die Öffentlichkeit darüber informieren, dass sie ein DNA-Ergebnis für den Mann aus der Blockhütte haben.«

»Was? Wissen sie denn schon, wer er ist?«

»Es war Bob Jensen, der Typ, der vor langer Zeit zusammen mit seiner Büroliebe verschwunden ist und den ich Stanley getauft hatte.«

Elle lehnte sich zurück. »Und glauben sie ... glauben sie, dass er CK war?«

Tina schüttelte den Kopf. »Nein, kann er gar nicht. Er war der stellvertretende Leiter der Vertriebsabteilung in seiner Firma und hat das gesamte Jahr 1997 im Ausland verbracht. Erst Ende 1998 kam er zurück nach Minnesota. Er kann also unmöglich der Countdown-Killer gewesen sein.«

»Wenn die Gerüchte stimmen, die damals in der Firma über die Affäre zwischen ihm und seiner Kollegin kursierten, bedeutet das, dass die Frau wahrscheinlich CKs Ehefrau war. Erinnerst du dich? Sie haben doch gesagt, Jensen würde mit einer verheirateten Frau schlafen.«

»Ja, ich erinnere mich.«

»Ach, du heilige Scheiße.« Zu jedem anderen Zeitpunkt hätte sie sich sofort hingesetzt und eine weitere außerplanmäßige Podcast-Folge zusammengehauen. Diese Folgen, die spontan nach einer aufsehenerregenden, alles verändernden Entdeckung entstanden, waren meistens die besten und hatten in den vorherigen Staffeln die höchsten Zuhörerzahlen erreicht. Aber sie konnte jetzt keine weitere Folge aufnehmen. Sie musste sich auf die Suche nach Natalie konzentrieren.

Tina schaute direkt in die Kamera. »Hilfst du noch bei dieser Ermittlung?«

»Nein, Ayaan hat mich rausgekickt.« Elle fasste ihr die letzten sechs Tage zusammen und erzählte ihr auch von dem Gespräch mit Eduardo Mendez und der Möglichkeit, dass der Killer an der Mitchell University arbeitete.

Als sie fertig war, pfiff Tina durch die Zähne. »Worauf warten wir dann noch? Bist du schon den Mitarbeiterstab durchgegangen?«

»Ich hab's gestern Nacht versucht, aber die Website ist grottig.«

Tina schnaubte. Elles Bildschirm flackerte, und einen Augenblick später erschien Tinas Desktop darauf. Sie hatte ihn für Elle freigegeben, damit sie mitverfolgen konnte, wie sie auf die Website der Mitchell University ging und den Mitarbeiterbereich anklickte. Darin befanden sich mehrere hundert Profile, wie Elle in der Nacht bereits gesehen hatte, und es gab keine Gewähr dafür, dass diese Daten überhaupt aktuell waren. Wenn die Polizei die Herausgabe der Universitätsunterlagen verlangen würde, hätten sie verlässlichere Informationen, aber das konnte Wochen dauern.

»Was weißt du über die Person, die wir suchen?«, fragte Tina.

Elle dachte an das zurück, was Eduardo Mendez ausgesagt hatte. »Nur, dass er wahrscheinlich ein Weißer mittleren Alters ist.«

Tina schnaubte erneut. »Gut, dass die an Universitäten so selten zu finden sind«, sagte sie.

Elle musste trotz all der schrecklichen Dinge, die an diesem Tag passiert waren, grinsen. »Wem sagst du das. Ach ja, und er besaß einen Schlüssel zum Physikgebäude. Haus J. Ich weiß natürlich nicht, ob er da Student, Hausmeister oder Professor ist. Aber der Zeuge sagte, dass dort nach zweiundzwanzig Uhr nur noch Mitarbeiter Zutritt haben. Und als der Mann an Eduardo Mendez herangetreten ist, war es offenbar schon ein Uhr in der Nacht.«

»Gut, dann kann er wenigstens schon mal kein Student sein«, sagte Tina.

Elle nickte. »Ja, davon ist auszugehen. Es sei denn, es ist ein Student, der den Schlüssel von jemand anderem benutzt hat.«

»Wenn wir so hypothetisch an die Sache rangehen, kann es buchstäblich jeder gewesen sein. Besitzen nur Mitarbeiter, die in dem Gebäude arbeiten, einen Schlüssel oder alle Mitarbeiter?«

»Keine Ahnung.«

Auf dem kleinen quadratischen Fenster des Videoanrufs, das neben dem von Tina freigegebenen Bildschirm angeordnet war, sah Elle die konzentrierte Miene der Producerin. »Also, hier sind die Lehrveranstaltungen für Mathe und Physik.«

»Ja, da bin ich gestern Nacht auch gelandet, aber dann kam ich nicht weiter. Neben jedem Kurs steht der Name des Professors, aber ich konnte keine Links zum gesamten Fachbereich finden und hatte nicht mehr genug Energie, um Dutzende von Lehrveranstaltungen durchzugehen.«

»Hmmm, aber die müssen doch …« Tina tippte noch ein paar Sachen ein und klickte sich durch die Seite.

»Oh, was ist das?« Elle setzte sich auf. »Das da, wo ›Unser Team‹ steht?« Mitten in einem Fließtext auf der Seite für die Physikveranstaltungen gab es einen Link.

Tina klickte darauf und lehnte sich mit einem Siegerlächeln zurück. Auf dem Bildschirm war eine Seite mit Fotos, Namen und Profilen von ungefähr dreißig Lehrbeauftragten aufgegangen.

Elle las die Überschrift vor: »Fakultät für Mathematik und Physik. Da sieht man's mal wieder: Du brauchst nicht mehr als zwei Sekunden für so was.«

»Du hättest auch nicht länger gebraucht, wenn du in den letzten Tagen mal geschlafen hättest.«

»Ruhe«, sagte Elle, die bereits die Namensliste durchging. Mindestens zwei Drittel der Leute entsprach der Beschreibung, die Mendez ihnen gegeben hatte. Tina scrollte weiter, und auf dem Bildschirm erschien ein neues Gesicht.

»Hast du nicht gesagt, die Schülerin, die den Typen mit Amanda beobachtet hat, hätte von einem kahlköpfigen Mann gesprochen? Wir haben hier ungefähr zehn Männer ohne Kopfbehaarung.«

»Warte mal …«, flüsterte Elle.

Tina hörte auf mit dem Scrollen. »Hast du was gefunden?«

Elle zeigte auf den Bildschirm. »Den da kenne ich. Den Dritten von unten, in dem weißen Hemd. Dr. Stevens. Das ist der Typ, den ich letzte Woche besucht habe, weil Luisa Tocas Mutter mir erzählt hatte, ihre Tochter wäre mit ihm zusammen.«

»Luisa Toca. Leo Tocas Ex?«

»Ja.« Elle starrte das Foto an. Der Mann war glattrasiert und trug keine Baseballkappe wie an dem Tag, an dem sie bei ihm gewesen war, aber sie erkannte ihn trotzdem. »Er hat mir erzählt, er und Luisas Mutter wären Nachbarn gewesen und er hätte nur einmal mit der Tochter geflirtet. Also dachte ich, ihre Mom hätte da einfach was falsch verstanden. Seine Geschichte klang glaubwürdig.«

»Hmm, seltsam. Aber Minneapolis gehört zu den Städten, die trotz ihrer Größe irgendwie ein Dorf sind. Und wir haben hier noch einige andere Männer, auf die die Beschreibung passt.«

»Auch wieder wahr.« Elle zückte dennoch ihr Handy, rief noch mal das Phantombild auf, das mit Danikas Hilfe erstellt worden war, und hielt es neben das Foto des Mannes auf dem Computerbildschirm. Sie schüttelte den Kopf. »Sieht dem Phantombild überhaupt nicht ähnlich. Aber der Mann drei Reihen drüber, finde ich, zumindest ein bisschen. Dominic Jackman.«

»Cool. Warum fährst du nicht noch mal zu diesem Stevens und überprüfst, ob er ein Alibi hat? Und ich schaue mir in der Zwischenzeit Jackman und die anderen Glatzköpfe näher an.«

37

NATALIE · 19. JANUAR 2020

Natalie war jetzt allein.

Sie saß zitternd im Dunkeln und starrte auf die Tür am Ende der Treppe. Es waren Stunden vergangen, seit sie zuletzt aufgegangen war. Über ihr war es still. Sie hörte keine Schritte. Das war vielleicht ihre einzige Chance.

Bis gestern waren Amanda und sie sich einig gewesen, dass sie warten wollten, bis Rettung kam. Aus den True-Crime-Büchern, die Natalie aus Elles Studio geschmuggelt hatte, wusste sie, dass ihre Chancen, sich selbst zu befreien, gering waren. Sie hatte Amanda immer wieder davor gewarnt, den Mann in Rage zu bringen. Elle würde niemals aufhören, nach ihnen zu suchen. Sie würde alles versuchen und ihren Podcast nutzen, um den Entführer zu finden. Hilfe war auf dem Weg, sie mussten nur abwarten.

Aber das war gestern gewesen.

Sie hatte längst jedes Zeitempfinden verloren, doch seitdem der Mann Amanda getötet hatte, war ziemlich sicher eine ganze Nacht vergangen. Ihrem Gefühl nach waren sie schon tagelang in dem fensterlosen Keller eingesperrt. Da kein Licht in den Raum fiel, konnte man hier Tag und Nacht jedoch nicht voneinander unterscheiden. Amanda war krank gewesen; sie hatte sich weinend in die eklige Toilette übergeben, die neben dem Bett das einzige Ausstattungsstück war. Es gab nichts zu essen, und die eine Flasche Wasser, die er ihnen hingestellt hatte, war fast leer, denn Amanda musste viel trinken, um den Flüssigkeitsverlust auszugleichen.

Nachdem der Mann sie stundenlang ignoriert hatte, war er

schließlich gekommen und hatte ihnen beiden je eine Schüssel mit einer gekochten braunen Pampe gebracht. Amanda aß ein paar Löffel davon, dann flippte sie aus. Sie warf die Schüssel nach ihm, schrie aus Leibeskräften und warf sich auf dem Bett hin und her. Während der Mann erfolglos versuchte, sie zu beruhigen, kauerte Natalie, zitternd vor Angst und Hunger, an der Wand. Als sie sicher war, dass die Nachbarn Amanda gehört haben mussten – auch wenn sie bis jetzt nie etwas gehört hatten –, sprang der Mann aufs Bett, setzte sich rittlings auf ihre Freundin und drückte ihr die Hände auf den Mund. Amanda biss zu, und er schrie auf, dann presste er ihr das Kissen, das sie gemeinsam benutzten, aufs Gesicht. Amanda trat um sich, wand sich und schrie, wie Natalie noch nie jemanden hatte schreien hören. Dann, nach langen Minuten, war sie schließlich still.

Der Mann hatte sie im Keller liegen lassen und war die Treppe hochgerannt, und wenig später hatte Natalie gehört, wie er über ihr auf den knarrenden Dielen hin und her lief. Als er zurückkam, hatte er sie gar nicht beachtet, und Natalie war so lange mit dem Gesicht zwischen den Knien sitzen geblieben, bis er wieder weg war. Dann hatte sie die Augen aufgemacht und gesehen, dass Amanda nicht mehr auf dem Bett lag.

Jetzt war Natalie allein.

Sie setzte sich im Bett auf und lauschte noch einmal auf das verräterische Stampfen seiner Füße. Nichts. Gestern war er wutentbrannt hinausgestürmt und hatte seitdem weder Essen noch Wasser gebracht. Höchstwahrscheinlich war er nicht einmal mehr im Haus. Sie würde hier sterben, wenn er nicht bald zurückkam – oder Elle sie fand.

Das war jetzt ihre Chance. Es gab zwar keine Fenster, und die Kellertür war abgeschlossen, aber knapp unterhalb der Zimmerdecke befand sich ein Entlüftungsschacht.

Die Metallfüße des Bettgestells schrammten über den Beton, als Natalie das Bett durch den Raum schob. Sie nahm den Putzeimer, in den Amanda sich übergeben hatte, als sie zu schwach war, um aufzustehen, und leerte den Inhalt in die Toilette. Es gab kein Waschbecken, um ihn auszuspülen, also stellte sie ihn so, wie er war, umgedreht auf die Matratze. Hier würde sie sowieso nicht noch einmal schlafen.

Der Eimer wackelte, als sie sich darauf stellte, und sie stützte sich mit den Handflächen an der Wand ab. Wenn sie auf den abgebrochenen Bettpfosten rechts von ihr fiel, dessen scharfe, gesplitterte Spitze zur Decke zeigte, war sie tot. Als Natalie schließlich einen festen Stand hatte, griff sie nach dem Abdeckgitter des Lüftungsschachts. Es saß fest in der Wand und ließ sich nicht bewegen. Sie schlug mit der Faust dagegen und ignorierte den stechenden Schmerz, der ihre Hand durchzuckte. Sie durfte nicht aufgeben.

Noch ein letzter, kraftvoller Schlag, dann kippte das Gitter aus der Öffnung, prallte von der Matratze ab und fiel scheppernd zu Boden.

Natalie starrte mit angehaltenem Atem zur Decke, aber sie hörte keine Schritte.

Erneut griff sie nach oben, nur diesmal in die Öffnung hinein. Mit verschwitzten, rutschigen Händen tastete sie über den Boden des staubigen Lochs, bis sie schließlich eine Stelle zum Festhalten fand. Aber wie sollte sie sich da hinaufhieven? Weder waren ihre Arme stark genug, noch bot die glatte Wand irgendeinen Halt für ihre Füße.

Die Wand.

Ihr Herz schlug wild, als sie vom Bett sprang, den Eimer packte und ihn mit voller Wucht gegen die Wand stieß. Die ersten drei Versuche führten zu nichts, aber dann brach ein Stück Putz heraus. Nach zwei weiteren Stößen war die Kerbe so groß, dass ihre Zehen darin Halt finden konnten. Sie stellte den Eimer zurück aufs Bett und kletterte wieder darauf. Nachdem sie mit den Fingern erneut Halt oben in der Öffnung gefunden hatte, schwang sie das linke Bein hoch, stützte sich mit den Zehen in der Kerbe ab und zog sich hoch.

Als sie abrutschte, gab sie trotz des ganzen Lärms, den sie schon gemacht hatte, keinen Laut von sich; sie hatte tagelang geübt, ihre Schreie zu unterdrücken. Sie landete mit den Füßen auf dem Eimer. Uringeruch stieg ihr in die Nase. Zuerst dachte sie, er käme aus dem Eimer, aber dann wurde ihr klar, dass sie sich in die Hose gemacht hatte. Tränen vernebelten ihr die Sicht, die im Dunkeln ohnehin schon schlecht war. Sie kam sich vor wie ein Baby, oder ein Tier, oder beides. Aber so schwach durfte sie nicht sein! Gegenüber Amanda hatte sie den Vorteil, dass sie Bücher über Monster gelesen und dabei viel gelernt hatte. Sie sollte wirklich tapferer sein!

Nachdem Natalie ein schnelles Gebet gesprochen hatte, holte sie tief Luft und versuchte es erneut, und diesmal dachte sie nicht lange nach. Sie griff nach oben in die Öffnung und krabbelte an der Wand hoch wie ein Kind, das auf der Flucht vor einem Verfolger einen Zaun erklimmt. Und es funktionierte. Zwar schmerzten die Muskeln in ihrer linken Wade und in ihren Schultern, als sie sich mit letzter Kraft in den Lüftungsschacht manövrierte, aber sie hatte es geschafft. Sie landete auf dem Bauch und holte keuchend Luft. Nur ganz kurz.

Das hier war kein Heizungsschacht; die saßen im Fußboden. Daher hoffte sie, dass dieser Hohlraum der Entlüftung diente und nach draußen führte, in die kalte Winterluft und in die Freiheit.

Durch den Schacht zu kriechen, war viel einfacher, als hineinzukommen. Sie schob sich auf Ellbogen und Knien vorwärts und hielt ab und zu inne, um zu horchen, ob es außer ihrem lauten Keuchen noch andere Geräusche gab. Als der Tunnel plötzlich endete, bekam sie zuerst Panik, doch dann begriff sie, dass er im rechten Winkel nach oben führte. Sie richtete sich auf und tastete mit der Hand durch die Dunkelheit, bis sie in Brusthöhe einen Abzweig fand. Sie zog sich hoch und weiter in den nächsten Hohlraum.

Nur wenig später spürte sie einen eisigen Luftzug auf ihrem verschwitzten Gesicht. Sie näherte sich dem Ausgang. Der Geruch des Schnees ließ sie schneller werden, und aus ihrer Kehle drang ein unkontrolliertes Wimmern, während die Luft kalt und kälter wurde.

Dann hatte sie es geschafft. Sie hämmerte gegen die Abdeckung, die von außen an der Wand angebracht war, zu welchem Haus sie auch immer gehören mochte. Der Krach kümmerte sie nicht mehr, denn sie roch frische Luft, und die war besser als der Tod, das Schmutzwasser und das Erbrochene, die seit Tagen ihre Lungen füllten. Sie schob sich durch das kaputte Gitter, fiel bäuchlings in den Schnee und verharrte dort reglos, weil ihr die Helligkeit der Welt in den Augen weh tat. Schneeflocken wirbelten um sie herum und blieben auf ihrem Pyjama liegen.

Dann hörte sie ein unverkennbares Knirschen im Schnee. Ein Geräusch, bei dem sie eigentlich an Schlittenfahrten und Schneeballschlachten hätte denken sollen, das sie jetzt jedoch in panische Angst versetzte. Noch bevor sie auf die Füße kommen konnte, hatte er sie am Nacken gepackt, seine Hand grub sich in ihre Haut wie eine heiße Zwinge.

»Wirklich clever«, flüsterte er, drehte sie auf den Rücken und hob sie wie ein Baby in seine Arme. So als würde er ihr helfen, weil sie in Ohnmacht gefallen war. Ihr Blick irrte durch das graue Morgenlicht, aber sie sah nur Vorstadthäuser mit geschlossenen Türen und Vorhängen vor den Fenstern, genau wie in ihrem eigenen Viertel und wahrscheinlich in jedem Viertel von Minnesota. Nichts fiel ins Auge, nichts stach hervor. Sie hatte keine Ahnung, wo sie war, und niemand wusste, dass sie Hilfe brauchte.

Sie öffnete den Mund, um zu schreien, aber seine leise, drohende Stimme ließ sie innehalten. »Wenn du einen Ton von dir gibst, ziehe ich dir jeden Zahn einzeln raus, und deine Zunge hebe ich mir für zuletzt auf.«

Ihr Mund klappte zu, und Tränen füllten ihre Augen. Er trug sie zum Eingang, öffnete die Tür und ging mit ihr auf den Armen durchs Haus, wo der Geruch von Bleichmittel ihr den Magen umdrehte.

Als er sie schließlich zurück auf die widerliche Matratze warf, war sie noch immer zu keiner Regung, keinem Protest fähig. In dem düsteren Licht blickte er auf sie hinab wie auf einen ungezogenen Hund.

»*Vor einem grauen Haupt sollst du aufstehen und die Alten ehren und sollst dich fürchten vor deinem Gott; ich bin der HERR*«, donnerte seine Stimme durch den kleinen Kellerraum. »Du wirst deiner Bestimmung nicht entkommen. Du wirst dich mir nicht widersetzen. Niemand wird sich mir je wieder widersetzen.«

Dann ging er die Stufen hoch und schloss die Tür hinter sich ab. Ein paar Minuten später hörte sie draußen ein Krachen, gefolgt von Bohrgeräuschen.

Er riegelte den einzigen Ausgang gründlich ab.

38

ELLE · 19. JANUAR 2020

Elle hatte sich auf Tinas Beharren hin ein paar Stunden hingelegt, und als sie schließlich nach Falcon Heights aufbrach, fühlte sie sich matt und benebelt. Ihr Körper verlangte nach mehr Schlaf, aber ihre einzige mögliche Antwort war der große Thermobecher mit Kaffee, den sie mit auf die Fahrt genommen hatte.

Als sie wieder einen Schluck davon trank, vibrierte ihr Handy in der Mittelkonsole. Alle paar Minuten gingen neue Mitteilungen ein und Anrufe, die sie nicht annahm. An einer Ampel warf sie einen Blick darauf. Nachrichten von Journalisten und Bloggern, die sie in der Vergangenheit interviewt hatte, füllten ihr Display. Es gab E-Mails von ihrem Podcast-Netzwerk, von Detective Sykes, von ungefähr tausend Hörern. Ihr alter, echter Name avancierte auf Twitter zum Trend. Die SMS von Martíns Schwester Angelica war die einzige, die sie öffnete.

Bin stolz auf dich. Vor meinem Haus stehen Reporter, aber ich sage nichts, bevor wir nicht gesprochen haben.

»Shit«, murmelte Elle. Sie tippte einen schnellen Dank und versprach ihrer Schwägerin, ihr bald mehr zu erzählen. Die Veröffentlichung der Bonusfolge war ihr heute Morgen ohne jeden Zweifel als die richtige Entscheidung erschienen, allerdings hatte sie im Eifer des Gefechts keinen Gedanken daran verschwendet, dass es ja nicht nur Folgen für ihr eigenes Leben haben würde, wenn sie der Welt ihre wahre Identität enthüllte. Martín hatte sich nicht gemeldet, aber bestimmt wurde er ebenfalls mit Nachrichten überschwemmt.

Elle schaltete ihr Telefon aus und legte es zurück in die Mittelkonsole. Irgendwann würde sie sich den Fragen stellen müssen – aber dafür war später noch Zeit.

Als sie am Haus von Dr. Stevens ankam, waren die Vorhänge zugezogen, und es parkten keine Autos in der Einfahrt. Elle versuchte, durch das Sichtfenster in der Garagentür zu schauen, aber in dem Raum war es so dunkel, dass sie nicht erkennen konnte, ob dort ein Auto stand.

Sie ging zum Haus hoch, blieb unterwegs aber stehen und betrachtete den Boden. Da waren Fußabdrücke im Schnee; sie führten von der Haustür weg und waren nur ganz dünn mit frischem Schnee bedeckt. Elle schaute noch mal zur Tür, dann drehte sie sich um und folgte den Spuren – froh, dass sie ihre alten Stiefel angezogen hatte – um das Haus herum.

Seitlich neben dem Haus endete die Spur vor dem Abdruck eines Schneeengels. Elle erinnerte sich noch gut daran, wie sie in ihrer Kindheit – bevor diese von CK beendet worden war – nach jedem Blizzard aus dem Haus gerannt war, um sich in die Flocken einsinken zu lassen und Hampelmann-Bewegungen mit den Armen und Beinen zu machen, damit ein engelförmiger Abdruck im Garten entstand.

Dr. Stevens hatte ein Kind oder, gemessen an seinem Alter, vielleicht auch ein Enkelkind. Das veränderte ihr Bild von ihm, und sie bekam Zweifel. Vielleicht sollte sie nicht hier sein. Es sah aus, als wäre Dr. Stevens gar nicht zu Hause, und sie war sich auch nicht sicher, was sie ihn fragen würde, wenn er doch da war. Er entsprach zwar grob Danikas Beschreibung, aber das traf auch auf eine Reihe von anderen männlichen Angehörigen seiner Fakultät zu. Und er war auch nicht ganz kahlköpfig; auf dem Foto hatte er einen Haarkranz gehabt. Einen »Landeplatz« hatte Tina die Frisur genannt, und Elle hatte gelacht, bis ihr Tränen übers Gesicht liefen.

Andererseits musste es ja etwas zu bedeuten haben, dass

sowohl die Ermittlung im Mordfall Leo Toca als auch die zu Amandas Entführung sie hierhergeführt hatte. Sie musste wenigstens bei ihm klingeln. Sonst würde sie immer das Gefühl mit sich herumtragen, ihre Aufgabe nicht vollständig erledigt zu haben.

»Dann kann ich das abhaken«, murmelte sie, während sie zurück ums Haus ging. Sie drückte auf die Klingel.

Nach einer Weile erschien eine Frau in Elles Alter. Sie öffnete nur die Haupttür, ließ die Fliegengittertür jedoch geschlossen, und starrte Elle an. »Ja?«, fragte sie.

Ihre dünnen blonden Haare waren zerzaust, und sie hatte dunkle Ränder unter den wässrig blauen Augen. Trotz der eisigen Temperaturen trug sie nur ein T-Shirt und eine kurze Baumwollhose.

»Ähm, hallo, mein Name ist Elle Castillo. Ich möchte mit Dr. Stevens sprechen.«

»Der ist nicht da.«

Elle zog die Augenbrauen zusammen. Seltsam, dass Stevens diese Frau nicht erwähnt hatte, als sie hier gewesen war, um sich nach Luisa Toca zu erkundigen. Wenn er ihr sein Haus anvertraute, mussten die beiden zum Zeitpunkt ihres letzten Besuchs doch schon zusammen gewesen sein. Andererseits war es natürlich verständlich, dass er es nicht an die große Glocke hängte, wenn er eine Affäre mit einer seiner Studentinnen hatte.

Die Frau machte Anstalten, die Tür wieder zu schließen.

»Nein, warten Sie!« Elle streckte die Hand aus. »Bitte schenken Sie mir eine Minute Ihrer Zeit. Darf ich reinkommen?«

Die Frau riss die Augen auf und schüttelte den Kopf. »Nein, das würde ihm nicht gefallen. Ich kann wirklich nicht mit Ihnen sprechen.«

Elle stellten sich die Nackenhaare auf, als sie die Angst im Blick der Frau sah. Solche Mienen hatte sie allzu häufig gesehen, als sie noch beim Jugendamt gewesen war; damals hatte sie gezielt Hausbesuche gemacht, wenn die Polizei sie über einen Fall von häuslicher Gewalt in einem Haushalt mit Kindern informierte. Die Gesichter zeigten keine extreme Angst, aber eine große Zurückgenommenheit, eine Art Selbstschutz.

Diese Frau wollte allein schon die Möglichkeit ausschließen, dass ihr Partner in Wut geraten könnte.

Elle legte ihre behandschuhte Hand an die Fliegengittertür und hoffte, dass ihr Gegenüber dies als Geste der Empathie verstehen würde. »Alles in Ordnung mit Ihnen?«, fragte sie.

Welches Gefühl die Miene der Frau auch immer widergespiegelt hatte, es war plötzlich wie weggewischt. »Mir geht's gut«, sagte sie entschieden und setzte ein künstliches Lächeln auf.

»Sind Sie in diesem Haus … sicher?« Elles Blick glitt über die Arme, Oberschenkel und Handgelenke der Frau – über die Stellen, wo sie blaue Flecken vermutete, wenn welche da waren. Es waren keine zu sehen. Doch auch wenn er sie nicht physisch attackierte, hatte er sie dennoch fest im Griff.

»Was ist denn das für eine Frage?«, sagte die Frau. Sie verschränkte die Arme gegen den kalten Wind, der durch das Fliegengitter blies, ihr Körper war angespannt, und sie lehnte sich nach hinten. »Natürlich bin ich hier sicher.«

Elle schlug einen anderen Weg ein: »Wie lange sind Sie schon mit Dr. Stevens zusammen?«

»Das geht Sie gar nichts an.«

»Wann kommt er nach Hause?«

»Wenn er kommt. Er unterrichtet an der Uni, da hat man am Wochenende nicht immer frei.«

»Und Sie?« Elle neigte den Kopf, um den Blick der Frau zu erhaschen. »Sie sehen aus, als hätte ich sie geweckt. Arbeiten Sie nachts?«

»Ich bin Doktorandin«, antwortete sie schnippisch. »Ich

hab die ganze Nacht an meiner Diss gesessen. Und welche Entschuldigung haben Sie dafür, dass Sie so aussehen, als hätten Sie eine Woche nicht geschlafen?«

Die Frau wollte die Tür zudrücken.

»Warten Sie!« Elle griff in ihre Handtasche, zog eine Visitenkarte heraus und steckte sie in den Spalt zwischen Fliegengittertür und Türrahmen. »Tut mir leid, wenn ich Sie belästigt habe. Wenn Sie mir jemals etwas mitteilen wollen, rufen Sie mich bitte unter dieser Nummer an. Ich bin keine Polizistin oder so, aber ich werde Ihnen helfen, wo ich nur kann.«

Die Frau nahm die Karte mit einem höhnischen Grinsen entgegen und schlug Elle die Tür vor der Nase zu.

Zurück im Auto ließ Elle den Motor an und wartete bibbernd darauf, dass es warm durch die Lüftungsschlitze hereinblies. Danach schaltete sie ihr Handy wieder ein und schnappte nach Luft, als sie auf das Display schaute. Sie hatte neun Anrufe von Martín verpasst. Also ignorierte sie zunächst alle anderen Nachrichten und rief ihn zurück. Er nahm schon beim ersten Klingeln ab.

»Elle, Amandas Autopsie hat etwas ergeben, was du wissen solltest.«

»Was? Was ist passiert?«

»Sie wurde erstickt, aber wir haben etwas in ihrem Magen gefunden. Es sah aus wie Rizinussamen.«

Martín ging in seinem Büro im Leichenschauhaus nervös auf und ab. Als er Elle entdeckte, lief er ihr entgegen, legte die Arme um sie und drückte sein Gesicht an ihren Hals. Sie sank gegen ihn und genoss einen selbstsüchtigen Moment lang seine Erleichterung. Es fühlte sich an, als wären hundert Jahre vergangen, seit sie in der Nacht Amanda Jordans Leiche gefunden hatten.

»Ich bin so froh, dass du in Sicherheit bist. Ich bin fast verrückt geworden, als ich dich nicht erreicht hab.« Er legte seine

Hände auf ihre Schultern und hielt sie auf Armeslänge von sich weg, so als wollte er sichergehen, dass sie wirklich da war. »Ich dachte … ich dachte, er wäre dich vielleicht holen gekommen.«

»Habt ihr wirklich Rizinussamen in ihrem Magen gefunden?«

Martín drehte sich um und nahm einen Asservatenbeutel vom Schreibtisch. Darin lag ein versiegelter Plastikbehälter, in dem sich eine feuchte, bräunliche Substanz befand. Elle schluckte, um den bitteren Geschmack in ihrer Kehle loszuwerden. Seitlich auf dem Behälter stand *Jordan, Amanda: Mageninhalt.*

»Ich bin mir zu neunzig Prozent sicher«, sagte er. »Wir führen schon den ganzen Nachmittag Tests durch, und bis jetzt sieht es sehr danach aus. Außerdem konnten wir Anzeichen von Magen-Darm-Beschwerden und Dehydrierung nachweisen, was klassische Symptome sind, wenn jemand mit Rizin vergiftet wird. Aber wir haben auch eine Probe an ein anderes Labor geschickt, das auf solche Dinge spezialisiert ist. Die Ergebnisse sollten nächste Woche vorliegen.«

»Nächste Woche sind sie schon egal.«

Martín drückte Daumen und Zeigefinger in seine Augenwinkel und rieb sich den Schlaf heraus. »Ja, das verstehe ich, aber bevor wir einen offiziellen Bericht herausgeben können, brauchen wir eine Bestätigung. Ich bin zu dicht dran an diesem Fall, und unser Labor kann sich keine Fehler leisten.«

»Ich weiß, du hast recht. Ich möchte nicht, dass du deswegen Ärger bekommst.« Dann schüttelte sie den Kopf. »Ich habe Ayaan heute Morgen von den Hassbotschaften erzählt, die wir wegen des Podcasts bekommen, und alle Informationen an sie weitergeleitet. Allerdings hatte ich noch keine Zeit, meine Nachrichten zu checken, um zu sehen, ob sie was gefunden haben. Hat Detective Hyde dir von ihrer Theorie erzählt? Dass es sich um einen Nachahmungstäter handelt?«

Über Martíns Gesicht huschte ein Schatten. »Nein, hat er nicht. Du glaubst also nicht mehr, dass es CK ist? Ich hatte gehofft, die Rizinussamen würden dir helfen, es zu beweisen.«

Elle schaute wieder auf den Beutel mit dem Mageninhalt, aber Tränen vernebelten ihr die Sicht. »Die Theorie mit dem Nachahmungstäter klingt irgendwie sinnig, trotz der Rizinussamen. Er kopiert das Countdown-Muster von CK, warum dann nicht auch seine Tötungsmethode? Das Ersticken könnte ein Fehler gewesen sein, oder der Täter hat die Beherrschung verloren.«

Martín nickte. »Vielleicht. Aber wir wissen, dass CK auch schon mal die Beherrschung verloren und dabei jemanden umgebracht hat. Es liegt immer noch im Bereich des Möglichen, dass er es ist. Aber du hast recht: Gemessen an dem, was wir über ihn wissen, erscheint das alles zu chaotisch.«

Elle riss ihren Blick von dem Plastikbehälter los und schaute Martín an. »Ayaan glaubt, dass mein Podcast ihn zu den Taten inspiriert hat. Dass er erst auf die Idee gekommen ist, CK nachzueifern, als er mir dabei zugehört hat, wie ich seine Vorgehensweise in *Justice Delayed* im Detail beschrieben habe.«

»Das ist –«

»Nicht, Martín«, unterbrach Elle ihn. »Vielleicht habe ich den Fall zu sehr aufgebauscht. Ich habe mich in dieser Staffel mehr auf den Täter als auf die Opfer konzentriert. Meine persönliche Verbindung zu dem Fall hat dazu geführt, dass ich meine Prinzipien aus dem Blick verloren habe, und jetzt bekommen wir die Quittung dafür. Amandas Eltern haben den höchsten Preis dafür gezahlt.«

»Aber das ist nur eine Theorie, Elle«, hielt Martín dagegen. »Es könnte immer noch der echte CK dahinterstecken, und es ist nicht auszuschließen, dass alles, was er tut, eigentlich auf dich abzielt, weil er sich für deine Flucht rächen will.«

»Aber es spielt überhaupt keine Rolle!«, rief Elle. Dann lachte sie; sie hatte das Gefühl, langsam hysterisch zu werden.

»Wirklich, es spielt keine Rolle, wer es ist! Wer auch immer Natalie hat – wir müssen ihn finden und ihm das Handwerk legen, bevor er sie umbringt, und ich hab keine Ahnung, wann das sein wird. Amanda ist zu früh gestorben, und es gibt keinen Grund anzunehmen, dass er sich jetzt an das Muster halten wird. Ich hab die Sache aus allen möglichen Perspektiven betrachtet, aber es gibt immer noch zu viele offene Fragen und keine Antworten.« Tränen liefen über Elles Gesicht. »Ich hab sie im Stich gelassen. Ich war schwach, labil.«

Eine Erinnerung tauchte so plötzlich vor ihrem inneren Auge auf wie ein Reh, das vor ein Auto läuft. *Er* hatte sie als labil bezeichnet, ihr dabei über die Stirn gestrichen und so getan, als wollte er sie gesund pflegen. Damals hatte er so liebevoll gewirkt, so ganz anders als der Mann, der ihr befohlen hatte, seine Schuhe mit ihren Tränen zu polieren.

Auf Martíns tiefbraunen Augen lag ein feuchter Schimmer, als er ihre Hände nahm. »Okay, du hast recht. Aber du bist nicht labil, *mi vida*. Und du hast sie nicht im Stich gelassen. Du weißt alles, was man über CK wissen kann, und selbst wenn dieser Typ nur ein Nachahmer ist, kannst du ihn besiegen. Schließlich hast du auch den echten CK besiegt. Hast du das nicht heute in deinem Podcast gesagt?«

Elle blinzelte ihre Tränen weg, um ihn sehen zu können. Martín hielt sein Handy hoch. »Ich weiß, dass du es mir wahrscheinlich heute Abend erzählen wolltest, aber ich fürchte, das haben tausend Leute schon vor dir getan. Ich hab den ganzen Tag Anrufe bekommen, und einige Reporter waren sogar schon hier am Empfang.«

»Tut mir leid. Ich hätte dich zuerst anrufen sollen.«

»Ich habe dich immer ermutigt, zu sagen, wer du wirklich bist«, sagte er. »Ich konnte verstehen, warum du befürchtet hast, dann als schwach oder versehrt dazustehen, aber für mich war es immer genau umgekehrt. Erst als du mir zum ersten Mal erzählt hast, was du durchgemacht hast, habe ich wirklich begriffen, wie stark du bist. Mich hat nur überrascht, dass du es auf diese Weise öffentlich gemacht hast.«

Sie drückte seine Hand. »Als Ayaan mir gesagt hat, dass der Killer möglicherweise durch mich inspiriert wurde, bin ich einfach ausgeflippt. Und sobald ich mitbekommen hatte, dass die Medien über Amandas Tod berichtet haben, habe ich die Folge aufgenommen und Tina gebeten, sie sofort zu veröffentlichen.«

»Kannst du nachvollziehen, dass ich nicht gerade angetan davon bin, dass du vor Hunderttausenden Zuhörern einen Serienmörder herausforderst?«

Elle biss sich von innen auf die Wange. »Ja, kann ich verstehen, aber es ist ja nicht so, als wüsste er nicht ohnehin schon, wo wir wohnen. Ich wollte ihm zeigen, dass ich keine Angst vor ihm habe.«

Martín seufzte und schüttelte den Kopf. Dann legte er seine Hand an ihren Hinterkopf und zog sie an sich, um sie zu küssen. »Du bist sehr mutig – das kann niemand bestreiten. Aber es gibt einen Unterschied zwischen kühn und tollkühn.«

»Und wie würdest du mich jetzt nennen?«, fragte sie.

»Ich bin mir nicht sicher.« Er betrachtete sie einen Moment lang. Dann fragte er: »Also wissen Ayaan und Detective Hyde jetzt auch Bescheid über dich?«

Elle senkte den Blick. »Ich hab's Ihnen noch nicht selbst erzählt.«

»Sie werden's schon erfahren. Auch wenn sie keine Gelegenheit haben, die Folge zu hören. Es steht schon überall im Netz.«

»Ich weiß. Es ist nur eine Frage der Zeit.«

Elle spürte, dass ihr Handy in der Jackentasche vibrierte. Tinas Name wurde auf dem Display angezeigt, und sie wischte darüber, um den Anruf anzunehmen. »Was gibt's? Hast du was über den Typen von der Mitchell rausgekriegt?«

Tina klang gestresst. »Nein, das nicht, aber ich dachte, du

solltest wissen … Elle, ich habe die IP-Adresse nachverfolgt, von der ein paar der Droh-E-Mails kamen.« Sie holte tief Luft. »Sie gehört Simple Mechanic, der Werkstatt von Duane Grove und Leo Toca.«

Elles Blick flog zu Martín hin. Er konnte deutlich hören, was Tina sagte, und war bleich geworden. Jetzt wurde Elle plötzlich klar, warum eine der Nachrichten, die sie an Ayaan weitergeleitet hatte, ihr so bekannt vorgekommen war.

Pass auf, was du dir wünschst …

Duane Grove hatte dasselbe gesagt, als sie ihn mit Sam Hyde in der Autowerkstatt besucht hatte.

»Dann könnte Duane Grove euer Nachahmungstäter sein.«

39

ELLE · 19. JANUAR 2020

Als Elle ins Polizeirevier kam, war Sam Hydes Büro leer, das von Ayaan jedoch nicht. Sie war über ihren Schreibtisch gebeugt und hatte den Kopf in die Hände gestützt, als Elle auf die offene Tür zuging. Sie zögerte. Ayaan massierte sich die Schläfen; es sah aus, als hätte sie Kopfschmerzen. Ihr schwarzer Blazer war zerknittert und voller weißer Katzenhaare. Es war irritierend, sie einmal anders als perfekt gestylt zu sehen. Schließlich klopfte Elle an den Türrahmen, und Ayaan blickte erschrocken hoch.

»Oh, Elle, hallo.« Ayaan winkte sie herein, und Elle nahm ihr gegenüber Platz. »Hast du mich angerufen? Tut mir leid, ich hab meine Nachrichten nicht gecheckt.«

»Ich hab's versucht, um zu hören, ob du da bist. Ich bin froh, dass ich dich hier antreffe.«

»Was ist los?«

Elle zappelte auf ihrem Stuhl herum. Die Liste, die sie und Martín gemeinsam in seinem Büro erstellt hatten, wurde feucht in ihren Händen. Sie enthielt alle Indizien, die dafür sprachen, dass Duane Grove hinter den Morden an Leo Toca und Amanda und auch hinter Natalies Entführung steckte. Tina hatte versprochen, die Infos über die IP-Adresse, die sie gefunden hatte, an Ayaan weiterzuleiten.

»Ich glaube, ich weiß, wer der Nachahmungstäter ist.« Elle legte das Blatt auf den Schreibtisch und schob es zu Ayaan hin. »Duane Grove. Er war der Hauptverdächtige im Mordfall Leo Toca; der, der über der Leiche stand, als ich dort hinkam. Sam Hyde hat mir gesagt, sie hätten nicht genug gegen ihn in der Hand gehabt, um ihn festhalten zu können, und dass er ein paar Minuten vor dem Mord von der Überwachungskamera einer Tankstelle gefilmt wurde, aber ich glaube, dass man dafür eine Erklärung finden kann. Wer raffiniert genug ist, jahrelang mit dem Betrieb einer Werkstatt davonzukommen, in der gestohlene Autos zerlegt werden, weiß auch, wie man ein Alibi faken kann. Wenn er wusste, dass Toca mich angerufen hatte und ich zu ihm unterwegs war, könnte er ihn umgebracht haben, zu der Tankstelle gefahren sein, um auf den Bildern der Kamera aufzutauchen, und dann zum Tatort zurückgekehrt sein, um sich dort von mir ›finden‹ zu lassen.«

Ayaan überflog den Zettel. »Und die Entführungen?«

Elle ignorierte ihre zweifelnde Miene und fuhr fort: »Wie du weißt, hat die Werkstatt den Pick-up verschwinden lassen, der für Amandas Entführung benutzt wurde. Eduardo Mendez war mit Grove und Toca befreundet – er kann sich die Geschichte über den Typen, der ihm den Wagen an der Uni übergeben hat, ohne weiteres einfach ausgedacht haben, um Grove zu decken. Außerdem entspricht Grove der äußeren Beschreibung, die Danika uns geliefert hat: Er ist kahlköpfig und weiß. Und jetzt kommt das Wichtigste, Ayaan: Tina, meine Producerin, hat rausgefunden, dass einige der Droh-E-Mails, die wir bekommen haben, von der IP-Adresse geschickt wurden, die die Autowerkstatt benutzt. Ich hab das überprüft; seit ich Leo Tocas Leiche gefunden habe, hat Duane Grove mir täglich ein paar Nachrichten geschickt.«

Ayaans Blick flog zu ihr hin. »Wo ist diese Info?«

»Tina hat gesagt, sie hätte sie dir weitergeleitet.«

Ayaan wandte sich ihrem Computer zu und bewegte die Maus, um den Bildschirm aus dem Schlafmodus zu holen. Sie scrollte und klickte. Nachdem sie eine Weile gelesen hatte, schaute sie wieder zu Elle. »Die Sache ist die, Elle: Wir haben Duane Grove bereits im Visier. Die Verbindung zwischen dem wahrscheinlichen Entführungsfahrzeug und seiner Werkstatt lässt ihn umso verdächtiger erscheinen. Sam verhört ihn deswegen schon den ganzen Tag, aber er besteht darauf, dass er keine Ahnung von den Entführungen hat. Wir haben sein Grundstück durchsucht, sowohl seine Wohnung als auch die Werkstatt. Da ist nichts. Keinerlei Spur von Natalie oder Amanda.«

»Dann muss er sie woanders verstecken«, sagte Elle. Sie schaute auf die Liste auf dem Schreibtisch, auf all die Punkte, von denen sie und Martín gedacht hatten, dass sie ganz klar auf Duane Grove als Täter hinweisen würden. »Er muss es sein, Ayaan. Er hasst mich, er hasst meinen Podcast. Leo Toca hat zu mir gesagt, derjenige, den er im Verdacht hatte, hätte Majestic Sterling bei sich zu Hause. Habt ihr danach gesucht?«

Ayaan schüttelte den Kopf. »Nein, aber selbst wenn, würde das nichts beweisen.«

Elle spürte einen Anflug von Panik, doch sie behielt die Nerven. »Aber es wäre ein weiterer Beweis dafür, dass er vom Countdown-Killer besessen ist. Er muss derjenige sein, den Leo Toca verdächtigt hat; darum wurde er umgebracht. Er hat all die Warnzeichen gesehen und vermutet, er wäre der echte CK, nicht nur jemand, der ihm nacheifert. Deshalb hat er mir die Nachricht geschickt. Aber Grove hat es irgendwie rausgekriegt. Er ist zu ihm hin und hat ihn umgebracht, weil er anfangen wollte, so zu morden wie CK, und wusste, dass Leo ihm dabei in die Quere kommen würde.«

»Die Theorie ist gut, aber das sind alles keine Beweise. Und es gibt noch ein Problem. Wir haben ein langes schwarzes Haar an dem Ort gefunden, wo Leo Toca ermordet wurde, und heute kamen die DNA-Ergebnisse.« Ayaan drehte Elle ihren Bildschirm zu, öffnete einen Bericht und daneben ein Foto. »Luisa Toca, seine Exfrau, die er angeblich monatelang nicht gesehen hatte. Sie ist seit einem Fall von Trunkenheit am Steuer vor ein paar Jahren in unserem System. Wir konnten sie bislang nicht finden, aber ihr Auto wurde letzte Nacht vor einem verlassenen Haus außerhalb von Shoreview entdeckt. Wir glauben, dass sie es da abgestellt hat und mit irgendwem weggefahren ist, wahrscheinlich dem neuen Freund, von dem ihre Kolleginnen uns erzählt haben.«

Elle starrte auf das Bild der Frau, deren braune Augen trotzig funkelten. »Sie war es nicht. Ich weiß nicht, wo sie ist, aber Toca wurde ermordet, weil er mich wegen des Countdown-Killers angeschrieben hat, da bin ich mir sicher.«

»Elle …« Ayaan schaute über Elles Kopf hinweg zur Tür.

Dort stand Sam Hyde, er hatte rote Flecken im Gesicht. »Sie glauben im Ernst, dass Sie es besser wissen als alle anderen, stimmt's, Elle?«, sagte er und machte einen Schritt auf sie zu. Er hatte dunkle Ringe unter den geröteten Augen und war heiser vor Müdigkeit. »Wir haben einen DNA-Beweis, der auf eine flüchtige Verdächtige hinweist, und Sie denken noch immer an Ihren blöden Podcast?«

»Entschuldigen Sie mal, aber vor nicht mal zwölf Stunden waren *Sie* derjenige, der mir erzählt hat, hier ginge es um meinen verdammten Podcast!«, gab Elle giftig zurück. »Ich habe keine Ahnung, warum Luisas Haar in Leos Wohnung gefunden wurde, aber dafür kann es eine ganze Menge Gründe geben. Es könnte zum Beispiel an irgendwas geklebt haben, das er aus ihrem gemeinsamen Haushalt mitgenommen hat. Oder vielleicht war sie auch bei ihm, um sich mit ihm zu versöhnen. *Oder* Duane Grove hat es da deponiert, um den Verdacht von sich abzulenken.«

Sam Hyde schüttelte den Kopf und lachte laut auf. »Nicht jeder plant alles bis ins letzte Detail, auch wenn Sie das offenbar gern glauben möchten. Aber wenn man bedenkt, dass Sie uns die ganze Zeit darüber belogen haben, wer Sie wirklich sind, sollte mich das wohl nicht erstaunen.«

Elle biss sich auf die Zunge und schloss die Augen. Es war nur eine Frage der Zeit gewesen. Als sie die Augen wieder aufschlug, hatte er sein Kinn hochgereckt und blickte sie triumphierend an.

»Ich hab gerade Ihre neuste Folge gehört, *Eleanor*«, sagte Hyde und blickte zwischen ihr und Ayaan hin und her. »Sie haben keine Ahnung, mit wem Sie da zusammenarbeiten, hab ich recht? Elle ist *Nora Watson*. Sie ist deshalb so besessen von CK, weil sie eines seiner Opfer war.«

Elles Gesicht glühte; sie wagte es nicht, Ayaan anzuschauen, und starrte stattdessen auf die Tischplatte. Ayaan schwieg.

»Haben Sie das gewusst?«, fragte Sam.

Natürlich hatte sie es nicht gewusst. Natürlich nicht. Elle traten Tränen in die Augen.

»Sie arbeiten mit einer instabilen, traumatisierten Frau zusammen, die von dem Gedanken besessen ist, ihren Entführer zu schnappen, und wissen es nicht mal!«

»Hey!« Elle schaute ihn wütend an und ignorierte die Panik, die in ihr aufkeimte. »Ich bin *nicht* instabil. Und ich bin *nicht* besessen. Das ist genau der Grund, warum ich es niemandem erzählt hab. Weil mir klar war, dass mir dann alle sofort dieses Etikett anheften würden. Ja, ich kenne den Countdown-Killer-Fall auch wegen dem so gut, was er mir angetan hat. Aber nicht nur, denn ich bin eine verdammt gute Ermittlerin. Nur weil ich ein traumatisches Erlebnis hatte, bin ich noch lange nicht blöd.«

»Sie haben Commander Bishar und mich die ganze Zeit belogen«, beharrte Hyde, und es gelang ihm nicht ganz, die Verletzung zu verbergen, die hinter seiner Wut stand. »Können Sie sich vorstellen, was los ist, wenn Amandas Eltern das erfahren? Wenn sie hören, wie Sie in Ihrem Podcast zugeben, dass der, der ihre Tochter umgebracht hat, es eigentlich auf Sie abgesehen hatte? Sie werden uns die Hölle heißmachen und uns die Schuld an ihrem Tod geben. Und das alles Ihretwegen!«

»Es reicht, Sam.«

Seine Augen funkelten wütend, doch er verstummte.

Ayaan schaute sie an, und in ihrer Miene lag etwas, was Elle nicht zu deuten wusste. »Maddie Black ... ich hätte es wissen müssen. Das ist der Grund, warum der Fall des Countdown-Killers dich umtreibt, seit ich dich kenne.«

»Es tut mir leid, Ayaan. Ich ... ich hab niemandem erzählt, was mir zugestoßen ist.« Elle wurde heiß, und unter ihren Achseln bildeten sich Schweißflecken. Sie ertrug es nur schwer, von Ayaan so angesehen zu werden. So, als hätte sie sie verraten.

»Du dachtest, ich würde dich verurteilen, weil du ein Opfer bist? Weil du den Mann finden willst, der deine Kindheit zerstört hat?«, fragte Ayaan mit heiserer Stimme.

Elle rückte auf ihrem Stuhl nach vorn. »Ich will kein Opfer sein. Ich will nicht, dass es das Erste ist, was andere über mich wissen. Das war während meiner gesamten Schulzeit so, und an der Uni auch. Bis ich Martín geheiratet und meinen Namen geändert habe. Das Jugendamt wusste natürlich Bescheid über meine Vergangenheit, aber meine Chefin war so nett, es meinen Kolleginnen nicht zu sagen. Weil es egal sein sollte – und egal war.«

»*Mir* ist es nicht egal.« Nun drang Ayaans Stimme wieder kraftvoll durch den kleinen Büroraum. Elle und Sam Hyde schwiegen, während sie die Hände auf den Schreibtisch stützte und sich sammelte. Sie schaute Elle ernst an. »Ich habe dich während dieser Ermittlung mehrfach verwarnt, weil du deine Grenzen überschritten hast, und über vieles hinweggesehen. Sogar darüber, dass du Detective Hyde getäuscht hast, um weiter ermitteln zu können, nachdem ich dich nach Hause geschickt hatte. Aber Sam hat recht: Deine impulsiven Reaktionen haben in der letzten Woche mehrere Menschen in Gefahr gebracht, dich eingeschlossen. Ich glaube, es ist das Beste, wenn du jetzt gehst.«

Elle wollte sich verteidigen, schaffte es aber nur mit Mühe,

Ayaan überhaupt noch weiter anzusehen. Diese Reaktion war schlimmer, als wenn Ayaan einfach sauer auf sie gewesen wäre, wenn sie Elle aus ihrem Büro geworfen und Sam Hyde hämisch dazu gelacht hätte. Elle hatte Ayaan enttäuscht. Sie hatte ihr nicht genügend vertraut, um ihr alles zu sagen, und jetzt war es zu spät.

Sie verließ ohne ein weiteres Wort den Raum und trat auf die Straße hinaus. Der Wind trocknete die Tränen in ihren Augen und ließ sie am ganzen Körper zittern. Sie startete den Motor, ohne zu wissen, was sie als Nächstes tun sollte.

Ayaan hatte gesagt, in Groves Haus sei keine Spur von Natalie zu finden gewesen. Also musste er sie woanders festhalten, an einem Ort, von dessen Existenz die Polizei nichts wusste. Je länger sie in seiner Gewalt war, desto größer wurde die Gefahr für ihr Leben. Amanda war zwei Tage zu früh getötet worden; wer wusste also, was morgen passieren würde, an dem Tag, an dem sie den Regeln des Countdowns gemäß eigentlich hätte sterben sollen? Duane Grove hatte bereits gegen das Muster seines Vorbilds verstoßen. Was sollte ihn davon abhalten, auch Natalie zu früh zu ermorden?

Die Polizei hatte nicht genügend Beweise, um Grove festzunehmen, aber das würde sie nicht davon abhalten, mit ihm zu reden. Sie brauchte ein Geständnis von ihm.

40

JUSTICE DELAYED-PODCAST · AUFGENOMMEN AM 20. JANUAR 2020

Unveröffentlichte Aufnahme: Interview mit Duane Grove

ELLE: Hallo, Mr. Grove.

GROVE: Was wollen Sie? Es ist mitten in der Nacht, und ich hab schon den ganzen verdammten Tag mit den Bullen geredet.

ELLE: Dauert nur ein paar Minuten. Lassen Sie mich rein?

GROVE: [*Nach einer Pause.*] Na schön. Ziehen Sie die Schuhe aus.

ELLE: Ich weiß, dass Sie mich nicht leiden können. Das haben Sie bereits deutlich zum Ausdruck gebracht. Aber ich hoffe, Sie können mir ein paar Fragen über Leo Toca beantworten.

GROVE: Ach, Scheiße, Mann, ich hab denen doch schon alles gesagt. Nehmen Sie das für die Bullen auf? Glauben Sie, ich bin blöd und gestehe Ihnen was, was ich gar nicht getan hab, während Sie mir Ihr Mikro hinhalten?

ELLE: Ich schwöre, ich bin nicht hier, um Sie in Schwierigkeiten zu bringen. Ich versuche nicht, Sie zu manipulieren. Leo Toca hat mich am Tag seiner Ermordung angerufen, weil er Informationen über einen Fall hatte, an dem ich seit über zehn Jahren arbeite. Wissen Sie irgendwas darüber?

GROVE: [*Lautes Seufzen.*] Nein.

ELLE: Ich glaube, doch.

GROVE: Es war, wie ich gesagt hab: Leo ist voll auf Ihren blöden Podcast abgefahren und hat angefangen, Sachen zu sehen, die gar nicht da waren. Er war total aufgeregt, weil er dachte, er weiß, wer der Countdown-Killer ist.

ELLE: Das hat er Ihnen gesagt?

GROVE: Ja, er hat sich gar nicht mehr eingekriegt. Sie haben den ganz wuschig gemacht, und jetzt sehen Sie, was Sie angerichtet haben. Kaum schreibt er Ihnen, wird er umgelegt.

ELLE: Also wussten Sie, dass er mir geschrieben hat.

GROVE: Ja, er hat mir gesagt, dass er's machen will. Dass er genug Beweise hat, die er Ihnen zeigen kann.

ELLE: Wussten Sie denn, über wen er Beweise gesammelt hat?

GROVE: Nee, ich hab ihn zwar gefragt, aber er wollt's mir nicht sagen.

ELLE: Hatten Sie jemals den Verdacht, *Sie* könnten derjenige sein?

GROVE: [*Nach einer langen Pause.*] Ey, Alte, Sie sind echt völlig durchgeknallt, wissen Sie das?

ELLE: Danke.

GROVE: Echt jetzt? Sie kommen allein hierher und beschuldigen mich, ein Serienmörder zu sein? Glauben Sie, das Mikrophon da würde Sie schützen?

ELLE: Ich kann mich selbst schützen.

[*Sie zieht ihre Waffe.*]

GROVE: Whoa, Scheiße, was soll das denn jetzt? Das können Sie doch nicht machen. Sie arbeiten gar nicht für die Bullen?

ELLE: Beantworten Sie meine Frage. Hatten Sie den Verdacht, dass Leo Toca Sie für den Countdown-Killer hält?

GROVE: Ich ... Nein! Nehmen Sie das verdammte Ding da runter, Mensch. Beruhigen Sie sich mal. Nein. Ich bin nicht der verfickte Countdown-Killer, okay? Ich war ungefähr fünfzehn, als er Mädchen umgebracht hat.

ELLE: Das ist es ja gerade, Mr. Grove. Wir sind uns nicht sicher, ob es der echte Countdown-Killer ist, der Amanda und Natalie entführt hat. Sehr wahrscheinlich ist es nur ein billiger Nachahmer. Ein Trittbrettfahrer, den mein Podcast dazu inspiriert hat, CKs Methoden zu imitieren, und der mich treffen will, indem er sich an einem Mädchen vergreift, das ich liebe. Weil er mich hasst. Und ich finde, Sie sind ein guter Kandidat für so was, und wissen Sie auch warum? Weil ich die hier habe. Dutzende E-Mails von letzter Woche, in denen jemand mein Leben bedroht und mir erklärt, dass er weiß, wo ich wohne. Und sie kamen alle aus Ihrer Werkstatt.

GROVE: Ich ... Sie glauben ...?

ELLE: Ja, glaube ich.

GROVE: Ich bin das nicht ... Ich hab die Mails geschrieben, weil ich stinksauer auf Sie war. Weil Sie schuld sind, dass Leo tot ist, und nicht, weil ich Ihnen wirklich was tun wollte.

ELLE: Reden Sie weiter.

GROVE: Das ist alles, okay? Leo ist tot, weil er Ihnen Infos über diesen Killer geben wollte ... oder über jemand, von dem er glaubte, dass er der Killer ist, was weiß ich. Ich weiß nur, dass mein bester Freund Ihnen eine Mail wegen Ihres Scheißfalls geschickt hat und eine Stunde später tot war. Ich fand, Sie sollten ein bisschen leiden dafür, dass Sie Leute in so was reinziehen, mehr nicht. Ich wollte nur nicht, dass Sie einfach so davonkommen.

ELLE: Darum haben Sie mich bedroht.

GROVE: Ich hatte nie vor, wirklich irgendwas zu machen, das schwöre ich. Ich dachte, dass Sie die Sache dann mal ein bisschen ernster nehmen und aufhören, das Leben von anderen kaputt zu machen. Können Sie jetzt mal die Knarre da wegpacken?

ELLE: Okay, Mr. Grove. Nehmen wir an, ich glaube Ihnen. Ich könnte Sie trotzdem anzeigen. Aber ich wäre bereit, die Sache zu vergessen, wenn Sie sich die Mühe machen, scharf nachzudenken. Denken Sie noch mal darüber nach, was Leo in den letzten Tagen vor seinem Tod gesagt und gemacht hat. Die Polizei hat ein Haar von Luisa in seiner Wohnung gefunden und glaubt, sie hat was mit seiner Ermordung zu tun.

GROVE: Ach Quatsch, das ist Unsinn. Sie ist seit ein paar Wochen mit einem anderen Typen zusammen, und Leo war deswegen sauer, aber die beiden konnten gut miteinander. Sie würde ihm nie was tun.

ELLE: Aber warum sollte sie in seiner Wohnung gewesen sein, wenn sie einen neuen Freund hatte?

GROVE: Keine Ahnung. Er schien ihren neuen Freund nicht zu mögen, aber ich nehme an, so was ist normal. Ich hatte das Gefühl, er hält den Kerl für gefährlich. Er hat sich da total reingesteigert. Er hat ihn eine Zeitlang beobachtet, weil er gehofft hat, ihn bei was Kriminellem zu erwischen und Luisa dadurch wiederzukriegen. Ich weiß auch nicht, ich dachte, er ist einfach nur eifersüchtig.

ELLE: Klingt für mich so, als sollte die Polizei das wissen. Haben Sie das ausgesagt?

GROVE: Warum sollte ich den ans Messer liefern? Soweit ich weiß, ist Luisa mit dem Typen glücklich. Leo war einfach nur paranoid. Er dachte, es geht im Leben nur noch darum, Verbrecher zu jagen, und das wegen solcher Podcasts wie Ihrem.

ELLE: Okay, Mr. Grove. In Ordnung. Wissen Sie, wo Luisa jetzt ist?

GROVE: Ihr Kerl wohnt irgendwo in Falcon Heights. Ich nehme an, dass sie da ist.

ELLE: Wo, bitte?

GROVE: In Falcon Heights. Der Typ hat früher bei ihrer Mutter gegenüber gewohnt. Luisa hat ihn kennengelernt, als er und ihre Mutter wegen irgendwas Streit hatten. Leo kannte den schon vorher. Darum war er auch so sauer, dass Luisa sich mit dem zusammengetan hat. Ich glaub, er kannte ihn von der Arbeit.

ELLE: Von der Arbeit? An der Mitchell University?

GROVE: Ja, er war da Hausmeister. Und Luisas Freund war Professor oder so. Können Sie mich jetzt endlich mal in Ruhe lassen? Ich könnte Sie anzeigen, weil Sie mich mit einer Waffe bedroht haben, ist Ihnen das klar? Das ist strafbar.

ELLE: Tun Sie sich keinen Zwang an, Mr. Grove. Ich bin sicher, die Polizei würde sich sehr freuen, wenn Sie wieder im Revier vorbeikämen, um eine Aussage zu machen.

GROVE: Leck mich! Raus aus meiner Wohnung!

ELLE: Sie haben mir sehr geholfen. Danke.

41

ELLE · 20. JANUAR 2020

Als Elle von Duane Grove nach Hause kam, war es dort unheimlich still. Es war nach zwei Uhr nachts. Ein Polizist saß in seinem Dienstwagen und hielt Wache, wie Ayaan es versprochen hatte. Auch wenn Elle nicht wirklich das Gefühl hatte, dass ihr Leben in Gefahr war, war sie doch dankbar für seine Anwesenheit.

Sobald sie im Haus war, drehte sie die Heizung hoch und nahm den Schal ab. Beim Aufknöpfen ihrer Jacke betrachtete sie sich im Flurspiegel. Die dunklen Schatten unter ihren Augen verrieten, wie wenig sie geschlafen hatte.

»Da bist du ja.« Martín stand oben an der Treppe, seine welligen Haare standen ihm vom Kopf ab, nachdem er den ganzen stressigen Tag lang immer wieder mit den Fingern hindurchgefahren war.

Elle legte eine Hand aufs Treppengeländer und schaute zu ihm hoch. »Warum bist du denn noch auf?«

»Ich konnte nicht schlafen, solange du nicht zu Hause warst.« Er kam die Treppe herunter, bis er genau über ihr stand, und schob seine warme Hand auf ihre. »Was hat Ayaan gesagt?«

Elle seufzte und kämpfte gegen ihre Erschöpfung an. »Das ist eine lange Geschichte. Sie glaubt mir nicht, aber inzwischen bin ich mir auch nicht mehr sicher, ob es Duane Grove ist.«

Martín setzte sich auf die Stufe, damit sie auf gleicher Höhe waren, streichelte ihre Wange und fuhr mit dem Daumen über die Ringe unter ihren Augen. »Und warum glaubst du nicht mehr, dass es Grove ist?«

Sie schloss die Augen, weil sie wusste, dass er sonst sehen würde, dass sie log. Sie hatte nicht mehr die Energie, ihm zu erklären, warum sie allein zu Grove gefahren war, Waffe hin oder her. Wenn sie es ihm erzählte, würden sie nur wieder über ihr impulsives Verhalten streiten; das wäre bestimmt auch gerechtfertigt, aber sie hatte jetzt keine Zeit dafür. »Nur so ein Gefühl. Geh ins Bett, Martín. Ich verspreche, dass ich nachkomme, sobald ich habe, was ich brauche.«

Er schwieg und betrachtete sie einen Moment lang forschend, um herauszufinden, ob sie die Wahrheit sagte. Dann sagte er: »Falls dir das weiterhilft: Ich hab heute Abend endlich Ms. Turner erreicht. Oder vielmehr ihre Tochter. Sieht so aus, als wäre sie ungefähr eine Stunde vor Natalies Klavierstunde mit einem Herzinfarkt ins Krankenhaus eingeliefert worden. Ein anonymer Anrufer hat den Notruf gewählt und ihnen ihre Adresse durchgegeben, aber sie war allein, als die Ersthelfer bei ihr eintrafen.«

Elles Knie drohten jeden Augenblick nachzugeben, und sie klammerte sich fester ans Geländer. »Wird sie wieder gesund?«

»Ihre Tochter geht davon aus. Sie hatte bislang keinerlei Probleme mit dem Herzen. Die Sache kam sehr überraschend.«

»Glaubst du ... jemand könnte ihr irgendwas verabreicht haben?«

Er rieb sich das Kinn, legte dann eine Hand in den Nacken und starrte auf einen Punkt hinter Elle.

»Es war deine These, dass er vielleicht dafür gesorgt hat, dass Natalie allein nach Hause gehen musste – weil er in dem Punkt Sicherheit brauchte. Vielleicht konnte er sich deshalb darauf verlassen. Weil er sichergestellt hat, dass Ms. Turner nicht zu Hause war.« Elle rieb sich die Augen.

»Möglich.« Martín betrachtete sie besorgt. »Du brauchst Schlaf, *amor*.«

»Ich kann heute Nacht nicht schlafen«, sagte sie. »Ich muss noch was recherchieren.«

Er blies lange die Luft aus, dann legte er die Hände auf seine Knie und stand auf. »Okay, ich weiß, dass es nichts bringt, mit dir zu diskutieren. Aber bitte ... sag mir Bescheid, wenn du Hilfe brauchst.«

Sie schaute zu ihm hoch und hoffte, dass ihr Lächeln das schlechte Gewissen überdeckte, das sie befiel. Später, wenn Natalie wieder sicher zu Hause war, würde noch Zeit genug sein, ihm alles zu erzählen. Sie schaute ihm nach, während er die Treppe hochging und im oberen Flur verschwand.

Mit einem frischen Becher Kaffee und zwei Scheiben Toast mit Erdnussbutter bewaffnet, ließ Elle sich in ihrem Studio nieder. Als Erstes schickte sie eine Nachricht an Sam Hyde, um ihn darüber zu informieren, was Duane Grove ihr über Luisa erzählt hatte. Auch wenn der Detective im Augenblick bestimmt nicht ihr größter Fan war, verdiente er es, informiert zu werden, wenn sie etwas über seinen Fall herausgefunden hatte.

Anschließend fuhr sie den Computer hoch. Dr. Douglas Stevens war mit Luisa Toca zusammen gewesen. Luisa war kurz vor der Ermordung ihres Exmanns verschwunden. Und Leo Toca war eine Stunde nach seiner Mitteilung an Elle, dass er wisse, wer der Countdown-Killer sei, tot gewesen. Elle war zwar keine Polizistin, aber sie wusste, was es brauchte, um jemanden wegen Mordes anklagen zu können. All das machte Stevens für die Polizei bestenfalls zu einer Person von besonderem Interesse.

Elle hatte Ayaan bereits bewiesen, dass sie nicht vertrauenswürdig war. Sie hatte ihr eine Theorie nach der anderen aufgetischt und jedes Mal falschgelegen. Wenn sie Douglas Stevens als überzeugenden Verdächtigen präsentieren wollte, brauchte sie hieb- und stichfeste Beweise und keine Verkettung merkwürdiger Umstände. Und irgendwas an ihrem Besuch bei Stevens an diesem Morgen ließ ihr keine Ruhe. Die Angst in den Augen seiner Freundin und deren Körpersprache, die der einer misshandelten Frau gewesen war. Auch bei ihrem ersten Besuch bei ihm hatte sie so ein komisches Gefühl gehabt.

Aber ein Bauchgefühl war kein Beweis.

Sie brauchte eine Weile, bis sie einen Artikel über Dr. Douglas Stevens gefunden hatte, der auch eine Kurzbiographie enthielt. Er war im Südosten von Minnesota aufgewachsen und hatte 1992 als Jahrgangsbester seinen Abschluss in Harvard gemacht, und zwar zugleich in Mathe und Physik. Danach hatte er in Yale ein Promotionsstudium in angewandter Mathematik aufgenommen und an der Mitchell University in Minneapolis erfolgreich beendet.

Es war ungewöhnlich, dass er erst an zwei der besten Universitäten des Landes studiert hatte, dann aber in die Heimat zurückgekommen war und seinen PhD an einer mittelmäßigen Uni gemacht hatte. Ihr fielen nur zwei mögliche Gründe ein, warum jemand so etwas tat: ein Problem in der Familie oder eine Liebesgeschichte. Vielleicht war ein Elternteil gestorben oder krank geworden und brauchte seine Pflege. Vielleicht hatte er die Beziehung zu einer Kindheitsliebe wieder aufgenommen und die Eliteunis verlassen, um mit ihr zusammen sein zu können. Es gab unendlich viele Möglichkeiten, aber was auch immer ihn hierher zurückgebracht hatte, er war geblieben.

Douglas Stevens entsprach nicht dem Profil eines Nachahmungstäters. Er war zu alt, zu intelligent und zu reif, um unbedingt am Ruhm eines anderen teilhaben zu wollen. Also blieb nur eine Option.

Zu der Biographie gehörte auch ein Foto, das bereits einige Jahre alt war, und sie schaute es sich lange an. Allzu gern hätte sie sich an sein Gesicht erinnert, ihn plötzlich an irgendeinem Detail wiedererkannt. Aber da, wo ihre Erinnerung an ihn hätte sein sollen, klaffte eine Lücke in ihrem Gedächtnis, war einfach ein trübes Nichts.

Elle holte das mit Danikas Hilfe entstandene Phantombild hervor und hielt es neben sein Gesicht. Sie betrachtete es mit zusammengekniffenen Augen, neigte den Kopf. Es *konnte* sein. Es war nicht so, als hätte er gar keine Ähnlichkeit mit der Skizze gehabt, aber sie wäre niemals nur aufgrund dieses Fotos auf ihn gekommen. Doch Danika war noch ein kleines Mädchen. Elle rief sich ihr Aussehen in Erinnerung: weiches Kinderhaar, das sich an haselnussbraune Haut schmiegte; Zöpfe, die von Haargummis mit blauen und violetten Kugeln zusammengehalten wurden. Sie hatte neben ihrer Mutter gesessen und dem Phantombildzeichner den Mann mit leiser, zitternder Stimme beschrieben. Wie genau und zuverlässig konnte ihre Beschreibung überhaupt sein?

Stevens hatte keine Social-Media-Konten, aber auf der Website der Universität gab es ein vollständiges Profil. Das war allerdings ziemlich nüchtern gehalten und bestand vor allem aus Abstracts von wissenschaftlichen Aufsätzen, deren Verfasser oder Co-Autor er war, und enthielt lauter Gleichungen und Fachbegriffe, mit denen Elle nichts anfangen konnte. Aber auch ein detaillierterer Lebenslauf fand sich dort, und Elle stutzte, als sie sah, in welcher Zeit er seinen PhD gemacht hatte: *1995–99*.

Wenn er sein Promotionsstudium im August 1995 begonnen hatte, war er ein halbes Jahr vor dem Tod von CKs erstem Opfer zurück nach Minnesota gezogen.

Die Luft im Studio fühlte sich plötzlich dünn an.

Elle drehte sich mit ihrem Schreibtischstuhl herum und betrachtete die in zwei Fünferreihen an der Trauerwand angeordneten Opfer.

Kerry Presley. Beverly Anderson. Jillian Thompson. Sie alle hatten hier studiert.

Elle atmete flach durch die Nase, während sie die Notizen überflog, die sie unter jedem der Opfer angebracht hatte. Kerry und Beverly hatten an der University of Minnesota studiert, Jillian an der Bethel. In Minneapolis gab es zahlreiche Colleges und Unis, und deren Studenten waren keineswegs voneinander abgeschottet. Vielmehr kamen die Angehörigen der unterschiedlichen Einrichtungen bei Sportveranstaltungen, Musicals, Debattier- und Mathe-Clubs zusammen.

Das erste Opfer verriet oft das meiste über einen Serienmörder. An ihm lernte er, verbesserte sein Handwerk, und bei ihm machte er höchstwahrscheinlich noch Fehler. Häufig war es auch der erste Mensch, der ihn so weit trieb, dass er sich vergaß, der einen Instinkt in ihm wachrief, der jahrelang in ihm geschlummert hatte.

Elle öffnete ihre Datei über Kerry. Er hatte Physik studiert und nur wenige Monate vor seinem Abschluss gestanden. In der Nacht seines Verschwindens war er frisch von seiner Freundin getrennt gewesen. Er hatte das Restaurant verlassen, in dem sie gegessen hatten, und ihr das Auto für die Heimfahrt überlassen. Er musste aufgewühlt gewesen sein, als er zu Fuß nach Hause aufbrach. Und gefroren haben. Die Polizei ging davon aus, dass ihn jemand mitgenommen hatte. Männer stiegen häufiger zu Fremden ins Auto als Frauen, aber Kerrys Mutter war sich ziemlich sicher gewesen, dass er so etwas nicht getan hätte. Er war ein vorsichtiger Mensch und, verglichen mit den in der Gegend hauptsächlich vorkommenden großen nordischen Typen, eher klein.

Dann sah Elle ihn plötzlich, den einfachen Punkt im Lebenslauf des jungen Mannes, den sie so viele Male vorher überlesen hatte:

- Gasthörer in einem Kurs über Thermodynamik an der Mitchell University – 1996

Sie schlug beide Hände vor den Mund und starrte auf den Bildschirm. Stevens musste im selben Semester, in dem Kerry einen Kurs in seinem Fachbereich besucht hatte, im Graduiertenprogramm der Mitchell University gewesen sein. Und wie die meisten Doktoranden hatte er sich mit der Annahme seines Stipendiums wahrscheinlich dazu verpflichtet, den Professoren zu assistieren und Lehrveranstaltungen für jüngere Studenten durchzuführen. Das war der Grund, warum CK sich den Mord an Kerry nicht ans Revers heften wollte. Er hatte einen Fehler begangen und jemanden getötet, zu dem er eine Verbindung hatte.

Mit zitternden Händen nahm Elle ihr Handy und verließ das Studio.

42

DJ · 20. JANUAR 2020

Douglas saß im Morgengrauen am Fenster und trank eine Tasse Tee.

Er erinnerte sich noch immer an das erste Mal, an dem sein Vater ihm erklärt hatte, was es mit Opfergaben auf sich hat. In der Bibel stand geschrieben, dass man beten und all seine Sünden, Fehler und Unzulänglichkeiten auf ein Opfer übertragen sollte, bevor man es schlachten und Gott darbringen sollte. Jeder Makel wurde mit dem Blut eines anderen reingewaschen. Mehr als die Hälfte der Jahre in seinem Leben war auf diese Weise zurückgewonnen worden, jede Sekunde, die er seit dem Tod seiner Brüder verschwendet hatte, kontrolliert von Loretta, von seinem Vater.

Doch dann war die Uhr ganz kurz vor der Vollendung plötzlich stehen geblieben. Das Mädchen war entkommen.

Und er hatte zwanzig Jahre lang gewartet. Eines Tages würde Eleanor ein Kind haben, und dieses Kind würde sie ersetzen. Ein Lamm anstelle einer Ziege. Als er schon kurz davor gewesen war, die Hoffnung aufzugeben, war plötzlich Natalie auf der Bildfläche erschienen, und er hatte beobachtet, wie ihre Bindung sich vertiefte. Heute würde sie ihren Zweck erfüllen und an dem Tag sterben, an dem eigentlich Amanda hatte sterben sollen. Er konnte keinen Augenblick länger warten.

Amanda war nicht das erste Mädchen, das zu früh gestorben war, aber das erste, das er vor der Zeit herausgegeben hatte. Douglas tippte mit dem Fingernagel an seine Tasse. Er hatte sie zu dem verlassenen Haus gebracht und bis zum siebten Tag in der kalten Garage liegen lassen wollen. Aber die Polizei war draußen herumgelaufen und hatte ein Auto fotografiert, von dem er dachte, es würde einfach ignoriert werden, wenn es in der Einfahrt stand. Es war zu riskant gewesen, sie wieder in sein Haus zu schaffen, und die einzige andere Option fast eine Stunde entfernt – zu weit zu fahren, wenn man eine Leiche transportierte.

Also war nur ein Ort übrig geblieben, nur wenige Minuten entfernt. Er hatte ihm nur ansatzweise Genugtuung verschafft, so wie wenn man versucht, einen großen Durst mit einem einzigen Tropfen Wasser zu stillen.

Er hatte warten wollen, bis Natalies sechs Arbeitstage vorbei waren, aber am Morgen beim Aufwachen war das Bedürfnis zu stark gewesen. Es war jetzt sieben Tage her, dass er Amanda entführt hatte, und er konnte diesen Tag nicht einfach so verstreichen lassen. Das Mädchen würde seinen Ruhetag früher bekommen. Heute würde er fortführen, was er vor zwei Jahrzehnten mit Kerry Presley begonnen hatte.

Nachdem er Kerry erstickt hatte, war Douglas zum Haus seines Vaters gefahren – dem einzigen sicheren Ort, den er kannte. Er hatte die Leiche in die Scheune gebracht und die Tür abgeschlossen. Ein paar Tage später hatte er eine junge Frau gesehen, die ihren Freund auf offener Straße respektlos behandelt hatte. Ohne Rücksicht auf seinen Stolz. Er war ihr gefolgt, hatte ihr seinen Uni-Ausweis gezeigt und ihr angeboten, sie mitzunehmen. Der Rest war einfach gewesen.

Und als er herausgefunden hatte, wie alt sie war, hatte plötzlich alles einen Sinn ergeben. Es hatte seinen Grund, dass die Tötung des Jungen, die Auslöschung dieser naiven und verliebten Version seiner selbst nicht genug gewesen war. Die Zahlen ordneten sich zu einer Formel an; die Heilige Schrift wurde wieder lebendig für ihn. Und er wusste, was er zu tun hatte. Danach war das Verlangen, den Countdown zu Ende zu führen, unstillbar gewesen.

Jetzt, nach Jahren der Geduld, würde es endlich befriedigt werden. Seine Welt würde wieder in Ordnung kommen. Er hatte lange genug gewartet.

Douglas wischte auf seinem Handy herum, bis er die Bilder der Überwachungskamera im Keller sehen konnte. Natalie war noch immer über die Bettkante gebeugt, ihr nackter Rücken schimmerte bläulichweiß in dem trüben Licht. Ihr Körper spannte sich an und erbebte, als sie sich in den Eimer übergab, den er ihr dagelassen hatte. Das Gift wirkte schnell. Er hatte erst gestern Nacht angefangen, es ihr zu verabreichen, aber es gab andere Wege, um sicherzustellen, dass sie heute starb.

Douglas ging zu ihr. Er schob den Riegel zurück, stieg die Treppe hinunter und ignorierte den Gestank ihrer Fäkalien. Sie lag zu einer festen Kugel gekrümmt auf dem Bett. Er setzte sich neben sie und strich ihr über den Rücken, wie ein Vater es bei seiner Tochter tun würde, doch sie schleppte sich aus dem Bett und klappte in der hintersten Ecke des Raums zusammen. Sie wollte schreien, brachte aber nur ein leises Krächzen zustande. Dann zog sie die Knie an die Brust und legte die Arme um die Schienbeine, um sich so klein wie möglich zu machen.

»Du bist krank, Natalie.« Er legte Freundlichkeit in seine Stimme, belog sie sanft. »Du solltest im Bett bleiben.«

»Mein Bett ist von oben bis unten vollgeschissen!« Das letzte Wort schleuderte sie ihm hasserfüllt entgegen.

Böses Mädchen. Er stand auf und machte einen Schritt auf sie zu, doch sie hob ihr Kinn und schaute nicht weg. Sie war Eleanor so ähnlich; der Herr hatte sie zweifellos nicht ohne Grund zusammengebracht, sie diesem Zweck geweiht.

»So eine Ausdrucksweise ist ungebührlich für eine junge Dame«, sagte er. *»Lass nicht ab, das Kind zu züchtigen; denn, wenn du es mit der Rute schlägst, so wird es nicht sterben; du schlägst es mit der Rute, aber du errettest es vor dem Tode.«*

Sie starrte ihn durch die Dunkelheit hindurch wütend an.

»Das ist nicht das, was dieser Spruch bedeutet. Ich kenne mich auch mit der Bibel aus, du Arschloch.«

Der Zorn packte ihn, und mit einem einzigen großen Schritt war er nah genug bei ihr, um ihre Schultern zu packen und sie vom Boden hochzuziehen. Natalie schrie auf, und als er sie mit dem Rücken gegen die Wand knallte, war es mit ihrem Wagemut vorbei. »Du bist nicht die Erste, der ich androhe, ihr die scharfe Zunge rauszuschneiden, aber die anderen waren so schlau, den Mund zu halten, nachdem ich sie verwarnt hatte.« Er brachte sein Gesicht näher an ihres heran. »Brauchst du mehr als eine Verwarnung?«

Schließlich senkte sie den Blick und bedeckte ihre Brust mit den Händen, als sie der Kampfgeist verließ. Einen Augenblick später stellte er sie auf dem Boden ab. Den Blick gesenkt haltend, flüsterte sie: »Mir geht es schlecht. Bitte«, sie schluckte, »bitte bringen Sie mich ins Krankenhaus. Ich sage, was Sie wollen. Ich ... ich will nicht sterben.«

Wie schnell sie demütig wurde. Douglas lachte, lehnte sich mit einer Schulter an die Wand und beobachtete sie. »Du bist so ein dummes Kind.«

Natalie starrte ihn einen Moment lang an, dann richtete sie sich auf und sagte: *»Wer aber einen dieser Kleinen, die an mich glauben, zum Bösen verführt, für den wäre es besser, dass ein Mühlstein um seinen Hals gehängt und er ersäuft würde im Meer, wo es am tiefsten ist.«*

Douglas erstarrte und schaute sie an.

»Reizt eure Kinder nicht zum Zorn«, fügte sie hinzu.

»Halt den Mund!«

Sie ging um ihn herum, bis sie mit dem Rücken zum Bett stand, und er bewegte sich mit ihr, ließ sie nicht aus den Augen. Sie hob ihr Shirt vom Boden auf und zog es über ihren Kopf, dann streckte sie die Arme weit aus, so als wollte sie ihn provozieren, auf sie zuzulaufen. Douglas' Puls beschleunigte sich vor Wut und Aufregung. Dieses Mädchen hatte immer noch so viel Feuer in sich, auch nach allem, was er getan hatte, um es zu brechen.

»Glauben Sie etwa, ich hätte Angst vor Ihnen?«, fragte sie, langsam zurückweichend. *Ja*, dachte er, noch während sie redete. »Sie benutzen die Bibel als Rechtfertigung dafür, kleine Mädchen zu quälen. Sie sind ein Monster. Sie können mich umbringen, aber Sie ...« Sie brach in wildes Gelächter aus und zeigte mit dem Finger auf ihn. »Aber Sie werden für das, was Sie getan haben, in der Hölle schmoren!«

Zum zweiten Mal innerhalb weniger Tage legte sich in seinem Innern ein Schalter um, und er sah rot. Zuerst hatte Amanda ihn so weit gebracht und jetzt sie. Plötzlich nahm er nur noch ihren kleinen, heftig atmenden Körper vor sich wahr und stürzte auf sie zu, um sie zu packen. Doch im letzten Moment sprang sie zur Seite, und er sah den spitzen Metallpfosten des Bettgestells auf sich zukommen.

43

ELLE · 20. JANUAR 2020

Die Rollläden an Douglas Stevens' Haus waren heruntergelassen und blockten die ersten Sonnenstrahlen des Tages ab. Man konnte unmöglich sagen, ob jemand zu Hause war. Elle beobachtete das Haus eine Zeitlang, lauerte auf ein Anzeichen von Bewegung oder Leben im Innern. Doch nichts geschah.

Martín würde jeden Moment aufwachen und sich fragen, wo sie war. Sie hatte ihr Handy ausgeschaltet, sobald sie Ayaan über ihre neueste Entdeckung informiert hatte. Elle konnte sich nicht mehr erinnern, bewusst entschieden zu haben, sich auf den Weg hierher zu machen, doch nur wenige Minuten nachdem sie die Verbindung zwischen Douglas und Kerry gefunden hatte, war sie ins Auto gestiegen und schließlich hier gelandet.

Natalie da rauszuholen, war das Einzige, worauf es jetzt ankam. Stevens war es jahrzehntelang gelungen, unerkannt zu bleiben; wenn sie jetzt vor seiner Tür auftauchten, würde er nicht unvorbereitet sein. Das Mädchen war die Nächste auf seiner Tötungsliste. Elle konnte es sich nicht leisten zu warten.

Nachdem noch eine weitere Minute vergangen war, ohne dass sich im Haus etwas geregt hatte, prüfte sie, ob ihre Waffe geladen war, stieg aus und rannte den Gehweg hinauf.

Auf ihr Klingeln hin passierte gar nichts, und sie hörte auch kein Geräusch im Inneren. Die Tür war mit einem Riegel gesichert. Als Elle seine Gefangene gewesen war, hatte Douglas Stevens die Angewohnheit gehabt, das Haus frühmorgens zu verlassen; vielleicht hielt er es noch immer so. Wenn sie Natalie da herausholen konnte, solange sie allein im Haus war, würde niemand verletzt werden.

Elle ging die Außentreppe wieder hinunter und auf der Suche nach einer Hintertür um das Haus herum. Als sie ihren Blick über die Nachbarhäuser gleiten ließ, konnte sie keinen neugierigen Zuschauer erspähen; trotzdem war es gut möglich, dass irgendein alter Kauz sie beobachtete und die Polizei rief. In dieser Gegend wohnten viele Rentner, die sich gegen den unvermeidlichen Umzug in ein Altenheim stemmten – Leute, die nichts Besseres zu tun hatten, als am Fenster zu stehen und zu beobachten, was in der Welt vor sich ging. Sie musste sich beeilen.

Sie trabte vorsichtig zu der Stelle, wo sie den Schneeengel entdeckt hatte. Er war nun größtenteils von Neuschnee bedeckt, doch die Konturen waren noch zu erkennen. Sie waren nicht so klar, wie sie sie in Erinnerung hatte, aber das musste nicht unbedingt etwas zu bedeuten haben. Kinder waren im Winter unberechenbar. Als Natalie sechs oder sieben gewesen war, hatten sie nach jedem Blizzard draußen gespielt. Elle erinnerte sich daran, wie Natalie in dicken Schneehosen und Stiefeln herumgetapst und bei jedem dritten Schritt über ihre eigenen Füße gestolpert war – und wie sie sich in die Schneewehen hatte fallen lassen und bei dem leisen Geräusch, das entstand, wenn der frische Pulverschnee bei ihrer Landung aufstob, gekichert hatte.

Möglicherweise hatte Stevens ein eigenes Kind, das zum Spielen hier herkam und entweder einfach gestürzt war oder aber sich beim Ausformen des Schneeengels ungeschickt angestellt hatte. Doch je länger sie sie anstarrte, desto weniger sahen die Umrisse so aus, als wären sie mit Absicht entstanden. Sie wirkten eher wie das Ergebnis eines Kampfes. Ein eisiger Windstoß raubte ihr den Atem.

Elle blickte nach rechts und links. Die Fußspuren, denen

sie gefolgt war, waren so groß, dass sie einem erwachsenen Mann gehören mussten. Hatte er Natalie hierhergebracht und sie in den Schnee fallen lassen? Das ergab keinen Sinn. Sie fragte sich, ob das Mädchen durch eines der oberen Fenster heruntergeklettert war, so wie sie selbst vor mehr als zwanzig Jahren an einem anderen Haus, und schaute nach oben. Doch es gab nichts, woran man sich festhalten konnte, kein Regenrohr und auch keinen Ast.

Als sie das Haus näher betrachtete, fiel ihr jedoch etwas auf, was ihr vorher entgangen war: An der Hausverkleidung war ein glattes Holzbrett angebracht und mit frischer Farbe bestrichen worden, damit es weniger auffiel. Sie fuhr mit den Fingern darüber. Das Holz ragte ein paar Zentimeter hervor, so als würde es etwas verdecken. Sie führte ihren Kopf so dicht wie möglich an die Hauswand heran und spähte in den Spalt zwischen Brett und Verkleidung. Es war nur schwach zu sehen, aber sie konnte das schwarze Gitter, das sich dahinter verbarg, gerade so erkennen.

Elles Hände zitterten, als sie einen Schritt zurücktrat und sich erneut nach Beobachtern umschaute. Am liebsten hätte sie Natalies Namen gerufen, aber falls Stevens im Haus war, war es dumm, wenn sie sich verriet. Also griff sie in ihre Hosentasche und holte das Schweizer Offiziersmesser heraus, das ihr Vater ihr geschenkt hatte, nachdem sie 1999 aus dem Krankenhaus nach Hause gekommen war. Es war das einzige Erinnerungsstück an ihre Eltern, das sie behalten hatte, als sie mit achtzehn von zu Hause weggegangen war. Sie klappte den kleinen Kreuzschlitzschraubenzieher heraus und machte sich daran, das Brett abzuschrauben. Es war eine langwierige Arbeit, da die Schrauben mit einem Akkuschrauber fest angezogen worden waren, und Elle schwitzte, als sie das Brett schließlich abnahm und in den Schnee stellte. Sie griff in das Gitter und zog es – schon beim Gedanken an den Lärm, den sie dabei machen würde, zusammenzuckend – mit einem Ruck heraus. Und tatsächlich schien das metallische Geräusch, das entstand, endlos lange nachzuhallen.

Mit rasendem Herzschlag kroch Elle in den Belüftungsschacht. Darin war es stockfinster, aber eine Zeitlang konnte sie sich ihren Weg gut ertasten. Doch dann tat sich vor ihr plötzlich eine große Leere auf, und als ihr klarwurde, dass sie mit dem Kopf voran nach unten weiterkriechen musste, ohne zu wissen, wie tief der Schacht war, zögerte sie. Sie holte ein paarmal tief Luft, flüsterte Natalies Namen und wagte es schließlich. Sie fing den Aufprall mit ihren Händen und Unterarmen ab und kroch noch ein paar Meter weiter, bis sie an ein zweites Gitter stieß. Nachdem sie mehrmals mit den Fäusten dagegengeschlagen hatte, fiel es schließlich auf der anderen Seite heraus.

Wenn Stevens zu Hause war, wusste er nun definitiv, dass sie auch da war. Sie krabbelte zum Rand des Schachts und blickte hinaus.

Sie sah einen schäbigen kleinen Raum mit einem Lehmboden. Ein schmales Bett war der einzige Einrichtungsgegenstand, und auf der schmutzigen Matratze lag eine zusammengekauerte Gestalt. Elle wurde heiß und kalt, und aus ihrer Kehle drang ein Schluchzen. »Natalie!«

Ohne nachzudenken, ließ sie sich gut zwei Meter tief in den Raum hinuntergleiten und machte eine Rolle vorwärts, um ihren Sturz abzufedern. Sie spürte einen stechenden Schmerz in der rechten Schulter, ignorierte ihn jedoch und rannte zum Bett.

Douglas Stevens' Freundin starrte zu ihr hoch; sie war benommen, aber lebendig.

Elles Beine gaben nach, und sie sank zu Boden, wo sie die Knie an die Brust zog und ihr Gesicht zwischen den Beinen vergrub. Sie kam zu spät.

Natalie war fort.

Um Elle herum herrschte hektische Aktivität.

Nachdem ihr klargeworden war, dass die Frau auf dem Bett Douglas Stevens' Freundin war, hatte sie den Notruf gewählt. Die Polizei und die Rettungskräfte waren innerhalb von zehn Minuten da gewesen und hatten sich gewaltsam Zutritt zum Haus verschafft. Stevens' Freundin war auf eine Bahre geladen und in den Krankenwagen gebracht worden. Inzwischen strömten Kriminaltechniker in den winzigen Kellerraum und versuchten, alle anderen hinauszudrängen. Ein Polizist führte Elle nach oben, und ehe sie sich versah, saß sie auf Douglas Stevens' perfekt gepflegtem Sofa. Irgendwer hatte ihr eine Flasche Wasser in die Hand gedrückt, aber sie konnte sich nicht überwinden zu trinken. Allein der Gedanke daran, dass irgendetwas ihren Mund berührte, verursachte ihr Übelkeit.

Einer der Sanitäter wollte sie untersuchen, doch Elle winkte ab. Der pulsierende Schmerz in ihrer Schulter half ihr dabei, konzentriert zu bleiben. Um ihre Gesundheit würde sie sich später kümmern.

Nachdem der Krankenwagen abgefahren war, schaute Elle sich wie benommen in dem Zimmer um. Den auf Hochglanz polierten Holzfußboden zierte ein sauberer, farbenfroher Orientteppich. Alle Sofakissen waren perfekt glattgezogen und hochwertig. Auf den Leuchten, Regalen, Tischen und Büchern fand sich kein einziges Staubkorn. Es sah aus wie in einem Mittelklassehotel – seelenlos und kalt. Natalie und Amanda hatten diesen Raum bis zur völligen Erschöpfung geputzt. Elle musste sich fast übergeben, als sie daran dachte.

Sie kam zu spät. Sie hätte früher hier sein müssen. Von Stevens und Natalie fehlte jede Spur, und der einzige Mensch, der ihnen vielleicht hätte sagen können, wo sie steckten, stand unter dem Einfluss von Beruhigungsmitteln und war fast bewegungsunfähig gewesen, als sie ihn entdeckt hatte. Elle hatte sich diesem Fall gegenüber auch vorher schon gelegentlich als hilflos empfunden, aber noch nie war dieses Gefühl so massiv und erdrückend gewesen.

Sie dachte fieberhaft nach, während sie die Wasserflasche anstarrte und mit dem Daumennagel an dem Etikett herumkratzte. Darauf war die Quelle eines Bächleins hoch oben auf einem bewaldeten Berg abgebildet, zwischen den immergrünen Bäumen versteckte sich eine winzige, erbsengroße Blockhütte – ein entlegener, friedlicher Zufluchtsort. Es mochte zwar keine Berge und Quellen in Minnesota geben, aber solche Blockhütten gab es dort zuhauf. Vielleicht konnten Martín und sie sich, wenn das hier vorbei war, für eine Weile an so einen Ort zurückziehen.

Martín. Sie schaute auf ihr Handy, und tatsächlich wurde ein halbes Dutzend verpasster Anrufe von ihm angezeigt. Sie schickte ihm schnell eine Nachricht und versprach, ihm später alles zu erklären. Für mehr hatte sie im Augenblick nicht die Kraft.

Elle hörte Ayaans Stimme schon, bevor sie ins Zimmer gestürmt kam. Sie trug einen orangenen Hidschab und schaute sich aufgeregt um. Als sie Elle entdeckte, ließ sie ihre Tasche fallen, rannte zu ihr und schlang die Arme um sie. Elle zuckte zusammen, aber dann ignorierte sie ihre schmerzende Schulter und erwiderte die Geste voller Erleichterung. Sie hatte erwartet, dass Ayaan ihr eine wütende Strafpredigt halten oder sie womöglich sogar wegen Hausfriedensbruchs verklagen würde – doch nun hielten sie sich zum ersten Mal seit Beginn ihrer Freundschaft im Arm.

Nach einem Moment löste sie sich von Ayaan und suchte ihren Blick. »Was machst du denn hier?«

Ayaan lachte ungläubig und wischte sich eine Träne aus dem Auge. »Dasselbe könnte ich dich fragen. Aber es sollte mich wohl nicht überraschen, dass du auf eigene Faust gehandelt hast, statt auf mich zu warten. Das kommt mit auf die Liste.«

»Welche Liste?«

»Die mit all den halsbrecherischen Aktionen, bei denen du dich in den letzten zehn Tagen hättest umbringen können.«

Elles Gesicht glühte. »Du hast mir nie geglaubt, wenn ich mit einer meiner Theorien zu dir kam. Ich wollte nicht, dass du wieder versuchst, es mir auszureden. Als ich mir sicher war, dass er es ist, bin ich sofort hierhergefahren. Der Gedanke, dass Natalie es auch nur eine weitere Sekunde bei ihm aushalten muss, war mir unerträglich.«

Ayaan legte ihre Hand auf Elles. »Ich weiß. Ich weiß, dass ich dir nicht immer geglaubt habe, aber manchmal gab es auch gute Gründe dafür. Du hörst immer auf dein Bauchgefühl. Das ist zwar toll, aber zwischendurch solltest du auch mal darüber nachdenken, welche Folgen das haben kann. Für dich und für die Menschen, die du liebst.«

Elle schaute auf die Wasserflasche und knibbelte weiter an dem Etikett herum.

»Aber jetzt, wo ich weiß, wer du bist, verstehe ich auch, warum du so bist.«

»Und warum bin ich so?«, fragte Elle und riss die Ecke mit der Blockhütte ab.

»Du lebst seit zwanzig Jahren mit dem Gefühl, dem Tod entronnen zu sein. Das würde jeden waghalsig machen. Aber ich glaube, dass du auch ein schlechtes Gewissen hast, weil du überlebt hast. So als wäre es deine Schuld, dass du das Mädchen warst, das CK entkommen ist.« Ayaan drückte Elles Hand, bis sie wieder den Blick hob und sie anschaute. »Du hast es verdient zu leben, Elle. Du hast um dein Leben gekämpft und es dir verdient. Du darfst nicht zulassen, dass dir jemand ein anderes Gefühl vermittelt, auch nicht du selbst.«

Elle traten Tränen in die Augen. Da sie nichts sagen konnte, nickte sie nur.

»Ich möchte, dass du mir vertraust. Du kannst immer zu

mir kommen, aber ich glaube, das weißt du auch. Sonst hättest du mir nicht geschrieben, als du die Verbindung zwischen Kerry und Douglas Stevens entdeckt hattest. Schade nur, dass ich die Nachricht erst gelesen habe, als du schon wie eine Actionheldin in seinen Keller eingedrungen warst.«

»Du glaubst mir also?«, flüsterte Elle.

Ayaan holte die Tasche, nahm ihren Laptop heraus und stellte ihn aufgeklappt auf Elles Schoß. »Nachdem Detective Hyde von dir die Mitteilung bekommen hatte, dass Luisa Toca und Stevens laut Aussage von Duane Grove ein Paar gewesen sind und Leo Toca Stevens deswegen nachspioniert hat, konnte er eines der bei Leo sichergestellten Beweisstücke auf die Prioritätenliste für eine Untersuchung setzen lassen: einen USB-Stick, der in Leos Hosentasche gefunden wurde.«

Elle schaute auf den Bildschirm und hoffte, dass man ihr nicht anmerkte, dass sie bereits von diesem USB-Stick gewusst hatte.

Ayaan fuhr fort: »Leo Toca hat eine 256-Bit-Verschlüsselung verwendet, aber unserem IT-Team ist es heute Morgen gelungen, sich Zugang zu den Daten zu verschaffen.«

Als Ayaan die erste Datei öffnete, glitt Elle die Wasserflasche aus der Hand und landete mit einem Knall auf dem Boden.

»Oh mein Gott.«

Auf dem Bildschirm erschienen Fotos von handschriftlichen Tagebucheintragungen in spanischer Sprache.

»Ich nehme an, du kannst das lesen?«, fragte Ayaan.

Elle nickte und starrte weiter auf den Bildschirm. Es fühlte sich falsch an, die Tagebucheinträge einer Fremden zu lesen, aber sie zog den Laptop trotzdem näher heran und überflog die Aufzeichnungen, so schnell sie konnte.

Luisa hatte sich auf den ersten Blick in Douglas Stevens verliebt, so viel stand fest. Die beiden hatten sich kennengelernt, als Luisa halbtags im Friseursalon der Uni gearbeitet und armen Studenten und gestressten Professoren billige Haarschnitte verpasst hatte. Er hatte sie schwärmerisch verehrt, sie regelmäßig angerufen und ihr das Gefühl gegeben, klug und verständnisvoll und einmalig zu sein. Dann waren sie nach der Arbeit zusammen was trinken gegangen, hatten geflirtet und darüber gescherzt, dass sie ja mit ihm nach Hause fahren könnte. Das hatte sie einerseits angemacht, ihr andererseits aber auch Angst eingejagt, bis sie ein paar Wochen später schließlich eingewilligt hatte.

Nach ihrer ersten gemeinsamen Nacht veränderte sich die Stimmung von Luisas Aufzeichnungen. Offenbar hatte er angefangen, mit kleineren und größeren Seitenhieben, Anspielungen und fiesen Bemerkungen ihr Selbstbewusstsein zu unterminieren, aber immer, wenn sie versucht hatte, Abstand zu gewinnen, hatte sie ihn sofort vermisst und sich nach ihm zurückgesehnt, wie ein Sportler sich nach Tagen ohne sein regelmäßiges Laufpensum nach schmerzenden Muskeln sehnt. Sie dachte an Trennung und fand den Gedanken zugleich unerträglich. Und dann gab sie ihren Widerstand auf. Elle konnte den genauen Moment erkennen, in dem sie zu dem Schluss gekommen war, dass er recht hatte, was ihre Minderwertigkeit betraf. Dass sie dankbar für seine Ratschläge sein musste und seine Anweisungen, wie sie zu leben hatte, befolgen sollte.

Als Elle bis zum Ende gelesen hatte, schaute sie Ayaan an. »Wie ist Leo Toca denn an ihr Tagebuch gekommen?«

Ayaan schüttelte den Kopf. »Ich weiß es nicht. Die Dateien wurden vor drei Wochen angelegt. Er muss ihr Tagebuch irgendwo gefunden und abfotografiert und dann zurückgelegt haben, bevor sie bemerkt hat, dass es weg war.«

»Vielleicht hat sie auch aufgehört hineinzuschreiben, weil er es nie zurückgegeben hat. Dieses Tagebuch kann Leo aber nicht auf die Idee gebracht haben, dass Luisas Freund der Countdown-Killer ist. Was habt ihr sonst noch gefunden?«

»Pläne von diesem Haus hier, die zeigen, dass es von innen keinen Zugang zum Keller gibt. Aber du hast ja offensichtlich schon rausgefunden, dass das nicht stimmt.«

Elle nickte. »Ja, aber er ist versteckt. Sie stand auf und führte Ayaan in die Küche. Die Tür zur Speisekammer stand offen, weil die Spurensicherung bereits ihre Arbeit aufgenommen hatte, und man blickte auf den Teil des Regals, der sich auf einen schmalen Durchgang hin öffnete. In den Keller gelangte man von dort durch eine weitere Tür und über eine Treppe. »Ich bin von außen gekommen, durch den Lüftungsschacht, aber die Sanitäter haben uns gefunden, indem sie meiner Stimme nachgegangen sind, nachdem sie die Haustür aufgebrochen hatten.«

»Sehr clever«, sagte Ayaan in einem bitteren Ton. Sie drehte sich um und ließ ihren Blick durch die Küche schweifen, dann ging sie zu dem elektrischen Wasserkocher, der auf der Arbeitsfläche neben der Spüle stand. Die Küche sah aus wie der Rest des Hauses: ordentlich und makellos sauber. Auch dafür hatten Amanda und Natalie zweifellos hart arbeiten müssen. Ayaan öffnete den Schrank über dem Wasserkocher und trat einen Schritt zurück. Elle stockte der Atem, als sie die Blechdose mit dem Tee der Sorte Majestic Sterling sah.

»Auch davon hat Leo ein Foto gemacht«, sagte Ayaan. »Er muss hier eingebrochen sein und vergeblich nach einer Tür zum Keller gesucht haben. Und bei der Gelegenheit hat er wohl auch den Tee entdeckt.«

Elle schüttelte den Kopf. »Was der alles rausgefunden hat, und das nur aus einem vagen Verdacht heraus.«

»Das ist noch nicht alles.« Sie kehrten zu dem Laptop im Wohnzimmer zurück. Ayaans Finger glitten über das Trackpad, und sie tippte etwas ein, dann schob sie den Laptop wieder zu Elle hin. »Das hier war auch noch auf dem Stick.«

Das Foto auf dem Display zeigte ein Haus von außen. Es sah alt und verfallen aus, musste jedoch früher einmal sehr schön gewesen sein. Sie hatte keine Ahnung, was das Foto zu bedeuten hatte. Warum war es Leo Toca wichtig erschienen? Nirgends stand eine Anschrift, und der Name der Datei war auch nicht sehr aufschlussreich. Der einzige Hinweis auf den Standort war eine schmutzige weiße *213* an der grauen Hausverkleidung.

»Was ist das?«

Ayaan zuckte die Achseln. »Ich weiß es nicht. Ich habe es schon mit der umgekehrten Bildersuche von Google versucht und über Google Earth, aber nichts gefunden. Soweit ich weiß, besitzt Douglas Stevens keine weiteren Häuser, und er hat auch keine Familie hier in der Nähe. Die Mutter ist bei seiner Geburt gestorben, und er hatte zwei Brüder, die bei einem tragischen Unfall ums Leben kamen, als er sieben Jahre alt war. Auch sein Vater ist bereits einige Jahre tot.«

Elle starrte auf das Foto des alten Hauses. »Alle anderen Dateien haben Namen. Ich frage mich, warum diese hier nur die automatisch generierte Dateinummer von seinem Handy trägt.«

»Das Foto wurde erst kurz vor der Uhrzeit in den Ordner hochgeladen, zu der … nun ja, vor der Uhrzeit, die der Rechtsmediziner als Leos ungefähren Todeszeitpunkt bestimmt hat.«

Also musste es wichtig sein. Es war das Letzte, was Leo herausgefunden hatte. Vielleicht sogar erst, nachdem er mit ihr gesprochen hatte. Plötzlich musste Elle lächeln; das Sammelsurium, das Leo Toca zusammengetragen hatte, erinnerte sie an ihre eigenen Versuche, den Fall zu lösen. An all die fixen Ideen, die sie verfolgt hatte, wobei sie sich stets sicher gewesen war, endlich auf der richtigen Fährte zu sein. Aber Leo hatte CK wirklich gefunden. Elles Lächeln verschwand. Er würde nie erfahren, dass er einen Fall gelöst hatte, an dem so viele andere so lange gescheitert waren. Und er hatte dafür mit seinem Leben bezahlt. Elle nahm sich vor, ihm dafür ein Denkmal zu setzen.

Sie wandte sich Ayaan zu. »Was können wir denn tun? Stevens hat Natalie, und ich bin sicher, er weiß, dass wir ihm auf den Fersen sind. Er wird sie so bald wie möglich töten. Und wir haben keine Ahnung, wo er steckt.«

Bevor Ayaan antworten konnte, klingelte ihr Telefon. Sie holte es aus der Manteltasche und nahm das Gespräch an. Und was sie erfuhr, versetzte sie offensichtlich in Alarmbereitschaft. »Was? Wo?«

»Was ist los?«, flüsterte Elle und beugte sich vor.

»Gut, warten Sie, ich stelle Sie auf Lautsprecher, damit Elle mithören kann.« Ayaan drückte auf die Taste und hielt das Handy vor sich hin. »Detective Hyde hat Luisas Leiche gefunden.«

Elles Blick blieb starr auf das Handy-Display gerichtet, während Sam Hyde erklärte, was passiert war: »Nachdem ich Ihre Nachricht bekommen hatte, bin ich zu dem verlassenen Haus gefahren, vor dem wir Luisas Auto gefunden haben. Anfangs dachten wir, sie hätte sich mit ihrem Freund abgesetzt, aber als ich erfuhr, dass sie mit Stevens zusammen gewesen ist, dachte ich mir, es könnte vielleicht auch einen anderen Grund für ihr Verschwinden geben. Wir haben mit Leichenspürhunden in dem Waldstück neben dem Haus nach ihr gesucht und sie gefunden. Sie wurde unter einem umgestürzten Baum verscharrt.«

Elle schossen Tränen in die Augen, als ihr Maria Alvarez einfiel; die alte Dame würde nun damit leben müssen, dass ihre Tochter ermordet worden war. »Wie lange liegt sie schon dort?«

»Wohl noch nicht lange. Ist bei der Kälte schwer zu sagen. Die Leiche ist ziemlich gut erhalten, aber wenn man bedenkt, wie lange Luisas Auto laut Aussage der Nachbarn schon hier steht, würde ich sagen, dass sie länger als eine Woche tot ist. Da wir in Leos Wohnung ein Haar von ihr gefunden haben, war sie vermutlich dabei, als Stevens ihn umgebracht hat. Und danach hat er dann wohl auch sie getötet, damit sie ihn nicht verrät.«

Ayaan schaute Elle an, die ebenso bedrückt wirkte wie sie. »Hatte sie irgendetwas bei sich?«

»Unter der Leiche haben wir ein Tagebuch gefunden, aber das ist ... na ja, nicht mehr lesbar. Und in dem Wagen war ihr Telefon. Ich lade es gerade auf, um zu sehen, ob ich darauf noch irgendwas finde.«

Nachdem Ayaan ihren Kollegen über die Situation in Stevens' Haus informiert hatte, sagte sie: »Schauen Sie bitte nach, ob Sie in Luisas Karten-App irgendeinen Anhaltspunkt für uns finden. Orte, an denen sie häufig war, Adressen, die sie in der letzten Zeit gesucht hat. Das ist unsere beste Chance, herauszufinden, wo Douglas Stevens Natalie hingebracht haben könnte.«

Es blieb einen Moment still in der Leitung, dann hörte man ein Rascheln, und Sam Hyde las eine Liste von Luisa Tocas letzten Fahrten vor. Die meisten hatten sie zu Geschäften und Restaurants in der Stadt geführt, aber eine der Adressen ließ Elle aufhorchen.

»Was war das? Könnten Sie das Letzte noch mal wiederholen?«

»Zweihundertdreizehn Forest Drive, Stillwater. Da war sie an dem Tag, bevor sie zum letzten Mal bei der Arbeit war.«

Ayaan und Elle sahen sich an. »Haben Sie zweihundertdreizehn gesagt?«

Elle hielt es nicht mehr auf ihrem Platz, sie schoss hoch.

»Ja«, bestätigte Sam Hyde.

»Die Hausnummer ist auf einem der Fotos, die auf Leo Tocas Stick waren; es ist das letzte Bild, das er darauf gespeichert hat.« Elle rieb sich mit zitternden Fingern über die Brust. »Haben Sie Ihr Tablet dabei, Sam? Könnten Sie rausfinden, wem das Grundstück gehört?«

»Klar, lassen Sie mich schnell mal nachschauen.« Wieder

entstand eine kurze Stille. »Die Besitzer sind Mark und Betty Miller. Sie sind in ihren Sechzigern, ich schätze, es ist eine Art Sommerhaus. Wie es aussieht, haben sie es vor einem halben Jahr von der Bank gekauft. Es ist an den Staat zurückgefallen, nachdem der Vorbesitzer gestorben war. Sie haben es also günstig bekommen.«

»Und wem hat es gehört, bevor es an den Staat fiel?«, fragte Ayaan. Elle sah ihr an, dass sie denselben Verdacht hatte wie sie.

»Moment. Ja, hier. Verdammt! Der Vorbesitzer war ein Douglas Josiah Stevens – der Vater von unserem Professor.«

44

ELLE · 20. JANUAR 2020

Selbst mit Sirene und Blaulicht brauchten sie fast eine halbe Stunde bis nach Stillwater. Nachdem Ayaan Verstärkung zu der Adresse bestellt hatte, hielt Elle die Stille im Wagen kaum aus. Sie kämpfte gegen ihre wachsende Panik, während sie über den Highway 36 rasten.

»Was glaubst du, warum Stevens das Grundstück seines Vaters dem Staat überlassen hat? Selbst wenn der Alte gestorben ist, ohne ein Testament zu hinterlassen, hätte es doch dem Sohn zufallen müssen, oder?«

Ayaan nickte. »Wenn es keinen Ehegatten gibt, geht ein Haus nach dem Gesetz automatisch auf die lebenden Kinder oder andere Verwandte über. Dass es dem Staat zufällt, ist eher selten. Das heißt, dass die Anwälte Douglas Stevens jr. entweder nicht ausfindig machen konnten, oder sie haben ihn gefunden, und er hat auf sein Recht verzichtet.«

»Das ergibt keinen Sinn. Wenn das der Ort ist, an dem er seine Morde begeht, und er seine Serie fortsetzen wollte, warum hat er nicht Anspruch auf das Haus erhoben?«

An der nächsten Ausfahrt stellte Ayaan das Blaulicht und die Sirene aus. »Vielleicht hatte er gar nicht geplant, das Grundstück zu nutzen. Wir wissen, dass er in den Neunzigern diese Blockhütte hatte, in der du gefangen gehalten wurdest. Damals lebte sein Vater noch; da wäre es zu riskant gewesen, sein Haus zu verwenden. Wenn er Luisa Toca ermordet und ihre Leiche in der Nähe des verlassenen Hauses in Shoreview verscharrt hat, wollte er Amanda und Natalie vielleicht auch dort hinbringen.«

Elle rutschte nervös auf ihrem Sitz herum. »Dann muss das der Grund sein, warum er sein Muster durchbrochen hat. Er hat Amanda unabsichtlich zu früh getötet, und als er versucht hat, die Leiche zu dem Haus in Shoreview zu bringen, um sie dort aufzubewahren, hat er die Polizei gesehen und seine Pläne geändert.« Sie selbst wohnte nicht weit von dort entfernt. Zu wissen, welchen Schmerz er ihr zufügte und welchen Schrecken er verbreitete, wenn er Amanda vor ihrer Tür ablegte, hatte ihn sicherlich dafür entschädigt, dass er seine normale Vorgehensweise nicht einhalten konnte.

Sie schwiegen eine Weile, und Elle betete im Stillen, während sie aus dem Fenster starrte: *Bitte bleib am Leben. Bitte bleib am Leben, Natalie.*

Kurze Zeit später bogen sie auf eine schneebedeckte Landstraße etwas außerhalb der letzten Ortschaft ab, an der lauter riesige Sommerhäuser lagen. Ihre Besitzer ertrugen Minnesota nur von Juni bis September; sämtliche Fenster waren fest verschlossen und sahen aus wie Augen, die zum Schutz vor der Eiseskälte zugekniffen waren. Als sie das Haus mit der Nummer 213 erreichten, bekam Elle kaum noch Luft.

Da drinnen war Natalie. Das spürte sie.

»Detective Hyde muss direkt hinter uns sein«, sagte Ayaan. »Ich möchte, dass du im Auto wartest.«

»Ayaan, du hast gesagt, du willst, dass ich dir vertraue, und das tue ich. Also sage ich dir, wie's ist: Wenn du mich hier zurücklässt, springe ich aus dem Wagen und folge dir, sobald du außer Sicht bist.«

Ayaan schwieg einen Moment und presste angestrengt die Kiefer aufeinander. Elle wusste, dass sie es zu weit trieb, doch sie bebte vor Ungeduld. Sie verschwendeten hier ihre Zeit.

Schließlich richtete Ayaan ihren Blick auf Elles Waffe. »Die lässt du aber stecken! Es sei denn, ich sage was anderes oder jemand zielt mit einer Waffe auf deinen Kopf, kapiert?«

Elle nickte, schaute Ayaan jedoch nicht an. Wenn sie freie

Bahn hatte, würde sie CK erschießen. Nur der Tod konnte ihn stoppen.

Sie stiegen gleichzeitig aus, und Ayaan warf ihr eine kugelsichere Weste vom Rücksitz zu.

Sam Hyde kam an, als sie gerade auf das Haus zurannten. Er lief zu ihnen hin und zog sich ebenfalls eine kugelsichere Weste über. »Was ist der Plan?«, fragte er.

Ayaan zeigte auf sie beide. »Ihr geht nach hinten, ich komme von vorn.«

Elle und Sam Hyde machten sich auf den Weg zur Hintertür; der Schnee reichte Elle fast bis zur Hüfte. Sie kämpfte sich so schnell voran, wie sie konnte, und folgte Hydes Beispiel, indem sie sich duckte, wenn sie an einem Fenster vorbeikam.

Der Detective blickte über die Schulter zu ihr hin; seine Augen waren rot gerändert vor Erschöpfung. »Tut mir leid, dass ich Ihnen nicht geglaubt habe, Elle.«

Aber Elle konnte gerade an nichts anderes denken als daran, wo Natalie sein mochte, also nickte sie nur, und sie setzten ihren Weg fort.

Es herrschte absolute Stille. Sie hörte keinen Laut aus dem Inneren des Hauses, es fuhren keine Autos vorbei, keine Vögel sangen, und keine Flugzeuge zogen über den Himmel. Es wirkte, als wären sie mitten im Nirgendwo, dabei waren sie nur etwa zehn Minuten von der Hauptgeschäftsstraße von Stillwater entfernt. Sobald Hyde an der Rückseite des Hauses ankam, spähte er um die Ecke. Elle trat dicht hinter ihn und folgte seinem Blick. Ein sorgfältig freigeschaufelter Weg führte von der Hintertür zu einem knapp dreißig Meter entfernten Schuppen. Zwischen zwei Metallstäben hing schlaff eine mit Schnee bestäubte Wäscheleine. Ansonsten war der Garten hinter dem Haus größtenteils kahl – oder aber der Rest lag unter einer meterhohen Schicht Pulverschnee verborgen.

Die Luft schien rein zu sein. Hyde nickte ihr zu, und sie rannten zur Hintertür. Er drückte die Klinke herunter. Es war nicht abgeschlossen. Auf dem Land war das nicht weiter überraschend, aber trotzdem dumm. Er öffnete die Tür so leise wie möglich. Elle schaute ins Innere des Hauses und blickte durch einen schmalen Flur direkt zur Haustür, durch die Ayaan gerade hereinschlich. Ihre Blicke trafen sich, und Ayaan reckte ihr Kinn hoch. Sam trat als Erster ein, Elle folgte dich hinter ihm und suchte Schutz hinter seiner kräftigen Gestalt.

Der Vorraum war verdreckt, alles war von einer Schmutzschicht überzogen. An Garderobenhaken an der Wand hingen einige alte Jacken, und in einer Ecke lagen staubige Gummistiefel. An der Wand gegenüber lagerten stapelweise Zeitungen. Es sah aus, als wäre hier seit Jahrzehnten nichts mehr angerührt worden.

Hinter dem Vorraum wandte Sam sich nach rechts. Elle hielt sich links und kam in eine Siebzigerjahreküche. Die weißen Fliesen trugen orange und braune Muster, die Wände waren holzvertäfelt. Auf dem kalten, gusseisernen Herd stand ein alter Teekessel. Sie lief auf Zehenspitzen durch das Zimmer. Ihre verspannten Muskeln und das Schmelzwasser von dem Schnee, das durch ihre Hose sickerte, ließen ihre Beine zittern.

Als sie wieder in den Flur spähte, war Ayaan nirgends zu sehen. Von der Küche aus konnte sie in das Wohnzimmer auf der anderen Seite des Flurs schauen. Elle ging hinein, ihr Blick irrte auf der Suche nach Natalie umher. Da es hier kaum Möbel gab, hatten die neuen Eigentümer das Haus offenbar teilweise geräumt, bevor sie es bis zum Sommer verlassen hatten. In der Ecke wartete ein ramponierter Rollstuhl auf die Rückkehr seines Besitzers. Durch das schmutzige Fenster fiel nur wenig Licht herein. Als Elle durch die Scheibe schaute, sah sie im Augenwinkel eine schnelle Bewegung.

In der Ferne, direkt hinter dem Schuppen, stand eine große Gestalt, die sich dunkel von dem gleißend hellen Schnee abhob. Elle erschrak, als sie sah, dass der Mann den Arm hob.

»Natalie!«, schrie sie. Dann rannte sie los – aus dem Zimmer, zur Hintertür hinaus und, so schnell sie konnte, den freigeschaufelten Weg entlang. Neben dem Rauschen in ihren Ohren hörte sie nur die stapfenden Schritte der anderen hinter sich. Sie näherten sich nicht gerade unauffällig, aber Elle begriff zu spät, dass das vielleicht nicht sehr schlau war. Als sie dicht genug herangekommen war, um zu erkennen, dass Douglas Stevens sich über Natalie beugte, die an einen alten Traktorsitz gefesselt war, hatte er die Besucher bereits bemerkt. Er zeigte sich ihretwegen jedoch nicht im Geringsten besorgt. Als Elle die roten Striemen auf dem nackten Rücken des zitternden Mädchens sah, packte sie der Zorn.

»Keinen Schritt weiter!«, befahl er.

»Waffe!«, rief Ayaan.

Elle erstarrte; sie hörte keinerlei Bewegung hinter sich, wusste aber, dass Ayaan und Sam da waren und dasselbe sahen wie sie.

Stevens schlug nun nicht mehr mit dem Gürtel auf Natalie ein. Vielmehr drückte er den Lauf einer Pistole direkt unter ihr linkes Ohr. Elle hob ihre eigene Waffe und zielte auf seine Brust, ließ den Arm jedoch mit einem Aufschrei wieder sinken, weil sie einen krampfartigen Schmerz in der verletzten Schulter spürte. Sie konnte die Waffe zwar in die linke Hand nehmen, aber so hatte sie keine Gewähr mehr, dass sie Stevens treffen würde und nicht die nur wenige Zentimeter von ihm entfernte Natalie.

Sie bekam panische Angst. Natalies Gesicht war nicht zu sehen, aber das Mädchen zitterte am ganzen Körper und hatte sich in den Schnee übergeben.

Das Gift. Sie würde sterben.

Bei dem Gedanken rutschten Elle fast die Beine weg, doch sie zwang sich, stehen zu bleiben, als Stevens sich ihr schließlich direkt zuwandte. Er sah anders aus als der Mann, den sie in der letzten Woche gesehen hatte: Sein starres Gesicht war von Anstrengung gerötet, und seine blauen Augen, die nun nicht hinter einer Brille verborgen waren, leuchteten in dem grellen, vom Schnee reflektierten Sonnenlicht. Eine schwarze Wollmütze bedeckte sein schütteres Haar. Er war weder überrascht noch beeindruckt, sie zu sehen, und atmete schwer von den Schlägen, die er Natalie verpasst hatte. Der braune Ledergürtel lag wie eine Schlange zu seinen Füßen; offenbar hatte er unter dem hohen Schnee keinen Zweig gefunden. Auf seiner rechten Wange prangte eine frische, rot glänzende Fleischwunde, die aussah, als hätte er sich die Haut an einem scharfen Gegenstand aufgeritzt. Elle fragte sich, ob Natalie ihm diese Verletzung zugefügt hatte, und empfand eine Kombination aus Stolz und Angst bei dem Gedanken, dass das Mädchen sich ihm zur Wehr gesetzt hatte.

»Ah, Eleanor.«

Sie erschauderte, als sie ihren alten Namen aus seinem Mund hörte. Er hatte ihn damals sehr häufig ausgesprochen – mal wie einen Fluch, mal wie ein Gebet. Immer, wenn er ihr eine Anweisung erteilt oder sie bestraft oder wenn sie ihn zufriedengestellt hatte, hatte er ihren Namen gesagt. Und es geschafft, dass sie sich ebenso danach gesehnt wie davor gefürchtet hatte. Wie, das würde ihr auf ewig ein Rätsel bleiben.

Allzu gern hätte Elle Blickkontakt zu Ayaan und Sam aufgenommen, um zu sehen, ob sie einen Plan hatten, aber sie wagte es nicht, sich von Stevens abzuwenden, solange er sie anschaute und Natalie seine Pistole an den Kopf hielt.

»Tut mir leid, Elle«, jammerte Natalie. »Ich hab versucht zu fliehen.«

Elle widerstand dem Drang, zu ihr hinzulaufen. Natalie würde nur überleben, wenn sie jetzt nicht die Beherrschung verlor, wenn sie nicht noch einen Fehler beging. CK betreffend hatte sie davon bereits genug gemacht; so viele, dass es für ein ganzes Leben reichte.

»Alles gut, Liebes.« Ihre Stimme klang schrill in der kalten

Landluft. Sie schluckte und versuchte, sich zu sammeln. »Es wird alles gut.«

»Du wärst stolz auf sie, Eleanor. Sie hat erst vor wenigen Stunden versucht, mich umzubringen. Und fast wäre es ihr auch gelungen«, sagte Stevens. »Oh, oh, wenn ich Sie wäre, würde ich das nicht tun.« Er blickte Sam an, der jetzt fast neben ihr war und sich Zentimeter um Zentimeter näher heranzuschieben versuchte.

Elle streckte ihren Arm aus, um ihn zu stoppen. »Provozieren Sie ihn nicht.«

Ayaan rief von ihrem Standpunkt einige Meter weiter hinten: »Douglas Stevens, ich verhafte Sie wegen der Entführung und Ermordung von Amanda Jordan sowie der Entführung und schweren Misshandlung von Natalie Hunter«, sagte sie klar und bestimmt wie immer. »Lassen Sie die Waffe fallen und kommen Sie freiwillig mit uns. Wir werden Ihnen nichts tun.«

Während Stevens Ayaan anschaute, rannte Hyde plötzlich los, und bevor Elle auch nur reagieren konnte, nahm Stevens die Pistole von Natalies Kopf, richtete sie auf Hyde und schoss.

»Nein!«, schrie Elle und stürzte nach vorn, doch Stevens hatte den Lauf seiner Waffe bereits wieder auf Natalies Kopf gerichtet. Das Mädchen kreischte auf, als es das heiße Metall auf seiner Haut spürte, und wand sich, bis es von dem Traktorsitz rutschte. Elle betete darum, dass sie das Bewusstsein verloren hatte. Solange Stevens die Pistole in der Hand hielt, konnte sie nichts tun. Sie riskierte einen Blick nach links; Sam Hyde lag hingestreckt im Schnee, der seine Gestalt sanft umschloss, und gab keinen Laut mehr von sich.

Als Elle zurückschaute, stand Ayaan entschlossen da, die Augen weit aufgerissen, die Lippen geschürzt. Sie hatten ihre Chance verpasst; die wenigen Sekunden, in denen Stevens' Waffe nicht auf Natalie gerichtet gewesen war, waren zerstoben wie Schneeflocken im Wind.

Elle wandte sich wieder Stevens zu. Sie stand jetzt etwas näher bei ihm, so nah, dass sie die Kälte in seinen Augen sehen konnte. Er war wütend, weil die Dinge nicht nach Plan liefen. Aber bislang war für ihn eigentlich gar nichts nach Plan gelaufen. Das konnte sie sich zunutze machen.

»Sie hatten so viele Jahre damit aufgehört.« Elle schüttelte ungläubig den Kopf. »Warum hatten Sie denn die Lust am Töten verloren? Hatten Sie endlich eine Frau kennengelernt, die Sie geliebt haben?«

Stevens lachte. »Glaubst du im Ernst, dass es darum geht? Dass ich ein einsamer Junggeselle war und nur regelmäßig eine Frau im Bett gebraucht hätte? Ach, Eleanor, von dir hätte ich wirklich mehr erwartet. Ich hab kein Problem mit Frauen. Im Gegenteil, sie glauben alles, was ich Ihnen sage, meine tote Ehefrau eingeschlossen. Du erinnerst dich an sie, oder? Ich hab ihr erzählt, du und Jessica wärt meine Nichten, als sie eines Tages zu früh nach Hause kam und ihr gerade dabei wart, den Boden zu schrubben.«

Die Art, wie er »Jessica« sagte, weckte urplötzlich eine Erinnerung in ihr. Auf genau dieselbe Art hatte er den Namen vor einundzwanzig Jahren ausgesprochen. Sie durchforstete ihr Gedächtnis nach einer Frau, die sie in seinem Haus gesehen hatte, doch ohne Erfolg. Sie war damals die ganze Zeit so hungrig und ängstlich gewesen, dass es sich nachher so anfühlte, als wäre jede Erinnerung eine Karte in einem Spiel und als hätte jemand den ganzen Stapel in die Luft geworfen und die Karten überall verstreut.

Dann fielen ihr die Toten in der abgebrannten Blockhütte ein. »Ich weiß, dass Sie sie umgebracht haben.«

»Mein Frau hat sich *selbst* umgebracht. Ich hab nur dafür gesorgt, dass sie auf unkonventionelle Art eingeäschert wurde.«

»Sie wurde erschossen.«

»Sie wusste, was passiert, wenn sie mich betrügt. Also hat

sie ihren Tod selbst herbeigeführt.« Er lächelte. »Und passenderweise gab ihr Liebhaber ein perfektes Double für mich ab.«

Elle blinzelte, während sie an die beiden verkohlten Leichen dachte, die namenlos begraben worden waren. Sie dachte an Luisa, die in einem einsamen Grab hinter einem verlassenen Haus verscharrt worden war und eine Mutter hinterließ, die mit nichts als Fragen zurückblieb. Und sie dachte an die junge Frau aus Stevens' Keller, die mit einem Mittel betäubt worden war, das er auch den entführten Mädchen verabreicht haben musste. Vielleicht war es dasselbe Mittel, das er vor all den Jahren auch ihr gespritzt hatte, damit sie aufhörte, von hinten gegen seinen Autositz zu treten, während er sie aus ihrem Leben, aus ihrer Kindheit gerissen hatte. Wie leicht dieser Mann das Leben anderer auslöschte, um in seinem eigenen Erfüllung zu finden. Wahrscheinlich war das schon seit Jahren sein Prinzip, sich verletzliche Frauen zu suchen, die zu ihm aufschauten und sich nach seiner Anerkennung sehnten, um deren Leben dann Stück für Stück zu zerstören, bis nichts mehr davon übrig war. Vielleicht war es ihm auf diese Weise gelungen, seinen Mordtrieb so lange zu unterdrücken – indem er sich durch die Macht, die er über sie besaß, Befriedigung verschaffte.

Plötzlich schlug Elle ein eisiger Wind ins Gesicht. Sie hob erneut die Waffe, musste sie jedoch schon auf halbem Weg wieder sinken lassen, weil ihre Schulter zu sehr schmerzte. Als sie einen Schritt nach vorn zu machen versuchte, schüttelte Stevens den Kopf.

»Nein, nein. Du bleibst, wo du bist.«

»Warum jetzt?«, fragte sie und blieb, wo sie war. Natalie lag weiter reglos im Schnee. Sie musste inzwischen halb erfroren sein; sie war so schrecklich still. *Bitte, Gott, mach, dass sie nicht tot ist. Bitte.* »Sie hätten mich doch jederzeit attackieren können. Sich auf tausenderlei Art an mir rächen können. Warum tun Sie das? Warum setzen Sie den Countdown fort, nachdem so viel Zeit vergangen ist und die Leute Sie im Grunde vergessen haben?«

Dieser Kommentar tat die gewünschte Wirkung. Stevens presste die Kiefer aufeinander, und der Arm, in dem er die Waffe hielt, schwankte. Dann lachte er wieder. »Denk dran, mit wem du es hier zu tun hast, Eleanor. Mein Werk hat mich berühmt gemacht. Niemand hat mich vergessen.«

Elle schob die Unterlippe vor und zuckte die Achseln. »Das hier ist aber nun wirklich nicht Ihre Meisterleistung. Ich meine, Sie hatten Natalie nur wenige Tage in Ihrer Gewalt. Sie haben doch schon die Sache mit Amanda verbockt. Wie können die Mädchen ihren Zweck erfüllen, wenn sie nicht sechs Tage gearbeitet haben, bevor sie ruhen?«

Stevens erbleichte. Sie hatte also richtig getippt, dieser Bibelvers hatte nicht zufällig in seinem Haus gehangen. Er war seine treibende Kraft, sein Motor. Sie schaute auf den Lauf seiner Pistole, der nach wie vor auf Natalies Kopf gerichtet war. Er hielt die Waffe nur mit einer Hand fest; wenn sie ihn mit einem gezielten Schuss aus dem Gleichgewicht bringen konnte, reichte das vielleicht aus, damit seine Kugel Natalie verfehlte. Allerdings war Ayaan die bessere Schützin, und wenn sie noch nicht geschossen hatte, war es zu riskant. CK konnte selbst im Sterben immer noch reflexartig den Abzug betätigen, und dann war Natalie verloren.

Sie musste ihn dazu bringen, sie selbst ins Visier zu nehmen. Wenn er seine Pistole noch einmal von Natalie abwandte, würde Ayaan kein zweites Mal zögern. Elle legte allen Zorn und Frust der letzten zwanzig Jahre in ihre Stimme und rief: »Also, wie soll das hier enden? Bringen Sie Natalie jetzt auch vor der Zeit um, weil sie ohnehin schon alles vermasselt und Amanda zu früh getötet haben? Was für eine Schlamperei, Douglas! So kriegen Sie nie, was Sie wollen.«

»Ist das so?«, fragte er.

»Der Countdown ist ruiniert. Sie werden kein großes Werk

vollenden; Sie sind einfach nur ein Unmensch von vielen, der seinem Instinkt und seiner Wut gehorcht. Ein paar Bilder aus einer Überwachungskamera und ein neugieriger Hausmeister, mehr brauchte es nicht, um Ihnen auf die Spur zu kommen.«

»Halt's Maul, du dummes Weib! Du hast keine Ahnung, wen du vor dir hast.«

Sie lachte laut auf. Ihr Wunsch, diesen traurigen alten Mann zu töten, war plötzlich wie weggeblasen. Elle machte noch einen Schritt auf ihn zu, um ihn dazu zu bringen, auf sie zu schießen. Noch vier Schritte, dann würde sie bei ihm sein. In der Ferne heulten Sirenen.

»Dann stopf mir doch mein Maul, du erbärmlicher alter Versager. Du hast keine Macht mehr über mich. Wir haben dich geschnappt. Zwei Frauen haben den brillanten, unauffindbaren Countdown-Killer zur Strecke gebracht. Du bist am Ende, und ich kann es kaum erwarten, vor Gericht zu stehen und haarklein zu erzählen, was für ein Wicht du bist.«

Stevens riss den Arm hoch, seine Waffe bewegte sich weg von Natalies Hinterkopf, und Elle wappnete sich für die Kugel, die für sie gedacht war.

Ein Schuss fiel. Stevens erstarrte und stieß ein Röcheln aus. Elle stellten sich die Nackenhaare auf, als Ayaan mit vorgehaltener Waffe in ihr Blickfeld trat. Zwei weitere Schüsse ertönten, und ein perfektes Dreieck aus Löchern erschien auf seiner Brust. Er taumelte und schaute schockiert an sich herab, als ihm die Pistole aus der Hand glitt.

Elle wartete nicht, bis er umfiel. Sie öffnete den Reißverschluss ihrer Jacke, rannte durch den Schnee zu Natalie und warf sich über sie, um ihr sämtliche Wärme zu spenden, die sie noch zu geben hatte.

45

JUSTICE DELAYED-PODCAST · 18. FEBRUAR 2020

Transkript: Staffel 5, Folge 11

[TITELMUSIK + INTRO]

ELLE VOICE-OVER: Ich bin eine Ermittlerin. Eine Überlebende. Eine Geschichtenerzählerin.
Diesen Monat musste ich lernen, was ich tun kann, wenn ein Kapitel endet, bevor ich weiß, wie das nächste anfängt. Ich habe in den letzten Wochen einige Folgen veröffentlicht, in denen detailliert dargestellt wurde, was in diesem Fall passierte. Ich habe mich mit den zwei Toten in der Blockhütte befasst und versucht, ihnen ihre Identität zurückzugeben, nachdem sie lange Jahre in anonymen Gräbern lagen. Ich habe über das berichtet, was wir über Luisa Toca herausfinden konnten; beispielsweise, dass ihr Exmann sie davon zu überzeugen versuchte, dass sie mit einem Mörder zusammen war. Wir werden vielleicht nie erfahren, warum Luisa am Tag vor ihrem Tod bei dem Haus war, in dem ihr Freund aufgewachsen ist, und warum sie Leo ein Foto davon geschickt hat. Aber das war die letzte Aktivität auf den Handys der beiden, bevor sie ermordet wurden.
Ich habe beschrieben, was seine neueste Freundin durchgemacht hat, nachdem sie Natalie schreien gehört, nachgesehen und die beiden in seinem Kellergefängnis gefunden hatte. Er hat sie betäubt und ihrem Schicksal überlassen, aber sie hat überlebt, wie wir. Seit wir die Folge veröffentlicht haben, in der es um die Misshandlung und permanente Kontrolle ging,

die sie unter ihm zu erdulden hatte, haben uns viele Frauen geschrieben. Sie alle erzählen eine ähnliche Geschichte: wie CK sich an sie heranmachte, als sie am verletzlichsten waren, und so tat, als würde er sie lieben, nur um sie dann in die Zange zu nehmen und sie erst wieder gehen zu lassen, wenn ihr Selbstvertrauen vollkommen am Boden war. Außerdem hat diese Folge seine Beinahe-Verlobte Loretta letzte Woche dazu motiviert, den Podcast-Hörern von ihren Erfahrungen mit ihm zu berichten. Ich bin diesen Frauen unendlich dankbar dafür, dass sie sich gemeldet und für uns einige der schlimmsten Momente ihres Lebens im Geiste noch einmal durchlebt haben.
Ich habe hier auch geschildert, wie ich die finale Konfrontation mit CK erlebt habe; wie es war, dem Mann gegenüberzustehen, der so viele Leben zerstört hat. Ich habe dafür gesorgt, dass ihr die Namen der Detectives kennt, die geholfen haben, Natalie zu befreien. Ohne die Ermittler, die sich Zugang zu Leo Tocas Dateien verschafft haben, hätten wir niemals gewusst, wo wir CK hätten suchen sollen. Wenn Detective Sam Hyde Luisa Toca nicht gefunden hätte, wären wir zu spät gekommen, um Natalie zu retten. Ich freue mich, berichten zu können, dass er inzwischen aus dem Krankenhaus entlassen wurde und sich gut erholt. Und ohne die wohlkalkulierten Schüsse von Commander Ayaan Bishar wären sowohl Natalie als auch ich ohne jeden Zweifel tot.
Aber eins habe ich, obwohl mich einige von euch darum gebeten haben, nicht gemacht: nämlich den echten Namen des Killers zu nennen. Und ich werde es auch niemals tun. Dazu gleich mehr.
Ich habe mich während der letzten Wochen sehr über eure ermutigenden Worte und euren Zuspruch gefreut. Und ich bin dankbar dafür, dass die meisten von euch die Privatsphäre meiner Freundin und ihrer Tochter und auch die der Familie Jordan respektieren; denn die werden sie brauchen, um ihre

traumatischen Erfahrungen mit der Zeit zu bewältigen. Ich habe gestern mit Sash geredet, und sie war damit einverstanden, dass ich unser Gespräch für diesen Podcast aufnehme.

SASH: Ich wollte nur schnell alle wissen lassen, dass es Natalie gutgeht. Dieses Kind ist stärker, als ich je zu hoffen gewagt hätte, und hat sich klaglos in ärztliche Behandlung und in Therapie begeben. Außerdem möchte ich euch allen für das Geld danken, das ihr gesammelt habt, damit ich mich für eine Weile beurlauben lassen konnte und die Zeit mit ihr verbringen und die Arztrechnungen bezahlen kann. Ich habe gehört, dass ihr auch eine Spendenaktion für die Beerdigung von Amanda Jordan organisiert habt, um ihre Familie zu entlasten – das ist echt großartig. Elle, der Zusammenhalt, den du mit diesem Podcast gestiftet hast, ist etwas ganz Besonderes, und wir sind dir unglaublich dankbar.

ELLE: Möchte Natalie auch was sagen?

SASH: Ja, sie hat eine Nachricht auf mein Handy gesprochen.

ELLE: Okay, spiel sie uns vor.

[**GERÄUSCH-EINSPIELER**: *Ein Klicken, dann ein schleifendes Geräusch, als ein Handy positioniert wird.*]

SASH: Möchtest du was sagen, was Elle dann in ihrem Podcast veröffentlicht?

NATALIE: Äh, ja. Kümmert euch nicht um ihn!

SASH: Wie meinst du das?

NATALIE: Ihm würde es gefallen, wenn alle über ihn reden, aber ich finde nicht, dass man das tun sollte. Er hat eine Menge Leute umgebracht, die nie mit was anderem berühmt werden konnten als damit, dass sie tot sind. Und ich finde nicht, dass er Aufmerksamkeit kriegen sollte, nur weil er ihnen das angetan hat.

ELLE VOICE-OVER: Während der Arbeit an den beiden Entführungsfällen dachten wir eine Zeitlang, dass der Täter CKs Methoden nachahmt und dieser Podcast ihn dazu angeregt hätte. Und obwohl wir inzwischen wissen, dass es nicht so war, ist mir klargeworden, dass ich mir selbst gegenüber nicht immer ganz ehrlich war. Ich bin von meinem selbstgesetzten Ziel abgewichen, mich auf die Opfer von Gewalttaten zu konzentrieren und ihnen Gerechtigkeit zu verschaffen. Ich hatte nie vor, einen Podcast zu machen, der dem Leben und Denken eines Serienkillers gewidmet ist, aber ich sehe jetzt, dass das bei diesem Fall in mancherlei Hinsicht trotzdem passiert ist. Darum habe ich beschlossen, diese Staffel von *Justice Delayed* aus dem Netz zu nehmen. Alle Folgen, die sich um CK drehten, sind inzwischen gelöscht, aber meine Backlist bleibt bestehen, und auch diese letzte Folge wird weiter online sein, damit neue Hörer wissen, warum ich das so beschlossen habe. Um ehrlich zu sein, waren mein Podcast-Netzwerk und unsere Werbekunden nicht sehr angetan von der Entscheidung, aber das ist mir – bei allem Respekt, den ich ihnen schulde – egal.
Natalie hat recht. Der Mann, den wir als den Countdown-Killer kannten, wollte nichts mehr, als dass sich alle auf seine Herkunft stürzen und seine Kindheit und seine unglückliche Liebesgeschichte als Grund dafür heranziehen, dass er so war, wie er war. Er wollte kontrollieren, welche Geschichten über ihn erzählt werden. Ich bin sicher, er fände es toll, wenn ihr alle seine Gedanken und Motive zu ergründen versuchen würdet.

Aber ich werde ihm diesen Gefallen nicht tun, und ich hoffe, ihr auch nicht.
Schreibt in euren Blogs und Reddit-Beiträgen nicht über jedes Detail aus seinem Leben. Vertieft euch nicht in die grausamen Methoden, mit denen er Frauen drangsaliert und ermordet hat, und auch nicht in die nicht verifizierbaren Theorien darüber, was er in all den Jahren getan haben könnte, die zwischen seinen Mordserien lagen. Verschafft ihm nicht die Befriedigung eines Vermächtnisses, selbst wenn es das schlimmste Vermächtnis ist, was man haben kann. Sprecht stattdessen über die Leben, die er ausgelöscht hat, und über die Zukunft, um die er diese Frauen gebracht hat, bevor sie sich selbst einen Namen machen konnten. Sprecht über Amanda Jordan und das, was sie in ihren elf kurzen Lebensjahren bewirkt hat. Richtet euer Interesse auf die Frauen und Mädchen, denen er das Leben geraubt hat, nicht auf sein jämmerliches Leben, das ihm als Rechtfertigung dafür diente.
Jetzt, wo diese Staffel offiziell beendet ist, werde ich eine kurze Pause einlegen und nach einem neuen Fall suchen, bei dem ich mich auf die Menschen konzentrieren kann, die darauf warten, dass ihnen Gerechtigkeit widerfährt – auf die Opfer, deren Familien und all die, die sie geliebt haben. Denn darum geht es in diesem Podcast, und ja, ich mache weiter. Ich werde weiter für Menschen, die vergessen und ignoriert wurden, nach Antworten suchen. Ich werde weiter die Monster jagen, die davongekommen sind, und mit eurer Hilfe dafür sorgen, dass sie zur Rechenschaft gezogen werden.

Dank

Das Schreiben eines Romans ist eine einsame Tätigkeit, aber unter die Leute bringen kann man ihn unmöglich allein.

Ich danke meiner Agentin Sharon Pelletier, deren erstklassiges Lektorat diesem Manuskript sehr gut getan hat. Du bist die beste Fürsprecherin und Vorkämpferin, die man sich wünschen kann – und ich bin sehr froh, dass du auf meiner Seite stehst. Ich danke Lauren Abramo, meiner großartigen Agentin für Auslandsrechte, die mit zahllosen Kolleginnen und Scouts dafür gesorgt hat, dass dieses Buch inzwischen noch weitgereister ist, als ich es bin. Ein besonderes Dankeschön geht an Kemi Faderin, für alles, was du machst. Das gesamte Team bei Dystel, Goderich & Bourret ist unfassbar toll.

Schon gleich bei meinem ersten Telefongespräch mit meiner Lektorin Jaime Levine war mir klar, dass sie einfach genau versteht, worauf es mir mit diesem Buch ankommt. Die Geschichte wäre ohne deine scharfsinnigen Hinweise und Anregungen, deine Weigerung, mir schwache Figuren durchgehen zu lassen, und dein tiefes Verständnis für das, was ich zu sagen versuche, nicht da, wo es jetzt ist. Außerdem danke ich dir für dein bemerkenswertes Wissen über Darjeeling.

Die Begeisterung für dieses Buch bei Houghton Mifflin Harcourt haut mich immer noch um. In der ersten Zeit war Helen Atsma für mich da, danach haben Millicent Bennett und Deb Brody übernommen. Ana Deboo, die eine hervorragende Korrektorin ist, hat hundert kleine Fehler gefunden, die mich schlaflose Nächte gekostet hätten – tausend Dank. Romanie Rout hat mit Adleraugen jedes Wort und jedes Satzzeichen überprüft. Jessica Handelman, Mark Robinson und Margaret Rosewitz haben dafür gesorgt, dass dieses Buch innen und außen toll aussieht. Johannes Wiebel hat eine wirklich phantastische Illustration für das Cover geliefert, bei der mir die Luft wegblieb, als ich sie das erste Mal sah. Die fabelhafte Herstellerin Laura Brady und Lektoratsassistentin Fariza Hawke waren die ganze Zeit wunderbar hilfsbereit. Meine PR-Agentin Marissa Page, Marketing-Genie Liz Anderson und alle im Vertrieb haben sehr viel dafür getan, das Buch im ganzen Land zu den Lesern zu bringen. Ich danke jedem Einzelnen von euch.

Viele Experten aus Dutzenden Disziplinen haben mir dabei geholfen, bei den in diesem Buch genannten Fakten so wenige Fehler zu machen, wie ich konnte. Überall da, wo die Grenzen zwischen Fakt und Fiktion verschwimmen, ist das meine Entscheidung, nicht ihr Fehler! Dr. Annalisa Durdle hat mich sehr großzügig in der Frage beraten, wie man einen Teefleck forensisch untersucht und bestimmt. Die medizinische Fachzeitschrift der Sultan Qaboos University hat mir freundlicherweise Zugriff auf ihre Studie zu einem Fall von Vergiftung mit Rizinussamen gewährt. Dr. Judy Melinek hat mit Co-Autor T. Jst. Mitchell sehr lesenswerte Erinnerungen an ihre Arbeit als Rechtsmedizinerin geschrieben, die mir wichtige Inspirationen zu Martín geliefert haben, und mir in ihrem Buch erklärt, was man über eine Autopsie wissen muss. Der forensische Toxikologe Justin Brower hat mir die brennendsten Fragen über Rizin-Vergiftungen beantwortet und wie man eine solche bei einer Autopsie feststellt. Die Hennepin County Library hat mir unglaublich schnell Informationen aus dem Handelsregister von 1996 zugänglich gemacht und damit wieder einmal bewiesen, dass Bibliothekare Superhelden sind.

Rogelio Juarez bin ich zu großem Dank dafür verpflichtet, dass er die Gestaltung der lateinamerikanischen Figuren kenntnisreich und mit großer Sorgfalt begleitet hat. Candice

Montgomery war so großzügig, den Text in einem frühen Stadium zu lesen, mich zu ermutigen und die Figur Ayaan auf Fehler zu überprüfen. Alle eventuellen Ungenauigkeiten in der Beschreibung dieser Charaktere gehen allein auf meine Kappe.

Der Weg zur Veröffentlichung ist mit Absagen gepflastert, und ich bin davon überzeugt, dass Freundschaften mit anderen Autoren die einzige Möglichkeit sind, diese Zeit zu überstehen. Bethany C. Morrow, du bist die beste Freundin, Vertraute und kritische Partnerin, die es gibt. Tipp, tipp, tipp – Fall erledigt. Marjorie Brimer, du warst während des gesamten Publikationsprozesses mindestens so begeistert und aufgeregt wie ich selbst, und das ist ein großes Geschenk. Meine Agentur-Kollegin Libby Hubscher hat fast zeitgleich mit mir ihren Buchvertrag bekommen, und ist mit mir durch alle Höhen und Tiefen gegangen, durch die man muss, wenn man ein Buch rausbringt.

Anna Newallo, Megan Collins, Katherine Locke, Amy Gentry, Rena Olsen, Kosoko Jackson, Kiki Nguyen, Denise Williams, Ryan Licata, Candice Fox, Halley Sutton und Dutzende weitere Autoren haben mir über die Jahre Inspiration, Unterstützung und entscheidende Tipps gegeben. Vielen Dank auch an die tollen Autoren, die dieses Buch früh gelesen und andere aufgefordert haben, das ebenfalls zu tun. Es bedeutet mir unglaublich viel, eure Namen im Zusammenhang mit meinem Buch zu lesen.

Die Kingston Writing School in London war der Ort, an dem ich angefangen habe, das Schreiben ernst zu nehmen, und ich bin den Dozenten und Autoren, die dort Workshops veranstaltet und mein Schreiben ebenfalls ernst genommen haben, sehr dankbar. James Miller, Adam Baron, Paul Bailey und viele andere haben mir geholfen, meine Stimme zu verfeinern und das Blumige an meiner Prosa abzuschleifen.

Bei allen Jobs, die ich in den letzten fünf Jahren hatte, waren die Kollegen in Bezug auf mein Schreiben echt cool, aber vor allem Clare schulde ich Dank dafür, dass sie mich immer ermuntert, mir freizunehmen, um mich meiner Laufbahn als Autorin zu widmen, wenn ich es brauche.

Ich habe das riesige Glück, sowohl in den Vereinigten Staaten als auch in Australien Familie zu haben, die mich beständig unterstützt, die mich während des Schreibens aufgemuntert und diesen Erfolg mit mir gefeiert hat. Ich danke vor allem meinen Geschwistern – Joel, Erin und Deborah – dafür, dass sie mir eine reiche, ausgelassene und häufig sehr emotionsgeladene Kindheit beschert haben, von der ich jetzt für eine endlose Zahl von Geschichten zehren kann.

Meine Mom war die Erste, die total an meine Schreibversuche geglaubt hat und mich immer zum Weitermachen ermutigt hat. Von früher Jugend an hat sie mich bei der Verfeinerung meines Handwerks und meines Stils unterstützt. In spätabendlichen Gesprächen mit meinem Dad habe ich herausgefunden, woran ich wirklich glaube, und er hat mich angespornt, diese Ideen mit der Welt zu teilen. Keiner von euch hat mir je das Gefühl vermittelt, dass Autorin werden zu wollen eine ziemlich aussichtslose und langwierige Angelegenheit ist (obwohl es so war!); dafür danke ich euch.

Schließlich danke ich meinem Mann Peter, dem klar war, dass er eine Schriftstellerin heiratet, und es trotzdem getan hat. Danke, dass du mir nie erlaubt hast aufzugeben, mich mit Snacks versorgt, mich in Schreibklausuren geschickt und, als das Vertragsangebot kam, morgens um sechs eine Flasche Champagner geköpft hast. Ich liebe dich.